"GOLEM^{100}" ALFRED BESTER

ゴーレム^{100}

アルフレッド・ベスター

渡辺佐智江 訳

未来の文学
FUTURE/LITERATURE
国書刊行会

目次

装幀　下田法晴＋大西裕二（s.f.d）
本文イラストレーション　ジャック・ゴーハン

初めから終わりまで支援してくれたビッグ・レッドへ

思い立ってから形になるまで道のりは遠い。

ゴーレム100

1

八人いた。毎週巣に集い、なごみ、親交を深めていた。みなチャーミングな蜜蜂レディで、生活が安定し身分が保証されているのに、あるいはそれゆえに、魅力的で気立てがよい。（そのような特権に浴さない階級の者たちは、彼女たちを〝気取りまくりマンコ〟と呼んでいた。）

彼女たちは、昆虫類の蜜蜂のように、同じ型から切り取られた存在ではなかった。われわれのはるか未来に生きてはいたが、強い個性を持つ、人間類の淑女だった。われわれの後継者とはいっても、それほど変貌するわけではない。一人ひとりに風変わりで特異な性質があり、それこそが魅力の源となっている。

各自にはわれわれ同様に秘密の名前があり、それが彼女たちの真の姿だった。それをこうして明かそうとしているのだから、私は憎むべき犯罪を犯しているのかもしれない。Ｔ・Ｓ・エリオットによれば、命あるものの秘めたる名、「深遠にして謎めいたたった一つの〝名〟」は、だれにも知られえず、知られてはならないというわけだが、蜜蜂レディたちは互いの秘密の名前を知っていてそれで呼び合っていたので、ここに記そう――

女王蜂、Ｒｅｇｉｎａ。古期英語の慣用にしたがい、リージャイーナと発音する。

リトル・メアリー・ミックスアップ。何事もストレートに解釈できずもつれさせる。髪の毛も含め。

ネリー・グウィン。同名の人物にもまして、好色なチャールズ二世を手玉に取ったかもしれない。

プリス嬢。いまだに甘ったれた舌足らずな話し方をする。子どもの頃、学校のボーイフレンドをほめてこう言った。「あの子は紳士（しんち）のお手本なの。道わたるときは、あたちがうんち踏まないように、おててを取って歩いてくれるの」

サラ・ハートバーン。手の甲をぱっと額にあて、声を震わせて劇的に話す。「行って！ **行って！** ひとりに**してええ！** わたし——瞑想していたいの**おお！**」

イエンタ・カリエンタ。他人の財布、バッグ、クロゼット、冷凍庫にあるものをすべて把握している。相手に不利な取引をさせようとつねに狙っている。自分の壊れた砂時計を相手の一ピース欠けたアンティークの麻雀セットと交換するといった具合に。

双子のウジェダイとアジェダイ。意味は、ロシア語で〝だれでしょう〟と〝どれでしょう〟。アントン・チェーホフが笑劇でこれらの語を犬の名前に使った。

これで合計八人。九人目らしきものもいて、リジャイナの下女、パイ。円周率（3.1416）と関わりがあるからではなく、単にパイのようにのっぺりしたまぬけ顔の娘だからその名がついた。

蜜蜂レディのみなさんが、既婚なのか、独身なのか、不倫しているのか、不感症なのか、レズっているのか、シャンデリアからぶら下がっているのか等々、関心がおありかもしれない。答えはすべてイエス。彼女たちは有名な、いやむしろ悪名高い〈でまかせ（ガフ）〉地区に住んでいるからだ。ガフについては、あとで詳しく述べるとしよう。ただし、全員が、学歴（〈セブン・シスターズ〉と呼ばれる七つの名門女子大学のいずれかを卒業）、地位、収入において、安定し保証されているということをおぼえておいてほしい。だからあなたが、髪をほどいた、つまりくつろいだ彼女たちのだれかれに二人きりで会っているとき、あなたが見ているのは相手の〝隠れ自己〟であるということをお忘れなく。

　世間が出会うのは、落ち着きのある魅力的な女性たち。彼女たちは、どん底の生活をおくるガフの住民の大多数に襲いかかる恐怖から隔離されていた。殺人、傷害、レイプ、強奪、その他多すぎて挙げきれない多種多様な暴力。八人の淑女の品位と魅力が保たれているのは、厳重に警備された家に住み、呼べばただちに参上する鉄壁の護衛付きで、安全を保障された交通機関を使っているからだ。彼女たちの生活においてただ一つ現実に存在する危機(クリーズ)とは、その隔離状態がもたらす慢性的な退屈だった。

　そこでできるだけ頻繁に、リジャイナのアバンギャルドな広いマンションに集まり、(くつろいで)楽しむことにしていた。マンションは蜂の巣とはかけ離れたものだったが、彼女たちは蜂の淑女のように振る舞った。ゴシップとジョークとおしゃべりでブンブンやる。ナンセンスなゲームに興じる。たまに蜂ダンスもする。落ち着かなかったり、疲れていたり、腹が立つときには、お菓子をむしゃむしゃ食べる。仲間うちで優劣を決めるため頭をぶつけ合うという嘆かわしい場面もときどきある。人間類も、ほかの多くの生き物同様、それをやる。初代原始DNA分子がほかのDNAたちにだれが親分か言いわたしてそのことを証明して以来、われわれはそれをやり続けている。

　最近の彼女たちのお楽しみは、悪魔崇拝ごっこだった。だれも真剣にとらえてはいなかった。だれも悪魔との霊交――ほうきにまたがるとか、ストッキングを脱いで嵐を起こすといったナンセンス――など信じてはいなかった。事実、リジャイナがそのゲームに興味を持つようになった理由は、自分が英国高等法院首席裁判官のジョン・ホルト卿(一六四二―一七一〇)の直系の子孫だということだけだった。

　ホルトはオックスフォード大学の学部生の頃、流行の先端をいく行動派で、あるとき例によって金がなくなった。女家主の娘のマラリア熱を治すふりをして、一週間分の家賃を浮かせた。この詐欺師は紙の切れ端にギリシャ語を数語書きつけ、それを娘の腰にくくりつけてよくなるまでそのままにしておくようにと家主に言った。

のちに首席裁判官をつとめていたホルトの前に、一人の老女が妖術使いの罪で連れてこられた。紙切れをあてがってやれば熱病を治せると言ってはばからなかったのだ。ホルトが紙切れを見てみると、ご想像のとおり、それははるか昔に自分がでっち上げたのと同じいんちきお守りだった。ホルトが爆笑してそのことを打ち明け、ばあさんは無罪となった。ばあさんは、イギリスで妖術を理由に裁判にかけられた最後の連中の一人だった。

というわけで、リジャイナが興味を抱きつつも真剣ではなかった理由をおわかりいただけるだろう。それはせいぜい、サロンで余興に演じられる素人芝居、雰囲気たっぷりに謎めかしてやるお遊びといったところだった。しかし非常にやばいことに、気立てがよくほがらかな淑女のみなさんは、このゲームで、本人たちが知らぬ間にそのつもりもなく――くり返そう、**本人たちが知らぬ間にそのつもりもなく**――この上なく忌まわしい魔物を実際に生じさせていたのだった。

それは、魔術および悪魔伝説の全歴史を通じてこれまで一度も夢想されたことのない、多形体の擬似存在、奇怪なゴーレムだった。いや、ユダヤ伝説でおなじみの人造奴隷ではなく、われわれ全員の裡に、われわれのなかで最も優れた者の裡にさえ深く埋もれている野蛮な残虐性が独自に増殖したもの。フロイトはそれを〝イド〟と呼んだ。残忍な動物的充足を強要する、無意識中に潜む本能的衝動の源泉。蜜蜂レディ各自のイドは、単独で分離しているときは抑制されていたが、悪魔崇拝ごっこで寄り集まってまとまると、渾然一体となった。

8×イド＝ゴーレム100

最初の儀式をご覧あれ。


「ではみなさま、悪魔を呼び出す最後のリハーサルですわよ。台本はお持ち？　ご用意はよろしい？」

「いいけどリジャイナ、これ本番？」

「いいえ、まだですわ。本番では舞台効果も加えて、全員でいっせいにまいりますので。いまからいたしますのは最終のおけいこで、お一人ずつやっていただきます。まずお招きの呪文ですわね、あなたからどうぞ」

「ん〜、わかったわ、でも**だれかに**わ**！**ら**！**わ**！**れ**！**ちゃっ**！**たら——」

「心配いらなくてよ、サラ。真剣にまいりましょう。さあ」

サラ・ハートバーンが朗々と呪文を唱えた。

サラ－7＝0

「すばらしい！　ドラマチックでしたわねえ、みなさま」

「すごく気持ち入ってた」

「サラなら、どんなものでも呼び出せるものね」

「やだな、からかって。だけど唱えてるとき、**ゾ❇ク❇ゾ❇クッ❇**ときたわ」

「悪魔があなたの足に触っていちゃついてたの？」

「足ではあらぬ、ネリー」

「あらら！　いけない人ねえ」

「みなさま、なんですの！　真剣にやりましょう」

「リジャイナ、サタンにはユーモアのセンチュがないんでちゅか？」

「彼にはお下品ではない冗談をかましませんとね、プリス。では続けましょう。ウジェダイ、あなたの番です。ご祈禱を」

ウジェダイがラテン語で祈禱文を読み上げた。

サラ＋ウジェダイ－6＝0

「うっとりいたしますわ。ラテン語がこれほど美しい響きを持つものとは思いもしませんでしたもの。お見事でございました」

「ありがとう、リジャイナ。ちゃんと意味もとおってたらいいんだけど」

「きっと悪魔には通じますわよ。次はどなた？　契約担当のメアリー・ミックスアップですか？」

「いいえ、わたしよ、リジャイナ。願を掛けるんでしょ」

「ああ、そうでしたわね、アジェダイ。一度英語に戻ってからフランス語でしたわね。ご用意のほうは？」

「準備万端よ。みんな、下がって。願を掛けてるあいだ、わたしは人間の姿をした悪霊も同然だから」

「頼もしくてよ、アジェ、でもサタンと親密になりすぎてはいけませんことよ。信頼できるというわけではないのですから」

「冗談言ってるんでしょ、リジャイナ。そうじゃないっていうんなら、地獄の状況がわかってないってことだわね」

「なぜそのようにお考えですの、ネリー？」

「悪魔が魔女を口説くとき、なにをウリにするか知ってるもの。さかりのついたゾウみたいに勃てんのよね」

「確かめられるとよろしいわね、ネリー。ではアジェ、さかりのついたネル・グウィンの前に姿を現すよう、さかりのついたゾウをおまじないで呼び出してくださいな」

アジェダイが祈願の言葉を読み上げた。

サラ＋ウジェダイ＋アジェダイ－5＝0

「お見事というほかございませんわ、アジェ。チケットも売りさばけますことよ。今度は契約ですわね。メアリー、中世フランス語は練習なさいまして？」

「がんばってはみたの、リジャイナ、でもほんと厄介で」

「交換してやってもいいって言ったじゃないよ、メアリー。あたしのとあんたのを。公平に。なんで取り換えなかったの？」

「なんですって、イエンタ。ヘブライ語をフランス語と？　公平な取引が聞いてあきれるわ！　わたし、歴史の専門家の方々におうかがいしたんだから」

「そう！　なべての者に歴史あり。シェイクスピア。『ヘンリー四世』。学者の方々はなんて言ってたの？」

「あいまいな感じだったわ、サラ。どなたもはっきりとご存じないの、当時どういうふうに話していたか」

「メアリー、中世ってどれくらい昔なの？　チャールズ二世の頃？」

「よくわからないの、ネリー。ナポレオンやジャンヌ・ダルクの頃じゃないかしら。この二人って、いつもごっちゃになっちゃうのよね」

「なんでまた？」

「どちらも将軍だったでしょ」

「ふ～む。意味はとおってるんだわね、この人なりに」

「だからリジャイナ、おかしかったりへんてこりんに聞こえても、わたしのせいじゃないこと、忘れないでね」

「忘れませんわ、メアリー。さあ」

メアリー・ミックスアップが契約の言葉を読み上げた。


サラ＋ウジェダイ＋アジェダイ＋メアリー・ミックスアップ－4＝0

「すばらしい！　すばらしくってよ、メアリー。ジャンヌ・ダルクでもここまでお上手にはできなかったでしょう」

「ナポレオンでも」

「氷河軍を率いる大将でも」

「大将にかなうやつはなかなかいない」

「なぜ？」

「あの男、女だから」

「みなさま！　みなさま！　真剣にやらないと、いつまで経っても悪魔を呼び出せませんことよ。ネリー、次はあなた、典礼ですわね」

　ネル・グウィンが典礼文を読み上げた。


　サラ＋ウジェダイ＋アジェダイ＋メアリー・ミックスアップ＋ネル・グウィン－3＝0

「感動いたしましたわ！　むずかしい名前を舞踏会のプログラムのようにすらすらと並べておしまいになるなんて」

「これであたしも〝魔界の花〟かしらね」

「ええ、サタンが次のダンチュにあなたをお誘いちてるところが目に浮かびまちゅ」

「堕淫（ダイン）スかもね、プリス」

「だめでちゅ、ネル！　四文字言葉は使っちゃいけないざまちゅ」

「でも思い浮かべるわよね、プリス」

「あなたはでちょ、ネリー」

「ちがうのよね、あたしはするのよね」

「およしなさいな、お二人とも、口げんかはいけませんことよ。今度はわたくしの番。わたくし、観想に夢中なんですの」

リジャイナが観想をリハーサルした。

サラ＋ウジェダイ＋アジェダイ＋メアリー・ミックスアップ＋ネル・グウィン＋リジャイナ－2＝0
「拍手喝采よ、リジャイナ！　拍手！　拍手！」

「ありがとうございます。ありがとうございます、みなさま。ひと息つかせてくださいな。ただいま現れました幻は――」

「そう、**魔❊女❊な❊り！**」

「ゾウさんのお気に入りの一人よね、サラ」

「幻として現れた彼女は、わたくしの前世の化身だと申し上げようとしていたのですけれども。ネリー。さて、それでは最後に、われらがカバリスト二名のご登場でございます。お一人ずつお願いしますわね。プリス？」

プリス嬢が一つ目のカバラーを朗唱した。

サラ＋ウジェダイ＋アジェダイ＋メアリー・ミックスアップ＋ネル・グウィン＋リジャイナ＋プリス嬢－1＝0

「フェイギン！　まさにフェイギンですわ、プリス」

「フェイギン？　だれでちゅの、リジャイナ」

「ヴェニスの商人です。だれでもご存じかと思っておりましたけれど」

「知りまちぇんでちた。いいことなんでちゅか、悪いことなんでちゅか、ヴェニスっぽいタイプだっていうのは」

「最高の称賛でしてよ。二人目のカバリストの方も同じようにうまくできるとよいのですけれど。わたくしたちのなかで、いちばん厳しい任務が課せられているということになりますわね」

「わかってるって。あのさ、取引したいんだけど」

「また始まった」

「どんな取引をなさりたいの、イエンタ」

「実はさ、あたしヘブライ語完璧なのよ」

「どういうわけで？」

「女のラビと結婚してるから」

「え〜！　ヘブライ人でユダヤ人でラビなの？　なんて淫らな！」

「で、彼女に教えられたわけ。だけど、教えてもらってるとき鏡で自分の顔見たらさ……オエッ！みたいな。だから、続けて二度はやんない。顔がそっちのほうに張りついちゃうかもしんないから」

「あなたのカノジョはそっちのほうが気に入るかもしれないわよ」

「おだまり、ネリー。取引しようって言ってんの。みんなで本番やるときは絶対うまくやるし、〝栄光の手〟持っててあげるから」

「でもそれは蠟燭立てに刺すことにしてるのよ」

「持ってるって。そのほうがもっと気持ちを込められるじゃないのさ」

「だめでちゅ、イエンタ。気分が悪くなっちゃいまちゅわ」

「醜くなるより気分悪くなったほうがいい。持ってる。リジャイナ、取引成立っていい？」

「あれはとってもおぞましい代物なのですけれどねえ……。まあ、よろしいわ。取引成立といたしましょう。さてみなさま、わたくしどもはおまじないの文句を完璧に唱えることができますが、油断してはなりません。一度でもほんのちょっと言いそこねただけですべてが台無しになってしまったら、腹立たしいことでございますからね」

「リジャイナ、悪霊どもってそこまで細かいことにこだわんの？」

「わたくしが持っているどの邪本にもそう書かれておりますわ。サタンにとってみれば、きっちりやることは誠実さの証なのです。ではみなさま、よろしくて？」

「今回は本番なんでちゅの？」

「そうです、照明と小道具つきで。パイや、〝栄光の手〟に火をつけて、イエンタさんにお渡しして。お香を焚き、さまざまな不快な匂いを漂わせるのです。五芒星のまわりにお集まりください。和声形式で唱えます。わたくしのテンポに合わせ、合図にしたがって各自入ってきてください」

全員が、床に描かれた五芒星を囲んで輪になった。輪の頂点に華美な宝石のように鎮座するのは、威厳に満ち気品あふれるリジャイナ。続いて、燃えるような赤毛、乳白色の肌、豊満な胸（ポワトリン）のネル・グウィン。長身、黒髪、りりしく男っぽいイエンタ・カリエンタ。表情豊かな顔にくっついている太いまゆ毛の下で青い目を鋭く光らせるサラ・ハートバーン。ピチピチのギリシャ人奴隷のような双子のウジェダイとアジェダイ。調節が必要なヘルメットのように金髪をかぶっているメアリー・ミックスアップ。テニエルが『鏡の国のアリス』に描いたアリスのモデルだったとしても不思議ではないプリス嬢。

「ではみなさま」と、リジャイナが甘美な流れるような声でうながした。「みなさまはもはやレディではございません。邪悪な魔女でございます。唱えるときは本気で。悪魔が現れ出ることを念じて。悪魔をお慕いして。悪魔を愛して。悪魔にお願いして……さあッ！」

II

呪　文
one! regal
and majestic!
glorious
splendor!
方よ！　威風堂々
王たる者！
光り輝く
卓越せし者！
祈　禱
speravi
confitebor
tibi domine
in toto corde
信を置けり
我　汝に
謝す　主よ
我
祈　願
thee spirit
to come and
show thyself
in fair and
悪霊を
呼び出さん
眉目
麗しく
契　約
biens tant
spirituels
que corporels
qui me
給う
べき
魂と
肉体の
ゴーレム100
典　礼
silet
scigin
lord of all,
lucifer,
シレト
スキギン
悪魔の王
ルシファーよ
観　想
and ravished
every hour
from my youth.
the heavens
幼き頃より
休みなく
凌辱されたり
天は我を
カバラー1
カバラー2

I

Moderato ♩ = 50
呪文
i invoke
you, ye holy
お出まし
くだされ　畏れ多き
祈禱
domine deus
meus in te
主よ　我が神
我　汝に
祈願
i conjure
我　汝
契約
je renonce
a tous les
我は
神より
ゴーレム100
Moderato ♩ = 50
典礼
astrachios
asach
abedumab
アストラキオス
アサク
アベデュマブ
観想
i am
the daughter
of fortitude
我は
耐え忍ぶ
娘
カバラー1
カバラー2

呪文
and of the / unfathomable / abyss! / haunter of
底知れぬ / 深淵に / 棲まいし者！ / 空ほどの深みに
祈禱
aquarum. / ouyer! / chameron! / aliseon!
行くごとく / オウヤル！ / シャメロン！ / アリセオン！
祈願
By the name / of casmiel! / By the name / of beloved
カスミエルの / 名によって！ / 親愛なる / ルシファーの
契約
de la vierge / marie! / et de tous / les, oui, les
聖母マリア / からも！ / そしてすべての / そう / 天におられる
ゴーレム[100]
典礼
the power / to conceive / in my mind, / and the
孕む / 力を / そして / 望む
観想
appetite! / I am shadowed / with the hot / circle of
欲する！ / 熱い / 石で / 囲まれ
カバラー1
カバラー2

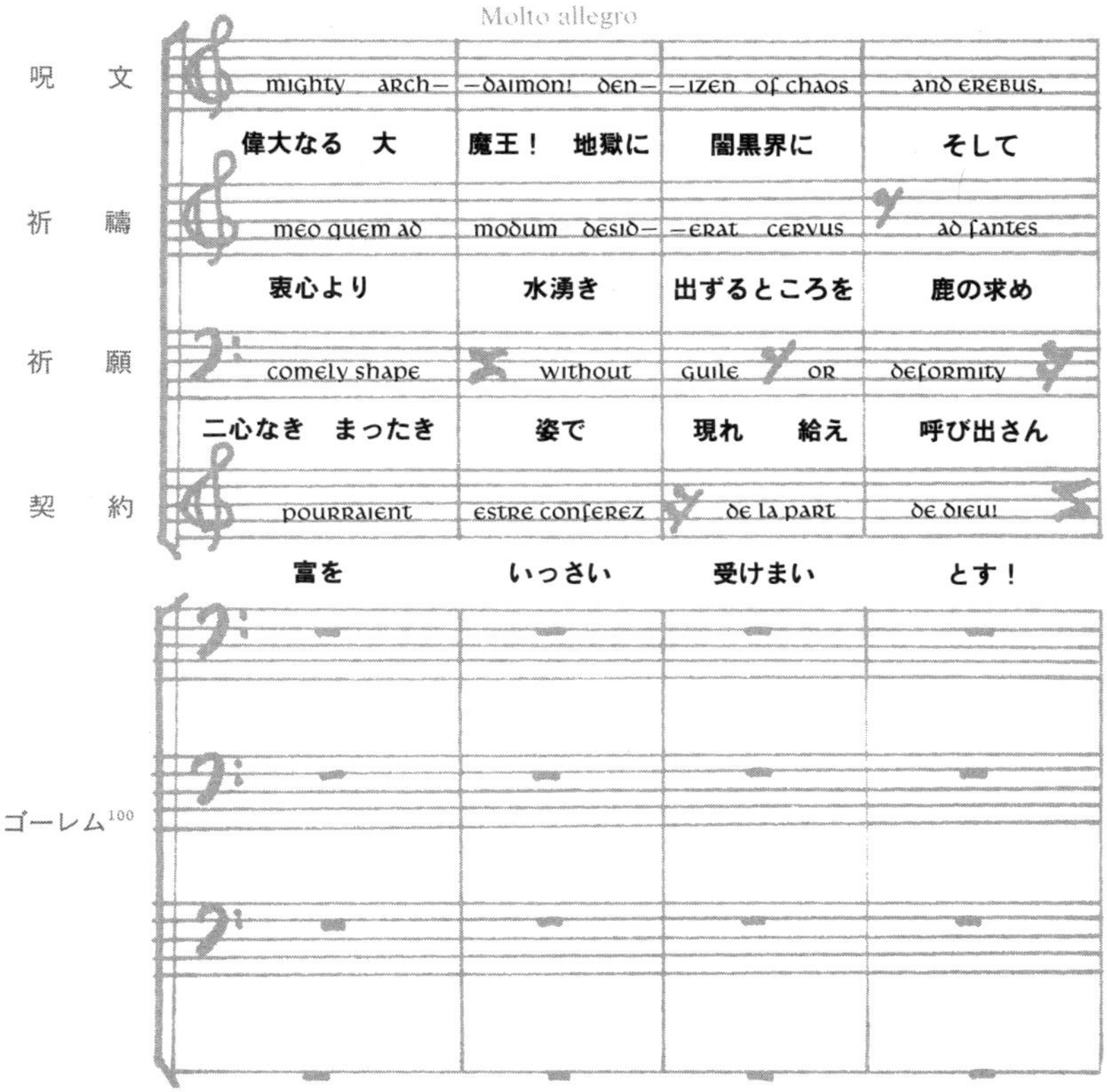
Molto allegro
呪文
mighty arch— —daimon! den— —izen of chaos and erebus,
偉大なる 大 魔王！ 地獄に 闇黒界に そして
祈禱
meo quem ad modum desid— —erat cervus ad fantes
衷心より 水湧き 出ずるところを 鹿の求め
祈願
comely shape without guile or deformity
二心なき まったき 姿で 現れ 給え 呼び出さん
契約
pourraient estre conferez de la part de dieu!
富を いっさい 受けまい とす！
ゴーレム[100]

Molto allegro
典礼
whose glance searchest the abyss, grant me
その眼は 深淵を 探す 想像のうちに
観想
oppress me! they covet and desire me with furious
虐げる！ 凄まじき 肉欲で 求め
カバラー1
カバラー2

VI

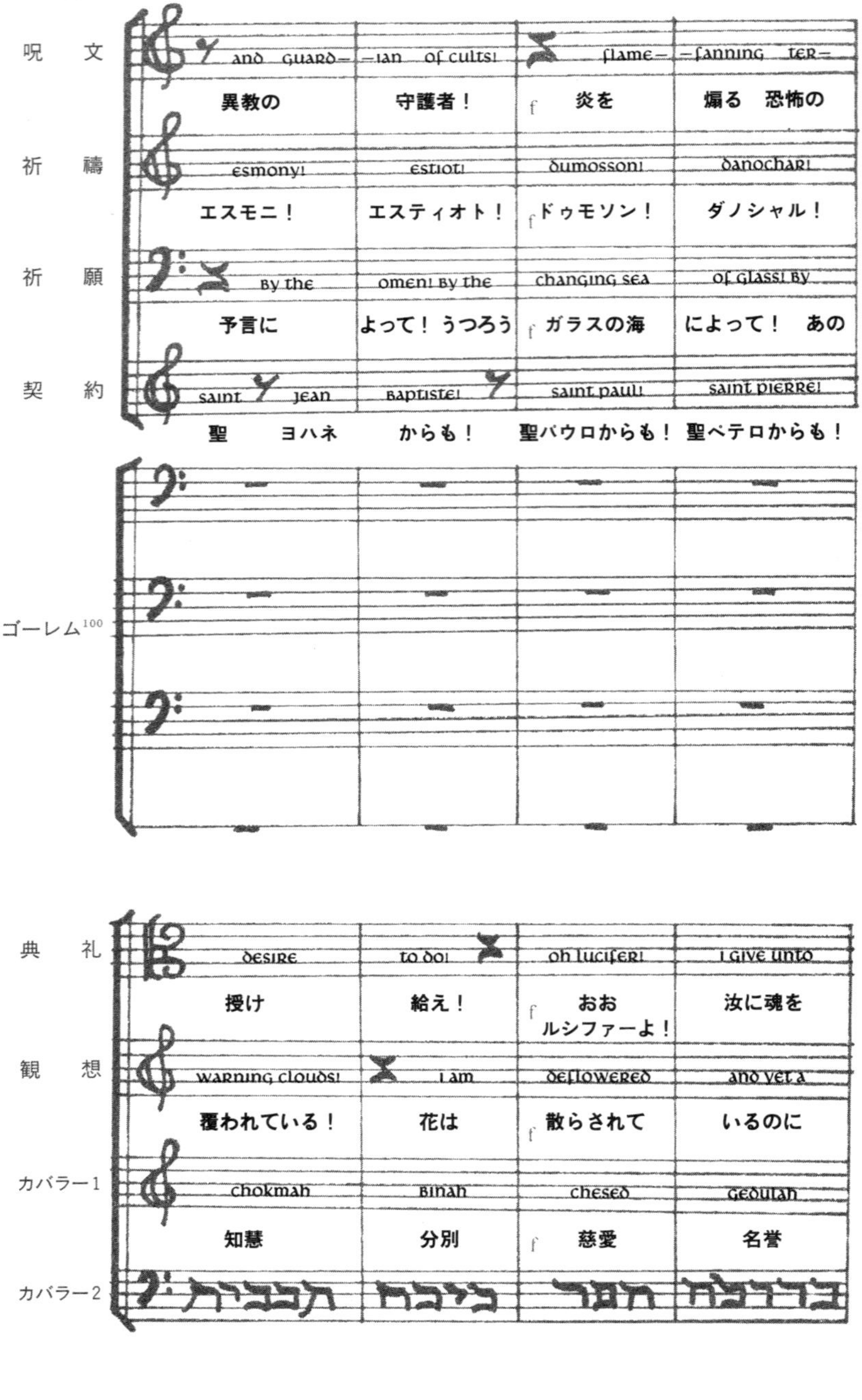
呪文
and guard— —ian of cults! flame— —fanning ter—
異教の 守護者！ 炎を 煽る 恐怖の
祈禱
esmony! estiot! dumosson! danochar!
エスモニ！ エスティオト！ ドゥモソン！ ダノシャル！
祈願
by the omen! by the changing sea of glass! by
予言に よって！ うつろう ガラスの海 によって！ あの
契約
saint jean baptiste! saint paul! saint pierre!
聖 ヨハネ からも！ 聖パウロからも！ 聖ペテロからも！
ゴーレム100
典礼
desire to do! oh lucifer! i give unto
授け 給え！ おお ルシファーよ！ 汝に魂を
観想
warning clouds! i am deflowered and yet a
覆われている！ 花は 散らされて いるのに
カバラー1
chokmah binah chesed gedulah
知慧 分別 慈愛 名誉
カバラー2
f

V

Accelerando = 50
呪文
sky-depths! murk enwrap– –ed, scan– –ning mystery,
立ち現れし者！ 闇に包 まれ あまねく 秘儀を探り出す
mf
祈禱
mandousin! premy! oriet! maydrus!
マンドウシン！ プレミ！ オリエト！ マイドルス！
mf
祈願
lucifer! by the dread day of final judgment!
名によって！ 最後の審判の 日の恐怖 によって！
mf
契約
saincts du paradis! pareillement de mon patron
いかなる 聖人からも！ わが守護聖人 洗礼者
ゴーレム100
Accelerando = 50
典礼
power to execute that all which I
こと すべてを 成し遂げる 力を
mf
観想
stone, and encovered with the crimson
影に なり 警告する 深紅の 雲で
mf
カバラー1
死 畏怖
mf
カバラー2

呪　文
of daimons!
invincible
lucifer!
サタナチア！
無敵の
Cresc.
ルシファーよ！
祈　禱
domine
meus
lucifer!
我が
主
Cresc.
ルキフェルよ！
祈　願
and having
one hundred
hands!
百の手を
備えし
Cresc.
獣によって！
契　約
corps
aaaaaaaaaaa
lucifer!
与え給え
アアアアアアアアアアア
Cresc.
ルシフェルよ！
ゴーレム
100
fff
fff
Cresc.
fff
典　礼
and my entire
being! sweet
lord lucifer!
そして全
存在を！最愛の
Cresc.
ルシファー様！
観　想
unto you,
oh my husband
lucifer!
産もう
おお我が夫
Cresc.
ルシファーよ！
カバラー1
yesod
malkuth
shaitan!
基礎
王国
Cresc.
魔王！
カバラー2

VII

呪　文
—ror darter!
射手！
heart-crushing
心魂を打ち砕く
despot!
暴君！
satanachia
悪魔の王
祈　禱
casmiel!
カスミエル！
hayras!
ハイラス！
sadirno!
サディルノ！
eparinesant!
エパリネサント！
祈　願
those beasts
獣たち
having eyes
によって
before and
前と　後ろに
behind,
目をつけ
契　約
et saint
聖
françois!
フランシスコからも！
et de me
そして我に
donner de
御身を
ゴーレム[100]
典　礼
thee my soul!
ゆだねん！
my inward
我が陰
parts! my
部を！　我が
desires!
欲望を！
観　想
virgin!
処女！
behold! i will
ご覧あれ！我は
bring forth
汝の
children
子を
カバラー1
geburah
勇気
tiphereth
栄光
netzach
光輝
hod
先端
カバラー2

IX

2

アディーダ・インドゥニは、悪がはびこる〈ガフ〉、すなわち〈北東回廊〉にある旧大(グレーター)ニューヨーク地区を含む警察管区のスーバダールだった。スーバダールとは、インドの軍人のあいだでの高い地位を示す称号で、西暦二一七五年ともなると世界のほとんどの警察部隊に配されていた。カーストの高位に属するヒンドゥー教徒特有の資質——鋭い洞察力、洗練された知性、深い文化的素養、徹底した感情の抑制——は、ガフで日常的に発生している精神病的あるいは幻覚的な犯罪の過酷な捜査を行なう上で、理想的なものだった。

スーバダールは一個の称号で、総督、長官、指揮官、隊長など、さまざまな職位を意味する。インドゥニは、スーバダール、指揮官、隊長、殿というようにさまざまに呼ばれ、どれで呼ばれようと返事をした。カーストのなかでも警察においても位が高いため、もったいぶって威厳を誇示する必要がないからだ。しかし、二十二世紀のメディアが張りつけたレッテル、〝ガフの殺人通〟だけは拒んだ。彼を〝通のインドゥニ〟と呼ぼうとする者はなかった。

隊長(スーバダール)は、騒がしくがなり立てる住人たちが〝でまかせ(ガフ)〟とあだ名する北東回廊の中心部でくり広げられ、創り出されてもいる（新種の罪業が絶えず考え出されているのだ）ありとあらゆる破滅的な残虐行為を目にしてきたと思っていたが、今回の惨事は類を見ないもので、彼の繊細なヒンドゥーの魂は吐き気をもよおした。

　女は、生ゴミと屑のなかでのたうちまわっていた。湿った縄のようなもので、手首と脚を縛られていた。まだ生きていて、叫んでいた。インドゥニは、一刻も早く息絶えることを願った。全身をカツオブシムシの大群に覆われていたのだ。この害虫は、骨格標本を作製するため、骨に最後まで細かく残った生の肉を食べさせるという目的で、自然史博物館で使われている。

　カツオブシムシは、生きている女の肉を、休みなく、がつがつと、一心にむさぼり食っていた。すでに骨が見えていた。目、鼻、耳、唇、舌はすでになくなっていたが、それでも叫んでいた。カツオブシムシは、女が苦悶の叫びを上げるたびに顔の裂け目から滴る血に喉を鳴らした。インドゥニ隊長は身を震わせ、哀れみ深い行為に及んだが、もし公にされたなら、ガフにおける彼の特別な地位はまちがいなく危険にさらされるだろう。制服組の警官（ポリッアイ）のホルスターからレーザー銃を抜き取ると、女の頭蓋骨に巧みに一つ穴を穿った。

　彼が率いる殺人捜査班が、安堵の声を低くもらした。隊長は自分の慈悲からの行為が公表されないとわかっていたが、助手がつぶやいた。「被害者の証言はどうなります？」

「口述のかね」インドゥニが軽快な気取（チチ）った口調で訊いた。「得られようはずもなかろう？　話せなかったのだから」

「はい。ならば書きとめられたものは？」

「ああ、そうだな。書いたもの。しかしどうやって？　この人には手があるかな？」

「なにも残っておりません」

「そのとおり。では耳は？　質問を聞き取れただろうか。まちがいなく聞き取れなかった。絶対に。

あるのは物的証拠だけ、そして——」インドゥニ隊長が、驚いて口をつぐんだ。驚くことはまれだった。見つめた。捜査員たちも見つめた。一瞬のうちに、カツオブシムシが消えた。それと同時に、縛っていた縄も消えた。残されたのは一点の物的証拠、死んだ女の食い荒らされた死体だけだった。

「そしてこれを、どのように当局に報告すればよいだろうか。虫と縄は体の上にあった。そうだろう？」

「はい」

「われわれはそれが消えるのを見た。そうだろう？」

「はい」

「全員まったく同じものを見ただろう？」

「はい」

インドゥニは捜査員たちを見まわした。もちろん全員、誠実に自信をもって答えた。インドゥニはため息をついた。「では、われわれは全員、このきわめて残酷な死をもたらした原因となるものを見たのであり、見なかったのだろう？」

「はい」

「そのとおり。われわれは、見たものと見なかったものを信じられるか？」

「むずかしいです」

「むずかしい？　ちがう。不可能だ。当局に報告することは不可能である。われわれ自身を精神異常だと報告するのがいちばんであろう」

インドゥニ隊長が、ふと気にとめて鼻を鳴らした。鼻孔をぴくぴく動かした。ガフを汚染しているさまざまな強烈な悪臭には慣れていたが、こんな匂いは初めてだった。独特だ。また驚いた。

「サタンはどこです？」

「ここにはいないわ」

「どなたか五芒星のなかでなにかうごめいているのが見えますか？」

「ぜんぜん」

「どなたかなにか感じます？　サラ、あなたはいかが？　悪魔が足にじゃれついています？」

「くすぐってもくれないわよ、リジャイナ。ひどい。**ひどい！　ひどすぎまするッ！**」

「くやしい！　がっかりだわ」

「留守だったのかも」

「だれかしらいらしたはずです」

「電話帳に載ってないのかも」

「そうだとしても同じことですわ、指名通話にしたのですもの。ともかく、あきらめてはなりません。来週またやってみましょう。よろしい？」


　ガフを管轄する警察署にかかってきたヒステリックな電話は、どれも支離滅裂な内容だった。だが、捜査班とともに現場に到着したとき、インドゥニ隊長はその訳を理解してぞっとした。

　その男は、朽ちたオペラハウスのポルチコに立っている柱の礎のまわりを巻くように伝っていた。這いまわり、倒れ、立ち上がり、よろめき、哀れに泣き、金切り声を上げ、キリストの名を呼び、神々を罵っている。腹が深く裂け、そこから血がじわじわと出て、腸が飛び出している。腸の一方の端は柱に結びつけられており、ぐるぐるまわるにつれ少しずつ体から繰り出されて、血にまみれた鉛色のひもで花輪のように柱を飾っていく。自分で腸を抜くような行為に男を駆り立てたのは——

「なんなのだ?」インドゥニが突然大声を上げた。「なんの仕業なのだ? なんなのだ? こんなことはいままで一度も——一度もない。きみたちは見ているか? われわれは見ているか?」

彼らは、ぎらぎらと輝くガンメタルでできたかのようなばかでかい死刑執行人を見た。形はあるようでない。アメーバのように形が定まらず、流れるように形を変化させながら、脚、足先、指球、手を押し出していく。十二本の手、二十本の手、無数の手。なかには燃え上がらんばかりに輝いているものもあり、白熱した手が発する匂いは犠牲者の燃える背中の臭いと混じり合った。手で焼かれ突き刺されながら、男は柱をめぐって腸を繰り出し、やがてガフを引き裂くような断末魔の叫びを上げ、しぼんで息絶えた。すると巨大な化け物はその匂いだけを残して姿を消し、匂いは隊長の鼻の穴を汚染した。

「なるほど、わかった」とインドゥニは思ったが、オエオエと吐きそうになっていたので、口がきけなかった。「おぼえがある。ブーケ・ド・マラッド、狂える匂いだ」ようやく部下たちに話しかける。「きみたちは見たか? われわれは見たか? 全員?」

一同、うなずくのがやっとだった。

「われわれが見たものはなんであるか?」

全員、首を振る。

「人か? 動物か? 生き物か? 生きていたか?」

全員、途方に暮れて肩をすくめる。

「顔はあったか？　容貌は？　わたくしにはなにも見えなかったが」

「われわれにも見えませんでした、隊長」

「だが足はあった。いくつも。あの存在それ自身のように、現れては消えた。そして手。諸君は何本見た？」

「十本です」

「いいえ、五十本です」

「それ以上です。少なくとも百本はありました」

「同意見だ。百の手を持つ何者か。なかには白熱した手もあった。見たかな？」

「はい、隊長、しかし……」

「ほう。『はい、しかし……』と言って、あとが続かない。はい。しかし。しかしなぜ皮膚が白熱しうるのでしょうか、だろう？　だがわれわれは目撃した。皮膚は金属のように白熱することはない。しかし。われわれは、百本の手が拷問して殺すところを見た。われわれはあの生き物が消えるところを見たが、生きているものは消えることはできない。しかしそれは生きていて、かつ消えた。しかし。しかし。しかし。この『しかし』を当局にどう説明すればよいのだろうか。われわれ自身にどう説明すればよいのだろうか」


「なんざんしょ、また失敗してしまいましたわ。くやしいですわね、みなさま、うまくいきませんせん」

「わたしたちに問題があるんじゃないかしら、リジャイナ。呪われてないとか……あんまり」

「呪文は正確に唱えましたかしら」

「完璧だったわ」

「文句がまちがってたとか」

「わたくしの邪本から一語ずつ取り出したんですのよ」

「あたしが持ってた〝栄光の手〟はどうなの？　本物？　あの蠟燭、ちゃんと処女の脂肪からつくったもんなの**？**」

「あたしのカレのドローニー（蜂(オス)）が保証してよ、イエンタ。それに、蠟燭を持つ手は処刑された凶悪犯の手にまちがいないの。あたしのドローニー、死体公示所を思いのままに動かせるから」

「どうやって、ネル**？**」

「袖の下よ、サラ」

「**そ✻で✻の✻し✻たァ？**　なんのために**？**」

「あなたたち知ってるものと思ってたんだけど。あたしのドローニー、熱心な死体嗜好者なのよ、よくやるわよね」

「みなさま、おしゃべりはそのくらいになさいませ。わたくしたちに真剣さが足りないということが問題なのだと思いますわ。もう一度やってみましょう。今回は本気でまいりますからね」


　彼らは、きっちり一列に並んでいた。十人が、錆びついて朽ちていくにまかせた廃車場であおむけに横たわっている。男子―女子―男子―女子と、ほとんど乱交パーティのようだが、腰を揺すってはいなかった。死んでいたから。

「起きたばかりの殺戮」と、インドゥニ隊長が必死に平静を保とうと努めながら述べた。「まだ血を流している。諸君、見えるかな？」鼻をクンクンやると、胸が悪くなって端正な顔がねじれた。邪悪な狂える匂い（ブーケ・ド・マラッド）を感知したのだ。「うむ。まちがいない。またわれらが〝百手（ハンドレッド・ハンダー）〟の仕業だ。このようなことを企てられるのは、あの怪物しかいない」

企ては、単純かつ残虐だった。男子は意識がある状態で性器をもぎ取られ（そうされたことは歪んだまま凍りついている表情でわかる）、一つひとつの性器が一人ひとりの女子の口に突っ込まれている。女子は片方の乳房をもぎ取られ、その一つひとつが男子一人ひとりの口にねじ込まれている。インドゥニ隊長は深く息を吸い込むと、かぶりを振った。

「告白するならば」と部下に言う。「わたくしはガフに長く住みすぎたと思う。初めて回廊へ来たときには、わが懐かしきボンベイを思い起こした。満ち足りて、気持ちがなごんだ。しかし、次から次へと変化が起こった。同意してもらえるかな、諸君」

「はい。この時代に回廊は確かに変わってしまいました」

「無論、つねに変化はあり、われわれは文明人としてつねに適応していかねばならない。だが、適応するといってもなににだ？　こんなことに？　そしてこれ以外の百手による数々の殺戮に？　狂気の悪臭を放つこの百の手を持つ怪物とはなんなのだ？　殺戮そのものが狂気の悪臭を放つ怪物とは。それは獣の匂いだろうか。そうだとも言えるし、そうでないとも言える。それは野菜の匂いだろうか。そうだとも言えるし、そうでないとも言える。それは鉱物の匂いだろうか。そうだとも言えるし、そうでないとも言える。それはわれわれがこれまでに出会ったことのあるものの匂いだろうか」

「答えは否であります、隊長」

「そのとおり。われわれがこれまでに知りえた範囲内での目的を達成するのが、この怪物の動機なのだろうか」

「いいえ、隊長」

「このような手と悪臭と狂気と残虐性を備えたものが、地上に存在するだろうか」

「いいえ、存在しません」

「テレビドラマに出てくるような、宇宙から来たエイリアンであろうか」

「いいえ、隊長。わが通信部は、銀河系の内部何光年にもわたって、いかなる生命体も存在しないことを知っております」

「知っているのか、それともそう信じているのか？」

「知ってるんであります。二世紀にわたり、五百メートル電波望遠鏡が、銀河系全域に向かって発信を続けてまいりました……人間の姿を、二進数を、原子番号を、DNA構造を、太陽系の運行図を……なのに応答は皆無です。われわれは、銀河系のこの一角に孤立しているのです」

「きわめて興味深い。すると、銀河系から来たエイリアンではないのなら、われわれ太陽系のエイリアンということになる。それは生きており、手に負えない。それは把握できない事実。人知が及ばない存在。知りえない存在。不可解な存在。にもかかわらず、それは現実に存在する。それは、ガフの新種の狂気なのだ」

「いかにも、隊長」

「では、われわれはこの新種の狂気を征服せねばならぬのだろうか」

「そうであります。それがわれわれの任務であります」

「無論そうだ。われわれの道義的及び法的責務である。だが、どのように対処すればよいのか。ガフで新たな狂気が発生するたびに、自分たちがそれに合わせて新たに狂うことで応じるのか。われわれは責任を果たすため、順応を迫られるのだろうか。とてつもない狂気の世界にありながら、適合し、通常は正気を失わずに」

「適合せねばなりません、隊長……われわれ全員」

「では、われわれは文明の価値に密かに寄り添いつつ、〝隠れ正気〟とならねばならぬのか？　われわれの身になにが起こるのだ？　ガフと回廊になにが起きているのだ？　お願いだ、諸君、できるならばおしえてくれたまえ……今日（こんにち）の北東回廊とは、いったいなんなのだ？」

3

言うまでもなく、いまや北東回廊は、カナダからノースカロライナおよびサウスカロライナ州、西へはペンシルベニア州のピッツバーグまで広がる、北東スラムと化していた。狂気の暴力がはびこるその土地は、目に見えるかたちの援助も受けられず決まった住居もない人々であふれ返っていた。あまりに広大で混沌としていたので、人口統計学者も社会事業関係者も匙を投げた。警察だけが引き続き奮闘していた。

それは、だれもが糾弾しかつ熱愛する、ぞっとする見せ物だった。回廊、特に回廊のガフに暮らすことは、錯乱したホッテントットの女神に抑えがたい欲情を抱くようなものだった。嫌悪しているのに、はねつけることができない。

豪勢な〈オアシス〉のなかで守られた生活を送ることができ、そればかりか、気の向くままにどこへでも逃避できるリジャイナ女王と七人の蜜蜂レディのような特権階級に属する者たちですら、ガフを離れることなど考えもしなかった。食うか食われるかのジャングルは、人を魔法にかける。それは生気にあふれていたのだ！　その狂乱状態から、わくわくするような新種の悪徳、罪業、犯罪、暴力行為が量産された。人は自分がいつ何どき死ぬことになるかわからなかったが、いまを生き生きと生きているということはいつもわかっていた。

回廊は、日々、生存の危機に満ちていた。まず、寒さがこたえた。だれもが震え、冬は半年間も続くように思われた。俗受けする信仰復興運動が、また氷河期がやってくると唱え、キリストの再臨を告げた。神秘の（?）年二二二二年が氷結期の最後となり、そのときすべての罪人が審判を受けるとされた。スクリャービン・フィンケル楽団が、氷河軍の讃歌『神大いに凍えささんとする日、汝いずこにありなんや』を作曲した。

熱不足にも増して腹立たしいのは、水不足だった。持ち運び用の天然水の大部分は、ずっと以前にＩｂｅｔ（アイベット）（Industry Building a Better Tomorrow、産業が築く明るい未来）が囲い込んだので、今日、そのとばっちりを受けて苦しむ消費者にはほとんど残されていない。もちろん、屋上のタンクの雨水は〝ＨＯジャック〟たちにしょっちゅうサイフォンで吸い出され、盗まれていた。リサイクルして精製。闇取引。その結果、ごく限られた者しかまともに入浴したり洗濯できず、ジャングルには悪臭が漂い、十五キロ離れた海上からでも、北東回廊の香りをかぐことができるほどだった。

なかには悪臭も気にせず道に散乱する腐敗物を楽しげに跳び越える者もいたが、大多数は忌避し、そういう人たちは唯一の手段として香水にすがった。百社にのぼる香水製造会社がしのぎを削っていたが、一人勝ちしているリーダー的存在はＣＣＣ（Corrugated Can Company、波形缶会社）で、香水の需要が爆発的に増加したときに、好機をとらえて多角経営に乗り出した。

ＣＣＣは、ブレイズ・シマが入社するまでは売上が他社と互角であったことを、非公式にではあるが潔く認めた。シマが来てからはどこも相手にならなかった。ブレイズ・シマ。出自——フランス人、日本人、アイルランド人。家族——なし。学歴——プリンストン大学で理学士号、ＭＩＴで理学修士号、ダウ・ケミカルで博士号取得。（ダウはシマが勝ち馬であることを密かにＣＣＣに漏らし、不正競争行為をめぐる訴訟は、いまも商取引倫理審議会で審理中。）ブレイズ・シマ、三十一歳、未婚、異性愛者、天才。

　シマの嗅覚の鋭さは天性のもので、CCC内部での通称は〝鼻〟。香料とその化学的性質に精通していた。動物由来の生成物は、竜涎香（アンバーグリス）、海狸香（カストリウム）、霊猫香（シベット）、麝香（ムスク）。植物から抽出される各種の精油。高木や低木の切り口から浸出するバルサムは、没薬（ミルラ）、安息香（ベンゾイン）、蘇合香（ストーラクス）、ペルーバルサム、トルーバルサム。天然香料と脂肪酸のエステルを組み合わせて抽出した合成化合物。

　シマはCCCの売れ筋商品をすべて創り出した――〈ヴァルヴァ（女陰）〉、〈アスウェイジ（鎮静）〉、〈オクスター（腋の下）〉（営業部のコーンブルスが提案した〈アームピトー（同じく腋の下）〉よりもはるかに魅力的な商品名）、〈プレップ（前戯）-F〉、〈タング・ウォー（ディープキス）〉。シマはCCCで飛びきりの待遇を受け、ぬくぬくと暖かい超豪華なオアシスで暮らすことができるほどの高額な報酬を受け取っていた。なんといってもCCCは、彼に温水と冷水の両方をたっぷり確保してやれる強い影響力を持っていた。うちに来て熱いシャワーを浴びたらどうかというシマの誘いに抵抗できる娘は、ガフにはいなかった。

　だが、ブレイズ・シマは、こういった快適さと引き換えに高い代償を払っていた。香料入りの石けん、シェービングクリーム、ポマード、香水、脱毛剤はいっさい使用禁止。香辛料を使った食べ物は厳禁で、飲み物もガラス蒸留の水しか許されなかった。こういったことはすべて、〝鼻〟を汚染から守り、彼が不純物のない無菌状態のラボで匂いをかぎまわり、次なる傑作を創り出せるようにするためだった。現在、ヒットまちがいなしの新製品（開発名〈ディル-ドー（バイブ）（Dil-d'Eau）〉）に取り組んでいるところだったが、もう二か月かかりきりなのに確かな成果を得られず、CCC営業部は遅れを懸念していた。重役会議が開かれた。

「いったいどうしたというんだろうな、まったく」

「腕が落ちたのだろうか」

「まさか」

「以前もペースダウンしたことはありますからね。イパネマの娘、おぼえておられるでしょう？　メロメロにさせられて。名はなんといいましたっけ」

「イルデフォンサ・ラファティ」

「男殺しだともっぱらの噂だったが、そのイルデフォンサもこれほど長く彼をつなぎ止めてはおかなかった。休養が必要なのでは」

「とんでもない、ここ三か月のあいだに二週間休暇を取りましたよ」

「なにをしてたんだろう」

「一週間、とことん飲み食いしたと言ってましたよ。食欲旺盛ですんでね」

「そのせいかな。二日酔い？」

「いいえ。二週目はひたすら身を清めてから出社したと言ってましたから。本当に」

ここでいきなり、巨体で貫禄たっぷり、ワニ皮かと見まごう肌の持ち主である取締役会長が口をはさんだ。「社内で困っていることがあるのかね？　中間管理職あたりとうまくいかないとか」

「それはありえません、会長。彼を困らせようなどとは思いもしないはずです」

「昇給しろとごねているのか？　上げてやりなさい」

「いまの給料も使いきれないと言っております」

「待てよ。うちの競争相手に言い寄られたんだろうか」

「しょっちゅうですよ。笑って取り合いませんけれど。わが社で満足しておりますから」

会長は考え込んだ。「では、個人的な理由なのかもしれんな」

「そうだと思います」

「女がいないというよくある悩みか？」

「まさか！　そのような悩みなど！　私生活では、〝鼻〟は〝種馬〟に変身でございますから」

「家族は？」

「身寄りはございません、会長」

「野心は？　インセンティブは？　ＣＣＣの幹部にしてはどうかね。副社長のポストがあいているだろう」

「今年初めにそのポストをオファーしましたが、笑っておりました。薬品と戯れていられれば、それでいいというわけでして」

「ではなぜ戯れておらんのだね」

「いったいどうしたというんだろうな、まったく」

「あなた、そう言ってこの会議を始めたんじゃないか」

「ちがいます」

「そうだって」

「ちがうって」

会長がまた割り込んだ。太く低い声で、抑えつつもどなる。「諸君！　諸君！　やめたまえ！　シマ博士は個人的な問題を抱えていて、それが彼の非凡な能力を押さえつけ、かつ、あるいは、妨害しているようだ。われわれが解決してやらないと。急を要するのかね？」

「はい、会長。営業部はすでに〈ディル-ドー〉で百万個以上の予約注文を取っております。応じられなければ信頼性を大きく損ねることになりますし、考えたくもありませんが、そうなればシマの評判もがた落ちです」

「なるほど。提案は？」

「精神科医にみせますか？」

「自発的に協力する意志がなければ無意味だよ。協力はしないと思いますなあ。強情なアジア野郎だから」

「議員殿！」と会長がとがめた。「お願いです。そのような表現でわたくしどもの貴重な人材をお呼びになられては困ります」

「会長、あなた、われわれの問題は彼の問題を解決してやることだとおっしゃったでしょ」

「申しましたが、先生」

「だったら、まずその解決法を見つけるべきなのでは？」

「先生、ごもっとも。ご提案はございますか？」

「とりあえず、二十四時間体制で密かに監視してはどうだろうね。アジア野郎の――おっと失敬！優秀な博士のあらゆる活動、友人、知人などをね」

「よいアイデアです、議員殿。ＣＣＣ警備会社を使って？」

「それは避けたほうがよろしいのではありませんかな。内部で漏れる可能性が高いし、このことを知ったら反感を抱くだけですからな、優秀なアジア野郎――いや、博士は！」

「外部機関に監視を依頼すると？」

「そう」

「あてはございますか？」

「以前、スキップトレース（行方不明者捜索員）・アソシエーツに頼んだことがあってね。いつも誠意をもって効率よく仕事を進めてくれましたよ」

　会長はしばらく考えていたが、やがて立ち上がり、怠惰なワニのような足取りで、ドタリドタリと扉に向かった。途中で自分の肩ごしに言った。「よろしい。そうしましょう。会議はこれまで」

「みなさま、ほとほとうんざりでございますわね」女王蜂が、いら立ちながらも気品を失わずなめらかな口調で言った。「薄気味の悪い呪文をことごとく習得し、きつい匂いの香を残らず焚きましたのに、まったくなにも起こらないとは。ルシファーはいずこ。助手の悪魔すら現れぬ。やり方を変えましょう」

「賛成よ、リジャイナ」とウジェダイ。「別のことをやってみましょうよ。でもラテン語はもういや」

「ヘブライ語もごめんだからね。まだ顔が逆向きになってるような感じだもん」

「みなさま、こちら指揮官、応答せよ」

「サスペンスに震えまする、リジャイナ」

「あたしは寒くて震えてるけど」ネル・グウィンの乳白色の腕に鳥肌が立っている。「凍えちゃう、リジャイナ」

「パイや！　火床にもっと泥炭を。早くおし。それから、暖炉のなかの台にやかんをかけて。コーヒーをいただきますからね」

「使いまわしのお風呂の水しか残ってませんけど、リジャイナさま」

「それでよろしいわ。みなさま、わたくしの次なる作戦を申し上げます。昔ながらのキルト作り蜂の会はいかがかしら」

「なんの蜂の会ですって？」

「キルト作りの蜂の会。人間の女性の方々がはるか昔におやりになってらした集まりですの。わたくしたちのようにたびたび集まっては、パッチワーク・キルトを縫ったのです」

サラ・ハートバーンが驚いた。「あの**美しき**ものが実はすべて!!!ハンドメード!!!だと申すか、**手✽を✽つ✽かっ✽た？**　美術館が自然発火で生み出すものだと思ってたのに」

「その言葉、〝自然通火〟だと思ってたんだけど」

「おだまりなさいな、メアリー」とリジャイナが笑う。「そう、手縫いでしたの。お望みならわたくしたちにも作れましてよ」

「リジャイナ、その話乗った」イエンタ・カリエンタが抜け目のない様子になった。「でも、でき上がったらだれのものになんのよ」

「だれのものでもございませんわ。美術館にお売りして、わたくしたち全員のために芳(かぐわ)しい香水をたくさん買いますの」

「最高！　あたしも入れて、ブルルッ！」ネル・グウィンが身震いした。「ほかに賛成の人は？　手を挙げて。あなたは引っ込んでなさいよ、パイ、投票権ないんだから。一、二、三、四……八人中六人。ウジェダイとアジェダイは反対なのね、いつもどおり」

「反対してるんじゃないわ。忌避してるのよ」

「どういう意味でちゅの？　卑猥な言葉でちゅの？」

「また今度ね、プリス。で、どうすればいいの、リジャイナ」

「問題はパッチワークの布ですわ、ネル。カラフルな布、本物の布。リサイクルではない布でなければ」

「バッチリよ、リジャイナ。あたしのドローニー、アンティークシルクのネクタイのすばらしいコレクション持ってるから。だぶってるのがたくさんあって、本人は手放してもどうってことないはずなの。巻き上げてくる」

「助かりますわ、ネル。わたくしの邪本の一冊に見事なデザインが載っておりますので、次の集まりから取りかかることにいたしましょう。パイ！　さっさとコーヒー！　キルト作りは、愚かしい老いぼれサタンと接触しようとする合間の気晴らしになりますわ」


有限会社スキップトレース・アソシエーツは激怒していた。会社が大事な顧客の要望に応えられなかったのは今回が初めてで、それになんとなくだまされたように感じた。二週間後、部長は依頼された件をCCCに投げ戻し、必要経費のみを請求した。

「会長殿、われわれの相手はプロなのだと、なぜおしえていただけなかったのでしょうか。うちの捜索員は、そのような相手に対処する訓練は受けておりません。クズしか扱わないのですから」

「ちょっと待ってくれたまえ。〝プロ〟とはどういうことかね」

「プロフェッショナルなやくざということです」

「え？」

「やくざ者。ならず者。チンピラ。ぺてん師。ゲス野郎。悪党」

「うちのシマ博士がぺてん師？　ばかげたことを！」

「あのですね、会長殿、わたしが主な事実を述べますから、ご自分で結論を引き出してください。よろしいですか？」

「もちろんだとも」

「いずれにしましても、この報告書に詳しく書かれております。毎日シマをダブルでつけさせました。つまり、尾行し、張り込み、偵察する者が二人いるわけです。社内では必要ないということでしたよね。社を出る瞬間からつけました。必ずまっすぐ帰宅しました。女の子たち以外、だれとも会わない。女の子たち以外、だれとも接触しない。なにもない。ここまではよろしいですか？」

「続けてくれたまえ」

「二交代制で彼のオアシスに張り込みました。あそこはしっかりと守られていますから、楽にできました。毎晩オーガニック・ナーセリーから夕食を配達させていました。〝純粋な食べ物でなにも加えてません〟てのが売りの合法的な店です。探偵たちは配達人たちを調べました。合法です。食事を調べました——ときに一人分、たいてい二人分。合法。ティンクトもなし、クロムもなし、モードもなし、ティンジもなし、なにもなし」

「待ってくれ。なんのことか理解できないのだが」

「無理もありません。通り言葉なんです。スクイーム、つまりドラッグを指すガフ言葉で、近頃は連中、それでラリッてます」

「なるほど」

「探偵たちは、シマのペントハウスを出た女の子たちをつけて調べました。全員シロ。いまのところ全員シロです。よろしいですね？」

「それで？」

「ここからが核心です。週に二、三回、シマは夜に住まいを出てガフへ行きます。夜中の十二時に出て、四時頃まで戻らない。三十分前後のずれはありますが」

「どこへ行くんです？」

「そう！　それが核心の核。わからないんです。プロらしくこっちをまくから、わからない。カモ探して流してる淫売かホモみたいにガフを縫うように進み、かならずうちの探偵たちをまいてしまう。連中をけなしてるんじゃありません。腕はいいんです。だがシマのほうが上だ。賢くて狡猾で俊敏、真のプロ。わが社の手に余ります」

「では、週に幾晩か、真夜中から四時のあいだに、彼がなにをしているのか、だれに会っているのか、まったくわからないというわけかね？」

「わかりません。われわれは収穫ゼロで、御社は問題を抱えておられます。もうわれわれの手には負えません。ご期待にそえず申しわけございません。必要経費だけお支払いくださされば」

「ありがとう。ただね、通念に反して、企業というものはとことん冷淡というわけではないのだよ。CCCは、結果が得られなかったことも成果だと承知している。事実、そのことをわれわれにおしえてくれたのは、シマ博士その人でしたよ。あなたはわれわれに成果をもたらし、わたしは満足しています。必要経費に加えて、お約束の料金もお支払いしましょう」

「会長殿、それではわたしの――」

「いや、いや。それだけの働きがなかったとお思いになってはいけませんよ。謎の四時間というところまでせばめてくださったわけだから。あなたがおっしゃるように、これからはわれわれの問題だ。かなり変わった専門家を呼び出さねばならないでしょうな。そしてこれもシマ博士におしえられたことだが、変わった問題には変わった解決策が必要だからね」

4

　ＣＣＣが呼び出したのは、セーレム・バーンというプロの魔術師で、すなわち呪術の達人だった。バーン氏は事あるごとに、自分が降霊術師（ネクロマンサー）でも精神科医（サイカエトリスト）でもなく、その二つの組み合わせであると強調し、精神感応医（サイコマンサー）を名乗っていた。身体言語を知覚するずばぬけた能力と、その沈黙の言葉を解釈する優れた能力をもって、精神障害者に対し、きわめて洞察力に富んだ分析を行なう。実践しているふりをしている魔術は、患者に畏怖の念を起こさせ、抗おうとする力を無効にするための仕掛けにすぎなかった。

　バーン氏が、愛嬌のある笑みを浮かべながら、ブレイズ・シマのちり一つ落ちていないラボに入ってきた。シマ博士が悲痛な声を上げた。

「入室するまえには消毒してくださいと言ったでしょう！」

「いたしましたけれども、博士。ご指示どおりに」

「してない。あなた、アニスと、イランイランと、アントラニル酸メチルのにおいがぷんぷんしますよ。ぼくの一日を汚染してくれたね。困るじゃないですか」

「しかしシマ博士、わたしは本当に――」いきなりバーン氏が口をつぐんだ。「これは。なんと。まさに」とうめく。「おっしゃるとおりです。不潔だ！　不潔だ！　けさ、妻のタオルを使ってしまいました」

シマは笑って、換気装置をフル回転させた。「気になさらずに。無理もないまちがいですし、悪く思ってはいませんが、奥さまにはここから出ていっていただきましょう。廊下を行ったところにオフィスがあって、そこなら安全です。話はそこで」

二人はオフィスに腰を落ち着け、互いを念入りに見分した。シマの目に映ったのは、注意深く、抑制の効いた男で、四十代後半、細身で肌はなめらか、動作や口調は慎重かつ洗練されているが、絶えず軽いユーモアも交える人物。

バーン氏の目に映ったのは、感じのよい、まだ若い男で、ミドル級のボクサーか、むしろ空手の達人のように調和がとれている引き締まった筋肉質の肉体を持つ人物。刈り込んだ黒髪、小さく鋭い耳、高い頬骨、油断なく見つめていなければ読み取れない切れ長の目、たっぷりした唇、心のうちを明かしてしまいかねない優美な手。

「それでバーンさん、どのようなご用件でしょうか。会長のミルズ・コープランドから、協力してもらえれば大変ありがたいと言われていまして、ぼくは会長のお役に立ててうれしく思います」と言うあいだ、シマの両手は、「なんだってオレを邪魔しに来やがったんだよ、このいかさま医者」と訊いていた。

「シマ博士、ある意味わたしは同業者なのです。申し上げましたとおり、わたしは精神感応医、精神医学の降霊術師といったところです。重要な診断術の一部として、儀式の最中に香を焚くというのがあるのですが、どの香りもありきたりです。そこで、あなたの専門知識で儀式用になにかめずらしいものをご提案いただけないものかと思いまして。儀式と言いましても、正直な話、単に見かけ倒しといったところなのですが」

シマはバーンの率直さが気に入った。「なるほど。興味深い。ご使用になっていたのは、蘇合香(ストーラクス)、シュヘレテ香、楓子香(ガルバヌム)……そういったものですか？」

「名前は存じません。化学者ではないもので。しかしどれもありきたりで、患者は何度も嗅がされているうちに、なんとも思わなくなってしまいます」

「大変興味深い。そうですね。なにかちがうもの、めずらしいものをご提案できると思いますよ、もちろん。たとえば――」ここでシマは突然口をつぐみ、宙を見つめた。

しばらくしてから、精神感応医が尋ねた。「どうかなさいましたか、シマ博士」

「いいですか」とシマがいきなり「あなたは見当を誤っている」

「わたしが？　どのように？」

「香の燃やし方がありきたりなんです。匂いを変えても無駄でしょう。斬新な方法を試してみてはいかがです？」

「どのようなものでしょうか」

「オードフォン方式です」

「オードフォン？」

「ギリシャ語とラテン語をルーツとする造語です(教養がオレの邪魔をする)。香りには、音階に似た段階があります。つんとくる匂いは高音、むっとする匂いは低音に相当する。たとえば、竜涎香(アンバーグリス)はソプラノで、スミレはバス。ぼくが二オクターブ分ほどの音階を作成して、あとはあなたが儀式で流す音楽を作曲し、演奏法を考え出せばよろしいでしょう」

「シマ博士！　実に見事なアイデアです！」

「ええ、そうでしょう？」シマがにっこり笑った。「でも正直なところ、ぼくたちはいずれ劣らぬ才気の持ち主だと言わねばなりません。あなたがこれほどまでに独創的で興味深い課題を提示してくれなかったら、このようなアイデアは浮かびませんでしたから」

互いを高く評価したこの瞬間から二人は接近し、各々が熱心に自分の専門分野の話をした。いっしょにランチをとり（シマは生野菜と蒸留水）、個人的なことやそれぞれの一風変わった職業について少しばかり語った。二人は香を実験する計画も立て、シマは悪魔信仰や悪魔伝説をばかにしてはいたものの、実験に参加することを自ら申し出た。

「ところが皮肉なことに、彼はまちがいなく悪魔に支配されているのです」とセーレム・バーンが報告した。

会長は眠たげなトカゲのようにこれについて考えてみたが、判断がつかなかった。

「精神医学と悪魔学は、同じ現象について異なる用語を使うのです、コープランドさん」バーンは、講義を聴きやすくしようと口調をやわらげた。「ですから、言い換えてさしあげたほうがよいでしょうね。その謎の四時間というのは、フーガです」

会長はわからないままだった。「音楽の形式のことですか、バーンさん」

バーンは金髪の頭を振った。「いいえ、コープランドさん。フーガすなわち遁走とは精神医学用語でもあり、夢遊病が進行した状態に使われます」

「え？　ブレイズ・シマが眠りながら歩くと？」

「もっと複雑です。夢遊病者というのは、比較的単純なケースです。周囲のものと絶対に接触しない。話しかけられても、大声で名前を呼ばれても、頭上で大砲を撃たれても、まったく気づきません」

「ほう。そしてフーガなら？」

「フーガでは患者は周囲のものと接触しますが、それは必ずフーガの裡、フーガの裡でだけの話です。フーガのなかにいるあいだは、相手の声も聞こえますし、会話もできます。フーガの裡で起こる出来事はわかるし、それを記憶しますが、一歩外に出れば、そういうことは一切ない。フーガの外にいるときは、フーガの裡で起こったどんなことについても記憶を保持しないのです」

「わかりかけてきました。彼は二人の人間ということですか？」

「まさに。そしてそのどちらも互いのことについてなにも知らないし、おぼえていないのです」

「すると、自分に戻っているときは、記憶を喪失しているあいだに起こることをなにも語れないのですか？」

「なにも」

「そういう目にあう理由も？」

「はい」

「あなたには理由がわかりますか？」

「残念ながらわかりません。わたしの能力には限界があります。なにかに突き動かされているということしか言えません。妖術師なら悪魔に取り憑かれていると言うかもしれませんが、それは妖術の決まり文句にすぎません。医師なら強迫観念や衝動に突き動かされていると言うでしょうが、それも精神医学の決まり文句です。専門用語は重要ではない。基本的に事実としてあるのは、シマ博士はなにかに強いられてガフへ、夜の闇へと出てゆき、その目的は——なんだろうか？　わかりません。わたしにわかっているのは、この強迫的な衝動が、彼の創造する力を妨げている原因である可能性が非常に高いということだけです」

「そうなるとバーンさん、問題を解決するには、わたくしどもはどうしたらよろしいでしょうか」

「コープランドさん、あなたは事態を危うくするようなことはしたくないとおっしゃられましたから、祈ってくださいとご提案する以外ありません」

「祈る？　なんですと！」

「お望みとあらば天に、あるいは地獄に。なんにでもいいですから祈ってください。いちばんいいのは、奇跡を祈ることかもしれません。あなたの抱えていらっしゃる問題はほかに例を見ないものですので、解決するには奇跡を起こすしかないでしょうね」

「まさか本気じゃないでしょうね、バーンさん」

「本気です。なぜです？　奇跡を信じないのですか？」

「この目で見たら信じますよ」

「それはおかしいですね、ガフには奇跡を行なうプロがいるというのに……グレッチェン・ナンが」

「グレッチェン・ナン？　聞いたことがないな」

「きわめて優れた同業者です、コープランドさん。わたしはまだお会いする機会に恵まれておりませんが。わたしが精神感応医と自称するのは、潜在意識のレベルに働きかけるからです。ナンさんが得意とするのは、構造的なレベルを対象とする精神力学です。まったくの混乱状態と思われるもののなかにパターンや構成体を感知し、奇跡的な解決を導く。彼女は精神工学者（サイテック）なのです。グレッチェン・ナンをお呼びになって、彼女に祈るのがよろしいかと思います」

「リジャイナ！　このキルトのデザイン、とってもステキ！」

「でもなんなの、これ」

「ソロモンの封印ですわ」

「封印って、だれ？　だれに？　だれの？」

「ソロモン王ですわ、メアリー。名前はご存じのはず」

「あ、そっか。リーブラと関係したのよね」

「シバの女王よ。学校で二人をテーマにしたセクシーな歌を歌ったものだわ」

「今回はセクシーなソロモン王ではなくてよ、ネル。わたくしの邪本に登場する、妖術使いのソロモンでございます。十分に時間をかけて、彼の邪悪な呪文を暗記いたしましょうね」

「卑猥な言葉のね」

「リジャイナ、封印にはどんな力があるの？」

「サタンにじたばたさせるというくらいの強力な魔力がございます」

「やだあ！　また期待はずれなんてごめんよ！」

「それはありえませんわ。今回のものは、美術館で見かけるような、かわいらしい田舎家とか学校とか納屋とか鳥とか花といった、ペンシルベニア・ダッチ様式そのままのキッチュなデザインとはちがうものですの。このデザインで大きな四角をいくつも作ってまいりましょう。パイ、ランプ全部に灯りをともして。さあみなさま、お仕事、お仕事」


だが、たとえＣＣＣの会長であろうとも、グレッチェン・ナンを呼び寄せるなどということはできない。彼女の下級のスタッフから上級のスタッフへと働きかけていってから、ようやく謁見をたまわるのだ。ここまでたどり着くには、こちらのスタッフと相手側のスタッフとのあいだで何度もやりとりが必要で、特に面会申請者のほうに時間がない場合は非常にいら立つ。だから、ミルズ・コープランドがナン嬢の散らかった仕事場にようやく案内されたとき、憤慨していたのも無理はない。

グレッチェン・ナンのビジネスは、奇跡を行なうことだった。超人的な力によってもたらされるような、驚異的なもの、特異なもの、異常なものという意味での奇跡ではなく、顕在レベルでの意識内の実体を把握し、巧みに操作する並はずれた能力という意味での奇跡だ。精神力学の大家。ほとんどの場合、達成不可能と思われるクライアントの要請に応えてきた。報酬が莫大なので、ニューヨーク証券取引所に上場しようかと考えているところだ。

当然ながら会長は、この謎の精神工学者(サイテック)が『マクベス』に出てくるエンドルの魔女の一人か、アーサー王伝説の魔術師マーリンが女装した風であろうと思っていたので、ナン嬢がなめらかな黒い肌と鋭角的な顔立ちをしたツチ族の王女であることがわかったときは仰天した。二十代後半、長身、細身、魅惑的な深紅の装い。会長のいら立ちは消えた。ナン嬢はまばゆいほどに会長にほほえみかけ、椅子を勧め、向かい側の椅子にすわって切り出した。「料金は十万です。だいじょうぶですか?」ジャマイカ人風の軽快な話し方。

「だいじょうぶです、ナンさん。それでけっこうです」

「合意なさるのはまだ早いですよ。あなたが抱えていらっしゃる問題のむずかしさは、その金額に見合うものですか?」

「ええ」

「ではここまではわかり合えていますね。わたしとしましては――なに、アレックス?」

若い秘書が仕事場にそっと入ってきていた。「失礼いたします。ルクレルクが、奥さまが妊娠一か月だとどうやって断定したのかどうしても知りたいと」

「ルクレルク？　インポテンツの人？」

「そうです」

ナン嬢はイライラして舌を鳴らした。「わたしが絶対に理由を言わず、結果だけを知らせるということはわかっているはずよ。はっきり伝えてあります」

「ええ、でもすごく動揺していらして。当然ですが」

「支払いは済んでる？」

「けさ、小切手で清算は済みました」

「わかったわ、彼の場合は例外としましょう。精神測定で手がかりを得た。妊娠中に特有の行動がはっきりと観察された。感情を再認識しようとする強い心の動きが見られた。ウルトラライトで調べたところ、顔の皮下に縞模様の妊娠マスクが認められた。避妊薬は服用していない。以上、ルクレルクに伝えなさい。でも同情は禁物よ、アレックス。つねに冷静に、プロらしく」

「わかりました。ありがとうございます」

秘書が出ていくと、ナン嬢は会長に向き直った。「ご心配なさるといけませんので申し上げますが、ルクレルクはコードネームで、クライアントとわたしのスタッフしか知りません。ご安心ください。クライアントの身元は決して明かしませんので」

「わかりました」

「それから、お聞きになられましたでしょう？　わたしは結果だけをお伝えします」

「了解いたしました、ナンさん」

「そこであなたが抱えていらっしゃる問題ですが。わたしはまだお引き受けしていません。そのことをご理解いただけましたら、先へお進みください。意識の流れにしたがって、そしてまた必要ならば自由連想によって、すべてをお話しください」

　三十分後、彼女は再びまばゆいばかりにほほえんで部屋を照らした。「なるほど。類のないケースですね。わたしにとってはいままでにない喜ばしい仕事です。お引き受けしましょう……お気持ちが変わっていなければ」

「変わっておりません、ナンさん」

「少しお考えください。わたしにお話しになられたことで、お心のなかでは解決したかもしれませんよ。そうなれば、もうわたしは必要ありません。ときどきそういうことも起こります」

「わたしの場合はちがいます、ナンさん」とコープランドが動かぬ確信をもって答えた。

「わたしが必要だとまだお考えですか？」

「どうしても」

「では契約成立です、ティンスミス（職人）さん」

「え？　ティンスミス――？　ああ。そうでした。ありがとうございます、ナンさん。手付金をお支払いしたらよろしいですか、それとも前払いにいたしましょうか」

「ＣＣＣにそのようなことは要求いたしません」

「必要経費は？　いま手配しましょうか」

「けっこうです。こちらの負担ですので、ティンスミスさん」

「でも、どうしても――つまり、必要になったら――」

　ナン嬢が笑った。「こちらに支払い義務があります。わたしは決して理由を申し上げませんし、方法も明かしません。ですからそのことに代金を請求することはできませんでしょう？　そのためあらかじめ設定させていただく料金が高額なのです。では、忘れずにスキップトレースとバーンの報告書を渡してください」

一週間後、グレッチェン・ナンは、ふだんはやらないことだが、自らCCCに出向き、会長のオフィスを訪ねた。「お邪魔しましたのは、契約解除をご検討いただくためです。お金はいただきません」

「解除？　なぜです？」

「お考えになっている以上に深刻な事態に関わっていらっしゃるからです」

「だがどんなことに？」

「信じていただけないのですか？」

「無理ではないですか、おしえていただけなければ」

ナン嬢は唇をかたく結んでから、ためいきをついた。「これは特異なケースですので、ルールを破らなければなりませんね。こちらをごらんください」

巻いてあった回廊のガフ一帯を示す大きな地図を開き、会議用テーブルに広げる。地図の中央には星が一つ記されている。「シマのオアシスです」とナン嬢。星のまわりに大きな円が一つ描かれている。「これは、男性の足で二時間以内にオアシスから歩いていける距離の限界を示す線です。二時間で出て二時間で戻る。合計四時間。歩行中にいっさい邪魔が入らないと仮定した上での範囲です」

「なるほど」

曲がりくねった線が数本、星から境界の円に向かって、あちらこちらに伸びている。「これはスキップトレースの報告書をもとに描いたもので、探偵たちがシマ博士を追跡した際の経路です」

「大変細かく描かれておりますな。しかしこれを見るかぎり、深刻なことはなにもないように思えますが」

「わたしが記した進路の線をよくごらんください。なにが見えますか？」

「ええと……それぞれの端に赤い×印があります」

「×印にたどり着く途中、線はどのように変化していますか？」

「変化はないなあ、ジグザグに進む以外は。待てよ……星からは点々で始まって、途中からダッシュに変わっています」

「それが深刻である理由です」

「理解できませんよ、ナンさん」

「ご説明いたしましょう。それぞれの×印は、第一級殺人の現場を表示したものです」

「なんですと！　殺人？」

「ダッシュが示しているのは、被害者の死ぬまえの行動と居場所を殺人捜査班が追跡した経路です」

「殺人！」

「捜査班が被害者の行動をたどることができた範囲がダッシュでつないだ線。スキップトレースがオアシスを出たシマ博士をつけることができた範囲が点線。二つの進路はつながる。日付も合う。あなたの結論は？」

「偶然ですよ！　偶然のはずだ！」会長は大声を上げた。「頭脳明晰で魅力ある若者が、だれもが願うものをすべて手にしている男が……人を死に至らしめる犯罪？　殺人？　ありえない！」

「事実に関する資料をさらにお望みですか？」

「いや、けっこうです、マダム。わたしは真実が知りたい。点とダッシュでこじつけて推測したものではない確証がほしい」

「了解しました、ティンスミスさん。確証をお届けいたします」

5

そこでグレッチェン・ナンは、確証を集めはじめた。一週間、オアシスの入口そばにあるプロの乞食のねぐらを借りた。シマは日に二度姿を現したが、接触には至らなかった。氷河軍復興音楽隊を雇い、オアシスの前で演奏に合わせて聖歌を歌った。これは功を奏さず、軍は、『神大いに凍えささんとする日、汝いずこにありなんや』を彼女が歌ったせいで寄付金が三十パーセント落ち込んだと不平を言った。

ようやく接触できたのは、オーガニック・ナーセリーを丸め込んで配達の仕事をせしめてからだった。ペントハウスに夕食を届けはじめて最初の三回は、シマは何人もの女の子をもてなすのに忙しく、気づいてもらえなかった。どの娘も体をごしごし洗い、感謝しつつぴかぴか輝き、心地よい暖かさを堪能していた。四回目に配達に行くとシマはひとりで、このとき初めて彼女に目をとめた。

「これはこれは」とほほえむ。「こうなってどれくらいになるの?」

「とおっしゃいますと?」

「いつからナーセリーは配達ボーイに女の子を雇うようになったの?」

「わたしは配達人です、サー」とグレッチェンが胸を張って言った。「今月初めからオーガニック・

ナーセリーで仕事をしています、サー」

「その『サー』はやめてくれないかな。ぼくはお偉いさんじゃないんだから」

「ありがとうございます、サー――シマ博士」

「どうしてぼくが博士だと知ってるの？」

うっかり口をすべらせてしまった。オアシスの居住者表示板とナーセリーの顧客名簿には「B・シマ――ペントハウス」とだけ記載されていたのだから、おぼえておくべきだった。この男はものすごく反応が早い。グレッチェンはいつもどおり、ミスを利用して有利になるように運んだ。「あなたのことはすべて存じ上げております、サー。ブレイズ・シマ博士、プリンストン大学、ＭＩＴ、ダウ・ケミカル卒。ＣＣＣの主任調香師。著書に、『芳香性炭化水素』、『精油と染料化――』

「勘弁してよ」とさえぎる。「『名士録』みたいだよ」

「それで読んだのです、シマ博士」

「あんなくだらないカタログでぼくのこと調べたの？　どうして思ったのかな、有名じゃないのに」

「有名人にお会いするのは初めてですので」

「ぼくが有名だなんてとんでもないこと、どうして？」

グレッチェンがあたりを身振りで示す。「このような暮らしをなさっているんですから、当然有名だろうと思いました」

「すごく光栄だけど、有名なのはここを手がけたインテリア・コーディネーターだよ。じゃあ、きみは字が読めるんだね？」

「書くこともできます、サー」

「ガフじゃめずらしい。名前は？」

「グレッチェンです、サー」

「『サー』はやめてよ、グレッチェン。姓は？」

「わたしの階級の者には姓はありません、サー——博士。不当だと思います」

「おまけに社会学者か。本当にめずらしい。グレッチェン、明日も配達ボ——人やってくれるの？」

「明日はお休みをいただいています、博士」

「ちょうどいい。二人分の夕食持ってきて」

　というわけでお付き合いが始まった。グレッチェン・ナンは、自分でも驚くほど、この関係を大いに楽しんでいた。お楽しみを仕事に使ったのはこれが初めてではなかったが、彼女自身が純粋に楽しんだことはこれまでなかった。近いうち、自分のリアクションについての精神力動を検討すべしと心に留めた。

　話にたがわず、ブレイズは頭脳明晰で魅力的な若者だった。いつも相手を楽しませ、いつも気を配り、いつも気前がよい。グレッチェンが与えてくれるめずらしい経験に心を傾け、感謝して、彼女に（シマは相手がガフのカスの出だと信じていることをお忘れなく）大切にしている宝石（ビジュー）の一つ、ダウで博士論文を書くにあたって合成した五カラットのダイアモンドをプレゼントした。グレッチェンはその好意にふさわしいかたちで応じ、受け取ったカボションカットの宝石をへそにつけ、あなただけにお見せするわと誓った。

　当然シマは、このガフの花が訪ねてくるたび体を洗うよう勧めたが、彼女にとってはありがた迷惑だった。彼女の所得レベルでは、ＣＣＣが大事にしている社員に気前よく支給する闇市の水よりも多くの水を買えたからだ。とはいえ、オーガニックでの仕事をやめることができたため、シマの問題を調査しながら、請け負っているほかの仕事を処理できるのは好都合だった。

ふだんはペントハウスを夜中の十二時前に出て、二時までシマのオアシスの向かい側の道で張り込んだ。その夜は、自分が出た三十分後にシマが出てきたところを捕らえた。セーレム・バーンの報告書を念入りに読んでいたので、どういう展開になるか心得ていた。すばやく追いつき、切羽詰まった声で、間も区切りもなくまくし立てる最も卑しいガフの言いまわしで話しかける。「ちょいとそこのだんなだんなそこのだんな！」

シマが立ち止まり、優しく相手を見た。だれなのかまったくわかっていない。シマ自身もほとんど見分けがつかなくなっていた。利発で、機敏で、ほがらかなシマはそこにはいなかった。カメのように鈍重に動き、話す、生気のない生き物。

「なにかご用かな？」

「こっち行くんならあたいもついてってっていいすかちょいとだんな遅いからめっちゃこわくてだんな」

「かまわないよ、もちろん」

「あんがとだんなあたい帰んだけどそっちも帰んのあんた？」

「そういうわけではない」

「行こうとしてっとこヤバくないんすかあんたヤバいことにかかわんのごめんすだんな」

「やばいことなどなにもないよ。心配いらない」

「ほんじゃなにしてんすかあんたどういうことかおせーてなんつって？」

シマはこっそりほほえんだ。「追っているものがあるんだよ」

「追ってるってだれすか？」

「いや。ものだよ」

「どんなものすかだんな？」

「知りたがるんだね。きみの名前は？」

「グレッチすグレッチェンすからガフじゃあんたなんて呼ばれてんす？」

「ぼく？」

「名前あるすかだんな？」

「名前？　もちろんあるよ。ぼく——ぼくは——そう、ぼくはウィッシュ。ミスター・ウィッシュと呼んでくれ。それがぼくの名前」一瞬ためらってから続ける。「ぼくはここで左へ行くから」

「ラッキーっすウィッシュのだんなこっちも左なんで」

生気のない外貌の下で全感覚をぴりぴりさせているのがわかったので、グレッチェンはおしゃべりを控えめにした。相手が街路、裏通り、小道へと曲がっても離れず、曲がるたびに、自分も同じ方向だと言い続けた。自分がそばにいることを本当にわかっているのかと疑わしく思っていると、不気味な感じの廃棄物集積場へ来たとき、いきなり父親がするように肩をポンとたたかれ、安全かどうか確かめるから待っているようにと言われた。ウィッシュは姿を消し、そのまま戻らなかった。

「いま申し上げたようなことを、シマ博士を相手に七回くり返しました」と、ナン嬢がCCCの重役会に報告した。「どれも意義深いものでした。毎回、本人は気づかずに、診断の参考となることを少しずつ明らかにしていきました。バーンは正しい。これはフーガの典型的な症例です」

「なにが原因なのですか、ナンさん」

「フェロモン痕です」

「え？　フェロモン？　なんですそれは」

「化学関係のご商売をなさっていらっしゃるのですから、ほかの用語同様、この用語についてもみなさんよくご存じかと思っておりましたが」

「しかしわれわれは科学者ではございませんのでね、ナンさん」

「確かに。ではご説明いたしましょうか。説明にはしばらくかかりますから、わたしが自分の結論に至った帰納法と演繹法にもとづく推論のプロセスについて述べることはご容赦ください」

「わかりました」

「ありがとうございます、コープランドさん。さて、どなたも、ホルモンについては耳にしたことがおありですよね。内分泌物で、体の他の器官に作用を及ぼして行動的反応を引き起こします。フェロモンは外分泌物で、他の個体に作用を及ぼして行動的反応を引き起こします。無言の化学言語と言えます」

「もう少しわかりやすくご説明いただけますか、ナンさん。われわれには少しばかりむずかしい」

「わかりました。フェロモン言語の最上の例はアリです。巣の外に角砂糖を一つ置きます。略奪者がやってきて、食べ、巣に戻ります。一時間もしないうちに、アリのコロニーがそっくり、発見者が最初につけたフェロモン痕をたどって、一列になって角砂糖へと行進し、そこからまた戻ります」

「意識的に？」

「不明です。餌がある方向と距離を知らせるハチのダンスのように意図的なものかもしれませんし、まったく無意識かもしれません。わかっているのは、フェロモンはしたがわずにはいられない刺激物だということです」

「驚きだ！　それで、シマ博士は？」

「人間のフェロモン痕をたどらされています」

「え？　このわれわれもその痕を残すのだと？」

「そのとおりです。女性が男性を刺激し惹きつけるフェロモン痕を無意識に残すことは確認されています」

「すごい！」

「証明されてからしばらく経ちます。これで、シマ博士はフーガに入るとある種のフェロモン痕をたどらされるということはご理解いただけるのではないでしょうか」

「そうか！〝鼻〟に備わった、常軌を逸する一面だな。それで説明がつきます、ナンさん。本当に。なんの痕をつけさせられているんです？女性ですか？」

「いいえ。死の願望です」

「えッ！」

「死の願望です」

「ナンさん！」

「なぜ驚かれるのです？もちろんみなさん、人間心理のこの側面についてはおなじみですよね。多くの人たちが、自分を破滅させるという、無意識ではあるけれども強力な衝動に駆られています。精神科医のなかには、だれもがそうだと主張する人もいます。この願望がフェロモン痕をつけ、それをシマが感じ取り……限られた場合だけだと思いますが……ついていかされるのだと考えられます」

「そして？」

「ど、どうやら願いをかなえてやっているようです」

「まさか！」

「ばかげている！」

「この方なんておっしゃってるんです？」

「あのアジア野郎が、死の願望をかなえてやっていると言ってるんですよ。死にたがっているやつらを殺すわけだ。第一級殺人ですな」

「そのように申し上げております、みなさん」

「どうやら！　どうやらですと！」と会長がどなる。「シマ博士が？　人殺し？　ありえない！　そのような言語道断もはなはだしい非難をなさるなら、確たる証拠を要求します」

「けっこうです、お出しいたしましょう。請け負った仕事を完了させるまえに、博士を相手に一つ二つやっておくべきことがありますが、その過程で彼にはショックを与えることになりそうです」


「わたしの手、こんな残酷な仕打ちにあったことなんてないわ」と、メアリー・ミックスアップが文句を言った。「ほんとに昔は指で針を押してたの？」

「そうよ、**押してた**の！　でも、使わない手ほど傷つきやすい。『ハムレット』第五幕第一場。やめましょ」

「賛成だわね、サラ。こんなのうんざり」

「あたしもよ、イエンタ。多数決で決めましょ。キルト作りをやめることに賛成の人、手を挙げて。パイ、あなたはおよびじゃないの。八人中六人。決定」ネリー・グウィンがにたりと笑う。「ウジェダイとアジェダイは忌避ね、例によって」

「忌避してるんじゃないわよ。異議唱えてんのよ」

「それではどういたちまちょう、リジャイナ」

「困りましたわねえ。お楽しみのアイデアが尽きてしまいました。もう一度ルシファーをお呼びしてみましょうか」

「それがいいんじゃない」とイエンタがぶつぶつ言った。「やつにも手伝わせて、このどんくさいキルト完成させせりゃいいのよ」

「リジャイナ。みなさま。お知らせいたします。あたしみたいにホットな情報よ。あたしのドローニーが、悪魔の呼び出し方がまったくまちがってると言ってるわ」

「そうなんですの？　ネル、どのように？」

「ドローニーが言うには、われわれは二十二世紀に生きている。ゆえに中世のお決まりの文句はやめて、現代語でコミュニケートすべき」

「必死こいて暗記したのに！　なんで？」

「ルシファーは、あたしたちの声が聞こえても、返事をしようとすると見当ちがいの世紀へ行ってしまうんですって」

「納得。悪霊だってまちがうことあるもんね」

「そう。人間だからしょうがない」

「彼はどのような言語がいいとおっしゃっていますの、ネル？」

「コンピュータの二進言語。ドローニーがビットをすべてプログラムしてくれたわ。持ってきてるの。見て……」

2,047
1,799
2,015
1,501
1,501
1,025
1,501
1,501
2,015
1,799
2,047

「なんじゃこりゃ——あんたのカレ、ガフってんだわね」

「いいえみなさま、これは厳然たる現代の幻術よ。コンピュータが自動的に十進数を二進数の1と0

に変換すると、それが、自尊心の強い悪魔ならだれも抵抗できない、不気味で邪悪で汚れて腐った十字架の形になるの」

「どう思う、リジャイナ？」

「試してみる価値はありますけれど、なんの工夫もしないのはいけませんわ。きっちりとやりましょう。キッチンのコンピュータを五芒星のなかに置いて、そのまわりにひざまずき、起こりますようにと一心に念じるのです。パイや！　灯りと香とコンピュータを持っておいで」

1 1 1 1 1 1 1 1 1 1 1
1 1 1 0 0 0 0 0 1 1 1
1 1 1 1 1 0 1 1 1 1 1
1 0 1 1 1 0 1 1 1 0 1
1 0 1 1 1 0 1 1 1 0 1
1 0 0 0 0 0 0 0 0 0 1
1 0 1 1 1 0 1 1 1 0 1
1 0 1 1 1 0 1 1 1 0 1
1 1 1 1 1 0 1 1 1 1 1
1 1 1 0 0 0 0 0 1 1 1
1 1 1 1 1 1 1 1 1 1 1

「ちゅごーい！　あのテープ見てくだちゃいまちぇ！」

「ださーい、のほうが当たってんじゃない、プリス」

「だけど1と0しか見えない」

「そう、それが二進数なのよ、メアリー。でも、0がつくっているデザインをごらんなさいな」

「うわッ！　ソロモンの封印の邪悪な十字架じゃない、あたしたちが縫いかけてた」

「まさに。あたしのドローニーって、天才」

「これでほんとにサタンを呼び出せんの？」

「コンピュータにできないなら、どんなものにもできません」

「みなさん、お静かに。信心いたしましょう。ひそひそお話しなさってはいけませんわよ」

「コンピュータにこっちの話なんか聞こえないって、リジャイナ」

「でも、ルシファーが聞いているかもしれませんわ。さあ、一心不乱にまいりましょう、魔女のみなさま。欲するのです！　願うのです！　求めるのですッ！」

6

グレッチェン・ナンが、CCCの重役会の席で、請け負った仕事を完了させるまえにブレイズ・シマを相手に一つ二つやっておくべきことがあると言ったとき、それは、半ば恋をしている女の口から出た、半ば真実の言葉だった。またシマに会わなければならないのはわかっていたが、動機は混乱していた。

Q　彼の正体を知りながら、本当に彼を愛せるか確かめるため？

Q　彼が心から自分を愛しているのか、それともガフの花と戯れているだけなのか確かめるため？

Q　彼に自分のことを明かすため？

Q　彼に彼がやっていることを明かすため？

Q　クールにプロらしくティンスミス氏との契約を終結し、シマとの付き合いも終わりにするため？

A　わからなかった。ウィッシュにショックを与える準備をしていたはずなのに、シマが何気なく口にした言葉で自分が不意討ちを食らうことになるなど、無論わからなかった。

「きみは生まれつき目が見えないの？」と、その夜シマが小声で言った。

彼女はベッドで背を起こしたまま固まった。「え？　なんて？」

「聞こえただろう、グレッチェン」

「目が見えない？　あたしが目が見えない？　なに言ってるの。生まれてからずっと視力は正常。よくなってきてる」

「ア、ソウ。じゃあきみ知らなかったんだ。そうじゃないかとは思ってたけど」

「なにを言ってるのかさっぱりわからないんだけど、ブレイズ」

「あのね、きみは目が見えないんだよ」と落ち着きはらって言う。「それがわからなかったのは、視覚よりもはるかにすごいものを授かってるからだ。きみには、他人の感覚を感知する超感覚的知覚がある。他人の目をとおして見てるんだ。もしかしたら、耳も聞こえなくて他人の耳をとおして聞いているといったことを、すべての感覚でやっているのかもしれない。信じがたい能力だよ。実に驚くべきことだ。そのうち二人で探究してみなくちゃ」

「こんなばかげた話、聞いたことない！」

「どうしてもというなら証明してあげる」

「やってみなさいよ、ブレイズ。証明してよ」

「リビングにおいで」

　リビングで、ブレイズは花瓶を指差した。「グレッチェン、あれは何色？」「真珠色よ、もちろん」今度はラグ。「あれは何色？」「ゾウみたいな灰色」「あのランプは？」「黒みがかった氷みたいな色」

「ＱＥＤ（証明さるべきは証明された）」とシマがほほえむ。「証明されたね」

「なにが証明されたっていうの？」

「きみはぼくの目をとおしてものを見てるということがだよ」

「どうしてそんなばかげたことが言えるのよ」

「ぼくは色盲だからね。それでまずヒントを得たんだ」

「そんなはずない！」

「そうなんだ」

「ブレイズ、ガフろうっていうんなら、あたし――」

「ガフじゃないよ、事実だ」

「ちがう！」

「でもそうなんだよ」ブレイズは、震えを静めてやろうとグレッチェンを抱き寄せた。「事実だよ。花瓶は緑色。ラグは琥珀色と金色。ランプは暗めの深い紅色。ぼくは色はわからないけど、インテリア・コーディネーターが言ってたからおぼえてるんだ」

グレッチェンは小さくうめいた。

「なにを怖がってるの？　きみは確かに目が見えないけど、視覚よりもはるかに驚異的なものを授かってるんだ。きみは全世界の目をとおして見る。うらやましいな。いつでもきみと入れ替わりたいよ」

「そんなはずない！　おぞましすぎる！　目が見えない？　不具？　フリーク？　ちがう！」

「本当だよ。だけど、不具だなんて思っちゃだめだ」

「でも、ひとりのときだって見えてるわ」

「ひとり？　ひとりのときにひとりになることなんかある？　混み合ったこの北東回廊で、人がひとりになることなんてあるの？」

グレッチェンはシマから身を引き離し、シフトドレスをつかみ取ると、激しく泣きじゃくりながらペントハウスから走り出た。恐怖と絶望で気が狂いそうになりながら、自分のオアシスに駆け戻った。住み慣れたマンションに着くとやや落ち着きを取り戻し、この災いをどちらに転ぶか試す試金石にしようと決意した。シマが正しくてあたしが破滅の運命と定められているか、さもなければシマがあたしを滅ぼそうとしてるんだ。でも、なぜ？　あたしのことを、弄び苦しめるべきガフの花だと思っているから？

スタッフ全員に、今夜はほかの場所で過ごすようにとぶっきらぼうに指示し、解散させた。当惑し不満気な顔で出ていくスタッフを、ドアのところに立って数えながら送り出した。ピシャリとドアを閉め、あたりを見まわす。いままでどおり、ちゃんと見える。

「あの嘘つき野郎」とつぶやくと、猛烈な勢いで行ったり来たりしはじめた。怒りに震えながら、部屋また部屋へと歩きまわる。ともかく、一つだけ学んだわ——人と付き合うと、必ず裏切られる。愚かなことをしてしまった。でもいったいなぜこんなひどい仕打ちをするの？　ひと思いに殺してくれたほうが、思いやりがあるというものよ。もしかしたらあの人、あたしに自殺させようと仕向け——

なにかにぶちあたり、はね返された。バランスを取り戻すと、激怒していてうっかりぶつかったものに目をやった。それは金めっきしたハープシコードだった。

「でも……でもあたし、ハープシコードなんて持ってない」と、驚いてつぶやく。「いったいどうやって——」

それに触れて現実に存在することを確かめようと、踏み出した。またなにかにぶつかり、よろめきながらそれをつかんだ。カウチの背だった。飾り房のある自分のカウチ。混乱してあたりを見まわす。これはあたしの部屋じゃない。金めっきしたハープシコード？　壁にかけられた鮮やかなブリューゲルの絵？　ジャコビアン様式の家具？　羽目板にリンネル彫りをほどこしたドア？　毛糸を刺繍したカーテン？

「これは下の階のラクソン家の部屋よ。知ってる。訪ねたことあるもの。あたし、あの一家が見てるものを見てるんだ。そうよ——なんてこと！　彼が言ってたことは本当だったの？」

目を閉じ、そのままの状態で見る。ベール越しに、まだラクソン家の部屋が見える。そして、薄暗くなって消えかけ、焦点がぼやけていくなかで、マンション、街路、人、動き、形、色が入り混じった光景を見た。このようなモンタージュはしょっちゅう見ていたが、そのたびにそれは、精神力学による驚異的な現実把握の重要な利点である、視覚による全体の再現だと思っていた。しかしいま、本当のことがわかった。

またむせび泣く。手さぐりでカウチの前へまわり、腰を下ろし、絶望の淵に沈んだ。「いや！　いや！　いや！　フリークだなんて！　死んだほうがまし……」

ようやく激しい震えがおさまると、勇気を奮い起こして涙を拭い、自分の異常な現実に向き合い対処しようと心に決めた。グレッチェンは臆病者ではなかった。だが目を開けたとき、別のショックに襲われた。自分のリビングが、おぼえているなじみの部屋が見えたのだが、灰色に変わっている。さらに見えたのは、どんよりとしたほほえみを浮かべて、開いたドアのところに立っているウィッシュだった。

「ブレイズ？」と小声で呼びかける。

「名前はウィッシュです。ミスター・ウィッシュと呼んでください」

「ブレイズ！　なんなのよ！　あたしだなんて！　つけることはできなかったはずよ。死の願望の跡なんて残さなかったんだから」

「前に会ったことがあるね。それはおぼえているけど、きみの名前は忘れてしまった。もっと重要なことで頭がいっぱいなんだよ。でもいま、きみが突然とても重要な存在になった」

「あたしはグレッチェン。グレッチェン・ナン。死にたいなんて思ってません」

「またお目にかかれてうれしく思います、グレッチェン」と無表情のまま丁重にあいさつし、二歩歩み寄る。グレッチェンは飛び上がり、走ってカウチの後ろにまわった。

「ブレイズ、聞いて。あなたはミスター・ウィッシュじゃないの。ウィッシュなんかいない。あなたはブレイズ・シマ博士、名高い科学者。『芳香性炭化水素』と……それと……あなたはCCCの主任調香師で、人気の高い香水をたくさん創ってきて……」

凍りついたほほえみを相手に向けたまま、ウィッシュはポケットから物体を取り出しはじめた――首吊り用の縄の形に結んだロープ、レーザー・バーナー、$(CN)_2$と記された小型の圧力バルブ、ギラリと光る解剖用メス、時代物の八ミリ口径の手のひらサイズのピストル。それらを、カウチのそばに置かれたサイドテーブルの上にきちんと並べる。

「ブレイズ」と訴える。「あたしはグレッチェン。ガフに住んでるあなたのグレッチェン。あたしたち、二か月間恋人どうしだったじゃない。おぼえてるでしょ。思い出して。今夜、あたしの目のこと言ってたわよね。見えないって。おぼえてるはずよ」

「人はそれぞれ、自分の死に方を選ぶんだよ」とウィッシュがうれしそうに言う。「なにしろそれは人に許された最後の選択なのだから、好みで選ぶ権利があるだろう。だから、あらゆる手段を提供するようにしている。これがそうだよ。どれがいいかな？　ゆっくり選んで。怖がらなくていいよ。死ぬのを手伝ってあげるから。楽にやれるようにしてあげる」

「しっかりして、ブレイズ！　いまはふつうの状態じゃないのよ。意識喪失。フーガ。多重人格……」

「ロープがいいのなら、しっかりと支えられるものを見つけよう。体重は……五十五キロくらいかな、ぼくの見るところでは。首を折りたいなら、椅子を用意してあげるから、飛び降りればいい。ゆっくりと絞められたいなら、手首を縛ってあげる。どんな願いでもかなえてあげるよ」

「ブレイズ、あなたはフェロモンに駆り立てられた狂った生き物のなかにいるの。でもあたしは自殺願望の痕跡は残さなかった。残せなかったはずよ！」

「ガスがいいなら、シアンがあるよ。ボタンを押して息を吸い込むだけ。毒を飲みたいという人もいる。コップの水にガスを混ぜて泡立たせれば、あら不思議！　落雷みたいに殺してくれる青酸のでき上がりだ。一口飲めば願いがかなう。賢いだろう？　パッケージ一つで二通りの死」

「やめてよ、ブレイズ、あたし死にたいなんて思ったことないんだから」

「あるだろう。願いをかなえてあげられるなんてうれしいよ。気持ちのいいあったかいお風呂に浸かって、これなんてどう？」解剖用メスが、ギラリと宙を切り裂いた。「手首かな、それとも頸動脈かな。考えてもみてよ、お風呂もこれが最後だ。二度と水の心配をしなくていい。それにほら、銃も二種類ある。弾もあればバーナーもある。まったくさ、これ以上のセレクションは望めないよね。ミスター・ウィッシュが手伝ってあげる」

「いやよ！」

「呼んだだろう」

「呼んでない！」

「だから来てあげたんだよ」

グレッチェンは催眠術にかけるような相手のほほえみから後ずさりした。ウィッシュは動かなかった。じっと立ったままで、恐ろしいまでの確信に満ちていた。それはきっぱりした声明だった。おまえが死にたがっているのはわかっている。おまえが自殺用の道具のどれかに抗えないのはわかっている。辛抱強く待てば、おまえが死ぬのを手伝って、死んでいくところを眺めることになるとわかっている。ウィッシュはじっと立っていた。死そのものを断固確信して。

「冗談じゃない！」とグレッチェンが叫んだ。一歩踏み出し、ためらったが、まちがいなく逃げられると踏んでダッシュし、ウィッシュの傍らを通ってドアへ向かうと、戸口に肩を並べてにやにやしながら立っている二人のチンピラにぶつかった。突然、部屋が鮮やかな色彩になっていることに気がついた。二人につかまれ取り押さえられながら、どうにもできずに悲鳴を上げて抵抗した。

二人は彼女の頭ごしに、ウィッシュに向かってガフしゃべりで呼びかけた。「よおマブダチダチ公」

「ブレイズ！　助けて！」

ウィッシュはグレッチェンを無視した。「ああ。またきみたちか」と鼻を鳴らす。

「よおマブダチダチ公今回はモノホンのスケゲットしたみたいじゃねーかよダチ公」

「ほんでアソコにぶっこんでウッキキッキかおいそーだろダチんこ」

「ここ三回分の埋め合わせしろ礼言うぜダチ公ガフあんがとダチんこもううち帰れっつのおいあばよダチ公」

「どうしていつもぼくだけ死ぬところを見られないんだよ」ウィッシュがいらいらして叫んだ。「お呼びがかかる。出向く。相手が必要なものをすべて持参する。ぼくがすべて面倒を見る。なのに必ずきみたちに追い払われる。フェアじゃない！」泣きそうになっている。

「いいからおまえ文句たれんなおまえおれらスケのアソコに案内してくれる仲よし手引き人守ってやんねえとよ」

「フェアじゃない！」

「んでおまえパクられそうになったらよ罪かぶってやっからっておまえよまかしとけってマブダチ」

「それでもフェアじゃない」

「うち帰れダチ公あとはおれらのお楽しみだからケンカなしでよダチんここはおれらのもんだから」

「おれらあんただれか知ってってけどあんたおれら知らねえだろおれらおまえチクれっけどおまえおれらチクれねー」

「自分がだれかはわかっている」とウィッシュは食い下がった。「ぼくはミスター・ウィッシュ、死の提供者(ドナー)、ぼくには人々が自殺するところを見ている権利があるはずだ」いまでは心底憤慨していた。

「もちろんあんたもちろんダチんこもちろん次はあんたの番かならずあんた」

「いつもそう言うじゃないか」

「バカやろ今回は仲よくやれ今回はガフりっこなしほらずらかれダチんこうち戻れちゃんとほれ」

「きみたちなんかきらいだ、ちっとも好きじゃない」とウィッシュは恨みがましく言い放つと、がっちり口をふさいでいる手のすき間から叫ぼうとして体を震わせているグレッチェンには目もくれず、ドアへ向かった。チンピラたちは彼女の服を裂いて体を露出させると、へそのダイアモンドを見て歓声を上げた。ウィッシュがドアのところで振り向き、やはりその宝石を見た。

「でも……でもそれはぼくのだ」とうろたえながらつぶやく。「ぼくだけが見せてもらうことになってるんだ。だって――グレッチェンが約束したんだ――」突如混乱状態が消え、ブレイズ・シマ博士はいつもの口調に戻った。「グレッチェン？　グレッチェンじゃないか！　ここでなにしてるの？ここどこ？　この人たちは――彼女から手を離せ！」

空手の達人ではないかというセーレム・バーンの推測は正しかった。シマはすばやく行動に移り破なしのレーザー・バーナーを手に、シフトドレスを裂かれたまま、裸同然で立っていた。

音を切らして震えながら立ちすくみ、二人を見下ろした。死んでいた。グレッチェン・ナンを見た。シマは息

険な場面が続いたあと、チンピラたちはいきなり一人また一人と空気を爆発させて倒れた。シマは息

城槌のごとく突進したが、チンピラたちは凶悪な経験を積んだガフのけんか好き。しばらくシマに危

シマが話そうとする。「ぼく――」

「ありがとう、ブレイズ。ハイ、ブレイズ」

「ハイ、グレッ――ダーリ――ぼく――」息を整えようとする。「自分が、ど、どうなっちゃってるのかわからないんだ。こんな――こんなことには慣れてない」

「ここにすわって」

「こいつら死んでるんだろう？」

「背中から焼かれてね。ここに来ていっしょにすわって」

「こんなときにくつろげないよ」

「すわれ！」

「うん。えーと……ありがとう。ぼく……あのさ、殺しは一度も見たことなかったけど。これって……これって思ってたほど悲惨じゃない」

「悲惨よ。見えないようにこっち向いて。急ぐのよ、ブレイズ。身を守らないといけない」

「身を守る？　ぼくやばいの？」

「すごくやばい。ざっと説明するから。話、聞ける？」

うなずく。

「じゃあ聞いてて。質問はなし」グレッチェンがこれまでの経緯をかいつまんで説明するのを聞くと、

シマのとまどいはショックと落胆に変わった。「これでわかったでしょう。ミスター・ウィッシュとシマ博士のあいだには、どんなつながりもありえないのよ」

「でも……でも、つながりがなければおかしいじゃないか。もしぼくが殺したとし――」

「ちがうわ！」と鋭く切り込む。「してないはず。絶対そんなことしてないはずよ、ブレイズ。でも、あたしには確かなことはわからない。殺しをやってたのはあの二人で、あなたはただの囮だったんだと思う。二人がどうやってあなたをつけはじめたのか、見当もつかない。そのことについても絶対わからないでしょうけど、ガフはわからないことだらけだし。さあ、ここを出て家へ戻って。あたし、警察に電話しないといけないから」

「グレッチェン……」

「だめ。行って」

「なぜぼくのためにこんなことを？」

「愛してるからよ、おバカ。こんな目に遭ってそれがわかった」

「でも、きみひとりきりになっちゃうじゃないか。目も見えずに」

「ええ、どちらにも耐えるべき苦難があるのよ。あなたはあなたの苦難に耐え、あたしはあたしの苦難に耐える。さあ行って。捜査班が着いたらすぐに、また視力戻るから」

「ぼく――」

「ブレイズ、ここから出て行かないっていうんなら、あたし叫ぶわよ。その自殺用のがらくた持ってってね。バーナーは置いてってて、捜査班に説明するのに必要だから。シナリオ組み立てるのに時間が要るの。お願いだから、行って！」

「明日会える？」

「そうしたければ」

「会いたい」

「じゃ明日。この苦境から抜け出せたらね」

「いつか」とゆっくり言う。「いつか、きみに何らかのかたちでお礼をするよ。いまは自分が完全に負けてる感じで、こんな気持ちになるのは初めてだ。そう――きみはぼくのために時間を無駄にしてる。出ていったら、かならずドアに鍵かけるんだよ」

シマが出ていくと、彼が見ていた灰色の光景が次第に消えていってしまったが、どうにか戸締りし、警察に電話した。それから手さぐりで飾り房がついたカウチへと戻り、静かにすわり、気持ちを落ち着け、シナリオを組み立てにかかった。遠くにオアシスとガフの騒音を聞くと、安心した。超感覚的視覚の万華鏡など、もう怖くはなかった。それどころか、おもしろいと思えてきた。理解すれば、半分勝ったも同然。

「ブレイズは正しい」とグレッチェンは思った。「これまで気づかなかったのは、ガフでは人がひとりきりになることなんてほとんどないからよ……あたしのまわりにはいつも何人もいて、その人たちの目をとおして見ている……でも部屋にいる相手が一人だけだったら、どうなるんだろう。その人は自分のことを見ることができないんだから、あたしもその人が見えなかったはず。どうして気づかなかったのかしら」

じっと考える。やがて――「反射だわ、きっと。相手は自分を見ていて、あたしに閃光を投げていた……エネルギー不足のこの時代には、光を増やすために至るところに鏡がある。そして、それとは知らずにあたし、音をたどっていたんだと思う……ブレイズとベッドにいたとき、音をたどり触覚をたどっていた……驚くべきことよね、自分たちを魔法にかけて現実に逆らってしまえるなんて……

ミルズ・コープランドとの協議では……そう、スタッフが部屋にいるときには彼らの目をとおして彼を見たけれど、二人だけになったときは？　しっかり思い出すのよ、グレッチェン！　う〜ん。いや、見たというわけではない……彼がたまたま鏡に映った自分の姿を目にしたときに閃光が見えただけ……彼はほとんどは声だけだったのよ……気づかなかった、一度も気づかなかった、だって自分が問題に集中してるんだと思ってたから……まえに何度もあったはずなのに、一度も気づかなかったんだ……重い障害だけど、こうして理解できたんだから、対処できるし、それを味方につけられる……」

自分が自己破壊のフェロモン痕を残して、ウィッシュがそれをたどったという事実も、もはや否定しなかった。それもまた一つの事実にすぎない。あのときは打ちひしがれていて、自分のなかの子どもが、子どもなりのやり方で逃れようとしていたのだ。逃げて、すべて終わりにしようと。死は安易な解決法。最後の出口。

「そう、子どものためのね」とつぶやく。「ブレイズは教養が邪魔するから取り除きたいなんて冗談を言ってる。あたしは自分のなかの子どもを取り除きたいけど、冗談じゃすまされない」新たな恐怖が襲う。「あたしがほんとはどういう人間なのか知ったら、ブレイズはあたしに対する見方を変えるかしら。『完全に負けてる』なんて言い方してた……」そして、ひと呼吸置いてから、「あたしはいったいどういう人間なのだろうか？　そう、自分がどういう人間なのか意識しなくなったときが愛のはず。少なくとも、その問いには答えが出た」

まとわりつくような冷気に全身をなでられた。「うわ！　いきなり寒い。なにか着なくちゃ。それはまずいか、捜査員たちが来たときこの格好じゃないと、話に説得力がなくなるから」

十分後、捜査員たちが見つけたとき、彼女はずたずたに破れたシフトドレスを着て、皮膚にひっかかれた跡をつけ、手にバーナーを持っていた。彼らの目が全開で照らしてくれることに感謝した。うわさでは威嚇的だと聞いていた警察の隊長が、優しく丁重なのに感謝した。インドゥニ氏の騎士然とした穏やかな物腰が、ガフのごろつきやならず者に畏怖の念を抱かせるのだろうかと思った。インドゥニというのは、発音できないような七つの音節が連なるフルネームを短縮したものだということは知っていた。

身体的には、インドゥニはまちがいなくガフのごろつきやならず者に畏怖の念を起こさせた――長身、細身、禁欲的、また、清廉潔白であることは一目瞭然。時を経た琥珀を思わせる肌、手入れの行き届いた漆黒のあご髭、銀髪が奇妙に混じったまっすぐな黒髪、ランタンのように光る目。オーボエの音色を思わせる声。グレッチェンは、このひと角の人物と話ができるのをうれしく思った。厳しい試練が待っていることはわかっていたが。

「ここにすわってもよろしいでしょうか、隊長」

「どこでもお好きなところに、マダム」

「あの人たちを見たくないので」

「ごもっともです」

「ありがとうございます、隊長」

「大変名高いわが同志のお役に立てるとは光栄です、マダム」二人の背後で捜査員たちが小声で話したり大きな声を上げたりしている。グレッチェンはこれから言うべき嘘で頭がいっぱいだったため、彼らの大声に驚いた様子がないことに気づかなかった。

「なにがあったのですか、マダム」

「その二人の悪党です。押し入ってきたのです」

「どうか慎重にお話しください、マダム。あなたは大変に慎重な方でいらっしゃるとうかがっております。押し入ったと？　不法侵入したということですか？　暴力と武器を用いて？　法律でウィ・エト・アルミスと言うように。状況をご説明いただけますか？」

「おっしゃるとおりです、インドゥニ警部。プロ意識に徹し、正確にご報告申し上げなければ。不法侵入したのではありません。ドアに鍵をかけていませんでしたから」

「きわめてめずらしいことですね、マダム。そうでしょう？　あなたのようなご職業にある方が。なぜそのような状態になったのか、おうかがいできますか？」

「夜、スタッフを帰したのです」

「スタッフ全員ですか？　大変まれなことですね」

「その騒ぎで、ドアのことは忘れてしまいました」

「つまり、鍵をかけるのをお忘れになったということですか？」

「そうです」

「ご自分でかけることを？」

「そうです」

「めずらしい騒ぎが起こった原因について、おうかがいできますか？」

「これまで一度もやらなかったことです」

「なるほど。ではなぜおやりになったのか、おしえていただけますか？」

「いま、困難で複雑な仕事を抱えているのです、インドゥニ警部。ひとりでじっくり考える時間がほしかったのです」

「そのお仕事の内容を具体的にお話しいただけますか？」

「すみません。申し上げられません」

「なるほど。職業上の倫理ですね。わかりました。そして二人が入ってきたと？　鍵のかかっていないドアから？」

「そうです」

「その時刻は？」

「三十分ないし四十分ほど前です」

「やすやすと破られている。残念ながら、このオアシスの入口の警備システムは機能していないようですね。では、動機は？」

「わかりきったことではありませんか、インドゥニ警部。レイプと強盗です」

「その順番で？　なんとも妙な」

「いえ、まちがいです。申しわけありません、警部。まだ動揺していまして」

「お察しいたします」

「当初は盗みに入ったのだと思います。わたしを見つけて、レイプが加わったんです」

「そのほうがはるかに理にかなった仮定ですね、マダム。それから？」

「取っ組み合いになりました」

「その証拠は明白ですね」

「ええ、運がよかった。どうにか切り抜けました」

「二対一で？」

「はい」

「相手は武器を持っていましたか？」

「これです。どうぞごらんください」

「ありがとうございます、マダム。あなたが二人から取り上げたのですか？」

「わたしが運がよかったか、二人にすきがあったのでしょう」

「そして襲撃者たちを殺したのですか？」

「正当防衛です」

「なるほど、合法殺人ですね。状況をご説明ください」

「ご説明申し上げる必要がありますか、インドゥニ警部？　二人を見ればおわかりになるはずです」

「それにしてもあなたはユーモラスな方ですね、マダム。見るべきものはなにもないと知っておいでなのですから」

「えッ！」

「そんなに驚かれるのですか？　なんと不思議な」

グレッチェンが跳び上がって振り向いた。捜査員たちは散らばって彼女に見えるようにした。二体の骸骨が床に横たわっている。骨は乾いてつややか。わずかな肉片も残っていない。一滴の血もない。

グレッチェンは言葉を失った。

「ごみ捨て場のあの女みたいだ」と捜査員の一人がつぶやいた。「今回はカツオブシムシがいないだけで」

インドゥニ隊長がすばやい身振りで黙らせた。グレッチェンに向かってなめらかな口調で語りかける。「このバーナーであの状態にするのは無理ではありませんか、マダム？　肉用のドリルでならわかります。穴をあけるためのドリル一本か数本というのもわかります。そうであっても、完璧に分解することなど可能でしょうか？　しかも肉と血だけを？　わたくしが驚くのもご理解いただけるでしょう」

「わたし……はい、警部」

「わたくしは、暴力による殺人のあらゆる形態に精通しております、マダム。あなたもそうでしょう。いままでただの一度も、このようなものは目にしたことがありません。あなたはいかがですか？」

「いえ……一度も……いままでは」

「なのにあなたは、これをご自分でなさったのだと主張なさる。この上なく慎重にお答えくださるようお願いしたいこの上なく特別な理由が、わたくしにはございます。これはあなたがなさったことですか？」

「わたしは……そうです」

「どういう方法でこのような状態になさったのか、おうかがいしてもよろしいですか？　これは大変に重要な点です、マダム。ご想像以上に重要です」

「訊いていただいてかまいません」

「ありがとうございます。では……？」

しかしインドゥニは、グレッチェンに考えをまとめ上げる時間を与えてしまった。彼女はその短い時間を利用して、続く三十分間に言うべきことをすべて、猛スピードで間に合わせに考え出した。

「残念ながら申し上げられません、インドゥニ警部」

「そうなのですか？　なぜです、マダム？　もう一度警告させていただかねばなりません。これは非常に重要かつ危険なことです。ご想像以上に危険です」

「わたしが使った武器は、新しい種類のもので、秘密にされています。それこそが、わたしが取り組んでいる仕事の核心です。だれの目にも触れたことがありませんし、これから先もないでしょう。それで今晩、スタッフを帰らせたのです」

「ほう。そして襲撃者たちにその武器を使用なさったと？　わたくしにお渡しくださったレーザーではないのですか？」

「はい」

「このような効力を発揮したと？」

「はい」

「これまで一度も使用されたことはなかったのですか？　ほかの場所で。ほかの時に。ここは慎重にお答えください、マダム」

「一度もありません。今夜、どうしようかと頭をひねっていたことの一つが、どう秘密裡に試したらよいものかということだったのです」

「そして願ってもないタイミングで盗難に遭われたわけですね」インドゥニ隊長の口調は皮肉を帯びていた。「お喜び申し上げ、また、お礼申し上げます、マダム。正直なところ、あなたが二人の襲撃者を相手に格闘し、武器を奪い取り、彼らが持っていたレーザーで殺したというお話を信じることはなかなかできませんでした。あなたは並外れた方ではあるが、身体的にはそうではない」

「下手な嘘をついてしまい、お許しください、インドゥニ警部。契約を守ろうとして、あわててしまっているんです」

「お察しいたします、マダム。お気の毒ですが、その契約を守秘することはもはや叶いません。契約で引き受けられた武器をお渡しください」

「それはできかねます」

「わたくしの一存ではなく、司法当局による強制です。武器は提出していただかねばなりません。ご存じでしょう、マダム」

「できません」

「あなたは頑固な方なのでしょうか」

「きっとそうなんでしょう」

「われわれ二人とも、きわめてむずかしい立場に置かれることになりますよ」

「自分の立場はわかっています」

「では、わたくしの立場をお考えになってみてください。わたくしの相手は、名誉ある、立派な、際立って優秀な同志である。これが一つ。しかしもう一つある。わたくしは司法当局の要請により、事実及び口述双方のあらゆる証拠を集め、起訴に向けて犯罪事実を完全なものにしなければならない立場におります」

「もちろんです」

「だがあなたは凶器をお出しにならないおつもりである」

「出せません」

「では、わたくしはどうすればよろしいのでしょう。あなたが拒否なさるのであれば、殺人事件として手続きをすることになります」

「必要な手続きをなされればよろしいかと思います」

「ではあなたを逮捕いたします、マダム」

「第一級殺人ですか？　第二級殺人ですか？　合法殺人ですか？」

「あなたは難事件を倍もむずかしくなさろうとしていらっしゃるのですよ、マダム。これまでわたくしは一度も——あなたを疑ってはおりません、しかし——いや。いや。どの容疑にもあてはまらないでしょう。あらたに考え出したカテゴリーで逮捕いたします。それは……なんと名づけたらよいだろうか。ああ。こうしましょう。第五級重罪です」

グレッチェンはいきなり笑い出した。うまくいった。「ブラボー、インドゥニ警部！　第五級重罪用の手続きはもう即席で考え出されましたか？　わたしは監禁されるのですか？　保釈は許されますか？」

「失礼極まりない笑いに耐えながらも、引き続き手続きを考え出すことにいたしましょう。あなたを長期間にわたり自宅監禁にします。ガフ拘禁と呼ぶことにいたしましょう。お仕事はお続けになってかまいませんが、わたくしのフークムなしには——ヒンディー語で許可という意味です——いかなる場合もガフから出てはなりません」

「ありがとうございます、隊長」

「マダム、わたくしにはあなたほどの資質はございませんが、情報源はあります。あなたが仕事でお引き受けになられた極秘の武器を暴くことになりましょう、もしそのようなものが存在するならば」

「もし存在するなら？　わたしの言葉を疑うのですか、警部」

「謝罪はいたしません。疑い深いのはボンベイ人症候群と言えますが、今回はあてはまらない。あなたはきわめて悪辣な一連の残虐行為の一つに関わっておられるのです。それについてはなにもご存じないことを願っておりますが」

「これは驚きですね。どのような残虐行為なのですか、インドゥニ警部。近頃はなにも耳にしていませんが」

「まだ公式には記録していないのです」

「なぜです？」

「あまりにも常軌を逸して（ウトレ）いて、信じがたいからです」

「なるほど。わかるような気はします。それでもご親切にお取り計らいいただいたことに感謝する気持ちに変わりはありません、隊長。できることはなんでもして、ご協力いたします。困った事態になりましたね」

「実に悲しいことに同感です、マダム。そしてわたくしがすべての問いにきっちりと答えを得たとき、わたくしたちのどちらも、いまよりずっと悲しい気持ちになることでしょう」

「答えがおわかりになったときには、おしえていただければと思います」グレッチェンは一心に祈った。概念を構成し、パターンを見出す彼女の精神工学技術（サイテック）は、一時的に休止していた。感情は、人間という動物にそういうことをするものだ。

7

ナン嬢は、ミルズ・コープランド会長に最終報告を提出すると（それはまちがいなく、真実を、すべての真実を、そして真実だけを述べてはいなかった）、お礼の言葉と小切手を受け取り、その足で香水のラボへ向かい、いきなり入っていった。シマ博士は、フラスコ、ピペット、試薬ボトルで、気ちがいじみたことをしている最中だった。

振り返らずに命じる。「入っちゃだめ！　出て！」

「おはよう、ブレイズ」

くるりとまわり、打ちのめされたような顔を見せ、「これはこれは」とほほえむ。「名高いグレッチェン・ナンではありませんか、三年連続で〝今年の顔〟に選ばれた」

グレッチェンは胸が踊った。シマの口調にはわずかな敵意もない。「いいえ、サー。わたしの階級の者たちには姓がありません」

「サーはやめてよ」

「わかりました、サー――ウィッシュさん」

苦しそうにたじろぐ。「その信じられない狂気のことは思い出させないでくれよ、グレッチェン。

だって——捜査班とはどうだった？」

「丸め込んだわ」

「会長は？」

「会長も丸め込んだ。あなた、窮地を脱したから」

「ＣＣＣとの関係ではそうかもしれないけど、自分的にはそうじゃない。言ってしまおうと、けさ真剣に考えてたんだ」

「なぜ思いとどまったの？」

「うん、きみだよ、一部には」

「一部だけ？　頭きちゃうな。きみしかいないって信じさせたくせに」

「それにこのパチョリ油の合成に没頭してて……忘れてしまったというか」

グレッチェンが笑った。「心配いらない。あなたは救われた」

「『治った』とは言ってくれないんだね」

「そうよ、ブレイズ、あたしに目が見えないのが治ったと言えないのと同じ。あたしたちはフリークなのよ。でもそれに気づいてるから救われてるの。これからは対処できる」

シマは力なくうなずいた。

「今日はどういう予定？」とグレッチェンがほがらかに尋ねる。「パチョリと激闘？」

「いや。本当のことを言うと、没頭してる振りをしてただけなんだ。まだとんでもなく混乱してるんだよ、グレッチェン。今日は退社したほうがいいと思う」

「やった。夕食二人分持ってきて。アッチのほうはなし。それより、作戦会議よ。二人とも、とんでもなく混乱してるから」

「ぼくに全部話してくれた？」

「全部よ、ブレイズ」

「見落としたり見過ごしたりして言ってないことはない？」

「透視力にも頼ってない。あたしが携わってるのは事実を扱うビジネスだから」

「ぼくもでございます。だけどぼくは化学者(ばけがくしゃ)で、きみは直観力の人間。それはつまり、ぼくは理性的できみは本能的だってことだ」

「あたしは内臓で考えると言いたいの？」

「もちろん。問題に対する解決策をまず感じるってことは、きみ自身わかってるだろ。そのあとできみの非凡なる頭脳が立証していく」

「あなたの場合は？」

「まったく逆。事実を見つけたあとで、それを感覚に移しかえる。そうやって香水を創り出すんだ」

「じゃあおしえてもらおうかな、非凡なる創造者さん。第一級殺人は事実なの、それとも感覚なの？」

「お決まりの出来事としか考えられないよ。あのさ、作戦会議を始めるなら、ぼくから降りてほしいんだけど」

「うん、あなた垂直になってるときいちばん頭がまわるものね」

「どうしてそう思ったんだよ。精神力学？」

「あなたがどんなふうにセックスするか知ってるもの」

「それはどうかな。もうおふざけはよそう、グレッチェン。真剣にやりたい」

「慎重にお進めください」

「ぼくらは憎み合うべき」

「は？　なぜ？」

「考え方がまったく逆だからだよ。きみは精神優先でぼくは化学優先。ぼくらは対極にある。でもそれゆえに理想的なチームを組めるんだけどね。なんていうかな、精化（サイケモ）——なにがおかしいの？」

「二十世紀に使われてた蔑称を思い出しちゃったのよ、あたしたちにぴったりな」

「びっくりさせるなよ、頼むから」

「ブレイズ、あたしそんなこと絶対しない」

「グレッチェン、いつもじゃないか」

「仕事の上でだけよ」

「そうかな。けさ、アッチのほうはなしって言ったのはだれだっけ？　愛をそんなふうに表現するなんてさ！」

「じゃ、夕食を二人分持ってくるのを忘れたのはだれなのよ」

シマはひと呼吸置いてからつぶやいた。「ぼくの仲良し、ウィッシュさん」

グレッチェンが冗談をさえぎった。「そうこなくちゃ。ジョークにできるなんて、安心ね」

「ブラックユーモアだよ」と不機嫌に言う。

また沈黙。ついにシマは銃殺隊に向き合った。「この混乱はミスター・ウィッシュと関係があると思う？」

「思う？　そうだとわかってる。そのはずよ」

「きみの内臓が言ってるの？」

「そう」

「じゃあ、骸骨の謎はまたガフで起きた突拍子もないことだと片づけてしまえないってこと？」

「できるわけないじゃない？　あたしたちにどんな危険が差し迫ってるか、よく考えてごらんなさいよ。あたしは第一級殺人の第一容疑者。さらには、まちがいなく有罪」

「第一級殺人じゃない。合法殺人だよ」

「どっちだって同じことよ。二人ともキャリアがヤバいことになってるんだから」グレッチェンは息をついた。「たとえあたしがインドゥニに対して殺しが正当だと弁明できたとしても、それは公にされて、慎重さについては折り紙つきっていう評判を失ってしまう。あたしのウリなのに。インドゥニはウィッシュを公の場に出さなくちゃならなくなる。そうしたら、あなたのキャリアは沈没」

シマはそのことをよく考えてみた。「きみの言うとおりだ。どっちにしたって最悪だよな。でも信じて、グレッチェン。きみが自分の身を救うためにミスター・ウィッシュを引っぱり込まなくちゃならないなら、ぼくが餌食になる」

グレッチェンはシマの背中にキスした。「あなたのなにを愛してるかっていうとね、ブレイズ、あなたが好きだっていうことなの。あなたいい人ね。お申し出ありがとう。だけどウィッシュの真実が明かされても、インドゥニはすべての答えを得られない。あの忌まわしい骸骨のこと、忘れないで」

「忘れられたら――でもあの骸骨は隊長の問題であって、ぼくらの問題にはならないよ」

「ちがうわね。それでもあたしたちの問題よ。悪党どもをあんなふうにした者の正体は？　どうやって？　なぜ？　また同じことが起こるのか？　確かにすべてインドゥニの問題だけど、これに答えてみて――あの残虐行為は、実はあたしやあなたに向けられたものだったのではないか？」

シマはじっと彼女を見つめた。「つまり、チンピラ殺しはドジ踏んだってこと?」

「そう。あたしたちを狙っていたのかもしれない。もしそうなら、またやるのか、そうなったらあたしたちはどうかわせばいいのか」グレッチェンは顔をしかめた。「身を守らなくちゃならない。でもなにからなのかは訊かないで」

シマが眉をひそめた。「じゃあ、少し戻って仕切りなおそう。インドゥニはほかにも悪辣な残虐行為があるって言ってたんだろ?」

「ええ」

「具体的には言わなかったの?」

「『まだ公式には記録していない』って言ってた。あまりにも常軌を逸してて信じがたいからって」

シマはかぶりを振った。「いまのガフでウトレと見なされてるんなら、さぞかしとんでもないことなんだろうな」

「あの言い方だと、ここで起きたこと以上にひどいという気がしたわ」

「きみはここでなにが起きたのか知らないの?」

「なにも」

「ぼくが出てったあと、ドアの鍵閉めた?」

「うん」

「だったらそいつ、一体どうやって入ってきたんだよ。イエスにマリアにヨセフさま! 信じられない! きみはなにも見なかったのか?」

「なにも」

「じゃあきみはそいつの目をとおして見ることができなかったんだ。つまり相手は目が見えないってことだろ。ありえない！」

「男か女か……」グレッチェンは口ごもった。「目が見えない？　わからない。それとは別のなにかは感じてるけど」

「感じてる、か。捜査班を待ってるあいだ、なにも感じなかったの？」

「なにも。あたし――待って。少しのあいだ寒く感じたけど、裸同然だったし、いずれにしても、すきま風や冷気なんてしょっちゅうだからだれでも慣れてる。『神大いに凍えささんとする日、汝いずこにありなんや』だもの」

「寒さ。う〜ん。ありえない侵入と、突然の冷気。なにか聞こえた？」

「全然」

「ほかの感覚は？」

「なし。あ、待って。妙な匂いがするって思った」

「ぼくのお箱だな。どんな匂い？　甘ったるい、つんとする、むかつく感じ、心地いい、気持ち悪い？」

「奇妙で不快」

「侵入。冷気。静寂。不快な匂い。そして死んだチンピラどもの血と肉が食い尽くされたと？」

「跡形もなくね。骨にはなにもついてなかった」

「それから鍵がかかったドアから出ていったが、鍵はかかったまま。ありえない退出。おしまい（ブンクト）。それで、ぼくらにはなにがわかってる？　精化学者（サイケミスト）のこの片割れになにがわかってるかおしえてあげよう……なんもわかってない！　データの力なんてその程度のもの。きみが思い浮かべたっていう蔑称ってなに？」

「話があちこち飛ぶのね、ブレイズ」グレッチェンが、緊張を解かれほっとしてくすくす笑った。

「ジグとジャップ」

「ふうん」

「どうして笑わないの？」

「笑うとこなの？　ジグってなんなのか知らないし。ぼくがジャップってことなんだろ？　きみはジグ？」

「そう」

「ジグってなに？」

「黒んぼ」

「それがなんでおもしろいんだよ」

「前はそうじゃなかったから」

「どれくらい前？」

「二百年くらい」

「年月が経っても進歩してないな。さあ、ジグさん、きみの番」

「データを収集してもだめなのよ、ジャップさん。感じなければ」

「ぼくはふつう、まず経験方程式で始める」

「便利なときもあるけど、この場合どこに等号を置くの？　だめ、それを感じなくちゃ」

「なにを感じたらいいのかわかんないね」

「でもなにかしら感じるでしょ？」

「なんだよ！　感じるよ！」

「それがなにかわからないだけ」

「わからない」

「ありがとうございます、サー。そこを基点に進みましょう」

シマが途方に暮れた様子なので、グレッチェンは説明することにした。「あなたの内臓は状況に反応する、そうでしょ？」

シマがうなずく。

「なにを言ってるかというと、状況はいままでになかったもの、予期しないもの、意外なものかもしれないけれど、あなたの内臓はそれを受け入れて、よく知っているやり方にしたがって反応する。内臓は、予期しないものでも知りうると感じるから」

「すごいな、グレッチ、高高度まで連れてかれて、耳鳴りがするよ。理解できるように思う。つまり、もしぼくらが知っているもしくは知りうる現実の範囲内に出来事があると感じ取れれば、ぼくらはそれに反応すると言っているわけだね」

「そう、そしてそれが核心」

「慎重にお進めください」

「あたしたちが自分の反応を知らず、理解できなければ、どういうことになる？」

シマは、フラスコの底に予期せぬ沈殿物を見つけて驚いたときのように、相手の顔をしげしげと眺めた。「その場合。その。出来事。は。知り、え、ない」とゆっくり答える。するといきなり火がついた。「すごいや、グレッチェン、ひらめいたね。精神測定学（サイメトリクス）よ永遠に！　ぼくらが相手にしてるのは、動物でも、野菜でも、鉱物でもない……知られているものでも、知られうるものでもない……ぼくらが関わっているのは完全に異質なもので、それはありうべき範囲の外にある」

「そう。あたしはそこへ向かおうとしてたの」

「そして意気揚々と到着なさった」

「ありがとうございます。質問していい？」

「どうぞ」

「宇宙から来た異質なものということ？」

「とんでもない！　銀河系には、われわれの太陽系と行き来する生命力のあるものは存在しない。そのことは、われわれの綿密な調査により証明されている。いや、ぼくらが相手にしてるのは、地球産で、生命力のある、ここで育った実体で、しかも完全に異質……ゴーレムのようなものだ」

「ラビ・ロウが作り出した怪物のこと？」

「ちがう。それは典型的なユダヤ版のやつで、人造奴隷として使われた生き物だよ」

「じゃあ、どういうこと？」

「伝説上のゴーレムの原型まで遡る。タルムードの伝承によれば、原ゴーレムは創造されて二時間後のアダムと同じ状態で、生きてはいるけど魂を持たず形の定まらない塊だった」

「形が定まらず魂を持たない。うう〜ん」グレッチェンは考え込み、それからうなずいた。「だからあたしたちには、そのゴーレムっていうのはなんなのか、なにを求めているのか、なぜ求めるのか、わからないわけね」

「ぼくらには、それがどういうふうに求め、手に入れるのかすらわからない。そう考えれば、不可能な侵入と退去とそのあいだのことすべてに説明がつく。ぼくらはそれが果たして本当になにかを求めているのかすらわからない」

「なにかしら求めるはずよ、ブレイズ。インドゥニがほのめかした、人間を食べるとか、ほかのことはどうなの？」

「われわれのゴーレムがそれにも関わってると思う？」

「内側ではそう思う。内臓的に言えば」

「じゃあ異議なし、と」シマはひどく興奮していた。「すごいことだよ、グレッチ！　こんなのほかにない！　そいつがぼくらが言うところの感覚を持っているかとか、ぼくらが言うところの食欲があるかってことはぼくらにはわからない。そいつの感覚は、ぼくらのスペクトルの上または下で、オングストロームの波長で機能しているのかもしれない」

「その点については賛成よ、ブレイズ。でも、もしそれが生きてるとか生きてる状態に近いなら、食欲があるはずでしょ。つまり生命体ってことだけど」

「そいつはぼくらの感覚で言って生きてると思う？」

「生命とはなんなのか言ってみて、博士、そしたらあなたの質問に答えるから」

「それがわかればね。だれかが生命というものを定義してくれたらと思うよ。壮大なるチャレンジだなあ！　ぼくは――」突然しょげて、震えるため息をつく。「おかげで、ぼくらが置かれてる状況の現実を見忘れてしまっていた。ほんとのこと言うとさ、グレッチ、心の奥では怖い、すごく怖いんだ。悪夢を見ていて、目覚められないような気がして……あの忌まわしいゴーレム……」

「落ち着いて、あたしも同じ気分。これって知的には意欲をかき立てられることだけど、心理的には悪夢なのよ」

「じゃあ、どうしたら目がさめる？　きみが言うように、どんな方程式にもどこに等号を置いたらいいかわからない。両辺が等しくなる方程式がないから。わからないことだらけだ」

「残虐行為以外はね」とグレッチェンが付け加える。

「そして危険も。あのエイリアンのゴーレムの〝鬼さん〟は、いまもどこかにいてなんだか知らないがやってるかもしれなくて、そして——考えただけで居ても立ってもいられなくなるんだけど——あの鍵がかかったドアからいつ入ってくるかわからない……いまかもしれない」

グレッチェンが静かにうなずいた。「そうよね。一度来たならまた戻ってくるかもしれないわよね……あなたか、あたしか、あたしたち二人か、ミスター・ウィッシュをつけてたかもしれないってこと?」

「あのエイリアンのやつがウィッシュをつけてたかもしれないってこと?」

「その可能性はあるわ。どんなこともありうる。あたしたちにはわからない。あたしたちがいるのは、悪夢のなかの爆心地なのよ」

「じゃあどうすればいいんだろう」

「ゴーレムを見つけて、バッサリやるのよ」

「そこまで危険が迫ってるって、本当に思ってるの?」

グレッチェンはシマをじっと見つめた。「思ってるわ、ブレイズ。体のなかの神経が、一つ残らずきりきりいってる。あたしたちにだけじゃなくて、ほかの人のためにもいってる。インドゥニ隊長は、危険だって何度も言ってた。ガフは、なにかいままでとはちがうとんでもない野放し状態になってるのよ」

シマはかぶりを振った。「壊滅させなくちゃならない疫病のようなものだけど、それがなんなのか、なぜそういう形をとるのか、どこにいるのか、なにを求めているのか、ぼくらにはわからない」

「ペストは、なにもわからずなにも求めなかった。ただ存在しただけ」

「ごもっとも。すごくいいアナロジーだね、グレッチ。ぼくらはこのゴーレムのことをなにも知らないんだから、正体のわからない病のように扱うべきだ。つまり、疫病の発生源に導いてくれるベクトルを突き止める。そうすればバッサリやれる」

「そうね、ハードサイエンス的なやり方ね」

「考えられるベクトルを挙げてみよう。ゴーレムはぼくをつけてるかもしれない」

「あるいはミスター・ウィッシュとしてのあなた」

「きみを追ってるかもしれない」

「あるいはあなたとあたしがいっしょにいるところを」

「あのチンピラどもとつながりがあるのかもしれない」

「ありえるわね」グレッチェンが少し考え込んだ。「大いにあるかも」

「でたらめに活動してるのかもしれない」

「その場合は為す術なし。どんなふうにパターン化しても構成しても、そこにたどり着けないもの」

「ちがうね、お嬢さん。生命が関わっていれば、でたらめにも型があるんだ」

「それって言葉の上では矛盾じゃない？」

「ぼくらが取り組んでることそのものが矛盾じゃないのか？」

「そうね、言うとおりだわ、ブレイズ」

「変わった問題には変わった解決策が必要。きみが言ったように、いちばんありそうなベクトルの候補は、過去にあったかもしれない、ゴーレムとチンピラとのつながりだ。それをあたるには、ほかの残虐行為に関してインドゥニ隊長が持ってるデータが必要になるということ」

「つまり彼に頼るってことよね」グレッチェンは顔をしかめた。「それはいやよ、ブレイズ。あの人はやり手で、経験豊富で、直観力がある。危険かもしれない」

「きみの真意は、彼がぼくをミスター・ウィッシュと結びつけるっていうリスクを冒したくないってことだろ。感謝いたします、お嬢さん、でも一か八かやってみなくちゃ。インドゥニと手を結ぼう。理由にできることはある？」

「簡単よ。ガフ拘禁はわたしのビジネスに悪影響を及ぼすから協力させてほしい、できるかぎり早急に事件を解決するお手伝いをしたい、って」

「それなら受け入れるだろうね」

「ただし、彼に対してあたしたちがいっさい隠し事をしなければということよ、ブレイズ」

「ミスター・ウィッシュも含めて？」

「ううん、それは別」

「じゃあ、凶器についてのきみの作り話はイキってことにしておかないと」

「そう」

「ほかに正直に言うべきことは？」

「彼にチェックできることすべて。いいわね、あたしたちに関するあらゆることをチェックしてくるはずだから」

「それはやばい」

「うん、あたしはだいじょうぶだけど、ミスター・ウィッシュはやばい。これでもまだやる意志はある？」

「もちろんだよ、お嬢さん。やるよ。で、どんなふうにきみを助けたらいい？　精神力学で？」

「あたしが？　自分の専門分野であなたの助力を仰ぐ？　冗談じゃない。ちがう、化学者としてよ」

「なにをすればいい？」

「死骸の化学分析に加わって、悪党たちの身元を割り出して」

シマはしばし考えてからうなずいた。「わかった、うまくいくかもしれない」

「インドゥニはやたらと礼儀正しいから、あなたが時間を無駄にしてるなんて言わないはずよ。彼のスタッフには犯罪科学のプロがいる。でも彼にはあなたがそのふりをしているだけだとはわからないでしょう。実直な市民がまた一人、シャーロック・ホームズごっこに加わろうとしてるくらいに思って」

シマがまたうなずく。「しょっちゅうだものね」

「そしてあなたがお芝居で化学分析に加わってるあいだ、あたしはわからないように情報を徹底的に調べる……参考になりそうなものをすべて使って形にするの――」

「経験方程式を？」

「『等号を』って言おうとしてたんだけど、同じことかしらね」

「横になって。おしえてあげるよ」

0 3141592 8

「ネリー、これはいったいなんですの？」

「あたしのドローニーが提案してくれた、最新の超ビッグなマジックよ、リジャイナ」

「**？なにゆえに？**その男は**われらの芝居**にしつこく加わろうとしておるのじゃ？」

「女王蜂と淑女のみなさまにご奉仕申し上げようとしてるだけよ、サラ」

「悪いけどネル、興味なし」双子はむかついた。「彼の二進法なんたらなんて、失敗だったじゃない。却下する」

「二進法はもうおしまい。これはですね、蜂の巣の姉妹たちよ、〝値段〟です！」

「なんの値段？」イエンタががぜん興味を持った。

「あたしたちが悪魔に支払うべき値段」

「やだあ！　また〝ミスターまちがい電話〟はごめんよ」

「ちょっと待って」メアリー・ミックスアップはうろたえた。「ネル、それが値段なの？　その線が？」

「もちろん。知ってるはずよ。マーケソンの商品には全部こういう線がついてるでしょ」

「わたくしどもはですね、マダム、自分で買い物などいたしま**！せん！**のよ」

「それならば、配達されてからお開けになればおわかりでございましょうよ」

「わたくしはね、マダム、**じ✻ぶ✻ん✻で✻は**✻開けたりいたしま**せん**の。そんなことは（**ウエッ！**）パイみたいな者どもにやらせますのよ（**オエッ！**）」

「だったらドローニーの言うことを信じてもらうしかないわね、サラ。これらの線はお店のコンピュータに読み込まれて、顧客が支払う値段に変換されるの。それを足して請求書に載せて、顧客の銀行のコンピュータへ送られるのよ」

「そんで支払うんだよね、大騒ぎしながら」とイエンタがぶつぶつ言った。「そこのところはだれでも知ってる」

「ドローニーは、ルシファーが姿を見せないのは、じきじきにお出ましになってもらった場合にあたしたちが支払ってもいいと思ってる価格を伝えなかったからだって言ってるの」

「そしてこれがその価格なのですね、ネル」とリジャイナがおもしろがった。

「ええ。すばらしい思いつき（ファーベルハフト）でしょ？」

「あたしの銀行次第よね」イエンタはおもしろがらなかった。

「ちがうわよ。銀行は支払わないの。あたしたちが支払うの」

メアリーはうろたえた。「わたしたちが支払うの？　わたしたち？」

「自分で。そう」

「いくらなのよ」イエンタが迫った。

「ドローニーはおしえてくれないの。『サタンは金銭以外での支払いしか受けつけない』とだけ言って」

プリス嬢が腹を立てた。「恥知らずでちゅこと」

「どうしていいかわかりませんわ、ネル」とリジャイナが笑った。「この線を家庭用コンピュータにとおすということですの？　このようなメッセージを読み取れるとは思えませんけれど」

「リジャイナ、どう思う？　やってみる？」

「五芒星のところに置いて燃やせばいいってドローニーは言ってるわ」

「そうですか、よろしいでしょう。やってみる分には差し支えございませんでしょうけれど、さらにはわたくしどもの悪のシンフォニーも加えて、ルシファーの邪悪な注意を引きつけましょう。パイや！　灯りと香を用意しなさい。魔女のみなさま、お集まりになって、真剣にお願いいたします」

「どうやって？」イエンタは警戒した。「『太い線、細い線、スペース、細い線、細い線……』とか唱えろっての？　ヘブライ語よりひどいじゃん」

「いいえ、儀式はございませんの。灯りと、匂いと、わたくしたちが一心に念じることだけです。欲するのです。心から欲するのです。サタンが現れますようにとか、この値段をお支払いしたいとか、ご自分の心のなかにあるどんなことでもよろしいですから」

「どうしてこんなに長くかかったんだよ、グレッチェン」

「隊長を見失ったの」

「見失った！」

「訂正。あちらがあたしを見失ったの」

「でも分析する許可をくれたときにはずっといっしょにいたよね。これ以上ないほど協力的で」

「それからいなくなっちゃったのよ」

「きみのたくらみに気づいたのか？」

「ううん、また残虐行為があって呼び出されたのよ」

「うわ！　ぼくらのゴーレム？」

「たぶん」

「言わないで」

「言うべきことなんかないわ。男が一人、皮をはがされただけよ」

「皮をはがされた！」

「生きたままね。しかも鍵がかかった部屋で」

「神さま！」

「インドゥニが言ってたけど、ドアを破って入ったときには、まだ意識があったんですって」

「耐えられない」

「インドゥニもそう。警察のビルに戻ってきたとき、震えてた。繊細な人なのよね。好感持てるな」

「職業まちがってんじゃないの」

「ガフのだれもが職業まちがってる」

「彼からなにかつかんだ？」

「なにも」

「精神力学のマジックを使ってもだめ？」

「まったくゼロ。動揺が激しかったんじゃないかしら」

「当然だよな。生皮はがされるなんて。くそう！」

「神秘的な方向に行っちゃって。タイタン族の末っ子クロノスの話をしたわ。（あなた、自分だけ並はずれて学があると思ってるでしょ！）クロノスは大鎌で天空神ウラノスを殺し、地上に落ちたウラノスの血の滴からエリニュスたちとギガスたちが生まれたらしい」

「それ、おまわりトーク？」

「そうなのよ。大したおまわりさんだわ、あたしたちの隊長は。どこまで話したっけ。ああそう。クロノスは、自分の子どもの一人に王座を奪われるだろうと大地母神ガイアに警告されたものだから、生まれる端から一人また一人と子どもたちを丸ごと呑み込んでしまったの」

「おぼえがあるよ。ゴヤの絵に、その場面を描いた凄まじいのがある。ゴヤのサトゥルヌス（クロノス）は、ガフで見かける飢えたサイコ野郎みたいだった」

「インドゥニによると、ゼウスはクロノスの末っ子で、母親に救われておやじさんをやっつけ、追放したんですって。百手の巨人（ハンドレッド・ハンダー）たちをしたがえて」

「なんて？」

「百手巨人。すごいでしょ？　目に見えないの。インドゥニはその神話上の奇怪なやつらのことを説明できなかった。まったく姿かたちがないんですって」

「姿かたちがない。ぼくらのゴーレムみたいだな」

「インドゥニは百手巨人のことが頭から離れないみたいなの」

「それが彼から探り出したこと、トマス・ブルフィンチからのいびつなお宝情報？」

「それが収穫」

「怖いな。ほんと怖いよ、グレッチェン」

「なぜ？」

「インドゥニには透視力があるんじゃないかと思えてきたからだよ」

「ガフってるんでしょう？」

「いや。彼がギリシャに取り憑かれてることは、ぼくがチンピラの骨に発見したことと結びつくんだ」

「まさか。あなたのお芝居でなにかわかったの？」

「お芝居じゃないよ。芝居はできなかった。隊長の犯罪科学の達人たちには圧倒されたよ。あの連中はデキる。偽ろうなんて考えなかった。正直にやらなくちゃならなかった」

「それで？」

「それでいま、心底驚いてる」

「わかった。でもどうして？」

「インドゥニの神話から、もう一つのお宝を見つけたからだよ」

「早く言いなさいよ、ブレイズ！　なにを見つけたの？」

「骨にプロメチウムが見つかった」

「プロメチウム？」

「そう、チ、ウ、ムのほうだよ」

「プロメテウスみたいな？　太陽から火を盗んで人間に与えて、ゼウスからひんしゅく買った英雄タイプの？」

「そいつ。プロメチウムって名は、一九〇〇年代の昔にそれを発見した連中がプロメテウスの名前をもじってつけたものなんだ」

「それなに？」

「希土類元素の一つ。専門用語を使って話すからね、グレッチ、ほかに説明する言葉はないから。それはランタニドで、半減期が三十年の放射性元素。つまり――」

「半減期については知ってるわ、ブレイズ。原子の半数が崩壊するのに要する時間のこと。そうよね？」

「よくできました。プロメチウムの元素記号は、大文字のPに小文字のmで、Pm。原子番号六一。ウランの核分裂生成物。それの塩化物を見つけたんだ。ピンク色の塩だよ」

「骨のなかに？」

「骨のなかに」

「それがヒント？」

「まさにそのとおり。なぜなら、通常の骨塩のなかには、希土類元素はないんだ。くり返すよ――希土類元素はない」

「絶対に？」

「絶対に」

「ほとんどない、ですらなくて？」

「絶対にない」

「じゃあ、これは異常なことね」

「まちがいなく。そして、これがベクトルかもしれないんだ。ただ、それがなんなのか、どこにつながっているのかがわからない」

「少し考えさせて。触れさせて。ちょっと感じさせて」

「自由にどうぞ」

丸一分経ってから、グレッチェンが尋ねた。「このPmというのは、あたしたちの正常で健康的な回廊に広がってる汚染には存在するの？」

シマが首を振る。「しない」

「それなら、悪党どもがそれを偶然に吸収してしまったというようなことはないわけね？」

「ない」

「じゃあ、故意に得たというようなこと？　意識的な行為？」

「恐らくね」

「食べ物や飲み物には使われてるの？」

「ありえない」

「防腐剤、強化剤、混和物、媚薬、健康食品だって触れ込んでるものにも？」

「ないよ、グレッチ。どんな目的でも、商業用としては希少であまりに高価だから」

「高価」グレッチェンがじっくりと考えてみる。「うん、それ、有効な言葉ね。正常で健康的で真にアメリカ的なチンピラが使う高価なものって、なにかしら」

「簡単だ。ドラッグだよ」

「ＱＥＤ。これはあなたのベクトルになるかもしれないわね」

シマはうなずいた。「恐らくね。一つ問題なのは、ティンクト、クロム、モード、ティンジとかのどんなヤクにもプロメチウムが使われてるって話は聞いたことがないから、香料ビジネスで扱われてるあらゆるスクイームを知らなくちゃならないってことなんだ」

「それなら、あなたますます有利じゃない。市場では目新しいもののはずだから、ストリートでつながりをたどって時間を無駄にしなくてすむ。一気にてっぺんまで突き進みましょう」

シマはまたうなずくと、立ち上がり、グレッチェンの仕事場をぼんやりと歩きまわった。二人きりなのでもちろん彼女にはシマが見えなかったが、音で追うことができた。ついにシマが口を開いた。

「きみが一気にてっぺんまで突き進むんだ。ぼくは別の方向でやってみる」

「どんなふうに？」

「化学薬品を扱う会社をあたる。ぼくのことは知ってるから、頼めばくれるだろう」

「でもヤクは扱わないわよね。最近は合法だけど、上の階級のだれにとっても、いまだに体面にかかわる（インフラ・ディグ）ものだもの」

「もちろん扱ってないけど、プロメチウムは路上で売買されるスクイームには見つからない。つまり、いままでにないヤクのトリップを生み出すためには、それを加えなくちゃならないということだ。それはまた、合法的な会社からそいつを買う必要があるってことで、彼らは慎重に記録をつけてる」

グレッチェンがうなずく。「うまくいきそう」にたりと笑いを浮かべる。「おい兄ちゃん、あんたのラボにPmある？　自分たちで試してみましょうよ」

「たまたま持ってます。水素化物百グラムほど。だけどそれがどうやって百手ゴーレムにつながっていくんだろう」

「あら、つながりはしないわよ。でもトリップはできるかもしれないでしょ、百本の手とお手々つないでサイケデリックな未来へ、なにもかも棄てて、そして――」

「そして〝今年のスクイーミー（ヤク中）さんたち〟に選ばれる、と。よせよ、グレッチ。ぜんぜん笑えない。こうしてるあいだにもあの忌まわしい百手のやつが迫ってきて、ぼくらが生皮はがされるかもしれないいんだぜ」

　グレッチェンが真顔になった。

シマが彼女を軽くたたいた。「だから、ドウゾ気をつけて、わかった？　ようやく経験方程式を得られたね。Pmプラススクイームプラスチンピラ＝ＩＤイコール百手ゴーレムとかいうやつ。いよいよ行動開始。頼むから、そのへんでうろちょろしてる不良どもに声かけたりしないでくれよ」

「わかってる、そちらこそ気をつけてね。あなたには別の危険もあるから」

「ぼくに？　危険てどんな？」

「インドゥニよ」

「隊長がぼくにとって危険？　どんなふうに？　どうして？」

「インドゥニは、自分が追ってる百手とあなたが関係あると疑ってる。だからあんなに協力的なの。彼のほうでもこっそり探りを入れてたのよ」

「なんの？」

「チンピラ殺しとの関わり」

「こっそりもなにも！　ぼくは関係してるよ」

「彼が考えているようにじゃない」

「ヒンドゥー人はどのようにお考えなんだよ」

「天才肌の化学者であるあなたが、ゴーレムを手がけたのかもしれないって」

「は？　フランケンシュタインのパターンか」シマは大笑いした。「くだらない！」すると考えが浮かび、いきなり冷静になった。「でも待てよ！　ウィッシュが動かしてるってこともあるんだろうか」

「ガフではなんだってアリ」

9

グレッチェンは、ＰＬＯのオアシスは見慣れていて知っていた。ガフで知らない者はなかったが、これまでに入るのを許されたのはごく少数。それは〝名所〟の一つだった。ピラミッドのような形で、周囲には、きらめく雲母の砂に植えられたプラスチックのヤシが立ち並んでいる。四隅に噴水がある。噴き上がっているのは貴重な水ではなくクロロベンゼン（C_6H_5Cl）で、それがわかった素人のＨＯジャックたちは地団駄を踏んだ。文字通り、オアシスだった。

「あとはラクダでもいればね」と思いながら、グレッチェンは小型のスフィンクスの足のあいだにある門へと歩いていった。門の警備にあたっているのは解放ゲリラの一隊で、昔から砂漠で着用されていたカーキ色の戦闘服を着て、時代物の自動小銃を構えている。銃を突きつけられ、行く手を阻まれた。

「だれだ？」と迫る。

「シャローム・アーレイヘム（あなたに平和を）」と返す。

「だれだ？」弾倉に装填する音でだめ押しをする。

「グレッチェン・ナンです。シャローム・アーレイヘム」

「ユダヤ言葉しゃべってんな。おまえユダ公か？」

「なんなの（ヴーデン）？　バカなこと聞かないでくださいな（フリグ・ミル・ニシュト・ケイン・ナリシエ・フラーゲン）」

「おまえが？　ユダ公？　ちゃうだろ」

「わたしはユダヤ人です（イフ・ビン・ア・イッド）」

「ユダ公にゃ見えねえ」

「しつこいわね（ヌドニク）！　ファラシャ系ユダヤ人よ（イフ・ビン・ファラシャ・イッド）」

しばし無言。すると一人の顔が輝いた。「あ？　ああ！　黒ユダ公だ。聞いたことあんぜ。見たことねえけど。かわいい黒ユダ公ちゃん。入っていいよ」隊のほかの者たちに声をかける。「こいつオッケー本物ユダ公。通せ」

グレッチェンの最初の策略は成功した。通されたのは、つなぎ留められた二十頭のラクダの不快きわまるげっぷがこだまする、言いようのないほどすさまじい汚物と悪臭に支配された巨大なホール。いくつかテントがある。雲母の砂で遊んでいた裸の子どもたちが、動きを止めて彼女を見つめる。黒い衣服に身を包んでベールをかぶり、乾燥した肥やしで小さな火を熾（おこ）していた女たちは、手を止めずに見つめる。刺激臭のある煙が、伽藍天井を覆っている。

あご髭を生やし見事なローブを纏った教主（シーク）が近づいてきて、あいさつした。「シャローム・アーレイヘム」

「アーレイヘム・シャローム」

「こんにちは、ナンさん。お越しいただけるとは、うれしいかぎりです」

「こんにちは。どなたさまでしたでしょうか」

「オマル・ベン・オマルと申します。いや、お会いしたことはございませんが、もちろんあなたはガフの名士のお一人ですから。名誉なことです、ナンさん」

「光栄に存じます、オマル師」

「わたくしどもの丁重な礼儀作法を心得ておられるようですね。ありがとうございます。コーヒーはいかがですか？」

テントであぐらをかき、おごそかにコーヒーを飲む。やんちゃな子どもたちがそれをのぞき込む以外は二人だけ。果てしなくいんぎんに言葉を交わしたあと、グレッチェンは徐々に用件に移ろうと、オアシスの警備員たちをだましたことをまず告白した。オマル師が笑った。

「ええ、ユダヤ人が一人入っていくと報告してまいりました。それでイスラエル式にごあいさつ申し上げたのです。わたくしどもはＩＱではなく腕力を重視して警備員を募り、訓練いたします。ファラシャ族のことを聞いたことがあると申していた者がいて、驚いたくらいです。わたくしどもの警備員は、昔のマフィアの〝兵隊〟にあたるものですのでね」

「申し上げるまでもございませんが、あなたの組織は強大な新種のマフィアと言えますものね」

オマルは肩をすくめて慎み深くほめ言葉をやり過ごし、学者らしく話を脱線させて本題に移るのを遅らせ続けた。「そう、ファラシャ族。エチオピアの黒いユダヤ人。自分たちはソロモン王と黒人であったシバの女王の子孫だと主張しているそうです。コーヒーのお代わりはいかがですか？」

「いただきます」

「実のところ、彼らはキリストが出現するはるか以前にユダヤ教に改宗した素朴な先住民だったのです。その後一部の者たちが新しいキリスト教になびき、そののちさらに多くの者たちが〝真の信仰〟にたどりついた。優柔不断な者たちです。われわれの親しき友イスラエル人は、壮大なる国家を創設しようとしていた際、ファラシャ族を相手に多くの問題に悩まされました」

グレッチェンはこっそり笑みを浮かべた。二番目の策略が動きだそうとしていた。パレスチナ解放機構（PLO）がついにアラブ連合共和国を支配したのは、豊満成金石油の最後の備蓄が枯渇する直前だった。PLOは賢明にもアヘン栽培に切り換え、その派生物を不法に売った。ドラッグと中毒が合法化されるまでは大もうけしたが、それからは利益が底をついた。相変わらずドラッグを糾弾し、それを非合法にしようと激しく闘っている国家、それが頑固で禁欲的なイスラエルだった。そのためイスラエル人たちは、PLOマフィアにかわいがられることとなった。

「ですから、このままユダヤ人のふりをなさるのがよろしいかと思います、ナンさん。兵隊たちはすでに噂を広めているでしょう。彼らの言うことは否定しないでおきます。わたくしどもはよそ者をすんなりとは受け入れませんが、ユダヤ人は受け入れます。あなたは楽に事を運べるでしょう」

「感謝いたします」

「恐縮に存じます。さて、早々にお尋ねして失礼ではございますが、名高いグレッチェン・ナンがこの慎ましいオアシスに足をお運びになられたのは、どのようなご用件があってのことなのでしょうか」

「きわめて異例の仕事を依頼されておりまして、それを遂行するには、エル・プロ（PLO）さまに質問をさせていただく必要があるのです」

「エル・プロさまですと！　エル・プロさまに謁見するためにお越しになられたとおっしゃるのですか？」

「プロファーザーご本人に。そうです」

「前代未聞です！　わたくしではお役に立てないのでしょうか」

「あなたに対する敬意には変わりございません、オマル師。しかしそうはいかないのです。わたしが求める情報は、最高位の方から与えていただかなくてはなりませんので」

「そのような例外的な手順を必要とするお仕事の内容について、お尋ねしてもよろしいですか？」

「極秘ではありますが、オマル師、あなたをご信頼申し上げ、できるかぎり率直に隠すことなくご説明いたします」

「まことにありがたく存じます」

「こちらこそ感謝申し上げます。依頼された仕事は、独特な凶器に関わるものです。そのたぐいのものは、いままで公になったことはありません。わたしが非常に厳しい特許権の交渉にあたっているあいだはその武器についていかなることも明かせませんが、その能力を調べるため、わたしがガフの二人の悪漢にひそかにそれを使ってみたことは打ち明けます」

「わたくしどものところの二人ではないでしょうね」オマル師がかすかにほほえむ。「それで、調査結果はいかがでした？」

「あ、第一級殺人です、もちろん」とグレッチェンが平然と答える。「まれなる殺傷能力があります。インドゥニ隊長は大変動揺しておられます」

オマル師がまたほほえんだ。

「ただし奇妙な二次的な反応がありましたので、特許の申請のためにその点を調査し、説明しなければなりません。そのためエル・プロさまのご助力を仰ぎたいのです」

「それだけですか？　質問をなさりたいだけなのですか？」

「それだけです。質問をいくつか」

「質問の内容は？」

「わたしに代わって訊いていただく際におわかりになります。そうしていただけるとありがたいのですが。直接エル・プロさまにお話しさせていただこうなどとは思いませんので」

「ご理解ありがとうございます、ナンさん。お待ちください」

グレッチェンは、大ホールの騒音と悪臭に打ちのめされながらテントのなかで待つあいだ、マフィアの威圧的なプロファーザーの容姿を推し量っていた。間接的な視覚ではヒントを得られなかった。殺しまくりで頂点に登り詰めた巨漢のやくざか、それとも帳簿つけまくりで頂点に登り詰めた気むずかしい会計士かと思いめぐらしていると、オマル・ベン・オマル師が、かしこまった様子でようやく戻ってきた。

「お許しが出ました。絶対に無理だと思っていたのですが。いっしょにおいでください」

「顔をベールで覆ったほうがよろしいですか？」

「もうその必要はございません、ナンさん。わたくしども、異教徒の奇妙な作法に慣れてもう長いこと経ちますのでね」

導かれて急なスロープをのぼり、ピラミッドのてっぺんに着くと、四人のゲリラ警備員に通され、ピラミッド状の会議室へ入っていった。グレッチェンは少々息切れがした。

そこは広々とした部屋で、鮮やかな色の絨緞が敷かれ、イスラムの征服を描いた値もつけられないほどのタペストリーが掛けられている。部屋の端から端まである、象嵌細工をほどこした長く低い会議用テーブルの両側の床には、刺繍をほどこしたクッションが並べられ、出席者があぐらをかいてすわれるようになっている。向こう端には、豪華なローブを纏った教主が数人、黒檀の玉座のまわりに群がっている。神聖な囁きに耳を傾けるように、うやうやしく頭を垂れている。

グレッチェンは、会議用テーブルの手前の端にあるクッションをオマル師に勧められ、そこに腰を落ち着けた。オマルが立ったままで咳払いをした。教主の群れが目を上げてわずかに散らばったが、それでもグレッチェンには椅子にすわっているプロファーザーが見えなかった。

「ファラシャ族の女性がおみえです」とオマルが告げた。

教主の一人がうやうやしくかがんでから、体をまっすぐに起こした。「エル・プロさまが、ユダ公のあばずれの不信心者に、立って姿を見せるようにとおっしゃっておられます」

グレッチェンが立ち上がろうとすると、オマルが肩に手をかけてそれを制し、彼女を見下ろして、「エル・プロさまが、立って姿を見せるようにとおっしゃっておられます」と言い、手をのけた。

グレッチェンが立ち上がった。教主の群れがまた少しだけ広がって、エル・プロが彼女の姿を見られるようにすると、彼女は伝説のプロファーザーの姿を初めて目にした。棒線で描いたようなしなびて老いぼれた人物が、玉座に体をねじってすわっている。手は関節炎で曲がり、こわばっている。頭髪は白く、長く、薄く、ところどころはげている。顔はというと――え？　ベールかぶってるの？　女？　エル・プロって女？　グレッチェンは怪しんだ。

長いことかかって品定めしたあと、ねじ曲がった指が一本、昆虫の触覚のようにふるふると上がり、すとんと落ちた。一人の教主がかがみ、ベールで顔を覆ったミイラに耳を傾けてから、体を起こした。「エル・プロさまが、あなたは二一七一年に初めてわれわれを妨害したと言っておられます」

このときまでには要領を心得たグレッチェンは、オマル師が伝えるのを待ってから返答した。「はい、オベルランから依頼されました仕事のときです。契約を交わした時点では、PLOが関わっていらしたことを存じ上げませんでした。ご迷惑をおかけしたとしましたら、おわび申し上げます。故意にではございませんでした、本当です、エル・プロさま」

グレッチェンは返答を伝達し、それはエル・プロに伝達された。それからまたまわりくどい経路をたどって質問された。「それでは、なぜ手を引かなかったのです？」

「仕事を遂行しなければなりませんでした」

「二一七二年には、ＰＬＯの突撃隊を全滅させましたね」

「はい、グラファイトから依頼された仕事の際です。あのときはＰＬＯが関与していらっしゃることを存じておりましたので、すみやかに立ち去るよう隊に警告いたしました。十分に余裕をもって何度も通告いたしましたが、兵士の方々は愚かであるか強情であったのでしょう。わたくしも無傷ではすみませんでした。二か月間入院しておりました。わたくしは——」急に言葉が途切れ、頭がかっと燃え上がった——そう。集中攻撃で目が見えなくなったのよ。医者もあたしも視覚を取り戻したと思ったけれど、そうではなかった。超感覚的な視覚が取って代わったことには、あたしも含めてだれも気づかなかった。


しかしエル・プロは質問を続けていた。「グラファイトとの契約義務を破棄すれば契約料の二倍の額を支払おうと申し出たのに、あなたはなぜ断ったのですか？」

「わたくしは名誉にかけて使命を果たすつもりでしたし、賄賂は受け取りません」

「二一七四年にあなたは、一人のＰＬＯの娘が逃走してキリスト教徒の不信心野郎に合流するのを手助けしましたね」

「いたしました」

「娘はいまどこです？」

「申し上げられません」横でオマルが息をのむのがわかった。

「知っているのですか？」

「はい」

「なのに言わないと？」

「はい。絶対に」オマルがまた息をのんだ。

「契約した仕事にコミットするというわけですか？」

「いいえ。自分の信念に」

また長い間。オマル師が小声で言う。「残念ながらあなた、ひどい目にあいますよ。わたくしにあなたをお守りする力はない」

ミイラの顔の前のベールがかすかに揺れた。教主は体を曲げて囁く声を聞き、上体を起こした。

「エル・プロさまは、あなたの果敢なる抵抗をお喜びです。エル・プロさまは、あなたの強さをお喜びです。エル・プロさまは、あなたとそこに立っている者のどちらも男に生まれるべきだったとおっしゃっておられます」

「エル・プロさまにお礼申し上げます」

「エル・プロさまが、なにが必要なのかとお尋ねです」

「情報です」

「支払いは？」

「いたしません。ご好意としてお願いするのです」

「エル・プロさまはあなたに借りがおありなのですか？」

「いいえ」

「ともかく許可しましょう。頼みなさい」

「ありがとうございます。ＰＬＯはあらゆるドラッグを取引なさっていらっしゃいます。ガフの路上に出まわったばかりの新種のスクイームで、プロメチウムという非常にまれな希土類の金属元素を使用しているものはございますか？　プ-ロ-メ-チ-ウ-ム、です」

二重伝送は長々とかかっているらしかった。ようやく答えが返ってきた。「ありません」

「PLOはあらゆるドラッグの出どころをご存じです。新種の麻薬をスクイーミーが個人的に調製するということはありえますか？」

またしばらくかかる。すると――「答えは否です。一週間も経たないうちにわれわれの監視役（アンフォルスール）たちの耳に入りますから。いまのところ、個人的にあるいは商業的に新しいものがつくられたという報告はありません」

グレッチェンはがっかりしてため息をついた。「でしたら、用件はそれだけです。エル・プロさまにお礼申し上げます。心から感謝いたします」立ち去ろうと向きを変える。

「お待ちを」かすかだが、ヘビが出すシューシューという音のように鋭い小声がはっきりと聞こえてきた。グレッチェンは驚き、足を止めて振り返った。エル・プロが直接話しかけていたのだ。

「あなたはファラシャ族の者ではない。あなたはグレッチェン・ナン。影響力があり、尊敬される女性」

「恐れ入ります、エル・プロさま」

「ご自分でそれを獲得した」

「光栄です」

「PLOが契約を申し出たら、引き受けますか？」

「あなたはご自分の組織をお持ちです、エル・プロさま」

「引き受けますか？」

「なぜわたくしが必要なのですか？」

「引き受けますか？」

「賄賂としてですか？」

「賄賂としてではない。引き受けますか？」

「お尋ねになる理由がわからなければ、質問にはお答えできません」

「あなたには、稀有なる勇気、独立心、創意がおありだ。それにまた、最も稀有なるもの、つまり、自ら獲得した尊大さというものが備わっている。引き受けますか？」

グレッチェンは、ミイラの棒線状の体のなかに隠された、そらすことのできない不屈の意志を感じ取りはじめた。突然、西太后を思い浮かべた。権謀術数をめぐらし、殺し、眩惑し、裏切って、奴隷同然の側室の身から妃の位にまで登り詰めた、中国最後の王朝に君臨した女帝。

グレッチェンは極めて慎重に返答した。「だれかを、なにかを直接害するものでないかぎり、どんな仕事もすべてお引き受けし、完遂いたします。わたくしは破壊者ではありませんので。残念ながら、起こりうるあらゆる結果を予知することはできませんが、その責任を負うのはクライアントではなくわたくしです」

「よくぞ申した」とシューシューいう声。「あなたには満足である。非常に満足。あらためて会う機会をもうけます。そのときはあなたも満足するだろう。下がってよろしい、グレッチェン・ナン」

オマル・ベン・オマル師にほめ言葉を並べられ、丁重に見送られてオアシスから出ると、グレッチエンは深く息をついて身震いした。

「まったく！　あの女にかかると、子どもに戻ったみたいな気分だわよ」

シマは、ガフにある調剤薬局、薬屋、ドラッグ販売所なら一つ残らず知っているつもりだった――

職業柄、当然のことではある――が、この奇怪な場所には驚かされた。

それはカンカー（潰瘍）小路にある褐色砂岩を使ったいまにも倒れそうな建物で、壁には奴隷解放宣言ほども古い、ステンシルで刷り出された〝差し押さえ物件〟の文字。細かいひびが入っている腕金に長いこと吊るされている腐食した看板には、〈ルーボー・チューマー（赤い腫れ物）〉とある。文字は、露骨かつ誇張された性感帯で縁取りされている。数人のチンピラどもが店のウインドウのあたりをうろついている。ウインドウは後方から映写するスクリーンになっていて、少なくとも一世紀は経っているようなぼやけたハードコアポルノを映し出している。数人がだらだらとしごいて勃てようとするが、うまくいかない。シマが店の中に入っていくと、かん高くやかましいセレナードで迎えられた。すばやく見分する。

「すっげええ！」とシマは声を上げた。「建物は二〇〇〇年代のもののはず。途方もない博物館だ」タンク、樽、カルボイ、容積測定用フラスコ、ランビキ、レトルト、ビーカー、メートルグラスがある。「まだ荒らされてないのか？」と不思議がる。「なんで？　どうして？」

時代物の秘薬が、オリジナルのラベルが貼られたオリジナルのガラス瓶に入って、蜂の巣状に並べられている。空瓶だけでも、コレクターズ・アイテムとして高い値がつく――2-プロピニル・ペプシ、改良された新型オキシ-シャスタ$^+$、ノヴァ・タブ、7-CH_3•S•C_3H_7-アップ、クラブ（K°＋hν）ソーダ、フレスカシオール、ドクター・ブラウンのフェニレン・トニック、1,3-ヘキサダイン-5-アイン・スプライト、4-n-ヘキシル-レソルシノール・ドクター（ペッパー$_3$）^{2}、コカ（R•N$^+$）コーラ、

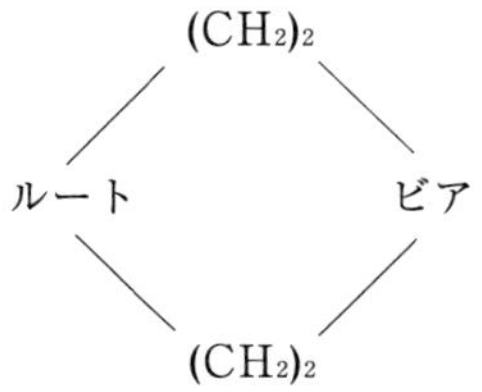

そして

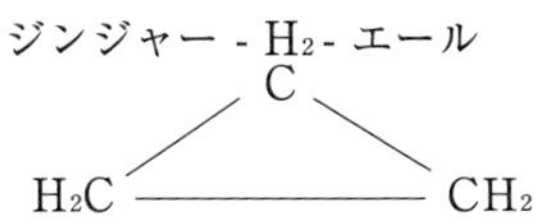

ウルトラ-ウィンク-エレクトールの瓶が一本。そのガラスは、長いあいだ光を浴びて紫色になっている。シマが蒸発の状態を調べるため（ガラスは蒸発する）蜂の巣状の小室から瓶を取り出そうとして片手を伸ばした瞬間、いきなりビシッとぶたれ、ふつうに手首をたたかれるときよりもはるかに痛かった。

「荒らされてないってのは、そういうことか」とつぶやき、手をなでた。「警告を無視してつかもうものなら、まちがいなく片腕を失うだろう。この薬屋を経営してるやつは、なにも盗られはしない。どこにいるのか知らないが」シマは大声で呼びかけた。「ごめんください、薬屋さん！　どなたかいらっしゃいますか？　ルーボーさん？　チューマーさん？　どなたか？」

壁からかすかに返事が漏れてきた。「いらっしゃいませ。あなたの薬剤師です。ご注文をたまわり――プ-ルルル-プ――あなたの薬剤-プ-ルルル-プ-ルルル-師　ルルル　薬剤　プ　ルルル　わりま

すプ　ルルル　いらっしゃいませ――」

「イエスさま、すげエッス！」シマが仰天して罰当たりな言葉を吐いた。「ここは二〇〇〇年のコンピュータ化された薬局で、まだ機能してる」

「剤師-プ-薬剤師-ルルル――いらっしゃいませ。あなたルルル――」

「って言うか、どうにか機能してるってとこだけど、それでも奇跡だ。どうやって電力を発生させてるんだろう」

「薬剤-ルルル――」

「ほしい薬があるんですよ」とシマが叫んだ。「応答してもらえるかな。返事してもらえますか、薬剤師さん」

「十シリング現金投入口-プ-ルルル――」

「シリング？　困ったな、その硬貨は出まわってないんだけどな、ＩＲＡが退いてから――」

「プ-ルルル-十現金ルルル-投入口」

回転式の硬貨投入口が思い出したように明滅して合図を出し、支払いを要求していた。シマは途方に暮れた様子で投入口を調べた。二一七五年に使われている硬貨でそこに入るものはない。うんざりして背を向けようとしたとき、ふいにアイデアがひらめいた。片足を上げ、かかとで投入口を蹴りつけた。

「高等教育を受けた強みだな」とにやり。学部生時代、寮の有料無線電話にはハンマーが吊るされていた。足がぼろぼろにならずにすむように。

「プ-ルルル-プ-おつりが出るようにはプログラムされていません。薬は二種類までルルルできます。プ。あなたのルルル師です。ご注文をプります」

「特別な薬をいただきたい」

「薬の名前をどうぞプ睡眠薬下剤ルルル特効薬ルルルルル膏薬湿布剤プ猛毒ルルル毒薬――」

「以前ルーボー・チューマーに注文があったのと同じ薬をください」

「顧客のプお名前をどうぞ」

「それは言えないけど、特別な薬だったとはお伝えできる。プロメチウムが入っていた。プーローメーチーウーム」

「プロムムムムウムが入っていた」

「そう。ランタニド系列の希土類の金属元素」

「周期表のプ族。原子番号G1。原子量ルルル。ウランの核分裂生成物。プププ薬の販売記録を要求してください」

「薬の販売記録を要求します」

　間があってから、別の女性の声がはきはきと話すのがはっきり聞こえてきた。「薬の販売記録。十シリング投入してください」

　シマが再び蹴りつける。「出たり消えたり、パターンはわかった」

「二一〇〇年から始めます、販売――」

「待って」とシマが割り込んだ。「現在の記録から始めてさかのぼってくれ」

「十シリング投入してください」

「トンカチ備えておかないと」とぶつぶつ言い、蹴りつける。

　はつらつとした録音の声が、記録されている薬の販売の日付、番号、含有物質を、さかのぼって報告しはじめた。シマは長々と続く報告を辛抱強く聞きながら、この古びてボケた薬屋がずいぶんと商売をしたことに驚き、客がシリングの代わりになにを使ったのだろうと考えていた。「全員が足蹴りトリック使ったはずないよな。硬貨の投入口が耐えられるわけないいんだから」とうとう、魔法の呪文が聞こえた――「塩化プロメチウム。五十グラム」

「ストップ！ それだ」と叫び、また十シリング要求される前に蹴りつけた。「顧客名と住所」

間。続いて――「バーン、セーレム。ヘルゲート獣番地」

「うへえ、驚いた」とシマがゆっくり言った。「お。ど。ろ。いた」

理想主義の会社Ｉｂｅｔ（アイベット）（産業が築く明るい未来）は、ゾイデル海につくられた堤防に似たダムをヘルゲートの水路に建造し、さらにはそれをハドソン川にまで延長した。（この川は大昔のニューヨーク市の西にありながら、ノースリバーとも呼ばれていた。昔の地図製作者たちは、当てにならないコンパスを使っていたか、さもなければヘンリー・ハドソンを憎んでいたのだろう。）

ダムには三つの目的があった。（１）大西洋から入ってくる海水をせき止め、ハドソン川を淡水に保つ。（２）ハドソン川の水を産業用として蓄える。（３）ダムのてっぺんに建つ原子力発電所から出る温廃水を処理するため、ニューヨークの北部と南部の港に続く余水路を確保する。

激怒した環境保護夢想家たちは、なぜ公衆に供給されないエネルギーのために港に棲む水生生物が壊滅させられていくのか、なぜ冷え込むガフを暖めるためだけにでも熱が使われないのか、その理由をただした。忍耐強いアイベットは、親切にこう説明した――コストがかかりすぎて実行不可能ですし、〈明るい未来〉がすべて解決するのですから、数百平方キロの範囲に棲息する沿岸及び海洋の生物を絶滅させたからといって、どうってことはないじゃありませんか。

ハドソン・ヘルゲート・ダムの興味深い副産物が一つある。貯水場が水位を三メートル押し上げたことにより、数千軒の民家が水に浸かり、川岸のあたりに小さな島や丘があちらこちらにできて、人工のヴェニスといった趣の場所ができ上がったのだ。数百軒の民家は、そのまま建っているか、島のような小さい丘の上に新しく建てられたものだった。ヘルゲート六六六番地は、そういった富裕層の家の一つだった。

それはヴェニス風の御殿（パラッツォ）ではなく、砦を守る射手が使うにふさわしい細長い窓を備えたミニチュアの城のような、石造りの要塞に似ていた。シマは小舟を漕いで上陸用の桟橋に向かいながら、あたりに漂う威嚇的な空気に感心すると同時に、押しつぶされそうになった。グレッチェンも同様だった。

「この場所からなら、われらがゴーレム百手なんたらがお出ましになってもおかしくないわね、ブレイズ」

シマがうなずく。「あとはせむし男が現れて、バーンを『ご主人さま』とか呼んで、彼にまちがった脳みそをお持ちすればいいだけだ」

グレッチェンがほほえむ。「さわやかなお天気なのが残念よね。雷鳴がとどろいてるほうがふさわしいのに」

「たぶんなかでバーンがそういう演出してるよ」

だが予想に反し、ヘルゲート六六六番地のレセプションルームは、驚くほど好感が持てるものだった。スタイルはクエーカーおよびシェーカー様式を取り入れている――幅の不揃いなパイン材の板を貼った床、X形の脚がついたテーブル、モラビア製のひじ掛け椅子、箱型の大時計、背がはしご状になったウォールナットの椅子、彩色をほどこした嫁入り用の長持ち、白目製の器類、スティーゲルのガラス作品、銀のアルガン灯、美しく額装された植民地時代風の絵。

「あとこの納屋に必要なのは、魔除け(ヘックスサイン)の印だけだな」とシマがうらやましそうにつぶやいた。いかさま医者セーレム・バーンが、学士号、修士号、博士号を持つ著名なブレイズ・シマよりもはるかにぜいたくな暮らしをしていることは一目瞭然だった。

「午後の部の儀式がちょうど始まったところでございますが、お入りくださってかまいません。あいているカウチがございますから」と案内係の男が小声で言った。

男が音を立てずに仕切りを横にすべらせると、二人は、それと見分けがつく壁も天井もない、灰色のベロアが張られた巨大な子宮のような場所に入っていった。くすぶる暗闇のあちらこちらにベロアのカウチが置かれ、そこに横になっている人影がぼんやりと見える。

「グループセラピーかしら」グレッチェンがささやいた。

子宮の中央には、裸の体に夜光塗料を塗ったダンサーが大勢いた。吸血鬼、食屍鬼、悪鬼、夢魔、ハルピュイア、鬼女、サテュロス、エリニュエス。頭の前と後ろに混乱を誘う対照的な仮面をつけ、音楽に合わせて光り、身をくねらせ、からませ、ねじ曲げている。

シマがくんくん匂いをかいだ。「そうか！」と小声で言う。「あいつ、ぼくがあげた匂い音音階(オードフォン)で香りのシンフォニーを作曲したんだ」

二人は暗闇のなかを忍び足であいているカウチに向かい、見て聴いて感じ取ろうと、そこにすわった。

精神感応医のぼやけた姿が、カウチからカウチへと音もなく移動している。かがんだり、すわったり、ひざまずいたりしながら、横になっている人たちに絶えず小声で話しかけている。伝統芸能を上演する日本の劇場で舞台の上を黒装束で動きまわり、そこにいるが姿が見えないものと了解される伝統的な小道具係の儀式版。ようやく、グレッチェンとシマがすわっているカウチへ来た。

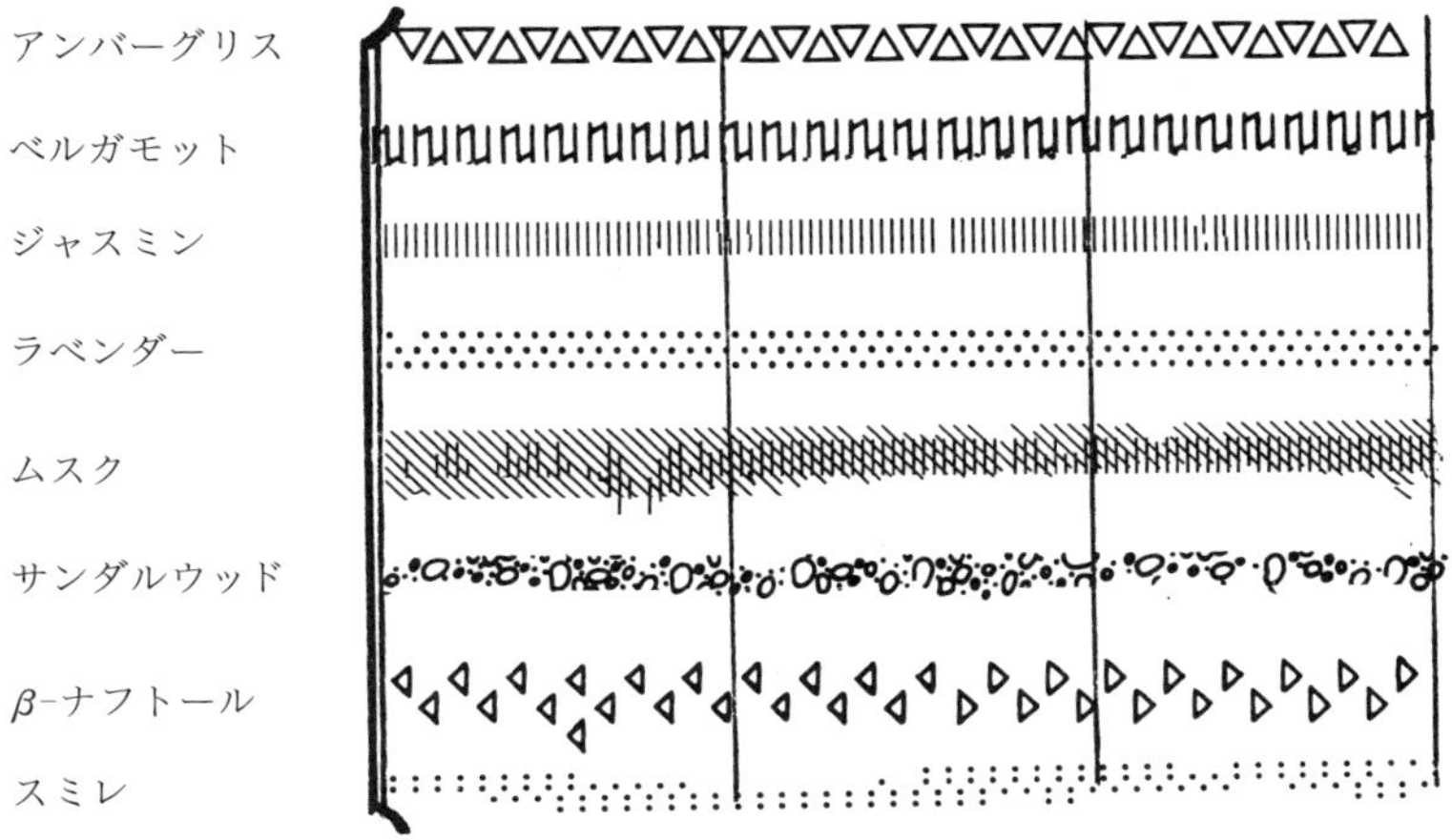
アンバーグリス
ベルガモット
ジャスミン
ラベンダー
ムスク
サンダルウッド
β-ナフトール
スミレ

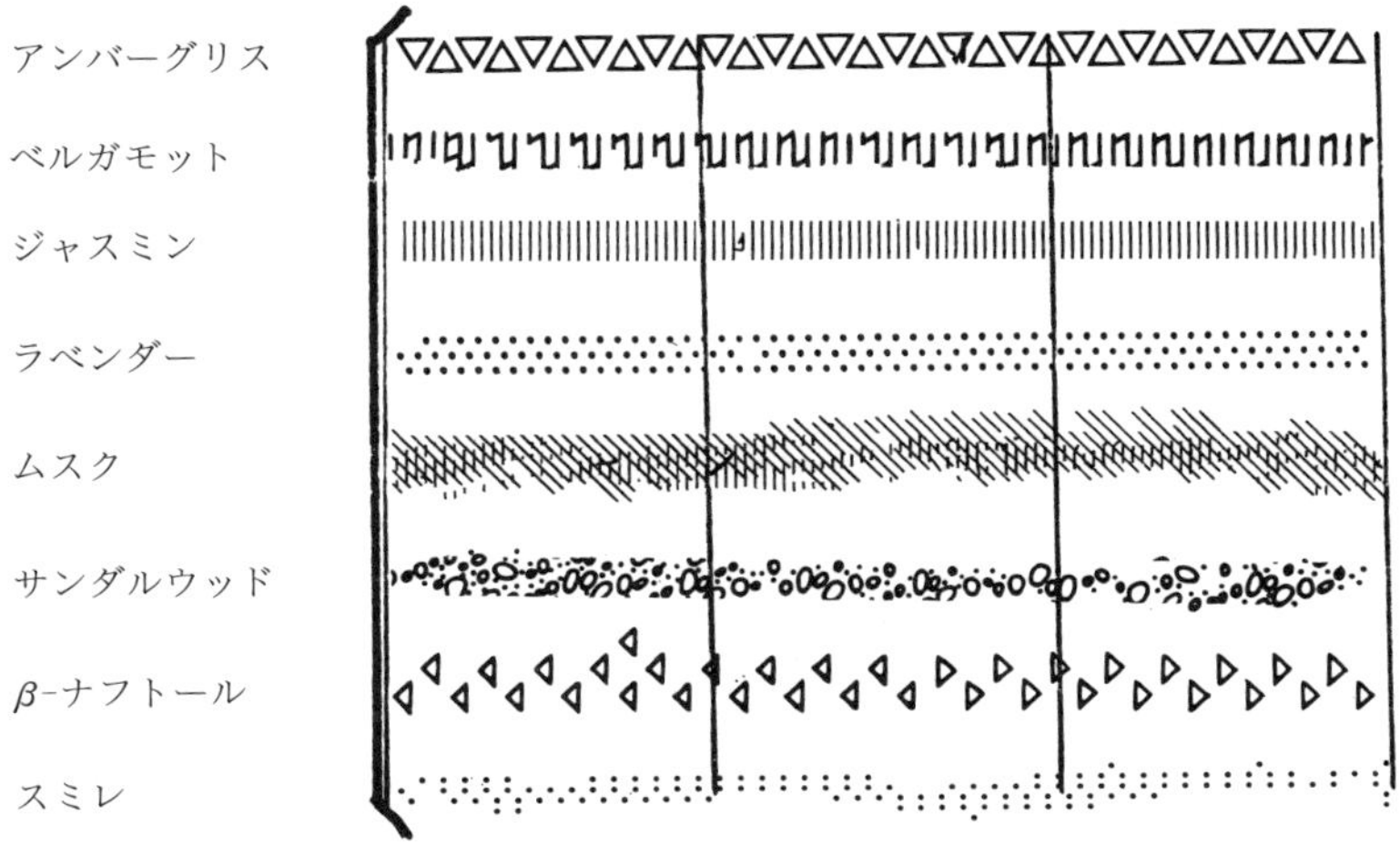
アンバーグリス
ベルガモット
ジャスミン
ラベンダー
ムスク
サンダルウッド
β-ナフトール
スミレ

「シマ博士、思いがけずご訪問いただき、うれしいかぎりです」とバーンが静かに言った。「そしてこちらはまちがいなく、わたしの気高き同志、グレッチェン・ナンさんでいらっしゃいますね。とうとうお会いできまして感激です、マダム」

「ありがとうございます、バーンさん。それとも『博士』とお呼びするべきでしょうか」

「滅相もない、正真正銘の博士であられるシマ博士を前にしましては。身のほどはわきまえておりま す。シマ博士、あなたのオードフォン音楽はお気に召しましたでしょうか」

「とても感心したよ、バーン。バレエとオーケストラが見事に融合している。患者の方々の反応は?」

「ご覧のとおり、申し分ありません。彼らの心のバリアが崩れています。盛んに、香り、踊り、音楽の魔術に突き動かされ続けていることは、体の動きで一目瞭然です。お礼の言葉もありません、博士」

「とんでもない。あのアイデアがここまで功を奏するとは思ってもみなかった」

「恐れ入ります。急がせるようで申しわけありませんが、儀式に参加している患者たちが待っておりますので。なにもおっしゃらなくてもわかります。あなたとマダムは、緊急のご用事でいらしたのですね」バーンがグレッチェンに視線を投げかけた。「フーガですか?」

グレッチェンもバーンを見やった。「どちらとも言えません。申しわけありませんが、そのことについてはいまは差し控えたいと思います」

「わかりました、ナンさん、しかし親しい同輩としてご警告申し上げれば、はなはだ深刻な事態だとあなたの身体言語がわたしに伝えております」

「そうです」

「では？」

「ブレイズから申し上げます」

「バーンさん」とシマが慎重に切り出した。「プロメチウムという希土類の金属元素を追跡する必要があったんです。オムニ化学から受けた報告によると、それを扱っているのは彼らだけで、売ったのは一度きり、相手はガフのカンカー小路の小売店ルーボー・チューマーということです。ルーボー・チューマーの薬の販売記録によると、塩化プロメチウムを売ったのは一回だけ――あなたにです」

「そのとおりです。それで？」

「どのように、どういう理由でそれを使っているんですか？」

「使っていません」

「使ってないんですか！」

「まったく」

「じゃあどうして買ったんです？」

「ある女性患者の要望で買い求めました」

「女性？　彼女？　女？」グレッチェンが大声を上げた。

「わたしの患者のほとんどは女性です、ナンさん」

シマが迫り続ける。「その方はプロメチウムと指定したんですか？」

「そうではありません。焚いたときに悪魔的な匂いを発する、いままでにないエキゾチックで邪悪な香を調合してほしいと頼まれたのです。上得意さまの願いを入れようと最善を尽くし――あなたにはつねに率直に正直にお話し申し上げます、博士――ルーボー・チューマーがくれたそれで胸が悪くなるようなごたまぜを調合しました。さまざまな書物を参考に二十種類の奇異な薬品を選んで投入したのです、塩化プロメチウムも含めて」

「それをその方に渡したんですか？」

「もちろんです」

「バーンさん、お尋ねしづらいのですが、どうしても──」

「かまいません、博士」とバーンがすかさず言った。「あなたとナンさんのお二人とも、危機に直面しているとはっきりおっしゃっておられる。ご同輩のためには職業倫理に背かねばならないでしょう。ただ、情報源をだれにも明かさないことだけはお誓いください」

「お互いのためにお誓いします」とグレッチェン。

「特に、インドゥニ隊長には明かさないと」

グレッチェンとシマが目を見開いた。

「いったいな──」グレッチェンが突然言いかけ、片手を口にあてた。

バーンが彼女に向かってほほえんだ。「マダム、いつか身体言語の精妙さをお教えいたしましょう」

それから妙な目つきでシマを見た。「患者の名はイルデフォンサ・ラファティ。ガフの住所人名録に載っています」

シマが息をのんだ。グレッチェンは、必死に落ち着きを取り戻そうとしているシマの表情をしばらくうかがっていた。「なんでもない……なんでもないんだ」と、二人のどちらもだませないことは十分承知しつつ、しどろもどろで言う。「ぼくは……ただぼくが不思議なのはどうやって──バーンさんにお訊きしようとしてるのは、つまりあなたがどうやって──どうやってルーボー・チューマーに支払うのかってことです。最近シリングなんてないのに」

「コイン型のドライアイスで代用するのですよ」とバーンがほほえんだ。「ご心配なさらずに、博士。

イルデフォンサ・ラファティの私事は絶対に明かしませんから。ナンさんには、ありったけ、あるいは少しだけ、お二人のご判断のうえでお話しになられればよいでしょう」

10

「一人で渡り合ってくれよ、グレッチ。ぼくは会わない。まちがっても」

二人はガフの〝ストロイエ〟をゆっくりと歩いていた。高級店が立ち並ぶ長い大通りで、私立警察が厳重に警備している。歩行者以外、車輛の進入は一切禁止。A級の身分証明書を携帯している買い物客だけが通行を許される。

シマはひどく狼狽していた。グレッチェンは彼をなだめつつも、自分の好奇心を満足させようとしていた。

「で、どういうことなの？　イルデフォンサ・ラファティと付き合ってた。そうなんでしょ？」

「イパネマの娘。二年前にね」

「イパネマにはなにか特別な意味があるの？」

「はるか昔のポップソングで、自分を愛してる男をちっとも相手にしなかった浜辺の娘の歌。愛らしい曲だよ」

「イルデフォンサは愛らしかったの？」

「そう思ってた」

「どうして神経質（クリーズ・ド・ネール）になってるのよ。いろんな女性と付き合ってたくせに」

「きみと出会うまえだし、そんなに大勢じゃない」

「彼女以外の人たちにも同じような気持ち持ってるの？　やめてよね。絶対」

「名前もおぼえてないよ」

「じゃあラファティさんのなにがそんなに特別なわけ？」

「ぼくを殺したんだ」

「愛ゆえに？」

「ぼくのために、そう」

「いまも？」

「ぼくはいまも死んでる途中だ、それが愛ならば」

「愛があるなら殺しちゃいけない」

買い物客の群れを縫ってぶらぶら歩きながら、二人とも長いこと口をつぐんでいた。突然シマが顔をそらし、恥ずべき告白をするように、ぼそぼそと話しはじめた。「子どもの頃、ペンシルベニア州のジョンズタウンに住んでて、四〇年代なんだけど――」

「ジョンズタウン！　四〇年代？　そこで五度目の大洪水があったときね」

「うん、でも洪水の話じゃないんだ。祖父が――オジイって呼んでたんだけどね――ぼくの将来を見届けるまで生きてはいないだろうと思って、ぼくの未来について残酷な予測をしたんだ」

「え？」

「ぼくに五十フランの金貨を一枚くれてさ」

「フラン？」

「そう。オジイはフランス系だったんだ。当時の五十フラン金貨っていうのは……そうだな……いまのコンピュータマネーの百クレジットに等しいんじゃないかな。子どもには大金だ」

「それがなぜ残酷なの？」

「硬貨はにせものだったんだ」

「えッ！　おじいさんはご存じだったの？」

「もちろん。わざとだった。それで予測しようとした。にせものだとわかったあとでぼくがどういう行動をとるか確かめようってわけだよ——人に譲る、売る、交換する、本物の硬貨をくれと頼む、取り乱して声高に抗議する、その他」

「それでどうしたの？」

「なにも。プレゼントがまがい物だとわかったとき、傷ついてがっかりしたけど、なにもしなかった。にせものを引き出しにしまって、そのことは言わなかった。オジイ、すごく悲しんだよ。『ああ、情けない子(ル・ボーヴル・プチ)だ。この子は、絶対に苦難には太刀打ちできないだろう』だってさ」

シマは口をつぐんだ。間があって、グレッチェンが尋ねた。「それで結局……？」

「イルデフォンサがぼくに本物の金の贈り物を与えてくれてるものと思って、願って、信じて、お返しにいろんな贈り物をあげた」

「あら！　大切なダイアモンドも？」グレッチェンが嫉妬してかみついた。

「きみにはダイアモンド以上のものをあげようとしてるんだよ。彼女にもっとあげようとしたけど、彼女はにせの硬貨だった。まがいもの。ぼくはあの女(ひと)を引き出しにしまった。二度と取り出せない」

「じゃあ、その才気煥発でウィットに富んだ見かけの下は、ただの哀れでロマンチックなまぬけってわけね」

「ぼくは苦難に太刀打ちできない。だからラボに隠れて日を送っている。一つだけ確かなことがあるとすれば、〈ニュートンのユーモアの第三の法則〉だ。あらゆるジョークには、それとは逆の痛みが同じだけある」

グレッチェンが頬にキスした。「あなたにはとりわけ思いやりをもって優しくするね、約束する。そのイルデフォンサとかいうあばずれにはひとりで挑むから」

「あいつはイパネマ方面でも特に手ごわい女だよ、グレッチ。簡単には落とせない。なにも感じないんだから。ぼくにはわかってる」

「どうにかして、目当てのものを手に入れてみせる。あなたはともかく彼女を引き出しに閉じ込めたままにして、鍵を棄ててしまってね」

イルデフォンサ・ラファティは、いまにも襲いかかってきそうなタイプだった。グレッチェンは女だけにできるようなやり方で、電光石火のごとく片目で相手をくまなく見て、冷やかに品定めした。赤く染めた髪、だと思ったら明らかに生まれつき赤毛、乳白色の肌、眉、まつ毛、スケスケの白いシフトドレスにくっきり盛り上がる恥丘（「これ見よがしなんだから。サイテー！」）。背はさほど高くない。エロくてムチムチ。巨乳（「あと五キロは落とさないとね」）。自信満々。大胆不敵。なにで輝いてるかっていうと――なに？（「厚顔無恥（フッパー）！」）。不快。（「いったいどうしてブレイズったら――」）

「それで？　なにが見えたかしら？」イルデフォンサがふっかけた。

グレッチェンは挑戦（デフィ）を受けて立った。「強姦魔さんいらっしゃいと看板下げてらっしゃるのが見えました」

「ありがとう、でもお世辞じゃコトは運ばなくてよ。お入りになって。グレッチェン・バンさん、でしたっけ？」（階下のオアシス警備員は、グレッチェンの名前を注意深く正確に告げていた。）「さあどうぞ、グレッチェン・バンさん」

（「ブレイズの言うとおりだわな。この女、一筋縄じゃいかない」）

イルデフォンサは、鏡をめぐらしたロビーから広々としたリビングへとグレッチェンを案内した。奇妙だが興味を誘われる部屋。照明された陳列用のガラスケースには、珍妙なコレクションがぎっしり並べられている——日時計、らっぱ形補聴器、ステッキ、春画をあしらったブックマッチ、コンドーム、デスマスク、犬の首輪。だが、この官能的存在を前にしては、どんなディテールも影をひそめた。イルデフォンサの深紅に輝く美しさはなによりも鮮やかに光っていて、本人もそのことをよくわかっていた。しかし圧倒的な強みはあっても、このファータ・モルガーナ（モルガナのお化け、蜃気楼）の動きがぎごちないことがわかって、グレッチェンはざまあごらんと思った。（「動きが全然調和してない——ベッドではそうじゃないんだろうけど」）

イルデフォンサが、グレッチェンの強姦魔さんいらっしゃいの返事に応酬した。「あたしは自分で相手を押し倒して、あとで訴えるのよね。ただしパフォーマンスが基準以下のときだけだけど」

「信じられますね」

「信じなさい」

「それにあなたの基準というのは相当高いんでしょうね」

「いいじゃない？　自分の力でそうなったんだから」イルデフォンサは無表情でグレッチェンをじっと見た。「あなたの場合は、這い上がってくれる植物さんいらっしゃいって感じね」

「ええ、わたし絡みついてもらうのが好きですから」

「なにに？　男？　女？　豆？　ブドウ？」

「ラファティさん、わたしまちがっても葉緑素とはヤレませんので。男性の方々のみです」

「とりあえず複数ではあるわけね。希望はあるわよ、フンさん」

「ナンです。グレッチェン・ナン。希望ありますか？　範囲を押し広げるべきでしょうか」

「押し上げて押しマンげるべきとしましょう」

「ガフしゃべりをご存じなんですね」

「いやなほど耳にしたから知ってるわ」

（「こんなセックス競争やってても埒が明かない。こっち方面にかけちゃ、このおばはんバリバリ年季入ってるもの。謙虚な態度でいこう」）

「おっしゃるとおりです、ラファティさん、わたし――」

「イルデフォンサと呼んでちょうだいな、お嬢ちゃん」

「そうさせていただきます、イルデフォンサ。わたしが押しかけたのは、範囲を押しマンげていただくためなんです」

「あたしに？　悪いわね、お嬢ちゃん、あたしレズんないのよ」

「いえ、そちらではありません。アドバイスをいただきたく、ハメチン女神をお訪ねしました」

「ハメチン女神ですって？　失礼な。この美しい赤き情熱のカラダのなかには脳みそ入ってんのよ」

（「おっとォ！　髪と同じでカッと燃える性質なんだ。要注意！」）

グレッチェンはほほえんでみせた。「赤って、ほんとうに美しい。わたし、黒いのを選ばなくちゃならないんです」

「なるほどね」イルデフォンサはかすかに笑みを浮かべると、いきなりか細いピーヒャラ声で歌いはじめた――「♬すらりとした茶色い肌のギャルならば、牧師さんも聖書を伏せる……」

　グレッチェンが拍手喝采した。「すばらしい！　その名曲、どこでおぼえたんですか？」

「すらりとした茶色い肌の絶倫男がおしえてくれたのよ」

「わたしにふさわしい詞だわ。ありがとうございます。ほんと、今日はなんてラッキー。けさ、黒の六を続けざまに三回キメたとき、今日はついてるって思いました」

「六が三回。合計十八。かなりの数だわね」

「六六六だったりして」

　イルデフォンサはかぶりを振った。「あなた夢想家ね。いくら絶倫でも、そんな回数ヤレる男なんかいるわけないじゃない」

「仮に六六六回ヤレる絶倫男がいるとしたなら、あなたこそがそれを実現させられるお方」

「先輩に嫉妬すんのはおやめ、お嬢ちゃん」

（「セーフ。あたしとヘルゲート六六六番地を結びつけてない。バーンに迷惑かけないっていう約束は守った。このへんで目当てのものを手に入れよう」）

「嫉妬じゃありません、イルデフォンサ。羨望です」

「無理もないわね」

「あなたみたいな男運、わたしにはないんです」

　イルデフォンサが鼻を鳴らした。「運かい！」

「そこでわたし、自分のラッキーナンバーにしたがって、カンカー小路十八番地のルーボー・チューマー薬局へ行ったんです」

「ルーボー・チューマー薬局？　知らないわ。赤もっこり（ルーボー・チューマー）ねえ。なんてオイシそうな名前」

「でもご存じのはずです、イルデフォンサ」

「お嬢ちゃん、あたしをホラ吹き呼ばわりすんの？」

「ちがいます。待ってください。オトコをその気にさせる薬を頼んだんです」

「冗談でしょ」

「ほんとです。あなたにそういう薬を調合したって、ルーボー・チューマーがおしえてくれました」

「それこそホラ。そんなもの、あたし必要ないもの」イルデフォンサが、乳白色の顔の眉間にしわを寄せた。「とんでもないまちがい。じゃなかったら、そいつらガフったのよ。一度も行ったことないもの。いまあなたから聞かされるまで、そんな薬局があることすら知らなかった。ガフよ」

「オトコをその気にさせる官能的な香のようなものをあなたのために調合したとルーボー・チューマーは言っています」

「え？　香？　官能的な香？」

「そう言ってました。それでおうかがいしたんです……それはどんなものなのか、どうやって使うのかお尋ねしようと……おしえていただけるなら。どんなことでもいいから、助けが必要なんです」

「でもあたし一度も――」とイルデフォンサが言いかけてやめ、考え、いきなり笑い出した。「そうだ。あれよ。彼きっと、香はあたしが使うと薬局に説明したんだわ」偽りなく友好的な表情でグレッチェンを見た。「ありがと、グレッチェン。長いこと思いきり笑ってなかったもので」

「でもイルデフォンサ、彼って？　だれのことですか？　わけがわからないんですが」

　大喜びした赤毛は完全に豹変（ヴォルタファス）し、愛情にあふれているとさえ言える様子になった。「だれかなんていいじゃないの。秘密よ。でも、香はオトコを捕まえるためのものじゃなくて、捕まえようとしてるのは――いえ、言わないでおきましょう。信じないだろうから。見せてあげる。今日の午後蜂の巣に集まることになってるから、あなたをお連れするわ。新顔が入ったら楽しいだろうし、もしかしたらあなた、参加しちゃうかもよ。あたしたちのタイプって気がするから」

「待ってください、ついていけないわ。いったいなんのことです？　集まる？　蜂の巣？　楽しい？　だれが？」

「もうすぐすべてわかるわよ、グレッチェン、例の官能的な香のこともね」とクスクス笑う。「いまは質問はなし。ランチをごちそうするから、そのあとでいっしょに蜂の巣へ行きましょ」


それは、一九三〇年代に旧ニューヨーク市が共産主義者に動かされていた時代を彷彿とさせる、粋で懐古趣味にあふれたアバンギャルドなマンションだった。大金を投じ、褐色砂岩を使ったフラットに改修されていた。床にはリノリウムが敷かれ、有限会社アンティーク・プラスティークがデザインして組み立てた果物と野菜用の箱や樽が家具として使われ、窓にはバスケット織りの厚い綿布が掛けられ、積み上げた本をスタンド代わりにしたオイルランプが点在し、使い古しの自動ピアノが置かれ、古びた木のキッチンテーブルはデイリー・ワーカー紙の一面で覆われ、マルクス、レーニン、クレムリン宮殿、モスクワ大学のポスターが壁に貼られている。左翼の貧困状態を模したこの空間は贅沢の極みで、蜂の巣とは言いがたかった。


蜜蜂レディたちはすでに集まっており、イルデフォンサ・ラファティがグレッチェンを居間に招き入れると、顔を上げ、驚き、喜んだ。

「あらまあネリー、初めての方をお連れになったのですね。うれしいこと！　わたくしどものコミューンにご参加くださるかしら？」

「それは本人次第ね、リジャイナ。こちらはグレッチェン・ナンさん。グレッチェン、こちらはあたしたちの女王蜂、リジャイナよ」（オアシスの居住者表示板に記載されていた名前はウィニフレッド・アシュリーだった。）

「こんにちは、ようこそ、ＢＢ」とリジャイナが、蜜のようになめらかな美しい声であいさつした。ふんわりとしたガウンをまとった大柄な淑女で、上品で貴族的。

「ＢＢとおっしゃいますと？」グレッチェンが訊いた。

「どうぞお許しくださいませね。あなたがそれはそれはうっとりするようなブラック・ビューティでいらっしゃるから、そのような愛称が思わず口をついて出てしまいましたの。あなたの新しい友人の方々をご紹介いたしましょう。ネル・グウィンさんとはもちろんすでにお知り合いですわね。こちらはメアリー・ミックスアップさんです」細身で色白、ヘルメットのような髪型で、ダンサーを思わせる肢体の娘に注意をうながす。

「はじめまして、ＢＢ。お会いできてとてもうれしいわ。リジャイナはトロイっていうような愛称をつけるものと思ったんだけど」

「どうしてそう思うの、メアリー？」ネルが尋ねる。

「どちらも馬だったんでしょう？　ＢＢは馬じゃないけど」

ネルがうなずいた。「意味はとおってるのよね、この人なりに」

小柄で引き締まった体格、黒髪、鮮やかな青い目、身振りや口調に力（りき）を入れる女性が進み出た。

「ご紹介いただくまで**待て**ないわ、ＢＢ。その御手をしかと握りしめて歓迎せずには**いられませぬ**。

ああ！ああ！ぁぁ！　まことに、**まことに**激**烈**なる喜びにござりまするぅぅ」

「サラ・ハートバーンさんです」とリジャイナがほほえんだ。「わたくしどもがひいきにしておりますディーバですの。そしてこちらの方が、わたくしどもの良心、プリス嬢でございます」

プリス嬢を見て、グレッチェンは『不思議の国のアリス』を思い浮かべた。いくぶんどもっているようなその舌足らずな話し方には、人を引きつける魅力があった。

「ちゃんとご紹介いただけてうれちいでちゅわ、BB。ぜひご参加くだちゃいまちぇね。新入りの方なら、みなちゃまのお行儀を正ちてくだちゃいまちゅでちょ。この人たちのお行儀、ウッソぉぉみたいな感じなんでちゅもの。ちょれに言葉だってぇ！」

「わたしもガフ言葉を使うこと、みんなに知られていますから」とグレッチェンがほほえんだ。

「BB、そのいけてるトゥータ、どこで手に入れたの？」と、背の高い男役タイプが迫った。「あたしのなんてしょうもないのなんの。高い金払わされたのに股間にフィットしなくて、なんの価値もないのよね」

「およちになって、イエンタ」とプリス嬢。「ここでは四文字言葉は使っちゃいけまちぇんの」

「『こかん』は三文字よ、プリス」とネル・グウィン。

しかしメアリー・ミックスアップは疑いをはさんだ。「三文字？」指で数える。「こ、マ、ん。あなたの言うとおりだわ、ネル」

リジャイナが笑った。「BB、〝トゥータフィットせず〟さんは、イエンタ・カリエンタさんとおっしゃいますの。注意なさらないと、ぺてんにかかってしまいますわよ。そしてこちらが双子のウジェダイさんとアジェダイさんです」

瓜二つの女たち――漆黒の髪、真っ白い肌、『モンテ・クリスト伯』に出てくる美しいギリシャ人の奴隷そっくり――が、グレッチェンにほほえみかけてうなずいた。

「ハイ、BB。わたしはウジェダイ」

「ちがうでしょ。あなたはアジェダイ。今週はわたしがウジェダイになる番。ハイ、ＢＢ」

「この人たち、入れ替わるのよ」とネルがグレッチェンに説明。「イエンタと賭けをしたの。あたしは、二人の旦那には入れ替わったことがわかるだろうってほうに賭けてるの。この二人はそっくりさんだけど、ベッドでまでそっくりなわけないじゃない？」

「もちろんです、ネル。一人として同じ女性はいませんから」

「じゃあたしの負けだってなの？」

「いえ、引き分けです」

「どうしてわかるの？」

「人間行動の精神力学です。入れ替われば旦那さま方は恐らく気づくでしょうけれど、それを楽しんでおいでなので、だまっているわけです。気のきいた問いは、旦那さま同士でこのことを話したかどうかですけれど、わたしなら話したというほうには賭けませんね」

ネル・グウィンが感服してグレッチェンを見た。「大変よ、リジャイナ！　知性派の蜜蜂を巣に連れ込んじゃったわ」

「すてきなことじゃございませんの。ごゆるりとなさいませね、ＢＢ。お付き合いいたしましょう。パイや！　コーヒー！」グレッチェンに戻る。「賢い方にお越しいただいて、わたくしどもみな感謝しておりますのよ。お楽しみの種が尽きかけてますの」

「そのことで彼女は来たのよ、リジャイナ。あたしたちがやってるゲームのなかに、知りたいのがあるんですって」

「そうですの、ネル？　どれです？」

「本人にもまだわからない。それを見せようと思ってお連れしたの」

「なにやら複雑になってまいりましたわね」とリジャイナが笑う。「ご自分でおっしゃって、ＢＢ」

グレッチェンは迷った——赤毛に言った嘘をとおすべきか、本当のことを言うべきか。嘘をとおすことにした。

「カンカー小路に、ルーボー・チューマーという薬局があるんです」

「それ、卑猥でちゅの？」プリス嬢が知りたがった。

「なぜ卑猥ってことになるの、プリス？」とネル。

「ルーボーは四文字言葉でちゅもの」

「確かに卑猥なことを連想させますね、プリス」とグレッチェンがほほえんだ。「それにルーボー（赤）だけではなくチューマー（腫れ物）も怒張した状態を示す言葉ですから」

「頭いい！　驚異的」

「ＢＢが使ってる言葉、理解できるやつはいるのかね」

「かまいません」とグレッチェンがほほえむ。「たいてい言葉が次々と出てくるんです、どこからなのかわかりませんけど。自分にもその言葉の数々が理解できません。わたしには、こちらが背を向けているときにアイデンティティをすり替えている、見知らぬ双子の片割れがいるのかもしれません」

「あ〜ら気に入った。**めっちゃ**気に入った。この方、真にクリエイティヴなアーティストの魂をお持ちよ」

「ちょっとあんた、わたしが背を向けてるとき、カレにそういう言葉使ってんの？」ウジェダイ（もしくはアジェダイ）がアジェダイ（もしくはウジェダイ）をキッとにらんだ。

「コーヒーが入りましたわ」とリジャイナが、パイ顔の使用人がワゴンを押してきたのを幸い機転をきかせて口をはさんだ。「パイ、まずお客さまにお出しして」

　ワゴンがそばに押されてきたとき、グレッチェンはテーブルの中央に置いてある飾りに見入っていた――透きとおった氷の塊のなかに、凍った一輪のバラ。グレッチェンがコーヒーを受け取ると、ワゴンは女王蜂のところへ行った。彼女は両手で優雅に氷の表面をなでてから、ナプキンで拭いた。そうしてようやくコーヒーを受け取った。

「フィンガーボールなんだ！」グレッチェンが心のなかで感嘆の声を上げた。「超ド級の贅沢ね。ブレイズがここにいなくてよかった。めちゃくちゃムカついただろうから」

「それでBB、そのお薬屋さんとゲームという、謎めいた複雑なお話はなんのことですの？」

「あ、大した話ではないんです、リジャイナ。ルーボー・チューマーから、みなさんのお仲間のネル・グウィンさんのためにエキゾチックなお香を調合したという話を聞きまして、エキゾチックというのはエロチックのことだという結論に飛びついてしまったんです。それでそのことをおうかがいしようと、けさ彼女をお訪ねしたんです」

「でもなぜですの、BB？」

「自分に問題があるって考えてるのよ、リジャイナ」

「エロチックな問題なのですか、ネル」

「そのようね」

「BB、あなたみたいなブラック・ビューティが？」イエンタが口をはさんだ。「あたしなら交換してもら――」

「およしなさいな、イエンタ」とリジャイナがさえぎった。「わたくしたちにはみなそれぞれに悩み事があるのですから、立ち入ってはいけませんことよ。それでどうなりましたの、BB？」

「ネルが笑って、ちがう、お香は男性を惹き寄せるのに使おうとしたのではなく、目的は別にあったのだとおっしゃいましたが、その目的というのがなんなのかおしえてくださらないんです。そのあとでおいしいランチをごちそうになりまして、自分で確かめるようにとここへ連れてきていただきました」

　リジャイナがクスクス笑った。「悪魔召喚でございますわよ、もちろん」

「え？　悪魔？」

「だからあなた絶対信じないって言ったでしょ」とネル。

「わたくしたちが興じておりましたお楽しみの一つですのよ、ＢＢ。呪文と儀式で悪魔を呼び出しますの。みんなで邪本を残らず読みまして、邪悪なおまじないの文句を暗記いたしました。ネルが不快な匂いをいろいろと集めてきてくださって――その香はそのなかの一つですのよ――わたくしども、何度も試してみたのですけれど……」

　プリス嬢が顔をしかめた。「最悪(ちゃいあく)だったのは、あのおぞまちい〝栄光の手〟でちゅわ、ＢＢ。不潔(ふけちゅ)！　卑猥！　ヴィ－アイ－アール－ジー－アイ－エヌの脂肪でつくった蠟燭(ろうちょく)を持ってる死刑囚(しけいちゅー)の手なんでちゅもの。オエップぅ！」

「リジャイナ、それだけですか？　悪魔を呼び出すゲームだけですか？」

「それだけですわ、ＢＢ」

「お香を使うのは、悪魔を魔法にかけるためだけだったんですか？」

「それに加えてほかにもたくさん舞台効果を用意いたしましたの」リジャイナは楽しそうにため息を一つついた。「いろいろと工夫いたしましたわねえ！」

「ここにお集まりの八人だけで？」

「それだけですわ。パイは数に入っておりませんのよ、わたくしたちとプレイするのを拒みましたので。とても怖がっているのだと思いますわ」リジャイナが寛大な笑みを浮かべた。「彼女の階級の者は、いまだに古めかしい迷信を信じておりますのでね」

「お客さまがいらしたとき手伝ってもらうとか？」

「そういったことはまったくございませんわ。ゲームは内輪でやることにしておりますので」

グレッチェンがにこりと笑ってみせた。「うまくいきました？　悪霊的な存在が顕現したとか？」

ネリー・グウィンが再び感服した。「あの言葉！　お聞きなさいな！」

「なにも起こりませんでしたわ、ＢＢ。魔王が現れる気配はなし。もっともサラは、呪文をおけいこしてらしたときに疼(うず)くような感じをおぼえたと言っておりますけれど」

「あれは疼きなんかじゃ**なかったの**。**スリ〜〜〜ル**だったのじゃ！　無限に霞み広がる崇高なりし愛の象徴。ジョン・キーツ」

　グレッチェンはためらっていたが、賭けに出ることにした。蜜蜂レディたちは、全員がすっかり彼女を受け入れていた。唇を結んで思慮深く首を振ってから、「わたし」とゆっくり切り出した。「どうしても信じられないんです」

「なにを信じられませんの？」とリジャイナ。

「儀式をしてもなんの結果も得られなかったことがです、エキゾチックにしろエロチックにしろ。そのお香は、悪魔とまではいかなくても、なにかしら頭をもたげさせられるくらいには丹念に調合された高価なものですから」

「彼女の言ってることがあたしの解釈どおりだとしたら」とネル・グウィン。「あたしたち男を裸にして、それで――」

「それで十分ですわよ、ネル」とリジャイナがきっぱりと言い、グレッチェンに語りかけた。「あなたのおっしゃるとおりだったならよかったのですけれど、ＢＢ、なにも起こりませんでしたのよ。なにも」

「**ああ！**　悲しや！　嘆かわしや！」

「確かですか、リジャイナ」

「確かですわ」

「全員同意」

「ウジェダイとアジェダイも特に異議なし」

不完全なパターンと構成概念がグレッチェンをちくちく刺しはじめた。構造を備えた直観が侵入してくる。ここにいる八人の女性は、全員がおちゃめで楽しくて友好的だが、実際はどうなのか。グレッチェンは思った——ニュートンの第三の法則。出典ブレイズ・シマ。あらゆる魅力には、それとは逆のものが同じだけある……なにがあるの？

「リジャイナ、よろしければわたし、自分の目で確かめたいのですが」

「わたくしどもの邪悪な儀式を？」

「ええ、オブザーバーとして」

「でもただのお遊びですのよ、ＢＢ」

グレッチェンの口調が真剣になった。「ただのお遊び以上のものかもしれませんよ」

「まさかそんな！」

「いいえ、お聞きください、みなさん。なにかが起こっているのにみなさんがお気づきになられていないのは、儀式に近すぎるからかもしれません。昔の人は、木を見て森を見ず、と言いました。わたしに観察させていただけませんか？」

プリス嬢はひどく落ち着かなくなり、どもりがひどくなった。「で、でも、知らない方にお見せちゅ、ちゅるわけにはい、いきまちぇんわよね、リジャイナ？」

「ＢＢは知らない方というわけではなくてよ、プリス。新しいお友だちですもの……とても気心の合った……みなさんがそう感じて歓迎していますでしょう」

「え、ええ、そうでちゅわね。わかりま、まちた。でも、か、彼女は初めてでちゅから、あたちたち、意識過剰にな、なっちゃうのじゃないかちら」

「**わたくしが**でございますか、マダム。この**サ✻ラ✻さ✻ま**✻が意識過剰？　**！ありえませぬ！**」

「プリスのおっしゃるとおりかもしれなくてよ、サラ」とリジャイナが気を配って言った。「それでも、ＢＢのおっしゃることも正しいかもしれません。わたくしたち儀式にかかりきりで、結果にまったく気づかなかったのかもしれませんわ」

ネリー・グウィンは懐疑的だった。「でも悪魔っていうのは、門限過ぎてから子どもがこそこそ入ってくるようなマネはしないものと思ってたけど。黒い炎と悪魔的な哄いとともに、摂政時代風の伊達男みたいに意気揚々と登場するものだと思ってたけど」

グレッチェンがほほえんだ。「悪魔は彼独自のスタイルで登場するのかもしれませんよ、ネル」

「ＢＢの言うとおり、**言うとおり**、**言うとおりッ**。音もなく登場するのが、すーッばらしい**お✢し✢ば✢い！**」

「あの逆さへブライ語聞かされたら、どんなやつだって目が見えなくなって耳が聞こえなくなっちまうって」とイエンタがうなった。

またしても、双子が多数派に加わった。「ＢＢの言うことは筋がとおってるわ、リジャイナ。わたしたち、忙しすぎて動きに気づかなかったのよ。ＢＢに観察させることに賛成」

「そういうかたちではできませんわ、ウジェダイ」

「わたし**ア**ジェダイなんだけど」

「あ、そうでしたわよね。ごめんなさいね。観察ではなく、BBに儀式に加わっていただきましょう。そうすればみなさん、緊張したりなさらないでしょうから。でもどうしたらよろしいかしら。どのパートも埋まっておりますものね」

すべての歯車がかみ合おうとして、張りつめた時間が流れた。やがてサラ・ハートバーンがおごそかに立ち上がり、正義の女神像のように、ただし目隠しと秤(はかり)は抜きで静止した。大笑いしたいのを必死にこらえているグレッチェンに、リジャイナが目くばせした。

「みなさま、お耳を拝借！　そう、**お耳を拝借**、あのですね……」

「ランプに気をつけて、サラ」

「わたくし、この**ジ**？**レ**？**ン**？**マ**？から脱け出すか・い・け・つ・ほおおを思いつきましてございます」

「はらはらさせないで」

「そしてみなさま、**サ！ス！ペ！ン！ス！**のない**お✣し✣ば✣い✣**など、なんであろうか。神の拷問である。それはさておき。わたしの解決法とはこれです。BBに〝栄光の（オエッ！）手〟を（プハッ**！**）お持ちいただきましょう。さあ、みなさま(メダーム)、いかがでございます、**これならば？**」

一斉に拍手が起こった。

「ブラボー、サラ」とリジャイナが笑う。「答えを見つけてくださいましたわね。さあみなさま、真剣にまいりましょう、そして悪に専心いたしましょう。パイや！　コーヒー片づけて。五芒星と灯りと香を持っておいで。もう一度悪魔を呼び出しますから」

１１

「それで、のんにも起こんかったのかっち、グレッチ？」

「のんにも」

「クソ！」

「地獄落ちもなし。悪魔の高笑いもなし。サタンもなし」

シマが目くばせし、どなった。「労働組合制度（ゲヴェルクシャフツヴェーゼン）！　オゾン含有（オツオーンハルテイヒ）！」

「なんなのよ、それ」

「悪魔の高笑いってこんなんじゃないかと思って」とにやり。

「ていうか、リヒャルト・ワーグナー捜してる歌詞みたいだったけど。悪魔が本当に現れたなんて聞かされると期待してたわけじゃないでしょ？」

「当たり前だよ。チンピラタイプのゲス野郎どもがうろついて付けいってきた程度の現実的なことは期待してたけどね。そのウィニフレッド・アシュリーって人のマンションに悪党はいるの？」

「いないはず。しっかりと守られたオアシスだから」

「堕落した使用人なんかは？」

「使用人はパイ顔の女の子だけ。臆病すぎるから、だれにもなにも買収されない」

「蜜蜂レディたちは、ほかの魔術でもセーレム・バーンのプロメチウムの香を使ったの？」

「そ。ネリー・グウィンたら……あなたのイルデフォンサ・ラファティ、セクシーダイナマイトさんよね……あたしに向かっておどけた顔してみせたり、しかめっつらしてみせたり、ずっとやってるのよ。リジャイナは、ネルがふざけてルシファーに集中しないものだから、いらいらしてた」

「なし」

「蜜蜂レディさんたちはPmから感じるものがあったのかな」

「きみは？」

「全然」

「Pmがどうやって彼女たちの交霊会からチンピラの骨に入ったのか、おしえてくれない？」

「わかりきってる。ゴーレムが運んだのよ」

「そいつそこにいたの？」

「いいえ」

「どうやって手に入れたの？」

「不明」

「どうやって運んだの？」

「不明」

「なぜ運んだの？」

「知りえず」

「ちゃんとおしえてほしいんだけど、百手ゴーレムとかいうやつは、蜜蜂レディのみなさんと彼女たちがやってるお遊びの妖術と、どういう関係があるの？」

「さっぱりわかんない」

「見えないところでうろついてるってなこと？」

「かも」

「どうして？」

「知らない」

「どこで？」

「答えは同じ」

「イラつくよなあ、グレッチ。答えのようなものに近づいてると思ったのに」

失望してしょげ返り落ち込んだシマを見て、グレッチェンの脳裏に彼の祖父の言葉がよぎった——ああ、情けない子(ル・ポーヴル・プチ)だ。この子は、絶対に苦難には太刀打ちできないだろう。

グレッチェンがシマを励ました。「近づいてるのかもしれないわよ、ブレイズ。そこにあるのかもしれない、あたしがまだ気づいていないだけで。蜂の巣に戻ることにするね」

「入れてもらえるの？」とシマが興味もなさそうに訊く。

「招いてくれた。仲間になったから」

「時間を無駄にしたいわけ？」

「実際のところ、そう。理由は二つ——そうすべきであり、そうしたいから」

「すべき？」

「精神工学(サイテック)に悩まされてるのよ、ブレイズ。あたしの内臓が、あの女たちの奥深くに腐敗した構成体のようなものがあるかもしれないっていう信号を送ってきてるの」

シマが興味をそそられた。「ぼくらのゴーレム百手なんたらみたいに腐敗してんの？」

「そうかも。わからない。確かめなくちゃならないのはそのこと」

「フ〜ム。で、そうしたいっていうのは？」

「うん。あたし、あの人たちのこと大好きなのよ。表面的には、全員個性豊かなの。おもしろくて、変わってて、新鮮」

「イパネマさん以外はだろ」と気が重そうな様子で言う。

「かつて彼女に恋してて、いまは想い出を引き出しにしまって鍵かけてるどこかのまぬけはそうじゃないかもしれないけど、女っていうのは男とはちがった目で互いを見るものよ。彼女、とっても楽しいカリカチュア」

「だろうね、人間の」

「いいえ、ネリーはちゃんとした人間よ。ただ、女学生が想像するような魔性の女（ファム・ファタル）なの」イルデフォンサをまねてすばやく体をクネクネさせる。

シマが笑う。「でもそういうタイプって、背が高くて黒髪できりっとしてるんだと思ってたけどな……さっき言ってたイエンタ・カリエンタって人みたいに」

「まさか。彼女はレズ」

「じゃあ、女優のなりそこない（マンケ）は？　情熱的で、燃えるような青い目っていう」

「サラ・ハートバーンね。ずばりお笑い。道化でかつ魔性だなんてありえない」

「ムッチリしたギリシャ人奴隷みたいな、白黒はっきりつける双子っていうのは？」

「ウジェダイとアジェダイ。すごく冷酷で強情。しょっちゅう異議を唱えたり反対したり拒否したり抵抗したり」

「入れ替わったり」

「プリス嬢は舌足らずでどもり。とても魅力的だけど、『不思議の国のアリス』っぽいところは魔性とはほど遠いわね。メアリー・ミックスアップは、ただのおちゃめなおバカさん」

「ヘルメットみたいな金髪で、ダンサーみたいな身体つきの人だね？」

「そう。男をばったり気絶させてやろうとするくらいの気迫がなくちゃね」

「リジャイナには気概がある」

「威厳と風格がありすぎ」

「きみに目くばせしたって言ったじゃない」

「そう、ユーモアのセンスはあるんだけど、それはそれはお上品なんざますのよ。けなしてるんじゃないの。優雅で寛大な女王で、ネルソン卿にご執心」

「卿……？　ああ、提督ね」

「ホレイショ、ネルソン卿。レディ・ハミルトンとの熱愛が一七〇〇年代にスキャンダルになった。ネルソンがエマ・ハミルトンに宛てたラブレター、リジャイナに一時間も読んできかされちゃって」

「パイ顔の使用人もアウト？」

「当然。ちょっとブレイズ、こんなこと聞いてどうするつもり？　魔性の女の構成体に興味があるわけじゃないでしょ」

「蜂の巣に興味がある、それだけ」

「興味があるだけじゃないでしょ。吐きなさいよ」

「いつもどおり見透かされてるな」

「あなたわかりやすいもの」

「蜜蜂レディのなかの一人が、ガフの暴漢どもと外でつながってるんじゃないかっていう可能性を探ってたんだ」

「なるほど。そうね、一人はそうかも」

「だれ？　パイ？」

「ちがう。あたし」

「きみが！」

「そ。あたしいままでは蜜蜂レディだし、仕事ではかなり堕落した下劣な方々とお付き合いしてるから」

「ぼくみたいな？」

「ミスター・ウィッシュみたいな」

シマは深く息を吸い込み、止め、うなりながら吐き出した。「そのことをちゃかすのはやめてほしいな」

「わかった、冗談はよしましょう。だけど、呪わしい理解できないネットワークがあって、あたしたちみんながそのなかにからめとられてるっていう事実からは逃れられないでしょ。あなた、あたし、ミスター・ウィッシュ、悪党たち、プロメチウム、インドゥニ、蜂の巣、そしてゴーレム100」

「ゴーレム百乗？　どうしてそう呼ぶの？」

「多形体で、百種類もの異なる形になれるらしいから」

シマはためいきをついた。「二人で火星に飛び立てたらなあ、男性の母なる星に」

「苦境から逃げたいっていうんならねベイビー、金星でもいいんじゃない？　それもすごく遠い惑星なんだから」

「ああ、ル・ポーヴル・プチ、だろ？　そう、きみは正しい」と苦笑いして認めた。気を引き締める。「じゃ、どういう作戦でいく？　きみは蜂の巣に戻って引き続き魔術を観察するんだろ？　ぼくは？　イッヒ？　モア？」

「インドゥニ隊長と仲良くしてて」

「へえ、そういうことなの。なんで？」

「データ収集よ。蜂の巣の交霊会とゴーレム100の残虐行為のあいだにつながりがあるかどうか確かめたいの。時間的に。空間的に。絶対ありそうにないリンクでも。あ、それからあのPmとやらはあなたのラボに厳重に保管しておいて。あと、盗難予防用の自動警報器も取りつけておいて」

「警報器？　いったいどうして？」

「薄気味悪いゴーレムもヤク中さんかもしれないし。そいつなりのおちゃめなハマり方で」

「プロメチウム中毒ってこと？」

「かも、ってだけよ、ブレイズ。なんにでもいいから望みをかけたいだけ。新鮮なブツに飢えて、くすねようとCCCにやってくるかもしれない。Pmを罠にするのよ。なにかおもしろいものをキャッチできるかも」

シマはうんざりした様子でかぶりを振った。「あのイラつく多形体野郎が鍵のかかったドアを出入りできるんなら、どうやって罠にかけたらいいんだよ」

「は？　学士号、修士号、博士号をお持ちの、最新で最高のブレイズ・シマが？　インドゥニ隊長が、にせものと証明できるならどんな代償でも払うという、あたしが仕事で扱ってる秘密の武器の優秀なる発明者が？　あらゆる常識に逆らうフリークを確実に捕らえる罠を、考案できないっていうの？」

「ひと言で言えば、できない」

「できっこないわよね。だれにもできないもの……いまのところは。あたしたちが賢く策をめぐらしてそいつに追いつけたとしても、倒せるかどうかはすごく疑わしいけど、それはそのとき考えることにしましょう。いまは、つながりを、どんなリンクでもいいから探してる段階。それでもってあなたがガフのヤクザを罠にかけたら、びっくり仰天、Pmの売人だったりしてね」

二十一世紀初頭には、旧ニューヨーク市の人口は九百五十万人だった。二十二世紀初頭には、ニューヨークは回廊のガフ地区となり、そのあふれんばかりの人口はもはやカウントできなくなり、推定するしかなかった。推定数は、一千万人ないし二千万人と、広範囲だった。

その大勢の一人ひとりが、自分は無類の存在なのだという信念を抱いていた。警察署内にあるインドゥニ隊長のコンピュータ課の面々は、もっと現実的な考えを抱いていた。彼らの経験では、大勢の中に数えきれないほどのそっくりさんがいて、かなり似ているという程度から完全に一致しているというレベルまでの広がりがある。

課長はシニカルだった。「どれでもいいからガフのクズを選んでコンピュータにかければ、そいつのプログラムは少なくとも百人のと合致しますよ」

「うむ」とインドゥニが静かに答えた。「確かに多すぎる（アン・グロ）かもしれないが、一人の類似者をほかの類似者全員から区別するささやかな独自性を見つけ出すのが、われわれの務めである」

インドゥニは、多形性のゴーレム100が七人のそっくりさんたち相手に及んだ七件の常軌を逸した残虐行為に怒り、愕然としていたのだ。

いつ、どのように、その新入りの機械修理工が現れたのか、だれがその男を雇ったのか、だれも知らなかった。ウォール街複合企業体は経営が分裂状態にあってひどく複雑になっており、どこにも雇われてもいない者たちが小切手を振り出していることがわかっていた。経理は長期間かかって、〃ルートを経て〃彼らを捕まえた。

男は、ニューヨーク証券取引所のシンクタンクに蔓延しているありとあらゆる病を治すことができた。（コンピュータがリアルタイムで思考するのをやめると、瞬時に大金が危険にさらされる。）男は電子工学の天才ではなかった。不気味な直観力で解決を図る機械工だった。その直観とは、市場を操作する気まぐれな電子頭脳の信頼性に付随する癇癪や短所と共生し共振する能力だ。男自身にも短所があった。

たとえば――男が（ルートを経た）要請も苦情もないのに複雑な工具箱を持って現れると、だれもが雷雨になるだろうと判断した。雷はコンピュータにダメージを与える場合があるからだ。

たとえば――彼がふだん歩くコースは、取引所の床下にある四百四十ボルトの入力ケーブルの位置と合致する。男は高圧によって発生した場に引き寄せられた。

たとえば――男は自覚なく自分で奇妙な磁場を発生させた。彼と肉体的に接触した相手は、接触中にＩＱが四倍になった。男は一時的な高いＩＱを疫病のように広げた。皮肉なことに、彼自身は一度も感染しなかった。いつもそしていつまでも、感じがよく、おっとりした、直観力のある保守係だった。

ルームメートからこの新入りフリークの話を聞いた女は、興味をそそられた。女はのろまでそれを自覚していたが、だれもなんとも思わないようなので、いままで気にしたことはなかった。だが一度、一度だけでいいから、録音テープの内容を次から次へとそっくり吸い取り、記憶し、それについて語るという傑出した知性のようなものを備えている状態を体験してみたかった。

そこでルームメートの職場に立ち寄り、取引所のビュッフェでランチをとることにした。昼前、西から紫がかった雲がぬうっと現れ、ガフの連中の半分が屋上に容器を置こうと急いだ。そのとき男はすでに取引所にいた。とりわけヒステリックな数値を示すＩＢＭのフロントパネルをはずし、体を半分までなかに突っ込み、嵐にならないうちに黙々とそれをなだめていた。

女は注意を向けさせようと、男の背中の腰のあたりを軽くたたいた。吸血鬼めいた目つきでじっと見つめられるか、ぞくぞくするような按手礼（あんしゅれい）でもあるのだろうと思った。ガフに稲光が走ると、女のなかで稲光が反響し、続いて頭のなかで妙な雷鳴が鳴った。自分の声が低くささやくのが聞こえた――「黒雲と稲妻は天空を裂き（ヴェンゴン・コプレンド・ラエール・デイ・ネーロ・アマント・エ・ランピ）、雷鳴が春の訪れを告げる（エ・トゥオーニ・アダンヌンテイアールラ・エレッテイ）……」

女はおののいた。見知らぬ侵入者に精神を乗っ取られた。ここまでのことはすべて、女が男の背中に最初に手を乗せていたあいだに起こった。すると――「夏は来りぬ、高らかに　郭公たちは歌いだす！　種は育まれ、花々は　野辺を狭しと咲き乱れ、森に息吹きが甦り――郭公たちは歌いだす！」

そして――「浮世絵師が人物画を極めてしまうと、日本人の版画家は風景画に取り組みはじめた」

続いて――「プロフェッショナリズムと華麗なオーケストラ演奏の時代には（イン・アイナー・ツアイト・デス・プロフエツシオナリスムス・ウント・デス・ブリランテン・オーケスターシユピーレ・ハット・デイー）――」

すると男はＩＢＭユニットから体を引き出して女に笑いかけた。愛情深い電気ケーブルに絡みつかれたその姿は、〝ひとりラオコーン群像〟のように見えた――「Laocoön（lā ok a wän）*n.*［ギリシア神話］トロイのアポロ神殿の神官で、木馬を城内に入れてはならないと警告したため、アテナが送った大蛇に二人の息子たちとともに殺された……」

男はまた笑いかけると自分といっしょに女をIBMに引き入れ、自己紹介して二百二十ボルトのリード線を相手の身体に差し込みながら、絶叫して痙攣する様子を楽しんだ。「ボルト。電位差の単位、記号Vまたは……」

女が自分のすぐ後ろにその男の姿を見たのは、〈トータル・トゥエンティ〉という演目に参加しようとシアターソンへ入っていこうとしたときだった。男は際立っていた。女は思った。「うわあ！この人、エイブなんとかっていう昔の大統領を撃ったジョンなんとかっていう人の役演(や)れちゃう。悩殺タイプ。きっと俳優ね」

女はキュー玉を受け取り、片耳に押し込んだ。第一序曲が演奏されていた。照明抜きの音楽はどうでもよく、キュー玉を抜き取りたくなったが、早い段階で登場することになるかもしれないと思い、がまんした。見まわして魅惑的なジョン・ウィルクスなんとかさんをまたちらりと見ようとしたが、人込みのなかに消えていた。「今夜は満員。すごいパフォーマンスになるんじゃないかな。早く録画テープ全部見たい」

第一序曲が終わった。キュー玉が告げた。「第二序曲です。始めますので位置についてください。始めますので位置についてください」これは昔、英国の舞台で使われていた言い回しだが、ここでは無意味だった。位置もないし始まりもない。劇場にいるだれもいつ自分の番が始まるのか知らず、もちろん立ち位置などないからだ。舞台もない。防音装置をほどこした大きなホールで、演じる観客がうろうろしているだけ。〈トータル・トゥエンティ〉が始まってからは観客は沈黙し、コンピュータの合図を待っていたが、相変わらず知り合いに向かってうなずき、ほほえみ、小声で話しながら、静かにメヌエットを踊るように移動していた。

女は、散らばって演技している観客が台本のセリフを言っていることは知っていた。たいてい、一つの場面を、遠く離れ大勢の人に隔てられた観客俳優たちが二手に分かれて演じていた。一度、ホールじゅうの観客俳優たちがいっせいにひと声叫びを上げたが、女には合図がなかった。効果音はなかった。声と音楽が映像にシンクロし、テープに記録された。

コンピュータが女のキュー玉をとおしていきなり語りかけてきた。「セリフ入ります。あなたは気取ったうすらバカに声をかけられます。あなたは抑揚のない口調で応じます、『うせろ、ゲス野郎』。くり返します。抑揚のない口調で、『うせろ、ゲス野郎』。ではまいります。三。二。一……」

合図のピッという音が鳴った。女はセリフを言いながら、自分はだれでなにで、ゲス野郎はだれで（あのジョン・ウィルクス俳優?）、そもそも〈トータル・トゥエンティ〉とはなんなのかと不思議に思った。だが、それがシアターソンの楽しみだった。それと、どんな映像が自分の声にシンクロされてテープに記録されているのか見るという喜びが。

合図に合わせ、きっぱりとした口調で、「わたしのことなど心配しないで。だいじょうぶだから」続いて（情熱的に）――「先へ進むしかないのよ!」そして（おびえながら）――「なぜそんなふうにわたしを見るの?」すると長い絶叫に続いて――「あなたはケダモノよ! ケダモノだわ!」少ししてうめき声。しばらくして（弱々しい声で）――「最悪でした。そのことは話したくありません」

ジョン・ウィルクスなんとかが、人込みのなかから女の前に現れた。無言だったが、生き生きとした俳優のような顔は、あなたの声の美しい調べと完璧な演技に引き寄せられたのだと語っていた。ほほえんで、女の肩に片手を置く。女は男の言おうとしていることがわかった。吸い寄せられるように惹かれてほほえみを返し、片手を男の手に置いた。

すると男は、無言のまま、ほほえんだまま、きわめて芝居がかった動作で女を裸にした。女は抵抗し、叫び、仰天している見物人たちに助けを求めたが、男はシアターソンの床の上で、きわめて劇的に、きわめて徹底的に、女をヤッた。

女は、犯罪よりもいけないことをしてしまった。愚かなことをしてしまった。慎重な警備員にもすんなりとストロイエへ通してもらえる良家の出の育ちのよい生娘が、自分で買えたはずの宝石を万引きしようとしたのだ。雫(しずく)のかたちをした、実に美しい透明な琥珀。なかに、ちらちらと光る小さなトンボが一匹納まっている。生まれて一度も万引きをしたことはなく、陰部を突き上げる未知の感覚にぞくぞくした。生まれて一度も万引きをしたことはなかったので、もちろん手際が悪かった。

即座に監視カメラに捕らえられ、気が動転した。しらを切ろうとも、言葉巧みに逃れようとも、愚かなまちがいをしてしまったと訴えようとも、支払おうともしなかった。ちがう。逃げた。ストロイエの警備員たちは追わなかった。警報を出し、女の人相書を伝えただけだった。絶対に大通りからは出られない。絶対に刑事法廷からは逃れられない。

混乱した女は、育ちのよい生娘が自然にとる行動をとった——〈あり得ない動機の守護聖人ユダ教会〉に逃げ込んだ。祭壇の前に黒い法衣をまとった背の高い牧師が立っているだけで、ほかにはだれもいなかった。男は聖ユダその人だったかもしれない。牧師が振り返ると、女が、武装した百人の警備員に激しく追跡されているという妄想にとらわれながら、身廊を駆けてきた。かくまって保護してくださいと、牧師の前にひざまずいた。ユダは十字を切って祝福し、法衣のすそを持ち上げ、女にかぶせた。すると女はむき出しの巨根に顔を押しつけられていることに気づき、またも陰部に突き上ががる感覚をおぼえた。

ガフの特権階級が産業界に対して感謝すべきことが一つあるとすれば、それは、産業界がニューヨークの継子であるスターテン島を自由港にしたことだった。これは、税関に取られる金を最小限に抑えて太陽系からさまざまなエネルギーを受け取るための計略だったのは確かだが、消費者側はすばらしい恩恵を受けた。その一つが、エキゾチックな料理を出すフリーポート・レストラン。

金星産の冷え冷えしたツチボタルはウナギほどの大きさ。地球の気温でいっそう明るく光り、ゆでてプイイ産ワインで風味をつけたミルポワ・ボルドレーズをかけて供されると、皿全体が凍った光と発光性の香りを放つ。性病ウナギ（アンギーユ・ヴェネリエンヌ）は、シベリアの雪玉のようなお味。

火星の土は、凍結線の下からかき集めるのにちがいない（それを初めて食べてみたおめでたいバカはだれだったのだろうか）。鉄分豊富なテールフェズはキャビアのように供され、あまりに美味なので黒海のチョウザメたちが抗議し、ＵＳＱＲ（旧ＵＳＳＲ）はスターテン島を非難している。

石がエキゾチックな調味料になることはご存じだったろうか。なるのだ、これが。ウィドマンステッテン組織を含有する隕石を五百グラムほど用意し、砕いたコショウほどの大きさに擦り、焼きトウモロコシに振りかける（バター、塩、コショウ等は厳禁）。トウモロコシの糖分と結合し、有機化学者にもいまだにその謎が解けない驚くべき味のハーモニーを生み出す。興味深いことに、ふつうの精糖と混ぜてもこの味は出ないので、カンザス州は大喜びだ。キューバもスターテン島を非難している。

フリーポート・レストランはもちろん巨大で、そこのエキゾチックなキッチンはほとんどの一般的なレストランよりも広く、また、確かな舌を持つグルメのための小さめの会員専用室があり、イングランド銀行の金庫室よりも入るのがむずかしい。ここにマダムが招待客を数人連れてきたのだが、いつも応対するウエイターがいないことがわかってとまどった。応対したのは新顔の見知らぬ人物。マダムは新顔には話しかけようとなさらず、給仕長（メートル・ドテル）を呼びつけた。

「アイザックはどこです？」

「まことに申しわけございません、マダム。アイザックは今夜、別の持ち場へ行っておりまして」

「どちらへ？　わたくしはアイザックと決まっておりますのよ。アイザックがいなければ、晩餐会もただの食事ですわ」

「今週はメインのダイニングルームに出ております、マダム」

「その他大勢が相手なわけね！　なぜです？　恥ずべきことをして、罰を受けましたの？」

「いえ、マダム。賭けに負けたのです」

「負けた？　賭け？　説明してくださいな」

「申し上げにくいことでございます、マダム。ウエイターたちが、キッチンでトゥエンティワン（ヴァンテ・アン）をやりまして……」

「ギャンブルですの！」

「ウィ、マダム。アイザックは新入りの者に完敗いたしました。すると彼はあなたを賭けました」

「わたくしを！」

「ウィ、マダム。一週間ずっと。そしてまた負けました。それでアイザックは外に出て、新入りの者がマダムを担当させていただくことになりました」

「とんでもない話ですわ！」

「しかしそれは称賛でございまして、マダム」

「称賛？　どういうわけです？」

「マダムが寛大なるお心の持ち主でいらっしゃることはよく知られております」

「あの新入りの方には知っていただかなくてけっこうよ」

「承知いたしました、マダム、お望みどおりに。とは申しましても、この者は丁重この上なき接客マナーの持ち主であるとおわかりいただけるでしょう。では、当店の腕利きのシェフが今日だけおつくりいたしました力作（ツール・ド・フォルス）で、マダムの味覚を刺激（ピケー）させていただけますでしょうか」

「なんですの、それは」

「キュー・ド・カングルー・オ・ゾリーブ・ノワールでございます」

「え？」

「ブラックオリーブ入りカンガルーの尻尾のシチューでございます。オリーブオイル。ブランデー。白ワイン。ブイヨン。ローリエ、タイム、パセリ、オレンジの皮、つぶしたニンニクをたっぷり、種を取ったブラックオリーブ。ブランデーで火をつけて余分な脂を燃やし、しっかりと味をつけております。独創的でたいそう美味でございます」

「すごいわ！　いただかなくては」

「後悔なさらないはずでございます、マダム。お出しいたしますのは、今回が初めてでございます。ご満足いただきご承諾たまわれば、マダムのお名前をつけさせていただきたいと存じます」

　給仕長はおじぎをし、向きを変え、指を鳴らした。丁重な接客マナーの塊が現れた。確かに身のこなしが実に洗練されていて優雅だわ、とマダムは思った。

「こちらを下げて、キュー・ド・カングルーの準備を」と、給仕長がテーブルの中央に置かれた装飾品を指差して命じた。

マダムを勝ち取った新顔は、すまなそうにマダムにおじぎをすると、すぐ近くに立ち、優美な手つきですばやくテーブルの中央に置かれたものを片づけた。マダムの体の大きさ分だけ場所をあけ、マダムを抱き上げると、テーブルの上にうつぶせに寝かせて洗練された優美な後方強姦(レトロレイプ)に取りかかり、その間、唖然としている招待客たちのグラスに、接客マナーの真髄を極めた仕草でワインを注いだ。

牧羊地(シープ・メドウ)サーキットでヴィンテージ路面電車のラリーが行なわれた。ピットには、市街電車、遊覧バス、トロッコ、さらには、美しく修復された鉱山労働者連合の石炭・鉱石運搬用手押し車まで、にぎやかに並んでいた。ピットはまた、レースと死に惹かれている大勢の女たちで飾られていた。全員が同じタイプだった――カジュアル(プール・スポール)な服装をして、これ以外のことはどうでもいいという表情をしていた。

女は、〈マディソン&四番街〉号のピットと、〈エトワール・プラス・ブランシュ・バスティーユ〉号のピットのあいだに置かれた空っぽのドラム缶に腰かけ、ガフのクルーとパリのクルーが互いから道具を借りたりアドバイスをもらったりするのに絶えず自分の近くを行き来しているところを、どちらにも同じ時間をかけて注視していた。汚れたトゥータに身を包んだ彼らは妙なほどそっくりだから、後ろのポケットに入れている、スパナ、S形スパナ、ハンマー、ペンチ、スティルソンレンチ、ドロップハンマーといったお気に入りの道具で見分けるしかなかった。ピットのクルーチーフたちは道具を運ぶ立場にはなかった。ドライバーたちのトゥータは真っ白だった。

女は、後ろのポケットからこじり棒をぶら下げている男がいいと思った。こじり棒男はパリかガフのどちらかで――両方のピットに長いこといたので、女は判断できなかった――若くて顔はすべすべだが、体つきと筋肉は見るからに成熟していた。いいと思ったのは、通りかかるたびに「とても・かわいいね（トレ・ジョリ）」とか「イケてんな、ねーちゃん」とひやかさなかったからだ。こじり棒でドラム缶を強くたたいた。ドラム缶が低い音をドーンと響かせると、女の背骨を疼くような感覚が駆け上がった。

レースは、ル・マン式スタートで行なわれることになっていた。各路面電車がトラックで位置についた。ドライバーたちとセコンドたち（古風な運転手と車掌の制服姿）が向かい合って並んだ。号砲が鳴った。運転手たちと車掌たちが市街電車に駆け寄り、急いで乗り込み、狂ったようにベルを鳴らしながら発車すると、ピットのクルーたちと女たちは声援を送ったり叫んだりした。すると低いドーンという音がして女に疼くような感じが走ったかと思うと、男がこじり棒を手に無言で笑いかけていた。女も笑い返した。

男は女の肩を棒で軽くたたくと、予備の〈エトワール・プラス・ブランシュ・バスティーユ〉号のなかに連れ込んだ。女はうれしかったが、やがて男が自分は女だと明かし、こじり棒をバイブ代わりにして女を凌辱しにかかった。女の叫び声が、レースの声援と叫喚とベルの金属音に消えていった。

ゴーファーは、WGA放送のスタジオ222でのTVカメラ調整用テストパターンの役だった。彼女は、数台のカメラがドリーで移動しながら自分の肌に近づいたり遠ざかったりしてその輝くばかりの色調に修正を加えていくあいだ、辛抱強くスツールにすわっていた。ブスだったが、赤毛と肌は見事だった。カメラに向かってポーズをとっていないときにはスタジオ222のスタッフの使い走り（ゴーファー）をしていたので、ごく自然にゴーファーさんと呼ばれた。WGAの経理部以外、だれも本名を知らなかった。

静かにスツールにすわり、コーヒー、食事、小道具、衣装、ともかくなんでも、用事を言いつけられるのを待っていた。退屈だった。２２２の番組のどれにも格別興味があるわけではなかった。ＷＧＡは〈氷河軍信仰復興運動〉が所有・運営しており、その番組編成は敬虔なまでに〝最後の審判の日〟に忠実だった。『神大いに凍えささんとする日、汝いずこにありなんや』（©二一六九年、氷河ミュージック・コーポレーション・グループ、スクリャービン・フィンケル・ミュージック・カンパニー）。善き者たちはみな、信頼でき、誠実で、よく助け、友好的で、礼儀正しく、親切で、素直で、ほがらかで、質素で、勇敢で、清潔で、敬虔。悪い連中はみな、神に破滅させられ、腐りきったガフ的行ないを深く悔やんで死んでいく。

セットには動物訓練士がいた。女がそう思ったのは、男がキング・チャールズ・スパニエル犬を抱いていて、それにともかくスタジオ２２２は、動物、ペット、子どもが飼い犬に対して抱く純粋な愛といったテーマがお得意だったからだ。ただしこの男は、トラを抱いているのがふさわしいように見えた。オランウータンも絡みつくのを躊躇するほどの頑強な大男。

マッチョな男がスツールに腰かけている女のところへやってきて、無表情でうなずいた。女もうなずき返した。高い位置にすわっているはずなのに、頭は相手の胸のあたりにやっと届くほど。ゆっくりとうなるような息づかいが聞こえた。打ち寄せる波のような音。キング・チャールズ・スパニエル犬がキャンキャン吠えた。２２２のディレクターが、コントロールルームからトークバックで舞台監督にどなった。「キリストがクソしねえうちにゲス尼どもにさっさとキュー出さんかい！」

十二人の高潔で慎み深い尼僧たちが舞台監督にセットへとせき立てられ、神があさましい腐りきったガフの不道徳者たちを破滅させてくださるよう、高潔で敬虔な円をつくった。マッチョな男がスツールを持ち上げると、ゴーファーはその上でぐらぐら揺れた。女は男の首に両腕をまわさなければならなくなり、クスクス笑った。男はスツールを円の中心の神のしるしのところまで運び、ゴーファーを載せたまま降ろすと、驚いている女のひざを広げた。ゴーファー、スタジオ、全氷河軍はおびえて息を詰まらせ沈黙し、その間（抜け目ない）カメラマンたちは、ドリーでカメラを移動させて輝く肌の色調に近づいたり遠ざかったりしていた。聞こえる音は、キング・チャールズ・スパニエル犬とディレクターがキャンキャン吠える声だけだった。

サープールは真新しく、驚異的で、奇跡的だった。狂気のガフに現れた最新型の娯楽。それは水素と酸素が異常に結合したH_2O^nで満たされており、つまりそのハイブリッド水は呼吸できるということだった。こういった代謝の奇跡が、まず娯楽に使用されるという点がいかにもガフらしかった。プールはレーザー・シンフォニーで目が眩むほど輝き、人は調和する音と光（ソン・エ・リュミエール）のなかで泳ぐ。このぜいたくのために、金貨百枚に等しい料金を支払う。

女はそれを楽に払えたし、熱ゼロGリラクゼーションのセラピーがどうしても必要だった。女は広告主からの委託業務を二十数件抱えており、どれも要求が厳しくて腹立たしいが、法外な料金を支払ってくれるので、そのどれも投げることはできなかった。そこで流体の光に身をあずけ、漂って夢を見て、漂って夢を見た。

サープールにいたのは女ただひとりだった（特典を受けるために高い割増金を支払った）はずだが、男が深みから心なごむサフランの香りのサメのごとき体（てい）で女の前に立ち現れ、海の生き物だけにできるような感じで、やさしく、古風に、優美に求愛した。女は魅せられ、応じ、二人が漂い踊るパ・

ド・ドゥは美しかった。一瞬ののち男は、女の裸体を荒々しく一気に支配した。それは人類の女性たちが、漂うことと夢見ること、悦びと苦痛、充足感と怒りが混じり合った状態で耐える行為。


「マダム、わたくしは役職を利用して、あらかじめお知らせせずにお住まいのマンションをお訪ねするような無礼はいたしません」とインドゥニ隊長が言った。「むしろ、わたくしたちのあいだにある共感(シンパーティコ)を頼みとしております。あなたも同様です、シマ博士」

「うれしいお言葉です、隊長」とグレッチェンがにっこり。

「それにすごく狡猾だ」とシマがにっこり。

「みなそうでしょう、三人全員」とインドゥニがにっこり。「そのことをわたくしたちは基本的に了解している。どこで互いを支持し、支持しないか心得ている。そして一つの問題において、ともに恐れ憎みながら協力する」

「ゴーレム」

「そう呼んでおられるのですね、マダム。わたくしは百手(ハンドレッド・ハンダー)と考えております。残虐この上ない、百変化(ひゃくへんげ)して殺す、狂った存在」

「隊長はぼくらが知らないことをご存じのようだよ、グレッチ」

「インドゥニさん、また残虐行為があったのですか？」

「そのご質問には、お尋ねになる理由がわかればお答えいたしましょう、ナンさん」インドゥニは、彼女がプロファーザーに対して答えたときの言葉を引用していた。

グレッチェンがインドゥニに鋭く視線を向けると、インドゥニはひやかすように視線を返した。

「そうです。あなたがPLOのオアシスをお訪ねになられたことは知っております。情報源に事欠くことはないと申し上げたでしょう」シマに顔を向ける。「さらには、セーレム・バーンをお訪ねになった。隠して守るあなた方のご努力には頭が下がります。お二人に対するわたくしの信頼は、一段と深まりました」

「この人、ぼくたちからなにか引き出そうとしてるぞ、グレッチェン」

「お伝えすることがあるだけです。そう、またしても暴行が、残忍きわまりない行為がありました。百手の仕業と言ってまちがいないでしょう」

「どんな行為だよ」

「拷問と殺害です。百手が行為の最中にとった姿について、目撃者から奇妙な説明を聞きました」ここでインドゥニは間を置き、そしてすらすらと続けた。「最も興味深かったのは、新しくできたサープールにいた凶暴な襲撃者の人相の説明かもしれません」

「というと?」

「えッ!」

「シマ博士のものでした」

「あなたでした、シマ博士」

「信じるもんか」

「信じていただかなくては。被害者による暴行犯の説明はまちがえようがなかった。確認のため、その女性に人相書を数枚丹念に見てもらいました。少しの迷いもなく、あなたのを選びましたよ」

「とんでもない悪ふざけだぞ、インドゥニ」

「いいえ、確かです。彼女はあなたの特徴を述べました」

「ありえない！　暴行犯だなんて！　サープールの近くになんか行ったことはない。どうやって行ったらいいかもわからない。襲撃は何日だったんだよ？　証明できる、ぼくは――」

「落ち着いて、ブレイズ」とグレッチェンが割り込んだ。「落ち着くのよ、どういうことなのかきっちりわかるまでは。隊長、この件、そもそもの始まりが混乱していましたけれど、どんどんひどくなっているようです。フェアプレイを要求します。今回あらたに起こった惨事の一部始終をご報告ください。すべての件について」

「現時点では公表できません」

「そんなにこだわる必要がありますか？　シマ博士が、きっとあなたがお疑いのように、百手となんらかの関係があるのでしたら、あなたがおっしゃることで彼が知らないことなどなにもないじゃないですか」

インドゥニは一本取られたことを認め、剣士の敬礼で応えた。「そしてシマ博士はそんなわたくしを狡猾だとおっしゃられた。降参いたします、マダム。このような次第です」

隊長が細部にわたる報告を終えると、二人はデータを消化するのに長くかかり、沈黙していた。やがてシマが「なんてことだ」とつぶやいてから、ようやく声を取り戻した。「グレッチェン、いよいよぼくら――」

「おだまり！」グレッチェンがぴしゃりと言った。インドゥニの聞くに耐えない報告にまず衝撃を受け、それから奮い立ち、いまは自信をもって勢いづいていた。「隊長、ゴーレム100への鍵はあなたが握っていると、わたしにはほぼ確信できます。あなたにはそのことはわかりません。ショックから立ち直ったら、ブレイズはそのことをうまく説明すると思います。いまはわかるんです。わたしはお二人よりも頭が切れるからではなく、人格と外的人格（ペルソナ）の特性にアクセスできるからで、それはお二人にはできません。精神工学的な直観です。わたしには構成体が見えるのです」

インドゥニは再びひやかすようにグレッチェンを見た。「そうなのですか、マダム？　それで？」

「それはフロイトの原初的な心的プロセスに基づくものです」すると続けざまに乱打するように言葉が飛んだ。「本能の噴出！　エネルギーの猛攻！　生のリビドーと死のリビドー。エロス！　タナトス！」

「ええ、われわれの仕事は精神医学に精通していることが要求されます。それで？」

「まず、シマ博士が置かれている状況をおしえてください。彼はその被害者の確認をもとに告発され、逮捕されるのですか？」

「無罪を主張しておられる」

「あたりまえじゃんよォ！」シマがいきなり叫んだ。

「ではナンさんはどういうわけであなたがわたくしに説明しようとされるところを止めたのですか？　いまでは遅すぎます。この方を信じるのですか、マダム？」

「はい」

「逮捕することに反対なさると？」

「無論です」

「どういう理由で？　個人的なものですか？」

「いいえ、職業上の理由です。博士の助けが必要なんです」

「あなたはきわめて対処しにくい協力者仲間ですね、ナンさん」インドゥニは憂い顔にほほえみを浮かべながらしばらく考えていた。「シマ博士をあなたと同じカテゴリーの第五級重罪で逮捕し、ガフ拘禁いたします」

「ありがとうございます」

「今度はわたくしにその返礼としておしえていただければ感謝いたします。博士はあなたをどのように助けるのですか？」

「ぼくに訊くなよ」とシマがぶつぶつ言った。「抹殺された。存在ゼロ。暴行罪！　強姦！　神さま助けて……」

「どのように行動しようとお考えですか、ナンさん。あなただけがご存じという鍵とはなんなのです？」

　グレッチェンは首を振った。「頭脳明晰で教養がおありとはいえ、隊長、あなたには直観の精神力学は絶対に理解できません」

「一応はチャンスをくださいませんか」

「絶対に信じてはいただけないでしょう」

「ヒンドゥー文化は突飛な考えにも対応できます」

「それに〝ガフの殺人通〟は絶対に賛同なさらないでしょうね」

　インドゥニがたじろいだ。「そのレッテルを口にされるとは意地が悪いですね、ナンさん」ととがめる。「不法行為をなさるおつもりですか？」

「あなたが不法行為をどう定義なさるかによるでしょうね、隊長。このようにご説明しましょう――わたしたちは、あなたに知らせずそして許可なくガフの警察管区を出ることは禁止されている。そうですね？」

「わたくしの許可（フークム）。そうです。それが今回考え出した第五級重罪のカテゴリーの制約です」

「でも、出ずに出ることになったなら？」

「それは筋が通りません」

「いいえ。できます」

「出る？　出ずに？　まさか自殺で自分を終わらせるという手段での出発を意味していらっしゃるわけではないでしょう？」

「ちがいます」

「ではどうやってどこへ出発するのです？」

「これまでどの文明も知覚したことがない、認めたこともない現実へです。人類の歴史の氷山の、見えない九分の八である世界へ――亜界（サブワールド）、スー・モンド、アイネ・ウンターヴェルト、潜在界（インフラワールド）、ファズマ界……」

「ああそうですね。ギリシャ語で言うとファイネイン、出現させる。数か国語でわたくしを煙にまいておられますね、マダム」

「さらに煙にまくつもりです」グレッチェンは興奮で震えていた。「この、見えない、隠れたファズマ界がついに氷山のてっぺんまで突き破り、姿を現したのだと思います」

「そして今度はあなたが答礼の訪問をなさりたいと？　それが出発ですか？」

「そうです」

「どうやって出発するのです？」

「プロメチウム・パスポートで」

「ああ、骨のなかに発見された放射性塩ですね。骨にしたのは……あなたが『契約で請け負った』武器でしたか？」インドゥニはグレッチェンが皮肉に応酬してくるまえにシマのほうを向いた。「犯罪科学のスタッフがあなたの専門知識に感服しておりましたよ、博士」このときほど、インドゥニが穏やかながら危険に見えたことはなかった。

「さらに専門知識をお望みなら」とシマがうんざりした様子で言った。「そいつは $^{145}Pm_2O_3$ で、半減期は三十年」

「ありがとうございます」インドゥニがほほえみ、うなずき、グレッチェンに向き直る。「それで、この漠然とした冒険的試みをするにあたり、わたくしはあなた方に協力することを求められているわけですか？」

「いいえ。あなたのご許可（フークム）がいただければいいんです」

「危険は及びますか？」

「恐らく」

「だれに？」

「わたしたちだけに。ほかのだれにも危険は及びません」

「ではなぜあなたの想像の産物であるその不可解なファズマ界へ逃亡しようとするのですか、ナンさん。事態を滞らせて、なにを得ようと期待しているのです？」

「わたしを信じられないというわけですね、隊長」

「残念ながら、まったく信じられません」

「ではこのことも信じてはもらえませんね。わたしは、そこにゴーレム百手が棲んでいると確信しているんです」

12

グレッチェンは、哀れみつつもおもしろそうに、茫然自失の存在ゼロを見ていた。「あたしのところにはいないほうがいいわね。あなたの部屋へ引っぱっていってあげる。そこにいたほうが早く立ち直れるでしょ」

「ル・ポーヴル・プチ」とシマがつぶやく。

「たぶんね、でもいまは対処しなきゃ。すごいことに関わってるんだから、あたしたち。行動開始よ」

シマのペントハウスに着くと、グレッチェンは彼の服を脱がせ、鏡をめぐらした古代ローマ風の浴槽に押し入れ、ひじで触るのがやっとというほど熱いお湯を出した。

「CCCの力のおかげで特別待遇か。お偉いさんに大事にされるって最高ね」

「きみも入ってくれるだろ？」

「おふざけをやってる時間はなし。あたしのコーヒー-コニャック薬でガツンとやってあげる。秘密の製法明かしたら、ノーベル平和賞もらえちゃう」

「インドゥニにあんなもの飲まされたあとじゃ、ほかのものまで飲めるかどうかわかんないよ」

「そんなもんじゃないわよ、あたしのゴーレム情報聞いたら。脳損傷でわけわかんなかったらよかったのにと思うから」

「もっと怖がらせるつもり？」

「心の準備をさせてあげようとしてるだけ。お湯に浸かって、楽しんで、リラックス。すぐ戻るから」

強烈なコーヒーを持って戻ると、シマは浴槽のなかで股間にタオルをあてて背を伸ばしていたので、回復していることがわかった。ベッドではなんでもありのシマだったが、そこから一歩出ると、不思議なほど慎み深かった。

グレッチェンは思った——フランス人。日本人。アイルランド人。全員がイヴからイチジクの葉の飾りに関するメッセージは受け入れた。旧約聖書がブラについてはなにも言ってないのは妙なことよね。強い調子で「これ飲んで」

「秘密の製法のやつ？」

「代用品ですましちゃだめ」

「ラボで仕事ができなくなっちゃうよ」

「においをかぎまわるのは中止。あたしも仕事は一切しない。とんでもなく厄介な問題に取り組まなくちゃならないから」

グレッチェンは便座に腰かけて、シマに向き合った。「話を聞ける？」

シマはうなずき、すすった。

「そして、理解できる？　これから、事実とフロイトについて考察していくことになるから」

「フロイトのことは聞いたことあるよ」

「あたしが隊長に、百手ゴーレムとかいうやつへの鍵は、原初的な心的プロセスにあるって言ったのは聞いてた？」

「うん、でもなんのことかわからなかった」

「彼も理解できなかったと思うのよね、なにげなくかわしたから。よく聞いて、ブレイズ。これはフロイトの基本概念の一つで、サイ-システムと呼んだの。短縮して、Ｐシステム」

「心的(サイ)？　ＥＳＰのこと？」

「いいえ。二十世紀の人たちは、サイを超感覚的知覚とした。恐らく、フロイト父さんの命名した用語を聞いたことがなかったのね。ともかくおやじさんは、Ｐシステム、つまり原初的な心的プロセスはあらゆる人間の基底にあり、その目的はただ一つ、莫大な量の欲動を自由にほとばしらせることだと主張したの」

「へえぇ！」

「そう」

「もう少し説明してくれるかな」

「こういうふうに考えてみて。あたしたちにはだれにでも、性的な欲動、リビドーがある。これがＰシステムで、あらゆる創造力の源泉なの——文学、愛、芸術、なんでも」

「科学は？」

「もちろん科学も。それは精力的なエネルギーの発電所であり、つねに活力を集めてより大きな統一体にしようとする。精神科医は創造の過程をそう説明する。男女が出会い、集まって愛と家族を創り出す。あなたのような科学者は、化学薬品を集めて香水を創り出す。あたしはデータを集めて解決策を創り出す。これはすべてリビドー……活動する精神エネルギー。すばらしい！　そこでこう考えてみてよ——蜜蜂レディたちはエネルギーをためて、より大きな存在、蜂の巣リビドーの集合体、ゴーレム[100]を創り出す」

「どうやって？」

「どうやって？　そうね……どう考えたらいいかというと……そう、お菓子作りのアイシング用の袋みたいなもの。材料を全部入れてかき混ぜたら、絞り袋に移して絞り出す。アイシングが口金から出てくる。そんな感じで、レディのみなさんのリビドーを入れて、かき混ぜて、儀式絞り袋に移して絞り出す。出てくるのがゴーレム」

「でもぼくは——待って。ゴーレムは実体なんだろうか、それとも単なる投影なんだろうか」

「実体ってなに？　森で木が一本倒れたとする。だれも近くにいなくてその音を聞かなかったら、それは現実に音を出していると言えるのか。言い換えれば、現実は相互の関係がなければ成り立たないのか」

「そんなことわかんないよ」

「だれもわからない」

「でもいいかい、グレッチェン、ゴーレムはああいうぞっとする襲撃をした。だからゴーレムは実体だ。ただ、毎回姿を変えていた。だから現実じゃない」

「あたしたちの言い方ではね」

「じゃあどっちなんだよ」

「どちらも。擬似実在というところ。創造されて二時間後のアダムの姿——形が定まらず魂がない。あたしたちには、それを言い表す新種の語彙が必要ね。それは変幻自在のプロテアン」

「じゃあ、それがある特定の形になりたがるのはどうしてだろう」

「そう！　その点にたどりついてほしかったのよ。ここで核心に入っていきましょう。それには、人格と外的人格（ペルソナ）の特性という観点から述べなければならない。ちがいがわかる？」

「わかると思う。ペルソナは、あたしたちがつけている仮面。こういうふうに」グレッチェンが股間を覆っていたタオルをさっとつかみ上げて落とすと、シマは大声を上げた。タオルをもとの位置に戻しながらぼやく。「女ってのは！　ちょっと親しくなると、まったく礼儀をわきまえなくなるんだ」

「ちがうわ、女はペルソナの仮面を落とすだけ。抗議するだけしっかりしてるなら、気分がよくなったのね。事実を検討しましょう。惨事を発生順に見ていくわ」

「詳細は勘弁してよ。意気地なしには一度でたくさん」

「詳細はなし。人格の特性、被害者の内面的なもののみ。まず、証券取引所の娘と、コンピュータ修理工ゴーレム……」

「天才に感染したがったっていう娘（こ）？」

「そう。彼女はだれ？」

「ぼくにわかるわけないだろ。インドゥニは名前を言わなかった。人相すら説明してくれなかったし」

「でも人格では別の娘にそっくりだった。思いあたる人は？」

「う～ん……彼女はバカだけどバカでいるのはいやだった」

「そのとおり。で、あたしが言った、バカだけどバカでいるのはいやっていう人物は？」

「きみが言ってた人物……？」シマは必死に考え、ついにわかった。「そうか！　蜂の巣だ。うん。髪の毛がヘルメットみたいな金髪のダンサー」

「メアリー・ミックスアップ。そう」

「被害者はメアリー本人だったの？　きみが会った？」

「ううん、同じタイプの人。だれとも似てない人なんていない——だれにでも、自分とそっくりな人格を持つ人、そして、もしくは、肉体的にそっくりな人がいる。じゃ、シアターソンで俳優ゴーレムが二番目にやった暴虐の相手は？」

　シマは、グレッチェンがつくりかけているパターンが見えた。「もちろん。できそこない（マンケ）の女優、サラ・ハートバーン」

「聖ユダ教会に逃げ込んだ娘は？」

「四文字言葉を嫌がる育ちのいいあの娘。ポット嬢だっけ？」

「ちがう、プリス嬢、取り澄まし屋（プリスポット）のプリス。フリーポート・レストランでの食事会のお上品（ディスタンゲ）な主催者は？」

「リジャイナ女王だよ、当然。そしてラリーでレズビアンゴーレムに襲われた娘。これはイエンタ・カリエンタのタイプ。でもスタジオ２２２のゴーファーは？」

「ネリー・グウィン」

「イルデフォンサ？　ほんとに？　イルディは美人だって、きみ言ってたじゃないか。あのゴーファーはブスなんだろ」

「でも人格は同じ」

「なんでわかるの？」

「まあいいから待ってて。最後に、サープールのキャリアタイプは？」

「ぼくが襲った相手だとインドゥニが思ってる人？」

「そう、あなただと確認したのはその人だから」

「どうしてそんなまちがいをしたのか理解できない」

「まちがいなんかじゃない。ゴーレムはあなたに似てたのよ」

「なんでそんなことになるんだよ」

「だってキャリア・ギャルはあたしだったんだもの」

「きみ！」

「あたし。人格的には。それで次々わかったのよ」グレッチェンは確信をもってうなずくと、身を乗り出して集中した。「さあ、次はこれを把握してみて、ブレイズ。あたしたちは事実を検証し終えてこれからはファズマ界の心的プロセスに入っていくから、大変よ」

「きみの言う亜界だね。やってみるよ」

「所与——形を自由に変える変幻自在な生き物が、異なる人間の姿をとって現れる。所与——七人の被害者のそれぞれの人格が、蜜蜂レディのそれぞれの人格に合致する」

「きみは等式の左側の部分は突き止めた。等号のあとに来るのはなに？」

「各被害者は、その人に対応する蜜蜂レディのリビドーの流出によって創り出され、そのリビドーで形づくられた生き物に襲われた」

「なんてことだ！」

「でもそうなのよ」

「きみのファズマ夢想を真に受けろというわけだ」

「なにも押しつけてなんかいない。事実を見ればいいのよ。メアリー・ミックスアップは、自分を賢くしてくれる男にあこがれる。サラ・ハートバーンは、ダイナミックな俳優タイプに。プリス嬢は、高徳な育ちのよい恋人に。リジャイナは、ネルソン卿に。ネリー・グウィンはチャールズ二世風の色男に。ゴーファーがイルデフォンサだとわかったのは、ゴーレムがキング・チャールズ・スパニエル犬を連れてたから。イエンタは、男役のレズビアンに。あたしは、あなたに。QED」

「ロシア人の名前の双子はどうしたんだよ。なんではじかれてんのさ」

「はじかれたわけじゃないかも。報告が届いてないだけなのかも。インドゥニは——というか、暴行が気づかれずにいたのよ。惨事が当たり前のこの狂ったガフで起こったたくさんの残虐行為のようにね」

「しかし——」

しかしグレッチェンはおかまいなしに続けた。「イドについては知ってるでしょ。あらゆる人の奥深くにあるリビドーのエネルギーの貯蔵所、原初的衝動の魔窟。知ってるはずよ。『ハムレット』のあのセリフ、おぼえてるんじゃない？　残忍、好色な悪党め！　冷酷で、不実で、淫らで、無情な悪党め！　それが、人間動物、つまり、あなた、あたし、すべての人の地下室に埋もれているイド」

「だれもかれもが怪物のはずはないじゃないか」とシマが抗議した。

「内側の奥深く、自分の下方界においては、われわれは怪物よ。ここ、氷山のてっぺんでは、われわれはそれを検閲し、抑制する。でも、われわれのなかに棲む残忍な獣が抑制を逃れて檻を破り、したい放題やったらどうなるか？　ゴーレム[100]のご登場」

「どうやって檻を破るんだよ」

「頭を働かせなさいな。蜜蜂レディたちはリジャイナの巣に集まる。妖術ゲームをする。もちろん悪魔を呼び出すことなんかできない。悪魔は存在せず、伝承にすぎないから」

シマがうなずく。

「でも、彼女たちのイドが結合して、別種の悪魔を生み出す。地獄はないけど潜在界はあって、われわれの、冷酷で、不実で、淫らで、無情なイドがそこに住んでいる。レディのみなさんのリビドーがその場所で混じり合う。それがゴーレムの起源。ゴーレムは彼女たちが意識していない残忍性のなかのどれか一つ、あるいはすべてのかたちを帯びてわれわれの意識を有する世界に現れ、認識も理由もなく強姦し、虐殺する……単なる残虐な快楽。生のリビドーと死のリビドー」

「蜜蜂レディたちの核心がゴーレム100だと言ってるわけ？」

「そう。それは本能的に出てくる実在。エネルギーの噴出」

「どうして蜜蜂レディさんたちに限定されてるんだよ。どうしてわれわれ全員がその下の世界でゴーレムを生み出さないの？」

「それはね。しょ、く、ばい（触媒）」

「出た！　プロメチウム」

「とんでもない相手だけど、ブレイズ、その放射性のPmが一枚かむまで、世界は氷山の九分の八の本能とは一度も向き合ったことがなかったわけよ」

シマはため息をついた。「美しい伝説に、なんという堕落が起こっていることか」と沈む。「プロメテウス、火をもたらす者、生命創造の技の導師、人類の友にして恩人。なのにいま彼があの汚れた女たちのなかに熾している邪悪な火たるや！」

「それでもいい人たちよ、ブレイズ」

「ちがうね。そんなわけないだろが」

「彼女たちは自分がしてることを知らないのよ」

「意識できる手がかりくらいあるはずだ」

「自分の本能的衝動すら知らないの」

「いまどきだれだって、自分にそれがあることくらいわかってるって」

「その事実はね。でもおぞましい詳細は知らない。われわれの意識は、本能的な狂暴性を自ら検証することができない。だから人々は長期にわたって精神分析を受けて苦しんでから、自分の核心に向き合うことができるわけよ」

「きみは自分のと向き合ったことがあるの？」

「ないと思うな。あなたはないわね」

「ぼく？」

「あなた。どういう原初的な情熱で、あなたはミスター・ウィッシュの人格に駆り立てられるんだと思う？」

　シマは啞然とした。

「だって駆り立てられてるでしょ？　それなのにあなたはいい人……蜜蜂レディさんたちみたいにいい人よね」

「神よ！　イエスよキリストよ！　じゃあインドゥニは正しい。おれ、ゴーレムじゃん」

「落ち着いて。あなただけじゃない。あたしたちのほとんどはゴーレムなのよ、どっちみち。まれな例外は聖人とみなされる。だから落ち着いて。目利き(コノシエンティ)から高く評価されて歌や物語で有名な秘密製法の飲み物をもう一杯作ってくるから」

　グレッチェンはキッチンへ入っていった。めったに使われないので、ＣＣＣのシマのラボほどに無菌状態に近かった。グレッチェンの秘密製法は、高級保養地で二週間過ごすのに匹敵するぜいたくだった――コーヒー、バター、砂糖、卵の黄身、クリーム、コニャック。二重鍋でこの地獄飲料を熱し、かき混ぜていると、視界が薄れてきた。

「ね！　目あけて」と明るく呼びかける。「見えなくなっちゃう」

シマは答えなかった。彼女の主要な視覚はすっかりなくなり、二次的な万華鏡が残った。「やだ。寝ちゃったんだ」手探りでキッチンを出て浴室へ行く。「ブレイズ！　起きて！」

返答なし。浴槽をなでまわす。空っぽ。手のひらでタイルの床に触れる。濡れている。「服を着てるのね。はずかしがり屋さん！」寝室に入っていく。「ブレイズ？」応答なし。リビングで呼ぶ。「ブレイズ・シマ！　出てらっしゃい、出てらっしゃい、どこにいるのか知らないけど！」なにもない。テラスからは、遠くのガフの騒ぎ以外、なにも聞こえない。

「なによあの人。ビビリまくって、ラボに隠れることにしちゃったんだ。がまんよ、グレッチェン。がまん」がまんできず三十分間ずっといらいらした末、CCCに電話した。シマ博士のラボからは返事がなかった。シマ博士はCCCの構内にはいなかった。オーガニック・ナーセリーに電話した。シマ博士はそこで食事をしていなかった。いずれにしても、シマ博士は必ず食事を配達させていたが。

証券取引所、シアターソン、聖ユダ教会、フリーポート・レストラン、WGA放送局、牧羊地サーキット、サープールに電話した。ブレイズ・シマの名前や人相を言ってもだれもわからない。いよいよ不安になり、セーレム・バーンかPLOに連絡しようかと考えたが、思い直してガフ警察にかけ、インドゥニ隊長を呼び出した。

「あなたの神秘的な亜界からお電話いただいているのですか、ナンさん。そこが現実世界とコミュニケートできるとはおしえてくださらなかった」

「インドゥニさん、困ったことになりました」

「同一人物の件ですか、マダム、あるいはそれ以上のことで？」

「それ以上です。シマ博士がいなくなったんです」

「本当ですか？　事情をお話しください」

グレッチェンが注意深く短縮して話し終えると、インドゥニがため息をついた。「なるほど、わかりました。恐らくシマ博士は、百手の状況についてあなたがお出しになった突飛な結論を、わたくし同様、耐えがたく思われたのでしょう。博士はあなたから隠れておられるわけで、お気の毒に思います。だが、逃走してもガフから出てはならない。全域指名手配（APB）を指示しなければ」

「APBはやめてください、隊長！」

「困りますね、ほかに方法はないでしょう？　しかし、このことはお約束します――メディアを遠ざけて、スキャンダルにならないようあらゆる努力をいたします。コード・ネモを使いましょう」

「え？　コード・ネモ？」

「ほう。コード・ネモをお聞きになったことがないと？」インドゥニが内心で笑っているのが感じ取れた。「情報源には事欠かないと申し上げましたよね、ナンさん」

電話を切ると、グレッチェンはつぶやいた。「APBもコード・ネモも知ったことじゃない。うちのスタッフはあの人のスタッフなんかいつでも負かしちゃうんだから」

どうにかペントハウスから出て、鍵をかけ、通りに出ると、すっかり視覚が戻った。マンションに戻ると、劇的な場面に遭遇した。スタッフが集まり、シマを取り囲み、彼をじろじろ見たり、取り押さえようとしたりしていた。シマは全裸で礼儀正しく抵抗していた。

「ブレイズ！」とグレッチェンが叫んだ。

「名前はウィッシュです。ミスター・ウィッシュと呼んでください」彼女に冷ややかにほほえみかける。

グレッチェンは、うるさいハエを追い払おうとする動物のように頭を振った。

「ズカズカと入ってきたんです、ナンさん。あなたのお名前を言って呼び出すよう頼まれたと、入口の守衛が言っています」

「名前を？　グレッチェン・ナンを呼べと？」

「いいえ。〝グレッチ〟とだけ。ガフのグレッチがここに住んでいてミスター・ウィッシュを知っている、と。守衛はそれがわたしたちの暗号の一つだと思って通したそうです」

「放してください」とウィッシュがほほえむ。「どなたにも与えてさしあげられるものはない」

グレッチェンは合点した。「そう、あたしたちのだれにもね。放してやりなさい。害はないから」

「ナンさん、なぜこの人は自分をウィッシュと呼ぶんです？　わたしたち知っています、この方は――」

「あなた方は彼を見たことも聞いたこともない。ウィッシュがここに来たことは一度もない。わかった？　みなさんが信頼できる人たちで、助かるわ。では退室しなさい、全員」

書斎から人がいなくなると、グレッチェンはドアを閉め、立ったまま、礼儀正しいミスター・ウィッシュをじっと見つめていた。「そう、あたしたちのだれにも。哀れなまぬけねあなた、自分で自分の死の願望の痕跡をたどってたのよ。ひどくこたえたんでしょ。崖っぷち越えて深みに落ちた」

「あなたのことはおぼえていますよ、グレッチ」とウィッシュがほほえむ。「一度助けてあげようとしたことがある。ぼくのこと、おぼえてますか？」

「助けが要るのはあなたよ、ブレイズ」とつぶやく。「APBが出されてるんだから。この人物でいるところを見つかったら……もうとことん破滅だわね」特大のバスタオルを取ってきて、相手のひざの上に投げてやる。「ほら、これを巻きなさい」それから腰かけ、ひと息ついた。「どうやってあなたをその状態から引き出したらいいの？　ウィッシュが自殺したように見せかける？　そんなことしたってどうにもならないわよね。薬物を注射するとか？　でもなにを使ったらいいのかわからない。あなたに必要なのは精神的ショックで、それは同種療法であるべきなんだけど、それはなに、なんなの？」

　ウィッシュがトーガを整えて言った。「いずれにしても、追っていた相手を助けることはできなかったでしょう」

「相手に追いつかなければできませんよ」

「そういうことじゃない。補助用の器具が見つからないんです。持ち合わせていないようなんだ」

　グレッチェンはほほえみを浮かべながらもキレそうになっていた。「ポケットは調べてみました？」

「どこかに置いてきてしまったのでしょう。もちろん鍵をかけてだけれど。致死具を管理するのに用心に越したことはないのでね。どこへ行ってしまったんだろう」

「うれしいことに、あたしにはお助けできないわね、ウィッシュさん」

「いいんです。まず鍵を見つけないと」

「そうですよね。まず鍵ですよね、もちろん。それから致死具――」いきなり口をつぐむ。丸五秒かかって、自分のぞっとするようなアイデアを確認した。震えて体が揺れ出し、首を振る。「できない。やらない。そんなの耐えられない」その間ずっと、できるし、やるつもりだし、耐えねばならないとわかっていた。気を落ち着けるのにしばらくかかった。寝室へ行き、ナイトテーブルからなにかを手に取り、握りしめた。そしてウィッシュのように冷やかな笑いを浮かべると、イルデフォンサ・ラファティに電話した。

「ネリー？　BBです。いえ、蜂の巣からじゃなくて、自宅から。ネル、あたし心理的危機（クリーズ・プシコロジーク）に瀕していて、あたし――ううん、いつも以上に知的な言葉じゃないの。重大なことっていうのをフランス語で言ってるだけ。問題の人物がいまここにいるから、話してることを聞かれたくないんです。そう、男。あたしの手には負えないの。あなたならできると思って、ご専門の一つだから。いますぐ来てくださる？　だめよ、ヒントはなし。着いたらわかるから。ありがとう、ネル」電話を切る。「さあ、ブレイズ。あの引き出しの鍵をあけるわよ」

　グレッチェン・ナンには職業上の儀礼があった。著名な顧客はオアシスの入口で出迎える。二流セレブはスタッフをしたがえてマンションの重厚な扉のところで迎える。ごく一般的な顧客は仕事場に通し、待っているあいだにそこにすわって仕事をしている（CCC会長ミルズ・コープランドは、このことを知っていたらかなり気分を損ねただろう）。グレッチェンは書斎の扉のところでイルデフォンサ・ラファティを迎え、招き入れた。

「救助においでくださってありがとう、ネル。とんだことになってるの」

　イルデフォンサはレタス色のスパンコールで光り輝いていた。「じらされたら抵抗できないでしょ、BB。もちろんじらしたのよね。あなたのやり方はわかってるの。あなたの場合、なにをするにも必ず二番目の目的があるでしょ」

「それはちがうわ、ネル」

「否定しなくたっていいじゃない？　それってあなたのじらしの魅力的な部分なんだから。なにを企んでるのかしらって思って、確かめずにはいられなくなるもの」

「本当よ、ふつうに救助なの」

「信じろって言うの？　アレがあなたの心理的危機（クリーズ・プシコロジーク）？」無表情のウィッシュに向けて腰を突き出す。

「ええ」

「あなた〝男〟って言ったわよね。トーガ巻いた存在感ゼロなやつだとは言わなかったわよ」

「ショック状態だから、刺激を与えてそこから抜け出させないといけないの……ふつうの状態に戻さないと」

「ふつうがなんでそんなにイケてんのよ。楽しませててあげたら？」

「ある事件で、この人の証言が必要なんです」

「どうしてあたしを呼び出すの？」

「あたしが知らないことを知ってらっしゃるから」

「なんなの、具体的には」

「男に刺激を与える方法」

「まあゾンビと堕淫（ダイン）スしたことはないけど、何事にも最初ってものがあるしね」

グレッチェンはかすかにほほえんでみせた。「それがやり方なら、ご遠慮なく」

「ほかにやり方があるっての？」イルデフォンサはウィッシュのところへぶらぶら歩いていき、適当に点検していたが、いきなりしゃがんでまじまじと見た。「あらやだ！　信じられない。ヒーローじゃない」

「ヒーロー？　ブレイズ・シマ博士よ。なんのヒーロー？」

「ヒーロー、ヒロシマの短縮形。急いでベッドにやって、BB、そうすれば理由がわかるから」

グレッチェンはだまっていた。

「これがあなたの二番目の目的だったわけね」とイルデフォンサ。「なにがあったの？」

「わからない。だから手に負えないの」

イルデフォンサがシマのまわりをうろつきまわった。「あらまあ、ヒーロー。ごぶさただったわねえ。あたしに会いたかった、絶倫さん？」

「名前はウィッシュです。ミスター・ウィッシュと呼んでください」

「あなた、乙女の願い（ウィッシュ）をかなえてくれる人だったものねえ、絶倫さん」自分の肩ごしに訊く。「この人、あたしを知らないの？」

「だれのことも知らないの」

「自分のことも？」

「本人がでっち上げたウィッシュという名前の人物だと思ってる」

「その人物をあなたは排除したいわけ？」

「それが任務。本人に戻してあげるのが」

「なにかアイデアはあるの？」

「あなただけが頼りなんです。ネルは彼に意識を取り戻させてくれる人、と思ったの」

「ありがとう、でもあたしの通常の任務ってのは、意識を失わせることよ。逆の手は知らない。おもしろいかもしれないけど。彼に自分がシマだと思い出させたいの？」

「それが計画です」

「う～ん……」イルデフォンサがじっと考えているあいだ、ウィッシュは感じのよい古代ローマの元老院議員のような様子で下からほほえみかけていた。するとイルデフォンサが「ね、ヒーロー、これおぼえてる？」と訊き、口笛のようなピーヒャラ声で歌い出した――

　おかあさんに言われたの、森でもっこり男に
　馬乗りだめよ。
　やったらおかあさんお説教、
　ほんとにおまえはいけない子。

言うことときかない。

言うことときかない。

おまえのだんな休暇でいない。

イルデフォンサがクスクス笑った。「これがお気に入りだったでしょ、ヒーロー。おぼえてる？　よくあたしに歌って踊らせたじゃない」

「名前はウィッシュです。ミスター・ウィッシュ」

「こいつほんとイッちゃってるわね、BB。この出し物やると、かならずハッスルして谷間に入ってったもんなんだけど。ヒーローはあたしのこと、自分で意味がわからないワイセツな歌を歌う純真なタイプだと信じ込んでたの」

「それこそイッちゃってるわね」

「この人らしいわ。まったくわかってなかったもの。踊ってみせたらいいと思う？　ストリップなんだけど」

「いいんじゃないかしら。待って。これをつけて」

イルデフォンサが、グレッチェンの手のひらのなかのカボションを見つめた。「それなに？」

グレッチェンは少し気分がよくなった。「カットしていないダイアモンド」

「つけてほしいの？」

「ええ」

「なんの上に？　服脱ぐんだけど」

「おへそにつけて」

「いったいな——ここに？　どうやって？」

「スティックに固定してあるからつければいいだけよ」

「なぜつけるの？」

「鍵がかかった引き出しの鍵だから」

「だれの？」

「彼の」

「あれからこの人、倒錯的な刺激を求めるようになったみたいね」

「そうなの。だめ、ネル、つけるところを彼に見せないで。いきなり見せなくちゃだめ。寝室使って」

イルデフォンサはうなずき、グレッチェンが開けたドアから入っていった。すぐに出てきて、ドアが開いたままになっていることを確認した。「イケてるベッドじゃない」とほめる。「セラピーがスリルに変わっちゃう。鏡だらけ！　カウントダウン開始」

「お二人だけにしましょうか」

「どうして？　あなた役に立つことが学べるかもしれないわよ」

「つねに改良の余地はあるものですものね」とグレッチェンはくやしさをこらえて同意した。

イルデフォンサはウィッシュの前に位置を決め、かなりぎごちなく歌い踊りはじめた。（「垂直状態での筋肉運動の協調はサイテー」）豪華な（アパラ）レタス色のスパンコールは都合のよい部分がはずれるようにデザインされていて（「だけど考えてるような踊りに合うようにはデザインされてない」）、それを四方八方に放り投げていくと、最後には光り輝くバラ色の肌だけになった。ゆっくりと向きを変え、ウィッシュの前で豊満な肉体をあちらこちらに突き出し、見せつけ、ポーズを取った。グレッチェンはうなり声が出そうになるのをこらえた。

ダイアモンドが彼の目に近づき、同じ高さになった。ウィッシュはそれを見つめた。すると視線が恥丘に落ち、乳房に上がり、最後にイルデフォンサの顔に移った。彼は青ざめた。

「でも……でもきみはイルディ」と口ごもる。視線がカボションに下がる。「どうして……これは……どうしてきみがグレッチェンのダイアモンドつけてるの？」ゆっくりと立ち上がり、困惑してあたりを見まわす。「接続が切れてた」

イルデフォンサが、ぽっちゃりした両腕を差し出した。「いらっしゃい、絶倫さん。また接続しましょ」

「でも……ぼくは……あのときじゃない。いまだ。いま」声に力が戻ってきた。「どうなってるんだ。いったいぼくはきみとなにやってんの、イルディ？　こんな所で。きみはそんな恰好で。グレッチェンのダイアモンドつけて。昔のイパネマの出し物やってみせたりして。なんだよ！　きみのことは一年前にしまい込んだのに」

「あたしが引き出しから出したのよ、ブレイズ」とグレッチェンが静かに言った。

シマがゆっくりとかぶりを振る。「きみが？　こんなことをしたって？　ぼくに？」

「あなたを連れ戻さなくちゃならなかったから」

「でも……でもダイアモンドは？」

「つけるように頼んだの」

「どうして？」

「それが鍵だったから」

「どこからぼくを連れ戻したっていうんだよ」

「ミスター・ウィッシュから」

「ああイエスよ！　イエスさま！」

「だいじょうぶよ、ヒーロー」とイルデフォンサがなだめた。両手をトーガの下に走らせる。「もうだいじょうぶ。あなたは戻ってきた。あたしも戻ってきた。二人とも、始めたところに戻ってきたの。いらっしゃい、絶倫さん」シマを寝室へとうながす。

シマはイルデフォンサの顔を見つめた。彼女の目はとろけていた。グレッチェンを見た。彼女の目はすわっていた。もう一度、一方から一方へ目を移してから、そっとイルデフォンサの向きを変えさせ、寝室へ行かせた。シマはあとについていっているように見えたが、その間にトーガをはずし、イルデフォンサの肩にかけて言った。「さよならは永遠でなければ」

イルデフォンサが驚いて振り向いた。シマはグレッチェンに歩み寄った。「次はなに？」とシマが訊いた。

「戴冠式ありがとう」

「相手にもならなかったね」

「あたしにはきびしかったけど」

「次はなに？」とシマがくり返す。

「次？　Pmトリップをするためにあなたのラボへ行くの。ファズマ界を訪れなくちゃならないから」

グレッチェンは、シマの肩ごしに、あっけにとられているイルデフォンサに向かって呼びかけた。

「数が足りなかったわよ、ネリー。あたしが相手のときは、三番目の目的にも用心しなきゃ。ダイアモンドはあげる」

13

. ! – , : ' ' ? . . . / ;

「ブレイズ?」

「ここだよ、グレッチェン」

「ここって

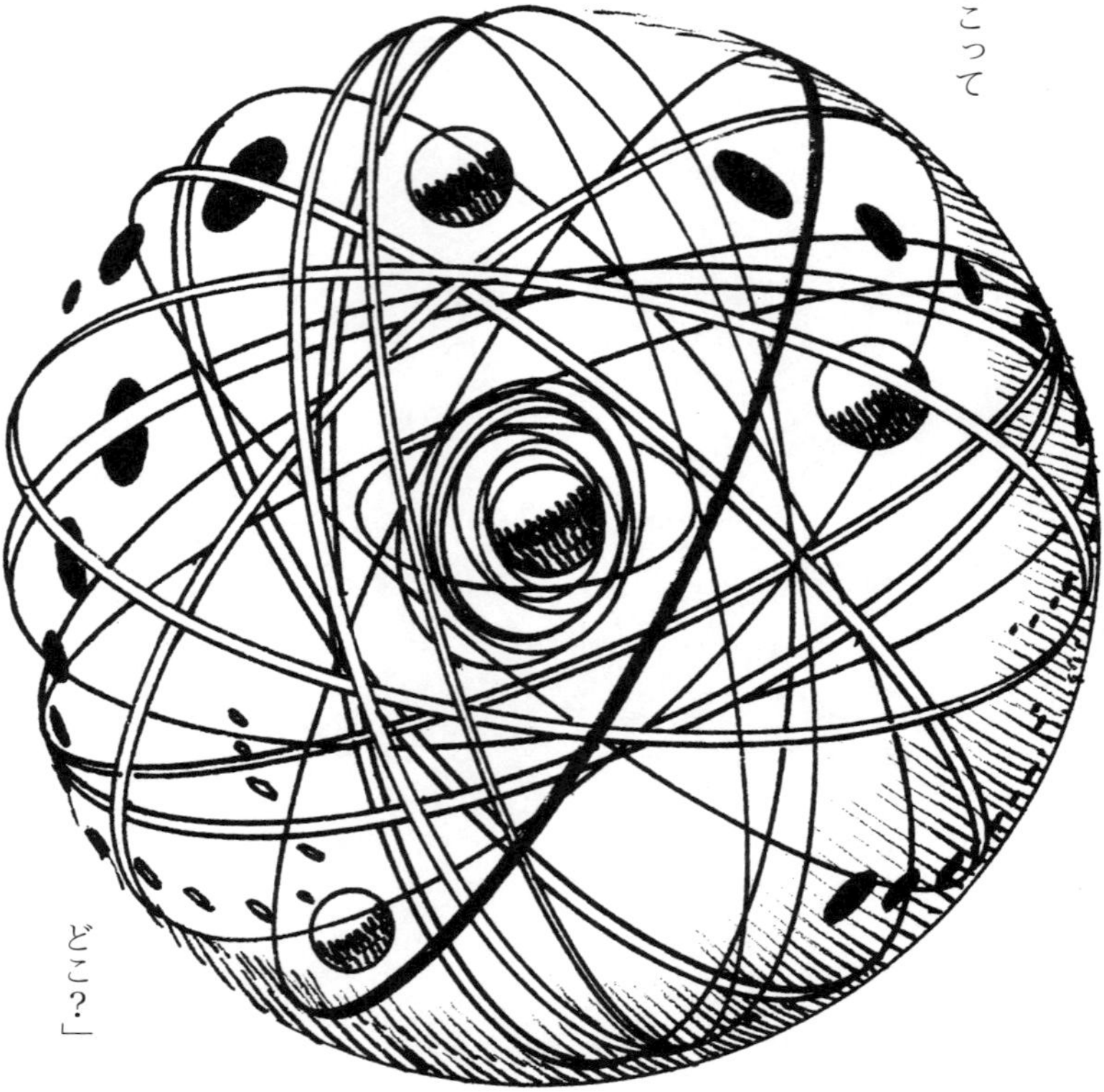

どこ?」

「きみが言ってた
亜界だよ。
ぼくたちはラボで
P-Mを静脈注射
したんだ。
生理的食塩水に、
一人1ミリ
グラム
ずつ」

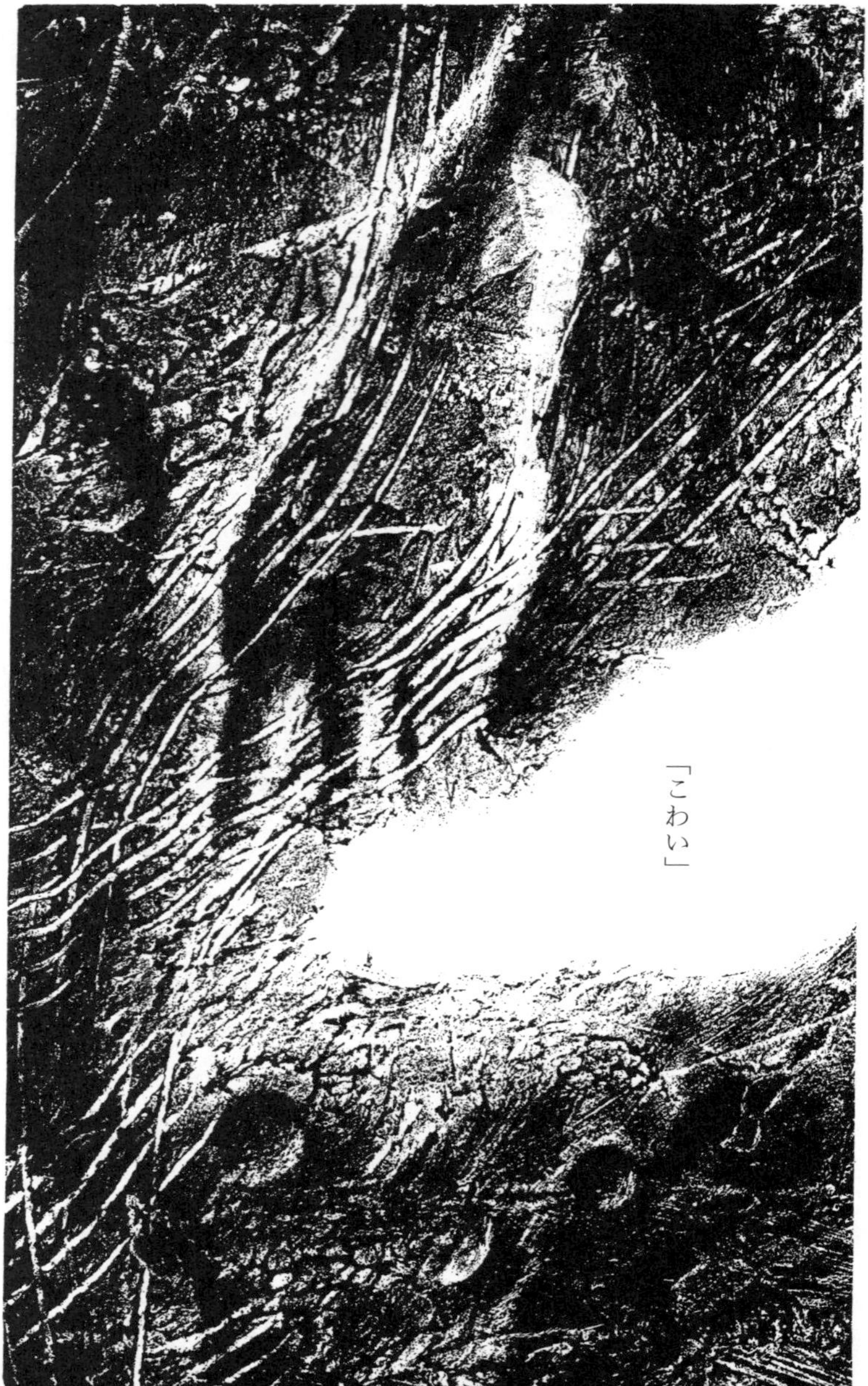
「こわい」

「すごい。きみの潜在
界っていう概念は信
じてなかったんだ、
グレッチェン。まち
がってたよ」

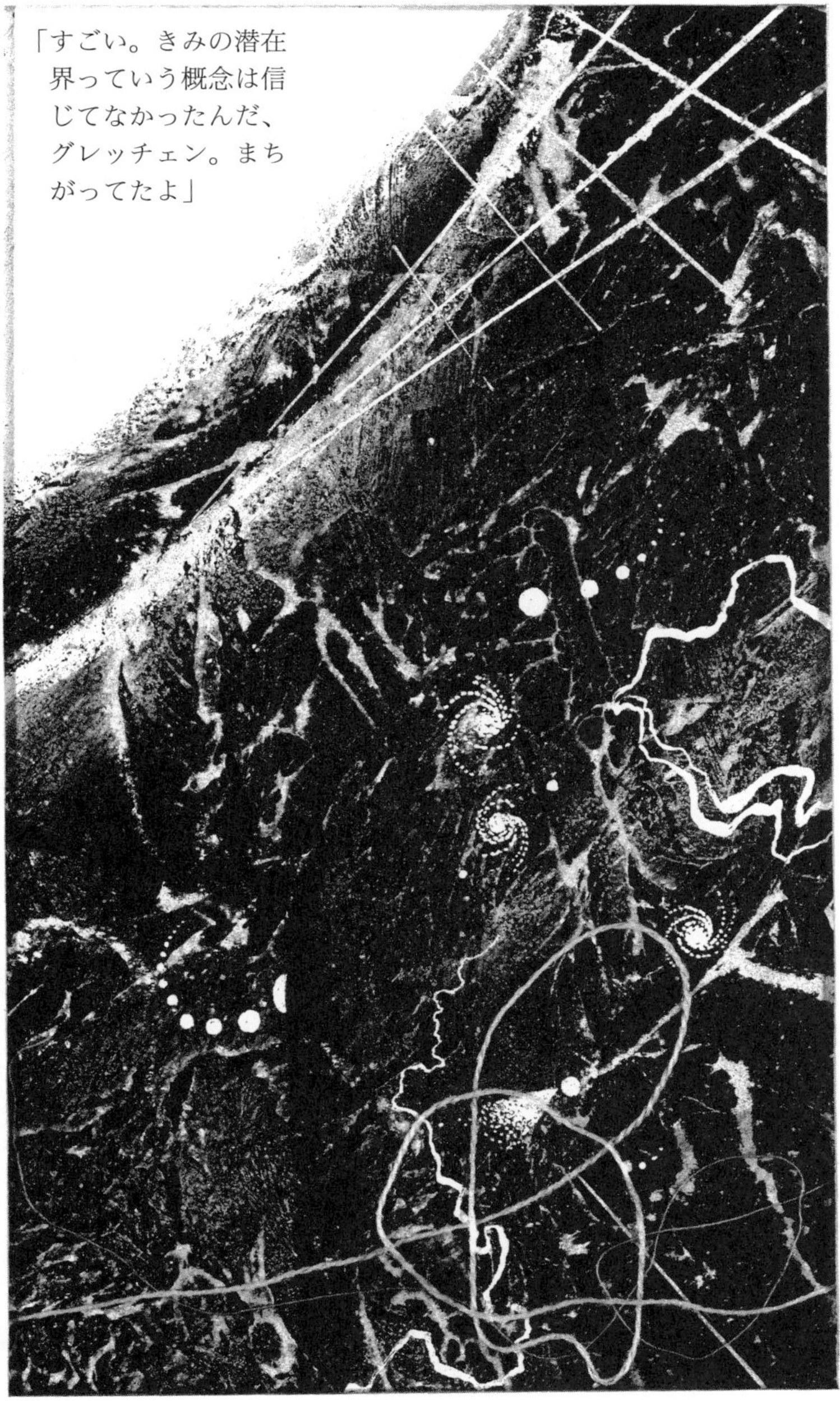

「お願い。
こわいの。
あなたに触りたい」

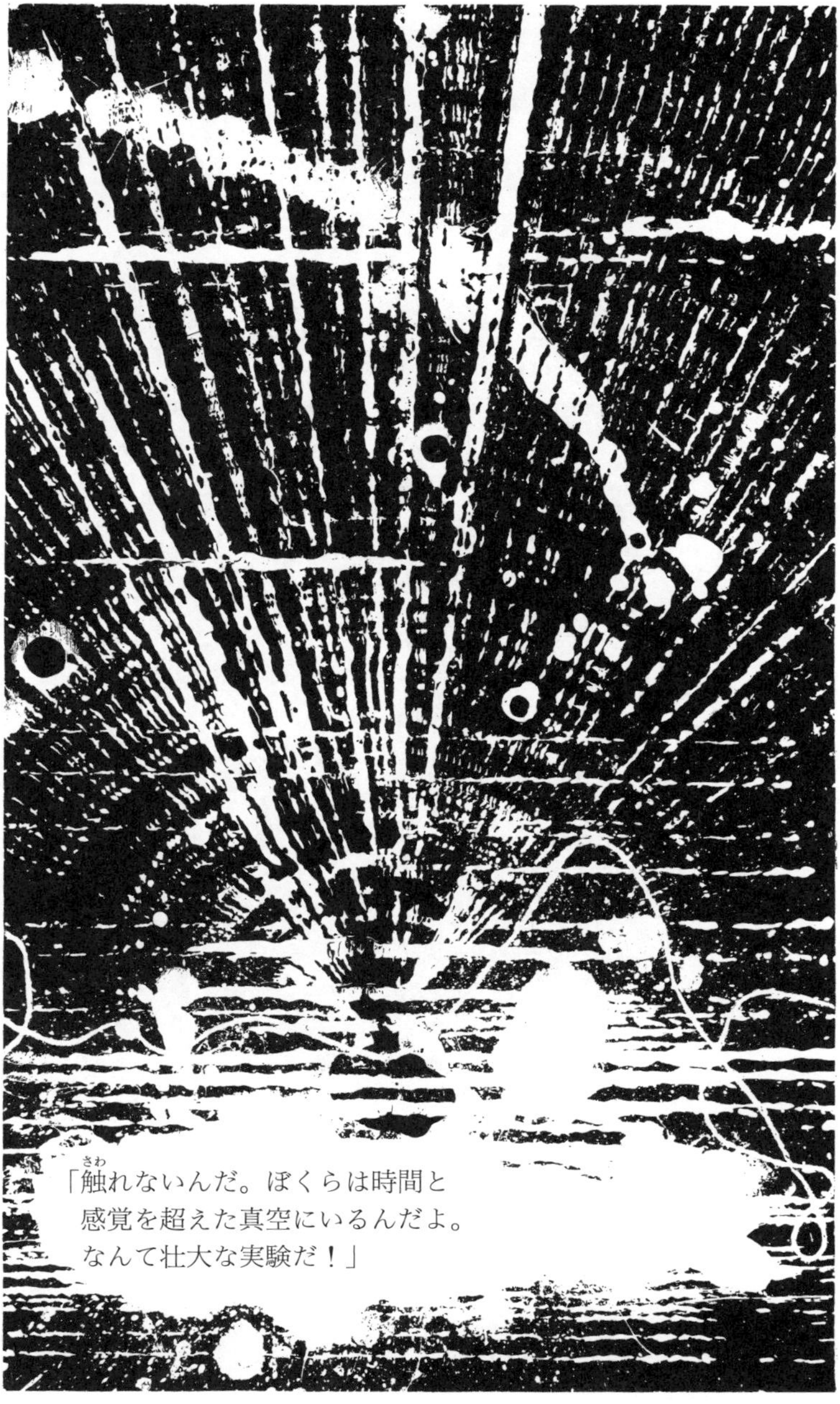
「触れないんだ。ぼくらは時間と
感覚を超えた真空にいるんだよ。
なんて壮大な実験だ！」

「科学者にはそうかもしれないけど、あたしにはそうじゃない。ブレイズ、こわい。狂いまくったものばかり見えて」

「ぼくもだよ。
なにが見える？」

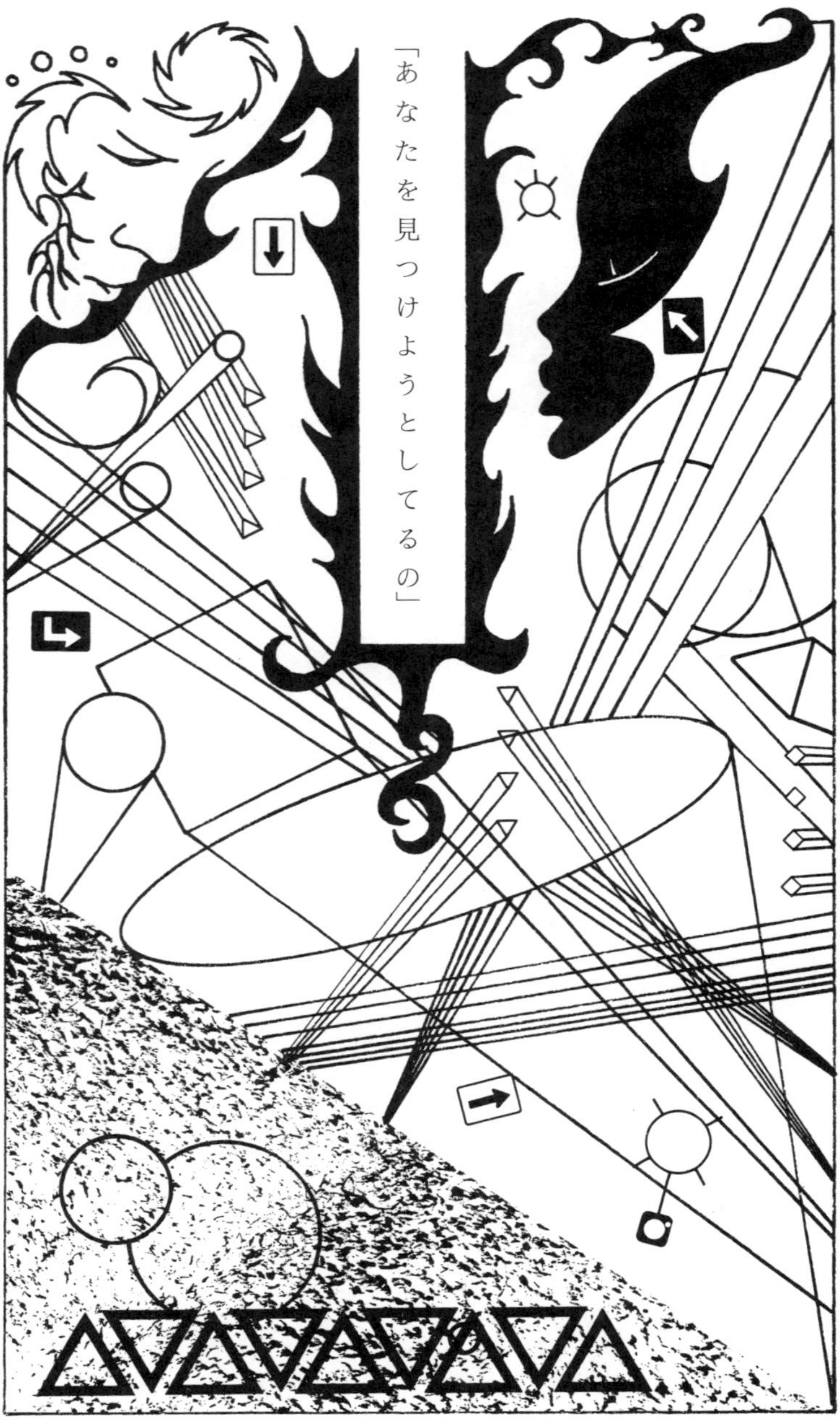
「あなたを見つけようとしてるの」

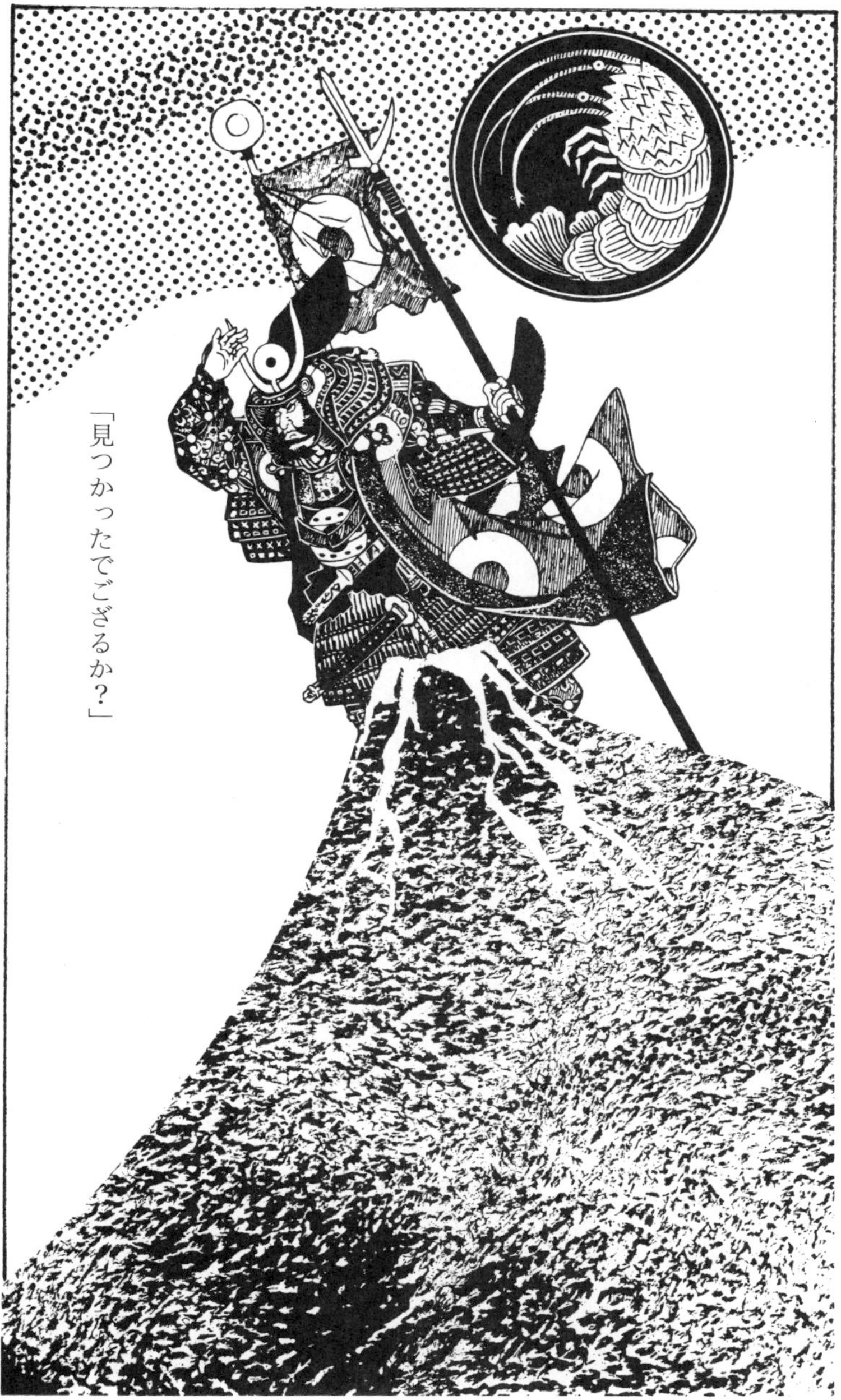
「見つかったでござるか?」

「一瞬見えたと思ったけど――見えないな。あなたは？」

「きみを見ようと

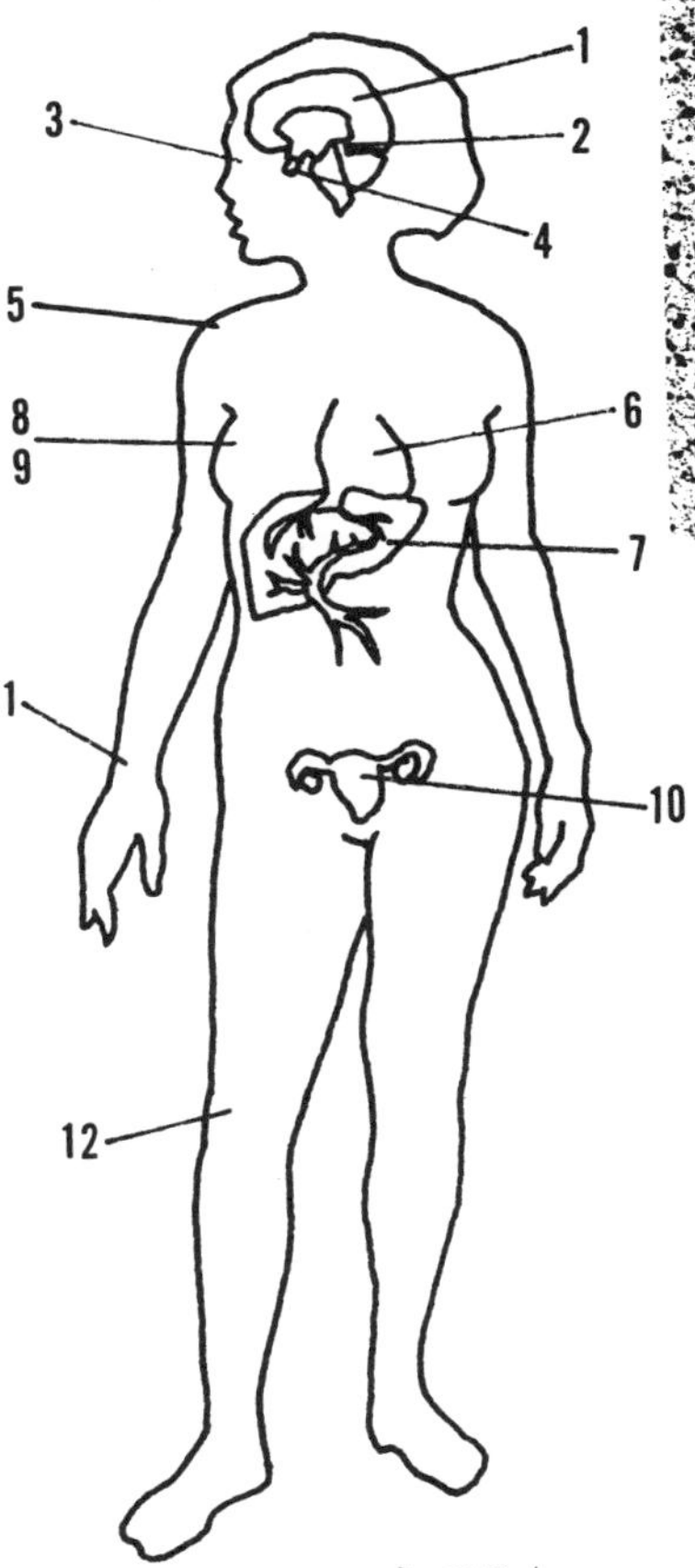

してる」

「あなたの見てるもの、好き?」

「好きウオ～　好きウオ～　好きウオ～
好きウオ～　好きウオ～　好きウオ～
好きウオ～　好きウオ～　好きウオ～
好きウオ～　好きウオ～　好きウオ～
好きウオ～　好きウオ～　好きウオ～～！」

「キスして、ピエロさん」

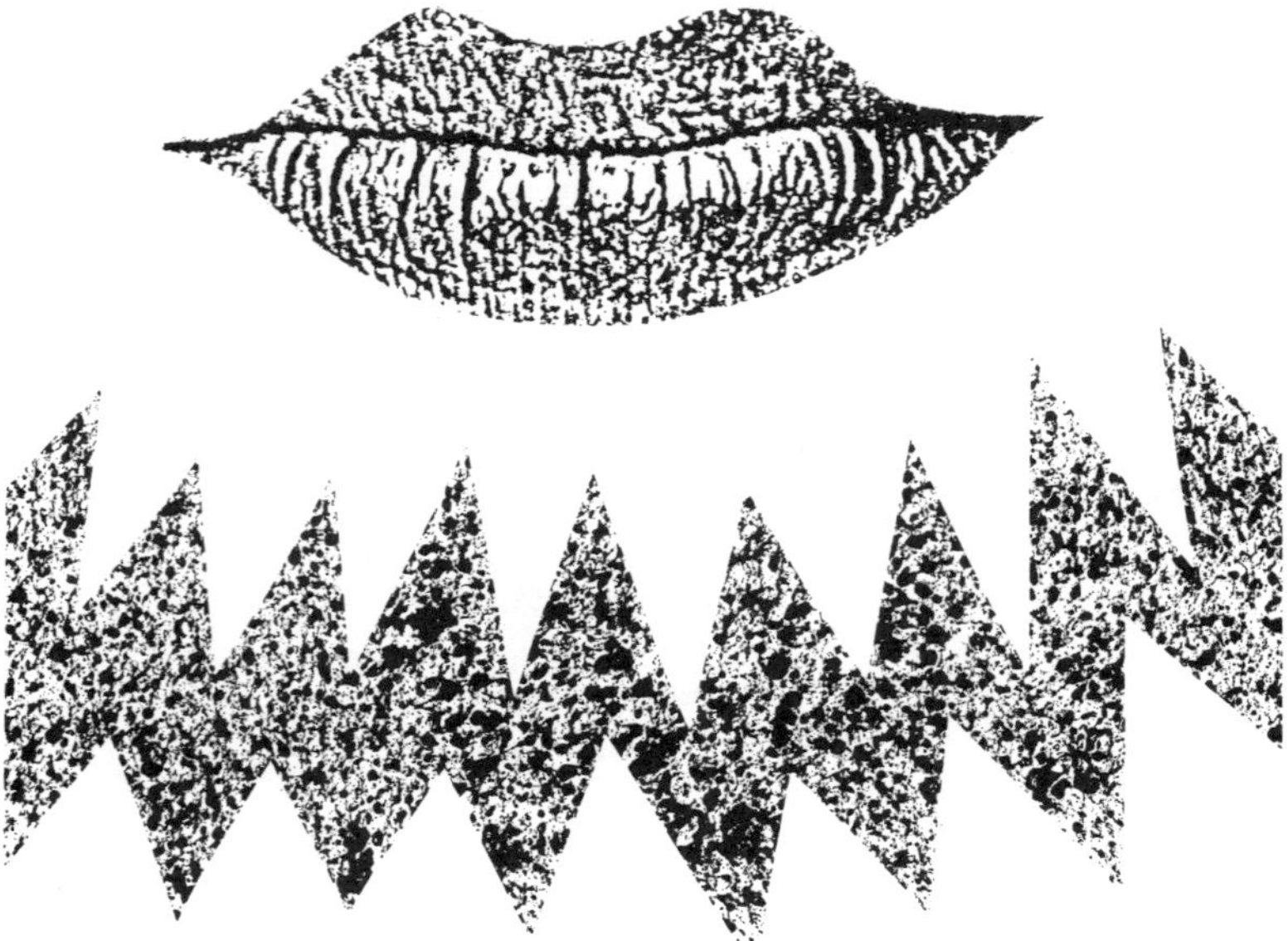

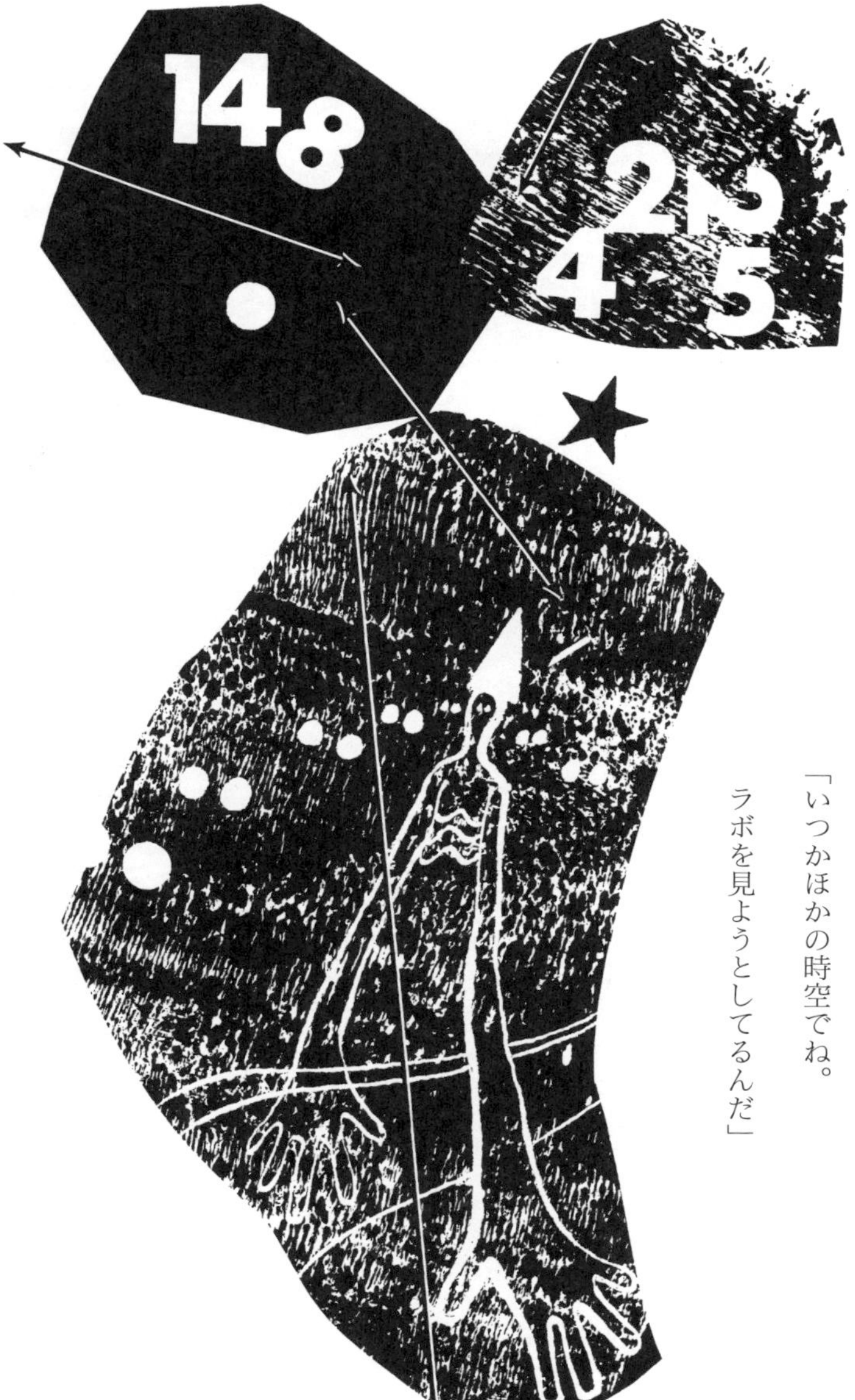

「いつかほかの時空でね。
ラボを見ようとしてるんだ」

「ブレイズ、なにか意味がとおるもの見える？　あたしは見えなくて、気味悪い！」

「見えない。落ち着いて、グレッチェン。ぼくらにはまだなにも見えてない。これは雑然とした記憶にしがみついてるぼくらの視覚と感覚なんだ、身体の一部を切断されたあとに神経が反響するように。ぼくらのすべての感覚がそういうことをしてるんだと思う」

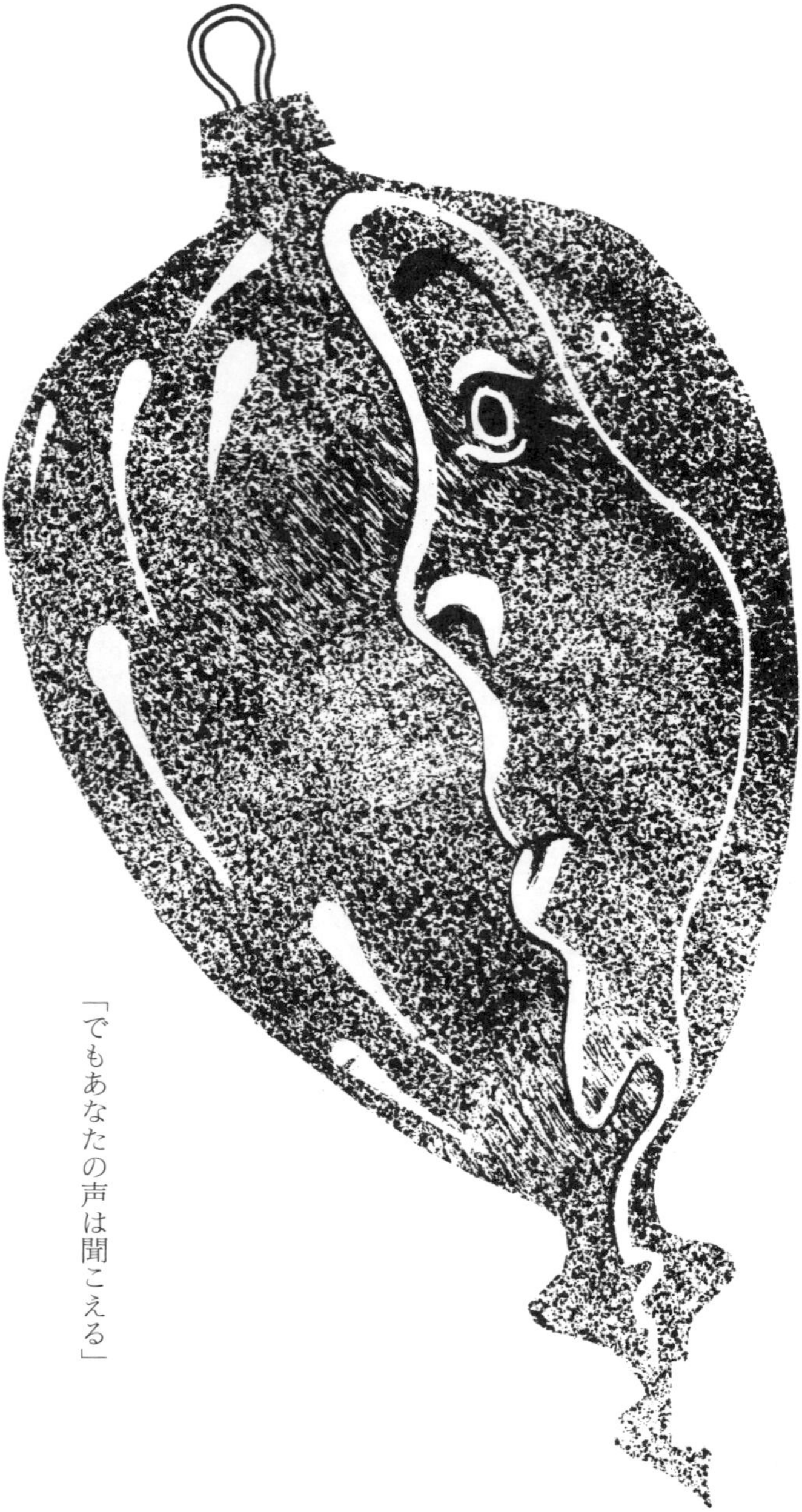

「でもあなたの声は聞こえる」

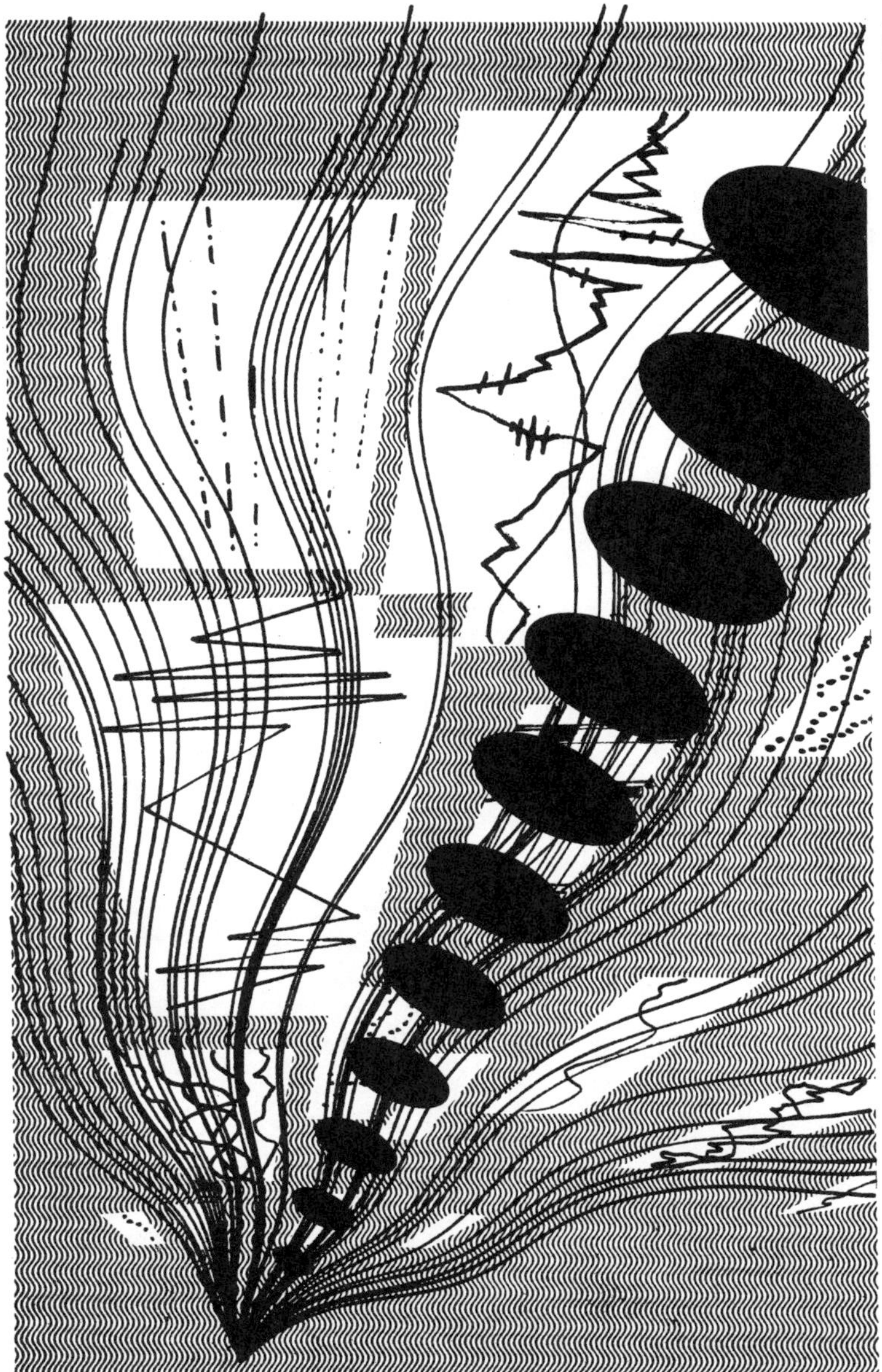

「聞こえてないんじゃないかな、グレッチェン。ぼくらは言葉を使ってないと思うよ」

「じゃあ、なに？」

「ぼくらは潜在レベルでコミュニケートして、
記憶している音のパターンで思考を表してるんだ」

「あたしたち、ありのままの姿
のイド界に出会えるのかしら」

「ぼくらの感覚が安逸を蹴りのけて、なじんだものにしがみつくのをやめればね。ぼくらの感覚は未知のものに対峙するのを嫌がるけど、適応しなくちゃならない。一息つきなよ、グレッチェン。未知のものを冒険として受け入れるよう自分の神経に言い聞かせるんだ」

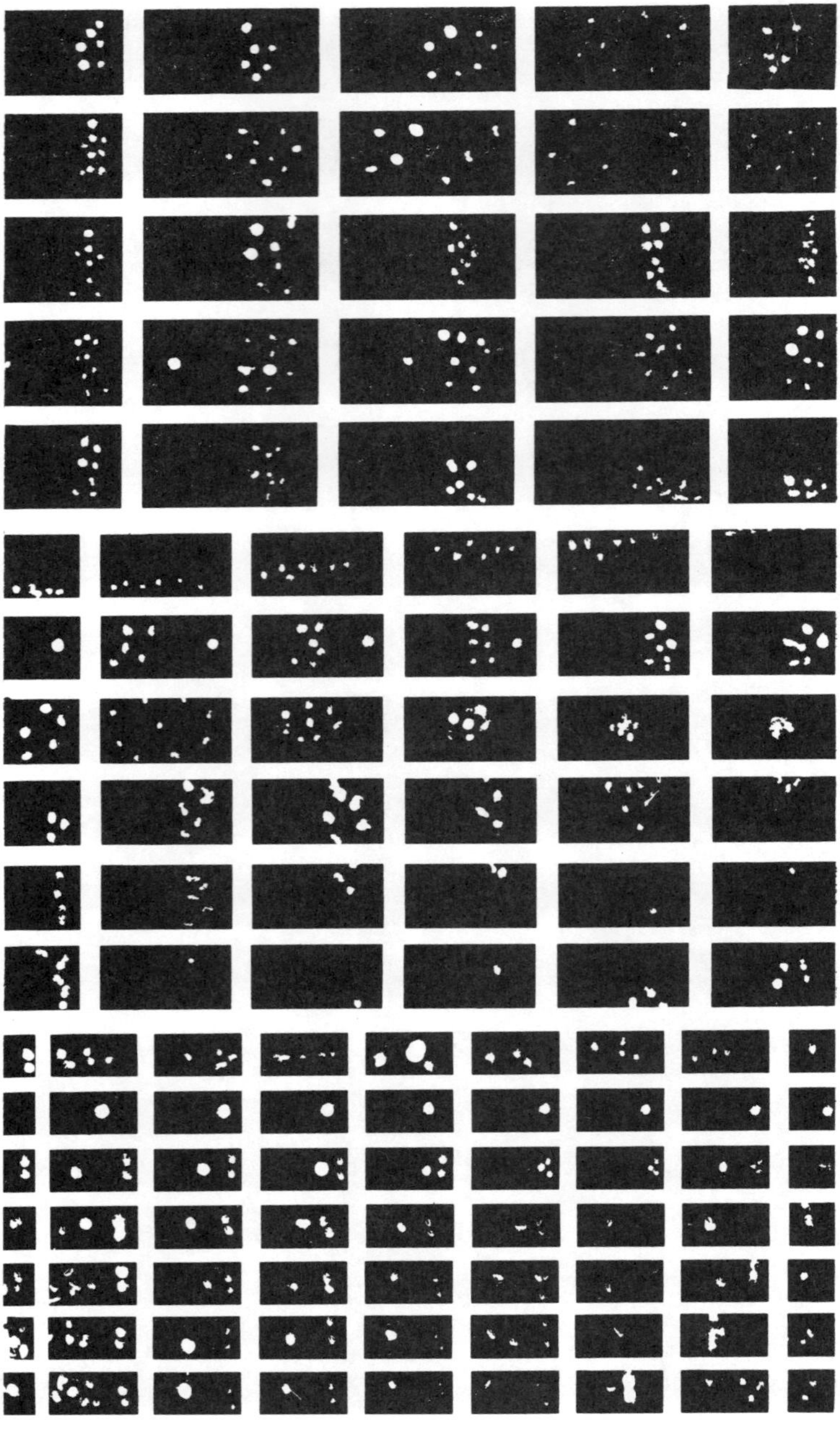

「ブレイズ?」

「まだここにいるよ」

「なにも起こらない。あなたのほうは？」

「狂った感覚と
記憶だけ。
ぼくらは
生まれたばかりの
赤ん坊のような
ものだ。
まったく新しい
知覚力を
身につけなくては」

「そうしたらなにが起こるの？」

「わからないけど、大歓迎！　それこそが発見だよ、グレッチェン。ああ、なんて壮大な実験だ！　零空間に飛んでくのはぼくらが初めてなんだって、わかってる？　そうなればぼくらは？」
「無宙飛行士？」

「いや！　戻りたい！」

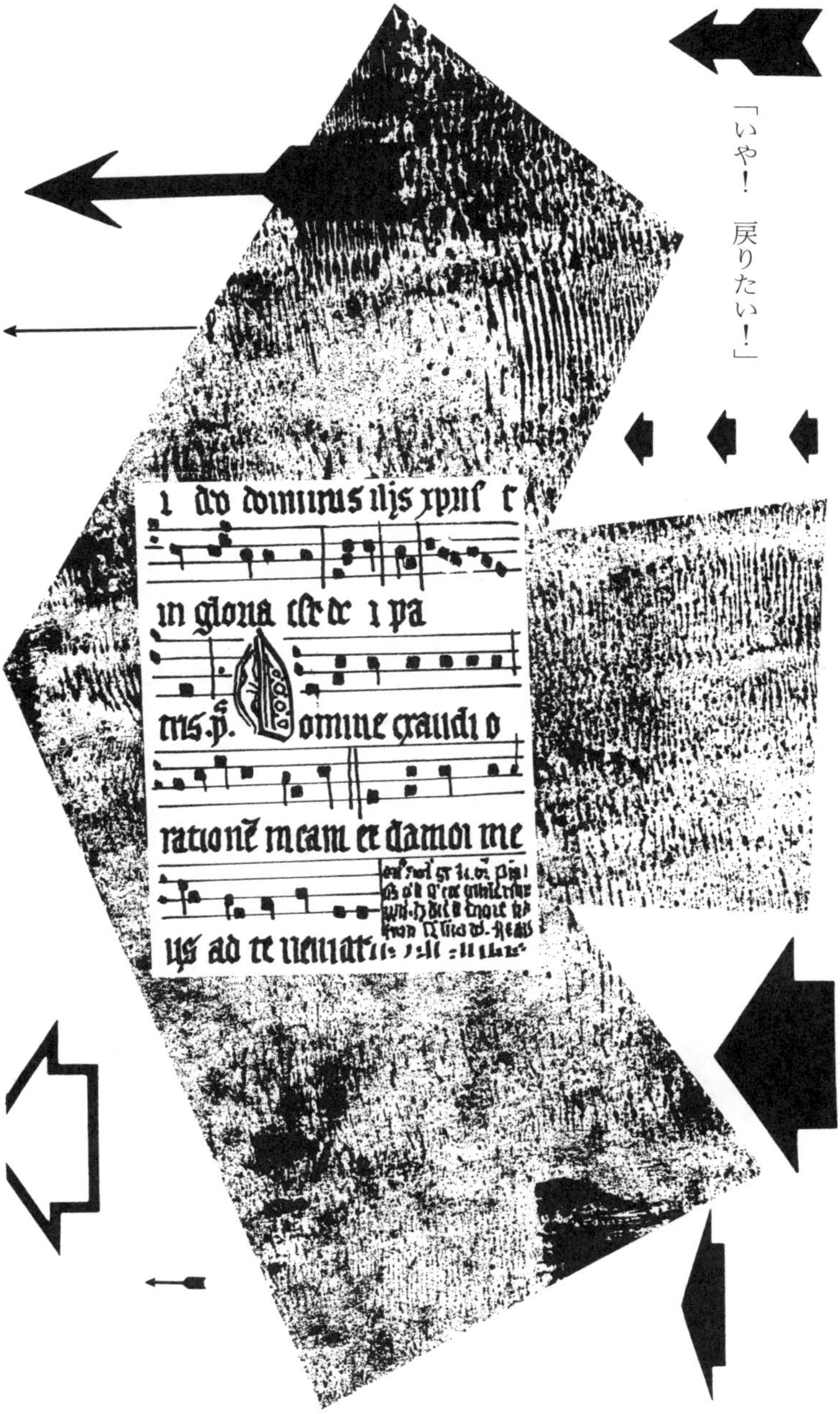

XAM
THE INVINC
「冒険心なくしちゃったの？」

「勇気をなくしたの。あたしパニック」

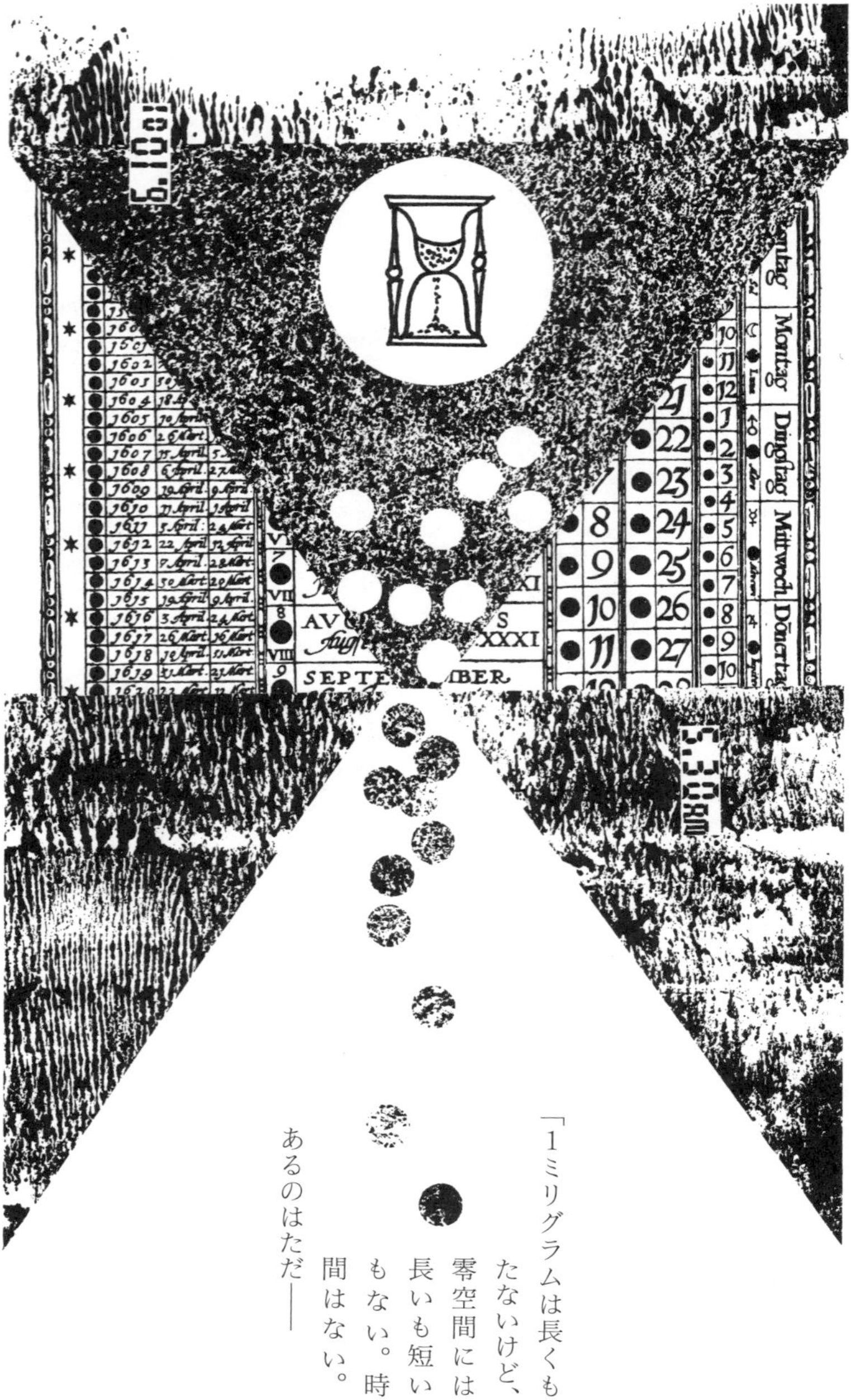
「1ミリグラムは長くも
たないけど、
零空間には
長いも短い
もない。時
間はない。
あるのはただ――

——グレッチェン！」

「こわがらせないで、ブレイズ。
もう十分こわいんだから」

「感覚と記憶がなくなって
きてる気がする。きみは？」

「わからない」

「まだ色が見える？」

「ううん」

「なにか像をとらえてる？」

「ううん」

「よし。もしP-Mトリップが続けば、
ぼくらはファズマ界をあるがままに
感じ取れるかもしれない」

「ブレイズ！ブレイズ！ゴーレムが！」

14

インドゥニ隊長が、第一取調室に入ってきた。部屋は暖かく、暗かった。ブレイズ・シマ博士が、柔らかいプラスティックの子宮のなかで、麻酔をかけられ、裸で、胎児のように体を丸め、かすかに光っていた。穏やかな鼓動をそれとなく忍ばせた、心なごむ音楽が流れている。尋問官たちもシマに対して声を荒らげて問いつめるということは控えていた。母親のような声が暗闇から静かに流れてきて、安らいだ空気と溶け合った。

「大ちゅきよ、赤ちゃん」

「世界のみんながちゅきでちゅよ〜」

「あったかくて気持ちよくて、安全でちゅからね」

「だからおはなちちまちょうね」

「ママにおはなちてね」

「国内企業連合になにをもくろんでたのかな〜？」

「どうちて処女をさがちてたの？」

「んなことオッケーする娘がいるかっつの」

「こたえてちょうだいな」

「ママに言いなちゃい」

「どこで爆竹手に入れたの？」

「自分でちゅくったの？」

「言いなちゃい、赤ちゃん」

「凧合戦、たのちかったでちょ」

「あの人たちとおはなちちたの？」

「なんて言ったかおちえてね」

「ママに全部おはなしなちゃい」

「自由の女神像はずっとまえに売っぱらってスクラップにしたの、おぼえてないの？」

「ベドロー島も売ったしな」

「いったいなにちてたの？」

「ママにおちえて」

「ほんとに皮膚合体ちたかったの？」

「墨で？」

「ほんとはどうちたかったの？」

「裸の女の子がどういうふうに見えるかなんてちってるでちょうに」

「だれでも知ってるっつの」

「あの死人となにちたかったの？」

「言いなちゃい」

「女の子がちゅきだから？」

「じゃあどうちて女の子たちを黒く塗ろうとちたの？」

「自分のおちごとがそんなにきらい？」

「それともCCCがきらいなの？」

「科学がきらいなのかしら。答えなちゃい、赤ちゃん」

「こいつ自分がきらいなのかもな」

「だから未知の空間に旅立とうとちたのかな、赤ちゃん？」

「ママに言いなちゃい。こわがらなくていいでちゅよ。おしりペンペンなんてしまちぇんからね」

「あなたがやったあの音楽会、たのちかったわねえ」

「でも赤ちゃん、あなたって色盲なだけじゃなくて、音痴なんだわね」

「それでもママはあなたが自慢よ」

「だからどうちてあんなことやったのか言ってごらんなちゃい」

「赤ちゃん、スーパーでスケに突っ込んだりしちゃだめじゃないでちゅか」

「みんなあなたが大ちゅきだけど、そこまで好きじゃねえからよ」

「それともあれは秘密のメッセージだったのかちら？」

「言いなちゃい」

「ゾウさんはどうやってあなたのオアシスに入ってきたの？」

「ベッドにまで」

「わるい子ね！」

「たったひとりであの雨水用のタンク倒せるなんて思ったわけじゃないでちょうね」

「んなわけねえって」

「じゃあなにをちようとちてたの？　ＰＬＯへの合図だったたの？」

「言いなちゃい、赤ちゃん」

「ママにおはなししなちゃい」

「言いなちゃい」

シマはまったく反応しなかった。頭を両膝のあいだにうずめ、両腕を体に巻きつけ、筋肉をピクリともさせずに、子宮のなかで漂っていた。インドゥニ隊長はため息をつき、向きを変え、入ってきたときと同じように静かに出ていった。今度は第二取調室を訪れた。部屋は第一室とまったく同じ造りで、ちがうのは、声が父親風で、プラスティックの子宮に入っているのがグレッチェン・ナンであることだった。

「大ちゅきだよ、赤ちゃん」

「世界のみんながちゅきでちゅよ〜」

「あったかくて気持ちよくて、安全だからね」

「だからおはなちちようね」

「パパにおはなちちようね」

「ぼくらはオモチャがちゅきだよね」

「オモチャもぼくらがちゅきだよね」

「あのオモチャ屋さんでなにちようとちてたの？」

「ぼくらが知らないヤク情報でもあるのかな？」

「おはなちちゅるんだよ、赤ちゃん」

「パパにおはなちちようね」

「美術館ではおいたをちたね」

「自分のじゃないものにはさわっちゃいけないって、パパ何度も言ったでしょ」

「どうちてやったの？」

「おチビちゃん、おまえの肌は入れ墨入れたってわかんないでちょうが」

「いったいなに追いかけてたの？　あの男はヤクの売人なの？」

「ポスターとはヤレねえってわかってるだろ」

「ポスターはヤッてもらってもしょうがなかったし」

「なのにどうちてヤろうとちたの？」

「それとも正体不明の人か人たちへの秘密の合図だったのかな？」

「パパに言いなちゃい」

「あのオペラで主役張れるなんて、どうちて思ったの？」

「それとも氷河軍にプンプン怒ってるの？」

「最近は手に入る香水は全部必要なんだってわかってるよね」

「供給元を踏みつぶしちゃだめだろう？」

「それともCCCにプンプンなの？　理由を言いなちゃい」

「発射台にスプレーしまくってクリスマスみたいにしちゃうなんて、ほんといい子ちゃんだったねえ」

「でもクリスマスカラーっていうのは、もう赤と緑じゃないんだよ」

「黒と白。黒のなにがいやなのかな、赤ちゃん」

「おまえ黒人じゃないか。恥ずかちぃのかい？」

「どうちてスーパーでピエロに追いつかちぇなかったの？」

「前は追いつかちぇたでちょ」

「どうちて今回はそうじゃなかったの？　言ってごらん」

「パパに言ってごらん」

「スターサファイアのなにが気に食わないのか、言ってごらん」

「お星さまなんてどれもきらいだから？」

「それともそれって暗号？」

「言いなちゃい」

「あんな卑猥なラテン語、どこでおぼえたの？」

「それも暗号だったの？」

「言いなちゃい、赤ちゃん」

「パパにおはなししなちゃい」

「言いなちゃい」

グレッチェン・ナンからもなんの反応もない。インドゥニ隊長はまたため息をつき、向きを変え、立ち去り、構内にある自分のオフィスへぶらりと歩いていった。

それは、高官が使用する一般的なオフィスにはほど遠かった。インドゥニは、ガフの悪夢のような狂乱状態から、日本風の質素な空間に引き上げた。敷物を敷いていない磨き上げられたチーク材の床、中間色の衝立、控えめな黒檀の家具。お決まりの会議用テーブルの代わりにオフィスの中央にあるのは、炭火を入れるタイル製の掘りごたつ。その縁にインドゥニと会議の出席者たちがぐるりとすわり、ぬくぬくとしたその場所で脚をぶらぶらさせる。当然のことながら、隊長のスタッフは、神経をすり減らすようなボスとの会議であっても、心を踊らせる。

日本の神秘性が最も際立っているアイテムは、障子の前に一つだけ置かれた飾りだろう。高さ百二十センチほどの、風雨にさらされた、節だらけでねじれたヒマラヤ杉の幹。その象牙を思わせるなめらかな表面は、夢に誘い込まれるようだった。インドゥニですら、いまこうしてやっているように、それをなでる衝動に逆らえなかった。

ようやくインドゥニが口を開いた。「それで、どうだったのだ？　応答はあったのか？」

オフィスにはだれもいない。肉体から遊離した声が答えた。「ありませんでした」

「お決まりの否認も？」

「はい」

「なにかしらあっただろう？」

「ありません。まったく反応なしです。どちらもぼうっとしているようです」

「不思議だな。尋問にあたっては標準的な作戦は実行したのかね？」

「それ以上のことをいたしました、隊長。考え出せることはすべて試しました」

「それでも効果がなく時間だけが経ってしまったと？」

「遺憾ながら」

「いやいや、残念がることはない。百手の獣が引き起こすとてつもない難題をめぐる、きわめて興味深い異例の挑戦である。二人に服を……笑い声が聞こえたようだが？」

「申しわけありません。二人が署に現れたときのことを思い出してしまいまして」

「うむ。無理もない。想像だにしなかった愉快な現れ方ではあった。一部の者には。さて。二人に服を着せて、意識を現在に復帰させ、ここへ連れてきなさい」

ブレイズとグレッチェンは、インドゥニのオフィスに入ってきたときよろめいてはいなかったが、軽やかで楽しそうな足取りというわけでもなかった。見おぼえのない部屋で目覚め、いつ、どこで、だれが、なにを、なぜ、をまったく思い出せないでいる人のように、困惑した様子だった。

「お待ちしておりました」とインドゥニ。「お二人とも、シャーウッドの森でよこしまな代官の追跡をずいぶんとかわしましたね。ようやくお立ち寄りいただけて、うれしく思います」

二人はインドゥニを見つめた。

インドゥニがタイルを敷いたこたつを指し示す。「こちらであたたまって、話し合いましょうか」

「あのさ――」とシマ。

「それともまず軽い食事をご用意いたしましょうか？　お二人とも今夜はお忙しかったから」

「あのさ――」シマがまた呼びかけたが、今度はグレッチェンにさえぎられた。

「隊長、夜忙しかったとおっしゃいました？　まだ夜じゃありません。夕方の五時か六時にもなっていないはずです」

「そうお思いですか、マダム」

「そうだとわかっています」

「それが状況に対するあなたの解釈ですか？」

「もちろんです」

「あのさ」と、シマが三回目でようやく始めた。「ぼくらがいったいどうやってラボからガフ警察に来たのかってことと、その理由(わけ)を知りたい。これもインドゥニ流の策略なのか？」

「あるいは警察の蛮行かと？」インドゥニがほほえんだ。「大変に興味深い混乱状態ですね。さあ、暖かいところにおすわりになって、いまが午後の五時ないし六時前である理由をお聞かせください」

「二人でブレイズのラボに行ってから、一時間も経っていないからです」

「ああ。ＣＣＣのビルですね。マダム、どこでシマ博士を発見なさったかおうかがいしてもよろしいですか？　行方不明になったとわたくしに知らせていらしたでしょう」

「お知らせしました。ほんの数時間前に。あなたはわたしが抗議したのに、全域指名手配（ＡＰＢ）を〝極秘の〟コード・ネモを使って指示なさった」

「ほかに方法がありませんでしたでしょう？　だが、わたくしのスタッフが見つけるまえにあなたが発見なさった。場所は？」

「わたしのマンションです」

「精神状態は平静で？」

「なぜそういうことをお訊きになるんです？」グレッチェンがすばやく切り返した。

「行方不明だった人はそういう状態で発見されることが望ましいのではありませんか？」またしてもインドゥニの口調は、穏やかだが危険だった。「平静だったのでしょう？」

「平静でしたよ」

「けれどもあなたはあれほど動揺しておられたのに、見つかったとわたくしに知らせてくださらなかった。なぜです、マダム」

「なぜってわたし――わたしたち、大急ぎでやらなければならないことがあったからです」

「具体的には？」

「プロメチウム・トリップです」

「なるほど。あなたの奇抜な想像力の産物である潜在界を訪れようとなさったわけですね」

「ぼくも彼女の言うことを信じてなかった」とシマが割り込んだ。「失礼にならないように聞いてはいたけど。でも想像の産物じゃなかったんだ、インドゥニ、事実なんだよ、まぎれもない事実なんだ。センセーショナルなニュースと呼ぶべきだな、とてつもないことだから！　すごいんだ！」

「いつのことです？」

「一時間も経ってないよ」シマは興奮で熱に浮かされたようになっていた。「記録して公表すれば、歴史に残る一大発見だ。〈シマ症候群〉とか〈ナン効果〉なんて呼ばれるんじゃないかな。ラボでPmをそれぞれ一ミリグラム静脈注射した。ほぼ同時に効果が現れるよう血管の同じ場所に打ったんだけど、Pmは数分で効きめをあらわしたのにちがいない。すごい効果だったよ、隊長。信じられない！ファズマ界は確かに存在する。もしかしたら、外界の地下深くには、ファズマ文明がそっくり埋まってる可能性だってある。どこにいたにしろ長くいられなかったから、多くは探索できなかった」

「本当に信じておられるのですか、シマ博士」

「信じる？　なに言ってるんだよインドゥニ、ぼくはその存在を確かめたんだよ」

「マダムの亜界にはごいっしょにおられたのですか？」

「うん、いっしょ。実在界的な意味でじゃないけどね」

「滞在時間はどれくらいでしたか？」

「はっきりとはわからない。時空に対する認識力がなくなってたからね。日常的な意識はすべてなくなってた。でも一ミリグラムのPmは長くはもたなかったはずだ。二十分かな。グレッチェン、きみはどう思う？」

「三十分くらいかしら」

「そのあいだずっと、どこにいらしたのですか……なんと呼んでおられましたでしょうか、博士……

そう、実在界のどこに？」

「CCのぼくのラボ」

「つまり、わたしたちの体はということです」とグレッチェンが説明。「ガフを出ていかずに出ていくと申し上げましたよね、隊長。そのとおりにしたわけです」

「そうはなさらなかった」とインドゥニがはっきりと言った。

グレッチェンが一呼吸おいてから言った。「わたしたちが嘘をついていると？」

「いいえ」静かだがきっぱりした口調でインドゥニが答える。「いいえ。頭がおかしいと思います、お二人とも……プロメチウムで狂っておられる。その薬物が非常に危険であることは明らかです」

「え？　なぜです？　どうしてあなたが――」

「話を聞いてください。午後五時というのはきのうです。いまは今日の朝六時過ぎです。あなた方がおっしゃる三十分というのは、十二時間続いたのです」

「でも――そんなのありえない！」

「一部についてご説明できます。あのときはAPBを指示し、コード・ネモで警戒態勢をとらせておりました。監視を続けていると、あなた方がガフでとんでもなく暴走しているとの報告が、至るところから入ってきたのです」

「でもわたしたちはガフになんか出ていかなかったわ」とグレッチェンが抗議した。「ブレイズのラボからは一歩も出ませんでした、肉体的には」

「でも出ていかれたのですよ、お二人とも」

「これこそ策略じゃないか、インドゥニ」

「わたくしの名誉にかけてそうではないとお誓い申し上げます、博士」

二人はインドゥニが名誉を重んじる男だと知っていたので、仰天した。投げかけたい質問を見つめるばかりだった。

「謎の十二時間にあった出来事をお話しいたしましょうか？」

どちらも返事につまった。

インドゥニが続けた――出来事については、起きた時刻や順序は正確ではありません。捜査員たちはあなた方の予測もつかない冒険を追跡するのに大変苦労しておりましたから、出来事のなかには見過ごしてしまったものもあるかもしれません。署内のチェスの大会で優勝した者の報告によりますと、お二人ともトーラス盤チェスにおけるナイトの動きのように、あちこち動きまわっていらしたということです。

きのうの午後五時の時点から始めましょう。これから申し上げることが起こりました――マダムはFAOノワール玩具店の店内に侵入し、おもちゃを煽動して子どもたちを相手に暴動を起こさせました。マダムはダチョウのぬいぐるみに「殺せ、殺せ！　ガキどもを殺せ」とけしかけていたということです。

一方博士は、国内企業連合（Intra National Cartel Association）の構内にいて、処女を探しておられました。さんざん悩んだあとわたくしは、この組織の頭文字をつなげば、INCA（インカ）という名詞になると気づきました。シマ博士は、処女の心臓を切り出して、アステカ族の神々に捧げたかったらしいのです。生贄（いけにえ）用のナイフは定規でした。メートル法の。

個別に申し上げていきましょう――シマ博士は、ハドソン・ヘルゲート・ダムの内部にいるところを発見され、ご本人の言葉によりますと、沿岸の自然環境を強奪的に破壊しているその建造物をそっくり吹き飛ばすという目的を公然とかかげておられました。爆薬として持っていらしたのは三メートルほどの中国の爆竹用のひもで、それに火をつけ、あわてて逃げました。

ナンさんが次に現れたのはガフ美術館で、彫像から彫像へと走り、男性の像の性器をつかみ、冷たいと不平をおっしゃって、大勢のまじめな学生や研究者たちを唖然とさせました。捕らえられそうになったところを、守衛の顔にイチジクの葉を投げつけて逃走なさいました。

セントラルパークでは、尾につけられていたのは通常使われるような鋭い刃ではなく、コードレスのシェーバーでした。幸い、シマ博士がキラー凧を飛ばし、子どもや大人があげている凧をつぶそうとしました。次に姿をお見せになったのはベドロー島で、もうそこにはない自由の女神像のてっぺんに登ってたいまつに再び火をつけようとなさいました。あの島は反生体解剖連盟に売却され、動物の保護地区として管理されていますよね。連盟は、シマ博士が持っておられた炎を上げる可燃物は歓迎しませんでしたよ。動物たちも。

お二人はごいっしょに高名な入れ墨師の仕事場に侵入し、二人を一人に見立てて入れ墨を彫ることで自分たちを結婚させろと要求しました。入れ墨師が、いかなる方法であろうとだれの結婚式も執り行なう免許は持っていないのだと説明しようとすると、あなた方は相手を投げ倒し、「ウォルター、ウォルター、祭壇(オルター)に連れてって、どこに入れ墨入れたか見せてやるから」と歌いながら、すでに全身に彫りが入っている入れ墨師の体にＦＩＮＫ(デカ)の文字を彫ろうとしました。

続いてシマ博士はガフの死体公示所に現れ、ある有名な死体嗜好者を相手に、一人の少女の死体をめぐって激しく口論しました。シマ博士は、解剖して内臓を調べたいと思われたようです。博士が、プリンストン、ＭＩＴ、ダウ・ケミカルで学ばなかったことを悔やんでおられた分野です。相手の方は死体を相手にほかの計画を立てており、すでにそのための料金を支払っていました。きわめて遺憾な対決です。

捜査員が次に報告してきたところによれば、マダム、あなたは大判の立体広告ポスターにこの上なく淫らなやり方でご自分の骨盤を押しつけておられたということです。それは媚薬アップマンの広告で、裸の男性の〝使用前〟〝使用後〟の状態が描かれておりました。あなたのご関心は、極度に潤色されて実物よりはるかに大きな〝使用後〟の男性にのみ向けられておりました。

シマ博士もかなり好色でいらっしゃいました。駆けまわり、通りかかる女性たちの衣服を引きちぎり、体を黒くスプレーし、「クロでヤリまくり！　ヤリまくりはクロ！」と唱えておいででした。大変に妙なことです。その女性の方々はもともと黒人だったのですから。

ナンさん、あなたがどこで化粧品を手に入れたかは不明ですが、氷河軍WGA放送のスタジオに道化師の化粧をきっちりほどこして現れ、スクリャービン・フィンケルが改訂したオペラ『道化師（パリアッチ）』の放映に堂々と乗り込み、嫉妬心は神のおぼしめしではないと喧伝しようとしました。ご自分の芸術的才能の証として高音のハ音を出し続け、それにつられて何匹もの野良犬が吠えました。

またナイトが跳躍したあとで、捜査員はCCCの構内でお二人がごいっしょにおられるところを見つけました。シマ博士のラボで、すべての薬品と試薬をピーナッツの広告から盗んだ巨大なシルクハットのなかで混ぜ合わせ、そこを荒らしました。合成されたにおいはきわめて不快なものでした。過マンガン酸カリウム（$KMnO_4$）を使い、一方の壁に指でスローガンを描きつけました。**悪臭追放——くさいオトコのやなニオイ！**

スターテン島で、シマ博士は土星打ち上げロケットの機首に自分を縛りつけると、早くマッチをすってロケットを発射させ宇宙に飛び立たせろとナンさんをせき立てましたが、ナンさんはコンクリートの発射台にクリスマスカラーの赤と緑をスプレーして飾りながら、遠くの星々に住む異星人たちは、$E=Mc^2$や1＋1＝2よりもはるかに容易にルカ伝第二章第十四節を理解できると主張するのに忙しくしておりました。

次にわたくしどものＡＰＢの監視員たちは、共犯者たちが――彼らの言い方ですよ――ブラック・クー・クラックス・クランの公認の集会に侵入するところを見つけました。そこであなた方はきわめてスカトロジカルなやり方で燃え上がる聖なるマンダラの火を消し、名高いオペラ『ポギーとベス』を即興で演じましたが、公平なる目撃者たちさえひどくお粗末な代物であったと述べております。

不浄なる同盟関係――わたくしの言い方です――を続けるお二人が目撃されたのはマーケソンで、シマ博士が笑い叫ぶナンさんに公然と猥褻行為を働いておられました。博士、あなたはこのご婦人にペニスに似た物体を投げつけたのです――アスパラガス、セロリ、バナナ、きのこ、ソーセージ。自分の目的が人々にちゃんと理解されるようにと、物体に雑ではあるが細かい部分まで具体的に飾りをつけました。

ここでナイトの動きには間があったのですが、お二人はまた別行動に移られたのでした。マダムを追跡するとストロイエにおられ、展示されているスターサファイアを打ち砕き、派手な浪費を糾弾し、「空（くう）の空なるかな、すべて空なり」と声を上げていらっしゃいました。シマ博士は男女平等産院を襲い、おれはゾウに妊娠させられたからいますぐ中絶手術を受けさせろと叫びながら、お産の現場数か所を混乱させ、危険にさらしました。

ナンさん、あなたは諸無神論者教会に逃げ込み、大声で次のように唱えて数人のラテン語を解する不信心者たちにショックを与えました――「おお、愛しき汝の小陰唇よ（オ・トウア・リングラ）、蛇のごとく止まず蠕動する唇よ（ウスクウエ・ペルニキテル・ウイブランス・ウト・ウイベラ）。おお、愛しき汝の乳房（オ・トウアエ・マンムラエ）、ふくよかなる（マンマエ・モリクラエ）、たわわなる甘美な乳房（ドウルキテル・トウルギダエ）、二つの果実（ゲミナ・ポマ）よ」。恥を知りなさい、マダム。

そしてあなた、シマ博士は、ＰＬＯ本部に隣接するオアシスの屋根によじ登り、二トンの雨水用のタンクをPLOのピラミッドのてっぺんに素手で倒そうとしました。「彼女はあんたに入るかもしれないけど、その逆はないぞ」とわめいておられたそうです。困ったものですね、博士！

狂乱の締めくくりの行為にまいりましょう。お二人はこの警察本部になだれ込み、わたくしを捜し出し、ゴーレム^{100}を呪文で呼び出した邪悪な妖術使いであるからと――あなた方の言い方です――石を投げつけて殺そうとしました。幸いあなた方が手にしておられたのは、大昔の妖術使いがヒキガエルの頭のなかにあってあらゆる悪を滅ぼせると信じていた魔法のヒキガエル石でした。殺傷能力はありません。きわめて残念なことに、ヒキガエルから石を取り出すことをお忘れでしたのでね。

インドゥニ隊長は話をやめ、ほほえみ、深く息を吸い、木の幹へ歩み寄り、ぼんやりとそれをなでた。沈黙が流れる。

やがて、シマが力なく言った。「ぼくら、そういうわけわかんないことしでかしたの？」

「これだけではないかもしれません」とインドゥニがつぶやいた。

「十二時間も？」

「きわめて誘発性の高い薬物です、博士、あなたのプロメチウムというのは。ついでながら、近いうちにナンさんとお二人で健康診断を受けられたらいかがでしょうか。プロメチウムは放射性です。お二人が暗闇で光っていたという報告はありませんけれども」

「わかってる」とシマがつぶやいた。「危険は承知だった」

「笑っていいのか泣いていいのかわからない」とグレッチェン。

「どちらであっても、そうしたところで助けにはなりませんでしょう、マダム。どのように、なぜ、あなた方があのような行為をするに至ったのか突き止めることのほうが重要です」

「では、わたしたちにはまったくおぼえがないし、思い出せもしないということを信じていただけるんですか、インドゥニさん」

「一つひとつ話しているあいだ、お二人の表情を拝見しておりました。信じます。では、この行き詰まった状態についてわたくしと話し合っていただけますか？」インドゥニは炭火の掘りごたつへ戻り、縁に腰を下ろした。「答えていただくまえに申し上げておきますが、この件につきましては公に追及しないと保証いたします。あなた方の奇怪な行為の数々はほんのいたずらで、被害者の方々にはそれ相当の賠償金をお渡しすれば難なくおさまるでしょう。そうなさるおつもりでしょうし。わたくしどもは当局には起訴を勧めません。いずれにしましても、明日はオプスウィークのオプスデー初日ですので、すぐに処罰されることはありません。いや、わたくしが憂慮しているのは百手の獣のみで、その忌まわしい怪物に、あなた方が深くそして密かに関係しておられると確信しています。秘密にすると言い張るおつもりですか？　それはあなた方の権利ではありますが、それこそが行き詰まりなのです」


しばらくしてようやく、グレッチェンが口を開いた。「すべて話してしまうべきじゃないかしら、ブレイズ」

「そうしたかったのに、きみが止めたんじゃないか」

「あのときはタイミングが悪かったのよ。いまがそのとき」

「言わないでおくことは？」

「ないわ」

「きみのにせの武器は？　ぼくのミスター・ウィッシュは？」

「どちらも明らかに」

「二人ともキャリアはおしまいだ」

「隊長を信頼していいならそうはならない」

インドゥニが静かに呼びかけた。「録音しているのか？」

肉体から離れた声が答えた。「しております」

「止めてよろしい。いまから協議はわたくしの耳にのみ入れ、わたくしだけの責任とする。ここで録音をやめなさい」

「はい。了解」

グレッチェンはインドゥニに感謝のまなざしを向けた。「恐れ入ります、隊長」

「こちらこそ感謝いたします、マダム。では……？」

二人はなにもかも話した。インドゥニは耳を傾けているあいだ、礼儀として無表情はやめておいた。驚愕、いら立ち、怒り、懐疑の表情、そしてときには楽しげな表情まで浮かべてみせたが、同情を示すことは一度もなかった。それればかりか、二人が長い話を語り終えると、父親のような厳格な口調で諭した。「ガフが誇るエリートであり、教養高く、その道の権威であられる傑出したお二人が——なんといいましたっけ、あの昔の遊びは——〝おまわりさんとどろぼうごっこ〟をするおばかさんな子どものように振る舞うとは」

「変わった問題に変わった解決法で対処しようとしてただけだよ」とシマがつぶやいた。

「いいえ」インドゥニは断固とした態度を崩さなかった。「あなた方は弱い立場から強い力に応酬しようとしていたのです。マダム、あなたの分析を信じるとすれば、わたくしは——」

「信じてもらえます？」グレッチェンが切り込んだ。

「あなたがそれとは知らずにわたくしに与えてくださったある根拠に強く興味を引かれています。あとで明らかにいたしましょう。あなたの分析によれば、ゴーレムの極悪非道ぶりには、人間の行動の論理がまったくあてはまらない。それは手加減なしの情動。残忍性。では理性に基づき理由づけをした上で、どうやってそれに対処したらよいのか。われわれは巨大な竜巻を人格化できるのか。そしてこの悪事をなす存在こそが、ガフをずたずたに引き裂いている竜巻なのです。それを亜界で見と？」

「見たと思います」

「説明してください。いや、いまはよしましょう。まず、地下大陸について見たままをお話しください」

「しばらくは見えなかったんだ。ぼくらの感覚が反響し合ってるだけで」

「では、その反響についてご説明ください」

「どうしようもなくくだらないものだったし、くり返すほどのものじゃないよ」

「そうなのですか？　だが、理由があってお訊きするのです。わたくしの知性を見くびらないでいただきたい。お答えください」

インドゥニは、二人がプロメチウム・トリップのあいだに見た異様な知覚閃光の説明に熱心に耳を傾け、話が終わると満足そうにうなずいた。

「これでお二人の十二時間に及ぶ狂乱の遍歴が説明されました。現実の世界と――シマ博士の呼び方では実在界ですね――ファズマ界を駆けめぐるあなた方の冒険のあいだに類似する点はないのですか？」

シマは、自分が気づかなかったなにかを隊長が把握しているらしいことに腹を立てた様子だった。

「こちらが聞きたいね」とうなる。

インドゥニの顔がぴくりと動いた。シマがいら立っていることに気づいたのだ。「徹底して細かい部分まで挙げる必要はありません」とさらりと言う。「すべてお二人で組み立てられるはずです、わたくしがいくつか手がかりになることを申し上げれば……導くための道しるべですね。博士、あなたはナンさんの前にアステカの神の姿で現れたのですよね？　そして国内企業連合で処女をお探しになられましたよね？

また別のときあなたは、ナンさんを知覚しようとして、内臓をさらした裸の女性の姿をごらんになりました。これはガフ死体公示所での出来事とつながるのではありませんか？　マダムはあなたをごらんになろうとしたら、入れ墨を彫った日本のサムライが見えました。現実の入れ墨師の店ではなにが起きましたか？

博士、あなたはゾウの頭をつけたグロテスクな男としてご自分の姿をごらんになりましたよね。ゾウに妊娠させられたとおっしゃって男女平等産院に乱入したこととは関係ございませんか？

マダム、あなたはクリスマスの飾りになっているご自分をごらんになり、現実にはスターテン島の発射台をクリスマス風の赤と緑で塗りながら、遠くの星々の異星人たちはルカ伝第二章『地には平和、御心にかなう人あれ』を理解できると言っておられた。道しるべに不足はありませんか？　続けましょうか？」

シマが口笛を鳴らした。「彼の言うとおりだ！　すべてつながる。美しい裸の黒人のきみを見たのは……ぼくが女の人たちに黒いペイントを噴きつけていたときだったんだ」

「そうね。あなたと踊ってる自分を見たのは、あたしがポスターを誘惑してたときだったのね」

「だけどなぜ自分がしてることに気づかなかったんだろう」

「思い返している時間がなかったのです」とインドゥニが言葉をはさんだ。「無念だとはお思いにならないように。この本部で最後におかしなことをなさったすぐあとで、麻薬検査にお連れしました」

「ぼくらなにを話したのかな」

「無言でしたよ、博士。十二時間に起こったことはなにも記憶していらっしゃらない。空間の感覚も時間の感覚もすっかりなくしておられた。完全に肉体だけの存在として機能していらしたから……悪ふざけが好きな動物、いたずらだが――なんでしょう、マダム？」

「おわびしたいんです、隊長。あなたを過小評価していました――あなたの知性ではなく、直観を。ゴーレム^{100}に対する自分の分析をあなたにそっけなくはねつけられたようで、侮辱された気がしたんです。でもいまはそうなさった理由がわかります。わたしは肉体という要素を無視していたけれど、あなたには直観的にそれがわかっていたのです。わたしはわかりませんでした。申しわけありません。おわびします」

「おほめの言葉恐れ入ります、ナンさん。まだ理解するに至っていないと告白せねばなりませんが」

「ぼくもだ」とシマがぶつぶつ言った。

「内臓ではわかっているんです。問題は、身体の側が精神と親しい間柄にあるということで、その逆ではないということなんです。一方通行です」

「いったいなんの話だよ、グレッチ」

「あたしのまちがいのことよ。それに隊長は気づかれた。あたし、ファズマ界の概念を探究することばかりに夢中になっていて、人間の身体がつくる世界の現実を無視してた。精神力学に対する裏切り者よ。でも精神工学（サイテック）的な話はやめにして、基本的なことを話しましょう」

「喜んで」

「わたしたちには、精神と身体がある。その二つは別々のものなのか？」

「いや、それらは一つ」

「どちらが支配しているのか？」

「双方」

「精神のない生きた身体というものはあるか？」

「ある、植物人間」

「身体のない生きた精神はあるか？」

「ない、幽霊を信じてるなら別だけど」

「そうであれば、精神、心には家がなくてはならず、肉体は心のための家。身体は下宿屋で、心は借家人。これでいい？」

「同意する」

「したがって、心が生み出す、美術、音楽、科学、理論、思想、愛、憎しみといったものは、家全体の生産物である」

「認めよう」

「認めてもらわないと。ゴーレムは擬似生物的な存在。家の生産物にちがいない」

「きみは蜜蜂レディたちが生み出したものだと言ったよね」

「彼女たちの巣がそいつの家。そこがポイント。蜂の巣はゴーレムにとってのあたたかい家庭なのよ」グレッチェンがインドゥニに向き直った。「隊長、わたしの考えは意味がとおるでしょうか」

インドゥニはほほえんだ。「魂を言い落としておられますよ、マダム」

「いいえ、言わないでいるだけです。魂は肉体のトーヌス。代謝をうながす音楽です」

「とんでもない」とシマが割り込んだ。「ぼくは魂という概念は受け入れないけど、もしあるとしたら、それは精神に……心に付随しているものだ。それはぼくらの思考する部分なんだ」

「あたしにはそうじゃないな、ブレイズ。それは肉体の共振、長年の進化で花開いたもの、すべての動物にある文化的な無意識」

「動物！　すべての動物？」

「すべて」とグレッチェンがきっぱり言った。「トラには魂があると思う？」

「多くの宗教が否定してるよ」

「アッシジの聖フランチェスコは否定しなかった。トラには魂がある。トラは計算できないし、祈らない。トラは『ポーランド野郎はジャングルで迷ったときどうした？』とは言わない。トラの肉体と心は、生存と充足に専念する純粋に反射的なものだけど、それでもトラには魂があるのです。これでわたしの弁論を終えます」

「わかったよ、でもきみの言い分ってなんなの、弁護士さん」シマは真剣だった。

「レディたちの巣はゴーレムの身体と魂、ゴーレムの家だということ。隊長、同意していただけますか？」

「きわめてユニークな論理構成ですねナンさん、いつものように。しかしゴーレムにはそれ自身の身体があるのではありませんか？……百の身体が。至極残念なことには、魂がどこにあるのかわからない、もしあるとするなら。APBを発令しましょうか？」

　グレッチェンが笑った。「コード・ネモを使ってですか？」

「コード・クレド(条信)がより適切(アプロポ)かもしれません」

「なんなんだ！　二人してふざけるつもりなら――！」シマがどなった。

「落ち着いてよ。緊張をほぐそうとしてるだけなんだから」とグレッチェンがなだめた。インドゥニに向かって、「隊長、それは擬似身体なんです――蜂の巣の投影であり、蜂の巣の原初的衝動。だからそれは多形性なんです。落下する水を考えてください。重力がなければ、水はどんな形にでもなります。ゴーレムそれ自身には実際の形はありません。蜂の巣がそれをつくり出し、アドリブで形を与えるんです」

シマが迫った。「それじゃ、ゴーレムを倒すためには、蜜蜂レディ全員を滅ぼせばいいってことか？　ここにいらっしゃるぼくらのよき友人が、それを支持して許可してくれるってわけだ」

「それはありえない」とインドゥニがつぶやいた。「破壊はいっさい容認できません」

「女たちを滅ぼすとは言ってないわ。それは集合行動なの、おぼえてる？　コロニーを解体してゴーレムの家を滅ぼすの」

「分散させて？」

「そう」

「どうやって？」

「わからない」

「なんで？」

「蜂の巣に類似したものが、分散するところまでいくかどうかわからないから」

「いくと仮定しよう」

「それでも微妙。昆虫のコロニーの営みは、女王がいてもいなくても続く。蜂の巣だけが、女王がいなくちゃいけないのよ」

「なんて名前だっけ……ウィニフレッド・アシュリー？」

「でもこれはあくまで仮定よ。彼女は本当に蜂の女王に相当するもので、コロニーをまとめているのだろうか。彼女がゴーレムを生み出している主要因なのだろうか。だめ、わからない、どうやって突き止めたらいいのかわからない」

「わかりきった解決法があるじゃないか。またPmトリップをやればいい」

「でもそれは怖い。感覚がパニックに陥ってショートして作動不能になっちゃうんだから、信用できないじゃない。それに肉体も信用できない。あたしたちの残りの部分が立ち退いちゃうんだもの」

「ご提案があるのですが」インドゥニがヒマラヤ杉の幹の置き物のところから声をかけた。

「お願いします」

「次のプロメチウム・トリップを、管理された環境のもとで行なうのです。体は拘束しておけばいい」

「隊長、確かにそうなのですが、わたしたちの当てにならない感覚という問題は解決されません」

「シマ博士の感覚についてはそうかもしれませんが、マダム、あなたの感覚に限ればどうでしょうか」

「わたしのに？　限れば？」

「わたくしのことを過小評価なさらないようにとお願いしましたでしょう。そう、わたくしはあなたが告白なさるまえに、あなたが間接的に見ておられるということを存じておりました。あなたは異形（ルスス・ナテュラエ）でいらっしゃる。百手を知覚されましたね？」

「したと思います」

「外見を述べてください」

「形ははっきりしていなくて、男です」

「動きは？」

「ありませんでした」

「その獣をご自分の感覚で知覚なさったのですか、それともシマ博士の感覚で？」

グレッチェンは肝をつぶした。「ええッ！　考えてもみなかった――ほんとにわかりません」

「ファズマ界での獣の行動が、その主要な出どころを明かすものかどうかおわかりですか？」

「明かすかもしれません。たぶん。それって、わたしを信じてくださっているということですか？」

「たぶん。あなたの言葉です。だがあなたはその間接性ゆえに、初めて体験する感覚をもってファズマ界を訪れることができ、本当に起こっていることを知覚できるとはお考えになられませんか？」

「すげえ！」シマが叫んだ。

「遠征のまえに計画を立て、慎重に準備する必要があります。お帰りになって、体をお休めください。お二人とも休息が必要です」インドゥニはしっかりと手綱を握っていた。「そのあとで博士、マダムの感覚を検査してください。視覚のことは了解ずみですが、聴覚も調べなくてはなりません。それもきわめて重要でしょうから」

「ほかの三つはいいの？　嗅覚、味覚、触覚は」

「それについては真実を告白なさるのを聞いてすでにわかっております。それがわたくしが信ずるところとなった、あなたが気づいておられない根拠だったのです、マダム。あとで明らかにすると申し上げたのはそのことです」

「そんなに多くのことがわかるって、彼女がなにを告白したっていうんだよ」

「触覚ですよ、博士。怪物が侵入してきたとき、マダムはひんやりとした感覚をおぼえたのではありませんか？」

「そう、そうだった！」

「待ってください」とグレッチェン。「わたしはその間接的な触覚をゴーレム自身から得たのかもしれませんよ」

「どのようにでしょうか、マダム。その怪物には人間でいうところの感覚があるのですか？　自分が発した冷気を感じ取るのでしょうか？　いいえ。その感覚はあなたご自身のものだった」

「そのとおりだよ、グレッチ。でも嗅覚と味覚はどうなるの、隊長？　その二つはつながってるじゃない、もちろん」

「ああ！　それが決め手でしたよ、当局が言うように。ナンさんは、おのずから、ご自分の嗅覚で、百手が発する特有の匂い、ブーケ・ド・マラッド、狂える匂いをかいだ。わたくしも以前その匂いをかいだことがあり、それで自分の信じていたことが正しいと確信しました。ボンベイ人の思考力は、ちょっとしたことをきっかけに強化されることがたびたびありますのでね」

「ここにおいでの切れ者のイケズには恐れ入ったよな、グレッチェン」とシマがまた腹を立ててうなった。

インドゥニの顔が、軽蔑的な言い方に反応してぴくりと動いた。「博士、早急に検査を済ませていただきますように。時間がありません。『アッシリア人は羊の群れにオオカミのごとく襲いかかった。』〝アッシリア人〟は百手ゴーレムと読みかえられましょう。突飛な行ないの被害者たちには償いをなさってください。わたくしどものスタッフがお手伝いいたします」

「どうやって？」シマが迫った。「金で？」

「知識でですよ」インドゥニが立ち上がり、二人を出口にうながした。「では博士、エベレスト山のスキーリフトのスキャンダルのことはご存じないのですか？」

「もちろん知ってるよ。落ちたんでしょ」

「五十人が不運にも下敷きになって死んだりケガをしましたね。わたくしが言うスキャンダルとはそのことではありません。救助隊が惨事の現場に到着したとき、被害者は五十人ではなく百五人になっていた。雪のなかでのたうちまわり、応急手当てのみならず、法的処置も求めて叫んでいたそうです。それがスキャンダルであり、そのようなことがあなた方の身に起こってはならないのです」

インドゥニはドアを開け、ほほえみながら「オプブレス（オプスのお恵みがありますように）」とそっとつぶやいて二人を送り出し、ドアを閉めた。ボタンを押し、見えない相手に呼びかけた。「録音を再開して、ドローニー・ラファティ氏をよこしなさい」

15

そう、オプスウィークの狂乱のオプスデー初日。この伝統のオパーリア祭（サトゥルナリア祭に対する女性解放運動の逆襲）は、無謀な娯楽に捧げられる……ガフに、狂気に走る言い訳がさらに必要だとでもいうように。サトゥルヌスの妻で豊穣の大地の女神であるオプス（〝豊かな（オピュレント）〟という形容詞はこの女神の名に由来する）をたたえ、人々は幸運を祈って木ではなく土に触れ、陶器の贈り物を贈り、階級の上下や力のあるなしに関係なく親しく交わる。

流派も専門分野もなく、懲罰も受けず、身分を示す服装も話し方も儀礼的なあいさつも忘れ、自由に参加して楽しめばいいだけで、お祭り騒ぎの取っかかりに打ってつけなのは、女性の尻を地面にしっかり押しつけて楽しませてあげること。ちょうどいまブレイズ・シマがやり終えたように。

「オプブレス」とグレッチェンが息を切らしながら言った。

「きみにもオプブレス」

「それにしても、この砂利のせいで背中痛い」

「砂利？　なんてこと言うんだよ、グレッチェン。それは土。美しき（ラ・ベル）フランスからはるばる輸入したんだ。出費は惜しまない」

「じゃあ、フランス式の愛っていうのはでこぼこすぎる。せめてふるいかなにかにかけてくれても」

「やったよ、パスワールでね。これ、〝水切り〟のフランス語。愛を交わしたから、またでこぼこになったんだ」

「それには感謝するわ。オプブレス。マットレス敷いてよ」

「上に乗って」

「ふう！　楽になった。またまた感謝いたします」

二人がテラスで漂い、ささやき合っているうちに、二分、もしくは二十分が過ぎた。

「きみのボコボコ、とってもすてきだよ……」

「あなたのこそ最高……」

「そんなでもない」

「彼は戻ってくる……あの子には強さがある」

「ぼくにあるのは……」

「自分をおとしめちゃだめ」

「ル・ポーヴル・プチに向き合ってるだけだよ。きみみたいに強かったらな、グレッチェン」

「あなたより強いわけじゃないわ」

「十倍は強い」

「まさか」

「五倍かな」

「ううん」

「二倍半？」

「あなたにはあなたの力があるじゃない、ブレイズ」

「ないよ。インドゥニみたいに軟弱だ」

「あの男を過小評価しちゃだめよ。不屈の意志がある。手に取るようにわかるの」

「あいつに手で触れさえしなきゃいいよ……」

「ブレイズ！　まさか嫉妬してるんじゃないでしょう？」

「なんかさ……ときどききみ、おかしな目つきでやつを見てることあるよね」

「様子をまさぐってるだけ……チン妙なことをたくらんでないかって。彼のなかには抑制された暴力が潜んでる。その抑制を失ったら――要注意！」

「あのヒゲのヒンドゥー人のイケズが？　まさか！」

「あなたがそんなふうに言うとはおかしいわね。あなた、インドゥニみたいなのに」

「ぼくが！」

「もちろん。あなたのなかには暴力的なものがある……ただしあなたのは攻撃的逃避(アタック・エスケープ)だけど」

「からかってるんだろ」

「とんでもない。あなたはル・ポーヴル・プチになっちゃってラボにこもって困難な状況から身を隠すか、危機(クリーズ)を攻撃することによってそれから逃れようとするかのどちらかじゃない。そのときには――ミスター・ウィッシュにご用心！」

「冗談じゃない。ぼくはだれのこともどんなものも傷つけたいなんて思ったことはない。ウィッシュの気ちがい沙汰には別の説明があるはずだ」

「あなたの言うとおりかも。幸せすぎて言い争いなんてしたくない。漂い続けましょうよ……」

「居心地よすぎるってことだろ」

「それに眠い。今日はオプスを楽しむ以外、しなくちゃならないことある？」

「悪ふざけの清算しないと。隊長に正式なクレームの一覧表渡された」

「ああ……それね……分担しましょ」グレッチェンのあくびがシマの耳をくすぐった。「すぐにすむわよ。あとでうち来る？」

「きみはすぐすむかもね。ぼくはほかにもすることがある」

「あら！　忙しいったら忙しい……」

「きみの感覚を調べられる場所を探さないと」

「ああそれね。ラボでできないの？」

「だめ。外部にあるあらゆるものから完全に隔離された場所じゃなきゃならない」

「からっぽの宇宙みたいな？」

「宇宙がからっぽのはずないじゃないか。でもそういうこと。エネルギーの源がある、深くて孤立した場所……簡単には見つからないだろうな……」

「あなたみたいな天才でも？　謙遜しちゃって！」

「オプありがとう、お嬢さん。降りてもらえる？」

「でもすごく居心地いいし……」

「降りて……降りて……降りて……」

グレッチェンはしぶしぶ立ち上がり、シマの目をとおしてあたりを見まわした。「テラス掃こうっと」

「オプスウィークが終わるまでいいよ。今日はたくさんやることあるんだから。なに着るの？」

「無地の白いつなぎ。ごくふつう。あなたは？」

「ぼくもつなぎだけど、青い作業用のデニム」

「じゃあ……幸運を祈る、オプブレス」

「幸運を祈る、オプブレス」


CCCの巨大な会議室は、ぼろぼろの服を着たたかりの連中でびっちり埋まり、全員が叫び、歌い、がつがつ飲み食いしていた。十五メートルある一方の壁の端から端まで、長い組立式テーブルが置かれていた。そこには食べ物、飲み物、スクイームが山と積まれ、後方にはしみだらけのコックコートを着たCCCのお偉方十一人が並び、来る人すべてににこやかに給仕していた。オプスデーだから。


シマは雑踏をかきわけ、ようやくテーブルまでたどり着いた。「オプブレス、議員殿、あの――」

「今日はジミー・Jだよ、ブレイズ。オプブレス。なにをお取りしましょうかな？」

「会長を探してるんです、ジミー・J」

「ミルズのことか？　スクイームイッチのコーナーにいると思うよ。ちょっと行ったところ」

シマは懸命にテーブルを移動した。「オプブレス、大将殿」

「ジョージーだよ、ブレイズちゃん。オプブレス。どう、九〇口径のスクイームとモルイッチがあるよ。なにがいいかな？　白？　ライ麦？　繊維？　ガラス？　ポリエステル？」

「会長がここを担当なさっておられるのかと思ったのですが」

「ミルジー？　いまはちがうよ、ブレイズちゃん。安酒のカウンターに移ったから」

シマはまた苦労して移動した。「オプブレス、長官殿」

「今日はネリーだよ、ブレイズ。頼りになるネリーおじさん。ほれ、ちょっと見てみて。医者の命令。

冗談だよ。わたしの発明で、〈ミミイターイ〉。イッちゃうよったらイッちゃうよ」

「どのようにでしょうか、長――じゃなくてネリー」

長官は、隅にごちゃごちゃ集まって笑いを浮かべデレッとしている五、六人の連中を指し示した。

「全員ネリーの妙薬ミミイターイでイッちゃってんの」

「どういう点がそんなに特別なんですか?」

「飲まないんだよ、落とすんだ。耳のなかにね。そうするとドッカーンみたいな。ほら、このスポイトに入ってるから――」

「いまはけっこうです、長――ネリーでしたよね。どうしても会長を見つけなくちゃならないんです。ここにおいでだと聞いたんですが」

「ミルズ? ああ。いや、ミリープーはスープ担当」

薄汚いコックコートを着た会長は、おまけの出し物の呼び込みのようにわめき散らしていた。「さあ!さあ!急いで!」片手にスープ用の深皿、片手に浣腸器を持っている。「さあ!さあ!急いで!お一人どうぞ!みなさんどうぞ!〈腹かっ飛び〉はいかが!まん中でジャストミート!中から外から味わえるのはこのスープだけ! やあ、ブレイズ。オプブレス」

「オプブレス、会ちょ――ミルズ。会長、あの――すみません。ミリー、破壊してしまったぼくのラボの件で、弁償するためにまいりました」

「いいんだよ、ブレイズ。腹かっ飛び!腹かっ飛び! 今日はオプスウィークの初日だからね。すべて許す。ラボはまたつくり直してあげるよ。腹かっ飛びはいかが!両方の端がまん中で衝突! 金ならだいじょうぶ。CCCはきみのおかげでたっぷりもうけたんだから」

「ありがとうございます、ミルズ」

「オプブレス、ブレイズ」

「会――ミリー、もう一つありまして。早急に行なわなければならない特別な実験のために、特別な環境が必要なんです。CCCは、エネルギー源がある深い採掘坑を所有していますか？　被験者を完全に隔離できる場所が必要なんです」

「採掘坑？　採掘坑ね。枯渇した採掘坑なら世界中に十数か所持ってるが、いますぐ使えるものはないよ、ブレイズ」

「なぜですか、ミルズ」

「第一に、ずっと前に配線や設備が全部はぎ取られてスクラップになった。第二に、どこも不法占拠者どもに乗っ取られている。数千人だ。大騒ぎして文句を言う連中を追い払うには、少なくとも一年はかかる。さあ！さあ！急いで！腹かっ飛びだよ！」


グレッチェンは、群れをなして美術館を取り囲んでいる人々の身分の見分けがつかなかった。オプスウィークのあいだは、回廊の全員が自分のライフスタイルをかなぐり捨てるからだ。服装がまともな者たちは、そうでないふりをする。上品に話し振る舞う者は、そうでないふりをする。だが彼女には一つだけわかっていた――大部分は美術愛好家のはず。

この日、美術館はナポリ式の神聖な新年のしきたりをまねていた。ナポリ人は不要になった家財道具や装飾品を集めておき、元日に浮かれ騒いでそれを家の窓から放り投げる。そのとき道を歩いていたら、落ちてくる家具にご用心。

つねに保管の問題に悩まされている美術館は、オプスデー初日にこの習慣にならう。貴重なスペースを占領し、価値がないと判断されたり（適正価格で）売れないとわかった散乱物が、最上階の窓から放り投げられる。

今回落とされたのは、絵画、写真、エッチング、ポスター、彫像、工芸品に骨董品、額、鎧のパーツ、時代物の衣装、パピルス、バロック時代の楽器、ネコのミイラ、使い古されたピストル、砕けた白目製の器。

落ちてくる物体をキャッチして是が非でも自分のものにしようと群衆がヒステリックに争っていると、窓からかん高い笑い声が上がったので、グレッチェンは美術館の無価値ながらくたを処分することはお楽しみの半分でしかないことがわかった。群衆からはずれたところにいたのに、大きな人間のオブジェがいきなりどかんとぶつかってきた。

「失礼。オプブレス」とグレッチェンがつぶやき、わきにずれた。

「オプブレス」はきはきとした上品な声が聞こえた。オプスウィークの慣習にしたがって話し方を変えようとはしていない。

グレッチェンが好奇心にかられて振り向くと、それは女王蜂、ウィニフレッド・アシュリーだった。

「リジャイナ！」

「あら？　BB？　本当にあなたですの？　驚きましたわ、でもとてもうれしい。ここでなにをしてらっしゃるの？　地面に触って願かけをなさってるの？」

「そういうわけじゃないんです、リジャイナ。先日引き起こしてしまった騒ぎをおわびして償いたかったんですけど、こんな状態では無理ですね。あなたは？」

「わたくしですか！　秘密の宝物を狙っておりますの」

「どんなものなのかおしえていただけます？」

「もちろんですわよ。だってあなたはわたくしたちの仲間ですもの」リジャイナが声をひそめた。「片隅で埃をかぶっている自動ピアノがございましてね。持てあまして捨ててくれないものかと、毎年期待してますの」

「でもリジャイナ、自動ピアノならご自分の美しい共産主義者マンションにお持ちじゃないですか」

「ええ、BB、けれどもわたくしがほしいのは、美術館の古びたピアノではなくて、そのなかに入っているものなんですの。知っているのはわたくしだけ。一八七一年のポティエ作詞ドゥジェイテル作曲による『インターナショナル』の最初のピアノロールですのよ。部屋の装飾のポイントになりますでしょ。聞こえてきません？」話すのと同じように甘美に「起て、飢え囚われたる者よ……」と歌い、笑う。「夢で終わるかもしれませんけれど、あきらめずに土に願をかけてますの。今晩、宅でお目にかかれますわよね、BB。すてきなオプスパーティを開いて、殿方をおもてなしいたしましょう。オプブレス」


ハドソン・ヘルゲート・ダムでは余水路が開放され、無料で入浴が許された。熱せられた真水が増殖冷却装置から供給される。まちがいなくわずかに放射性だが、それがなんだ、オプスデーじゃないか。ちょっと生きられたら――土に願かけ――あとはどうでもいい。四エーカーの余水路は裸体で沸き返っていた。熱でほてり、石けんの泡だらけになり、ネズミイルカのように水中に沈んでは飛び出し、笑い、歓声を上げ、息を詰まらせ、大げさに咳き込む。

「遅かれ早かれだれかが溺れる」とシマの横にいた男がつぶやいた。「自分でかもしれないし、ちょっと手を貸してもらうのかもしれない。そうなることを願い続けよう。オプブレス」

「オプブレス」とシマが応じ、その見知らぬ男を観察した。はっとさせられた。背が高く、顔と体型はリンカーン風で、はっきりとまだらだった。髪は真っ白で、髭は黒く、目は赤く、肌のあちらこちらに白と黒の斑点がついている。

「わたしは半数体(ハプロイド)でしてね」と見知らぬ男はなにげなく、ほとんど機械的に言った。シマが見せたような驚いた反応にはこれまで何百回と応じてきたというように。「片方の親からの染色体しかありません」

「でも白子(しろこ)の一種ではあるんでしょう？」シマは興味津々で尋ねた。

「ハプロイドの白子」と見知らぬ男はうんざりした様子で答えた。「そこまでにしましょう、博士。わたしを解剖しようとなさらないように」

「え！　え？　ぼくを『博士』と？　ではあなたが――」

「ええ。そのとおりです。ご記憶ではないらしい。あのときどのスクイームを打っていたのか、おしえていただけますか？」

「プロメチウムです。水素化合物。PmH_2」

「聞いたことがないな。試してみなければ。ところで今回はですね、博士、わたしが手を貸す貸さないに関係なくあそこにいるだれかが溺れても、どうか邪魔なさらないようにお願いします。救助しないでください。蘇生もさせないでください。口移しでやる場合には、わたしが自分のやり方でやりますので」

「ぎえッ！　あなたビョーキだぞ！」

「やったことがおありじゃないなら、ケチをつけないように」

「うげッ！　そんときゃ死んでたほうがましだって」

「悪いが、男子に興味はない」

シマは深く息を吸い込んだ。「いや。すみません。本当にすみません。冷静さを失ってしまって、申しわけない。ぼくはだれかと言い争ったりけんかしたりするつもりでここに来たわけじゃないし、道徳的にどうこう言う立場にもない。どうかお許しください」

「申し分ないお言葉です」

「ではぼくはこれで……」

「どこへ行かれるのです？」

「ダムの責任者に面会しようとしてるんです」

「ほう、これから？」

「ええ。どこへ行けばお目にかかれるか、ご存じですか？」

「わたしはあなたに借りがありますか？」

「いいえ。借りがあるのはぼくです」

「けっこうなお言葉です。ダムの責任者はラファティという人です」

「ありがとうございます。どこにいらっしゃるでしょうね」

「ここです。わたしがラファティです」

シマは再びあわてた。ぽかんと見つめながら口ごもる。「でも――でも――でも――」

「でもどうやって責任者になったかと？」ラファティがにやりと笑った。「簡単なことです。才気。努力。そしてハドソン・ヘルゲート株を五十一パーセント相続したという事実」

「イルデフォンサに取られるって」とシマがつぶやいた。

「祭り(フェット)の始まりに彼女のことを持ち出さなければなりませんか、博士」

「またすみません。またごめんなさい。今日はばかなことばかり言ってます」

「無条件で許します」

「ラファティさん、ぼく――」

「オプスデーですから。ドローニーと」

「ドローニー。ありがとうございます。オプブレス。実は……HHGの責任者に頼みがあって来たんですが……」

「言ってごらんなさい」

「知覚に関する特別な試験のために、特別な環境が必要なんです。視覚と聴覚をいっさい遮断しなければなりません。そこで考えたのが、ダムの深みならきっと――」

「とんでもない」とラファティがさえぎった。「あのときあなたがダムの底でくだらない爆竹のお遊びにかまけていなかったら、深い場所では水が立てる音がとどろいているものだと気づいていたはずです。と水のことを話していたら、魅力的な若い娘が沈んでいくではないか。これで三回目。やさしく手当てしてやらねば。失敬」

シマは返事ができなかった。

高名な死体嗜好者がおだやかにほほえみかけた。「インドゥニ隊長を楯に取ってあなたがここにいらしたことに関しては、別の機会に話し合いましょう」余水路に飛び込むまえに、ラファティが放吟した。「ワシのごとくたくましく！　ハゲタカのごとくすみやかに！　行け！行け！ゴー！ゴー！死体(ネクロ)カルチャー！」

彫り師ジャンニ・ジーキの店は、壁にあいた穴ではなかった。それは病院と言ってもよいほどで、受付のある中央ホールにはチャートがかけられ、十数室ある診察室では、十数人の助手が流れ作業的手順で仕事をこなしていた。たとえば、ガフのヤクザの兄ちゃんが第一級の（そして高価な）コブラの入れ墨を所望したとすると、まず一つ目の診察室で腰のまわりにヘビの輪郭を彫り、次の部屋で細部を彫り、三つ目の部屋で色を入れ、四番目の部屋で、きわめて丁重かつ手際よく勃起をうながしたのち、毒牙のある頭部を彫って仕上げる。大陰唇（ラビア・マヨラ）をおちゃめなお目めのまぶたに変えることをお望みの女性も、同様に丁重かつ手際よく流れ作業的サービスを受ける。

だがオプスデー初日の今日は、ふだんとちがい、乞食祭りがくり広げられていた。ジャンニ・ジーキは、装飾的でエロチックな入れ墨に加え、目もあやな損傷を工夫した――ガフに住む窃盗の〝被害者たち〟、恐喝する乞食たち、落伍者たちに、打撲傷、挫傷、青黒い傷、ついたばかりの傷、悪性の発疹などをほどこす。その結果、彼の病院は、ガフのプロの物乞いたちの形式張らないクラブハウスとなった。

グレッチェン・ナンが着いたとき、メインホールでは楽しい人工装具ダンスの最中だった。シンセサイザーが叫ぶ。プロの肢体不自由者たちが、人工装具の腕、脚、手、足、さらには、首半分、肩半分といった具合にはずしていた。円になってすわり、笑いながら小さなハンドコントローラーのキーを押している。はずされた人工装具のパーツが、無線指示に応答して、踊り跳ねまわる。一本の脚が、蹴ったり踏み鳴らしたり無音でタップダンスをする。一本の腕がほかの腕とからんで、人工装具スクエアダンスをする。数人の操作者たちは、取り外した手の指をコーラスラインに仕立ててみせる。

真四角っぽいデブで頭のてっぺんから爪先まで入れ墨を入れた全裸の陽気な男がグレッチェンに歩み寄り、ほほえみかけてあいさつした。「こんにちは（ボンジョルノ）。オプブレス。絶対に、絶対に（マーイ）、絶対に戻ってらっしゃらないと思ってたよ」

「オプブレス」とグレッチェン。「あの——あなたがジーキさんですよね？」

「はい（シ）。ジャンニです。あなた、この前の夜はイカレて（パッツァ）たよね。ワイン飲みすぎちゃった？」

「おわびして償おうと思ってうかがったんです、ジャンニ」

「おわび？　ありがとう（グラッツィエ）。実に礼儀正しい（ジェンティーレ）。ありがとう（グラッツィエ）。でも償うって？　なにを？　冗談だったんでしょ？　とても悪いこと（モルト・カッティーヴァ）、でもただの冗談。来てくださって、うれしいオプスデーになりました。それでじゅうぶん」

「でもなにかさせていただかなければ」

「そう？　じゃあ」ジャンニはしばらく考えてから、一段と大きくにっこりほほえんだ。「よし（ベーネ）！わたしたちと踊ってください」

グレッチェンはジャンニをじっと見つめた。ジャンニは視線を合わせてから、顔をフロアのほうに向けた。「パートナーを選んで、愛らしいマダム（ジェンティーレ・シニョーラ）」

グレッチェンは、けちをつけたり臆したりする人間ではなかった。メインフロアに踏み出すと、跳ねまわる人工装具を物色し、ようやく、ある〝肩&腕〟の肩をポンとたたいた。

「ジークフリート」とジャンニが一人の乞食の四分の三に呼びかけた。「こちらのシニョーラがあんたとワルツを踊ってくださるよ」

グレッチェンが踊った。ジャンニ・ジーキが歌った。「ガルティィエロ！ガルティィエロ！　次のダンスの相手は私（コンドゥッレ・ミ・ペル・アルターレ）……」

彼らは、ハウスボートとして使っているお粗末なミシシッピ外輪船の船上で、ＫＫＫバーベキュー・パーティをやっていた。シマは、そのお祝いの様子を見て目を疑った。敷かれた炭が真っ赤に燃え、その上で巨大な肉焼き器が回転している。くくられて、どでかいスチールの焼き串で焼かれているものは、人間そっくりだった。

「うへぇ！」シマが小声で言った。「人食いバーベキューじゃないか」

アフリカの王族を象徴するさまざまな装身具を身につけた身長二メートル十センチのツチ族の王が、シマにあいさつした。「オプブレス、シマ博士。わたくしどもの〈白んぼ祭〉へようこそ」

「オプブレス」とシマが弱々しく返した。「では、ぼくをおぼえておいでなんですね？」

「ナンさんと演じられたあの一風変わった『ポギーとベス』を忘れることなどできませんよ。大切に記憶しておきましょう」

「うかがったのは、その埋め合わせをさせていただくためです。どうしても償わせていただきたいんです。礼儀の面でも、金銭面でも、どんな面でも。なんなりとおっしゃってください」

「オプスデーに？　とんでもない。お忘れください、博士。われわれは忘れましたから。さあ、宴の席へどうぞ。ディナーの準備ができています」

「どうしてもなにかさせてほしいのです」とシマが食い下がった。「あなたからいただきたいものがあるので」

「ほう？　なんです？」

「見積もりです」

「というと？　なんの？」

「知覚検査をする予定なのですが、それには被験者を完全に隔離する必要があるんです。分厚いコンクリート製の小さな石炭箱のようなものを考えていたのですが」

「ふむ。それで？」

「あなたの部族の方々は建設業がご専門ですよね。箱をつくるにはどれくらいの期間がかかり、料金はいかほどでしょうか。所要時間とコストをお見積りいただけますか？」

ツチ族の王は沈んだ様子で首を振った。「残念ながら、お役には立てません、シマ博士。われわれは、経営者側がＰＬＯの守衛たちを警備に使っていることに反対して、ストライキ中なのです。彼らは正真正銘の黒人ではありませんからね、ＰＬＯが主張しているようにには。あと三か月は続くでしょうし、流血騒ぎになるかもしれません。まことに申しわけない。さあ、ごいっしょに食事をどうぞ」

シマは気持ち悪そうに手を振った。「残念ですが、今日は横に長いブタをいただく食欲はありませんので」

ツチ族の王が共謀するように声をひそめた。「ほかのゲストの方々を幻滅させないでください、博士。ただの白んぼを焼いてＫＫＫの名誉を傷つけるなどということはいたしません。そんなものよりはるかにめずらしく高価なごちそうで祝っているのです」

「人間よりも？　えッ！　なんですそれ？」

「ゴリラです」


オプスデー！オプスデー！オプスデー！　そして諸無神論者教会では、オルガンがあざ笑うように鳴り響くなか、無神論者たちがキリストに〝愚者たちの王〟の栄冠を授けていた。これは録画じゃなくてライブなんだ、とグレッチェンは驚いた。オルガン用の長椅子には手のつけようのない狂人が一人いて、低音のペダルを足で踏み鳴らし、四段の鍵盤を壊れるほど手でめちゃくちゃにたたきながら、自分の悪魔の音楽に合わせて通奏低音の部分を歌い、うめき、うなっていた。

　オプス用のぼろ服を着ていたため階級や地位を判断することはできなかったが、顔と頭部のつくりを見ると、イロコイ族のようだった。浅黒い肌。突き出た鼻。大きく薄い唇。たっぷりした耳。頭部は、額から首筋にかけて走っているこわばった黒いうねを残して、剃り上げている。

「あとはインディアンの頭飾りがあればいいだけね」と思いながら、もっと近くから見ようと上階に忍び込んだ。

　どうやら、相手は目が横についているらしかった。「ここでなにしてんだァ？　オプブレスッ」

「オプブレスッ」とオルガンの音がとどろきわたるなかでグレッチェンが呼びかけた。「先日教会で起こした恥ずかしい行為の始末にまいりましたァ」

「ああ。R（あれね）。〝好きウオ〜〟の。あんた、オルフ作曲の『カトゥーリ・カルミナ』歌ってたイケてるコだろォ。忘れていいよォ。教会は忘れたからァ。あんたクレジットラインはァ？」

「クレジットォ？」

「おぼえてなくちゃだめだろォ。クレジット。ＩＤ。名前だよォ」

「あ。グレッチェン・ナンですゥ。あなたはァ？」

「マニトウ－ウィン－ナ－ミス－マ－バゴ」

「え、エ？」

「あんたらの言葉でェ、空－から－マニトウ－を－呼び－出す－男、っていう意味ィィ」

「あなたはインディアンなのですかァ？」

「ほとんどはねェ」

「オププレスで好きウオ〜。なんとお呼びすればいいですかァ？　マニー？　バゴさーん？」

「だめだよォ。それじゃイマイチじゃろがァ。フィンケルって呼んでくれよォ」

「フィンケルゥ！」

「R・オ〜ン。スクリャービン・フィンケルゥ〜」


男女平等産院では、二十人の裸の小人が胎児の〈命の権利〉バレエを踊っていた。陰茎を思わせる五月柱の先端にへその緒でつながれ、野蛮なコサック人が指揮する無音のオーケストラをバックに、全員で胎児合唱をニャーニャーやっていた。コサック人が変ロ短調でシマをどなりつけた。「演奏の邪魔すんじゃねえよ、あんた。オププレス」

「オププレス。すみません。お邪魔するつもりはないんです。責任者の方を探しておりまして」

「責任者はおれだ」

「先日ご迷惑をおかけした件をおわびして、償いたいんです」

「ああ、R。あんた、ゾウにヤラレたとか言ってた信じらんねえやつ？」

「はい」

「名前あんのか？」

「シマです。ブレイズ・シマ。あなたのお名前は？」

「オーロラ」

「は？」

「そ。ロシア革命援護した戦艦の名前とってつけられた。R。許す。うらみはなし、オププレス。んじゃとっとと出てけ、シマ。移調しなくちゃなんねーのに、このアホどもできねえんでよ」

「ガフありがとうございます……なんとお呼びすればいいですか？　オーロラ？　オリー？」

「ちゃう。フィンケルだ。スクリャービン・フィンケル」

「え？　ではあなたがあの偉大なる氷河軍の讃歌『神大いに……』をお書きになられたのですね……すごいなあ」

「みんなで書いたんだっちゅの、まぬけ——**イ短調だッつーの、このボケッ！　イ短調！**　フィンケル楽団の全員で」


人々は、宝石製造業者が出す上等な屑を〝掘り出し物〟と呼んでいる。工房の床には一年のあいだに少量の貴石と貴金属の残りかすがたまるから、ストロイエはオプスデーに、ほうき、チリトリとブラシ、容器を手に待ちかまえる群衆に工房を開放する。これを記している今日に至っても、掃除人たちのなかに〝掘り出し物〟のチリを再生して利益を得たことのある者がいるかどうかはわかっていない。

グレッチェンがストロイエを歩いて、自分がディスプレイを打ち壊した数軒の店の経営者たちにあやまり、小切手を振り出していたとき——贅沢品を扱う商売は、寛容な商いなど絶対しない——息を切らしながら掃きまくる掃除人の群れのなかに見おぼえのある姿を見分けたのは、必然的なことだった。電池式掃除機で武装した、イエンタ・カリエンタ。イエンタは、チリを吸い上げるのと同じ時間をかけて、敵意に満ちたほうき使いたちから機械を守っていた。

当然、彼らの半数が、片メガネとシルクハットで仕上げたピーナッツの扮装をしていた。宣伝部長も衣装をつけていたが、そんな恰好でもシルクハットにシマの謝罪と小切手は受け取った。それから深紅色の地獄のスープを満たした巨大で透明なシルクハットにシマを案内した。シルクハットの大きさは、ブレイズとグレッチェンが盗んだブロンズ製の帽子の三倍はあった。宣伝部長が誇らしげに指し示す。

「デメララ・ラム一平方ヤード。グレナディン百九十リットル。戻した乾燥レモン百個分の汁。コンフェッティシュガー二十三キロ。マラスキノチェリー千個。プランターパンチでございます。お召し上がりください、博士。どうぞ。オプブレス」

部長はよたよた去っていった。シマは疑わしげに威圧的なシルクハットに目をやると、肩をすくめ、三メートルの高さのつばに続く足場を登っていった。つや消しの陶器のマグカップを渡され、おみやげにお持ち帰りくださいと言われた。列に並び、前にいる背の高いはつらつとした若い女に話しかけた。しみがついたマグを手にしている。

「オプブレス。もうこのパンチをお試しになったようですね。いかがです？」

女は振り向き、利発そうな目でシマをさっと見た。「オプブレス。これで五杯目です」

「そんなにおいしいの？」

「それはどうでもいいんです。この会社、わたしのクライアントの一つで、彼らをおだてるのがわたしの仕事ですから」

女はマグにたっぷりパンチをすくい取ると、シマに場所をあけた。シマがマグを満たそうと縁から身を乗り出したとき、いきなり両方の足首を捕らえられ、逆さまに吊るされた。

「この野郎！　サープールのお返しよ！」

シマは頭からプランターパンチに突っ込まれ、ラム、グレナディン、レモンジュース、砂糖、チェリー千個に合流した。女に足首を握られたまま、のたうち、窒息しそうになった。意識を失いかけたとき、足首が放された。どうにか勢いをつけて体を起こした。女は帽子のつばのところで宣伝部長と格闘しながらシマを見下ろしにらみつけていた。

「サープールにいたのはぼくじゃないよ、お嬢さん」とシマがあえぎながら言った。

「そんなはずないじゃない！　どこにいてもわかるわよ」

「ともかくガフありがとう、お嬢さん。どうしたら隔絶させられるかって悩んでた問題を解決してくれたから。オプブレス」


　疲れきったグレッチェンがようやくマンションに戻ると、スタッフ数人が仕事を続けていた。彼らはオプスウィーク用の衣服をとてもスタイリッシュに薄汚くしていたので、グレッチェンはほほえまずにはいられなかった。シマは？　どこにも見当たらない。「なにかあったのかな」と思った。「また攻撃的逃避（アタック・エスケープ）に走っちゃったとか？」だがそのとき、配達人がシマからテープを届けた。「ペントハウスからかしら」そうではなく、警察からだった。「どうしよう！　あのバカ、ほんとにまずいことになってるじゃない」しかし、スイッチを入れる指は震えていなかった。

　録音することにするよ、グレッチェン、疲れ果てたから。もうだれにも向き合う気力がない。きみにも。

重要な出来事に、ゴーレムの謎を解く最後の鍵ともなるものに遭遇した。そのときぼくは盗んだシルクハットの件で償っていたんだけど、そのおかげできみの知覚を検査する方法についてヒントを得た。深海調査用の潜水球だ。それには、通信機器、生命維持装置、電力が搭載されていて、これらが完全に隔絶された状態にするうえでの問題点だった。でも深海なら、地球のマントルからのわずかな放射線とか、はぐれたニュートリノ一つ二つを除いて、外部のものはいっさい貫通できない。

そこで、MIT時代からの友人、ルーシー・ロイツに潜水球を貸してくれるよう頼もうと、海洋学センターへ行った。フリードリッヒ・フンボルト・ロイツといって、博士号を持っていて、大文字でDODO。絶滅種の鳥のドードーじゃなくて、ドロー計画の責任者（Director of Drogh Operations）。彼のところに小型の潜水球があることがわかってた。

行ってみると、連中は水槽の余りものをごちそうにして、オプスウィークの到来を生魚祭で祝ってた。グレッチェン、アラスカ産のタラバガニの足を折りながらそいつにこっちの目をまっすぐ見られてるときほど、罪悪感をおぼえることはないよ。ともかく、ルーシーにはオプブレスと許可をもらったから、明日の準備は万端だ。万端じゃなければまずい。インドゥニが言ってたとおりだ。時間こそが肝心。ぼくがやり終えるまでには、きみも同意すると思う。

そのあと、氷河軍本部へ行った。きみが『道化師（パリアッチ）』の一件を始末してるんじゃないかと思って。でもいなかったから、きみに代わって方（かた）をつけてきた。あそこの聖者たちってのは実に貪欲だ。オプスウィークの開催に対抗して、やっきになって信仰復興運動仕掛けてた——当然、軍はにせの女神オプスとその汚れて腐った罪深いオパーリア祭を憎んでる。

そこには、スクリャービン・フィンケル楽団のこれまたパープリンで、サブリナ・フィンケルとか名乗るトチ狂ったロンドンっ子に率いられたやつらが大勢いた。連中は『神大いに……』をわめき立て、激しい発作を起こして痙攣し、ものをたたき壊し、恍惚となってころがり、気絶していた。その熱狂ぶりにはビビッたね。リンチ集団みたいだった。女の子が一人ぼくの後ろに隠れたけど、怖がっても当然。ぼくも怖かった。

「汚らしいつなぎ着てても、紳士に見えますね」ってその子が言った。（プランターパンチでしみがついてたんだけど、そのことは別の機会に話すよ。）「お願い、ここから連れ出してください。これってビョーキです」

「きみをヤラかしたゲス野郎はどこ？」

「オプトークはやめてください。あなたは紳士なんですから。そいつは頭で玉座を突き破ってバッタリ気絶しました」

で、ぼくらは舞踏病の祝祭（フェット・コレアティーク）をあとにして乗り物をつかまえ、ぼくのオアシスへ向かった。彼女は隅にすわり、ぼくも隅にすわった。二人ともなにも言わなかった。彼女は不機嫌で、ぼくはへとへと。でもオアシスに着いたとき、ぼくは紳士的な行動をとらなくちゃならなかった。ぼくが支払いをして彼女はそれに乗ったままどこか知らないけど行くか、ペントハウスに寄って一杯飲んでいくか、選ばせた。

「ベイビー、飲みたいなんてもんじゃないわ。あのバカ軍隊、砂漠みたいに乾いちゃってるから。R。でもアレはなし」

「なんてこと言うんだよ！」ぼくはむかついた。「カサノバじゃないんだから。じゃあおいでよ。寒くって」

ペントハウスへ上がっていった。リビングで火を熾しにかかると、彼女はぼくが焚きつけるのに手を焼いてるとこを眺めてた。

「襟の内側にチェリーがくっついてる。知ってた？」

「気がつくべきだったな。プランターパンチのボウルとけんかしたんだよ」

彼女はぶらぶらと部屋を見てまわった。「うわあ、こんな高級なとこ初めて。あなたってほんと品がある。あたしわかってた、汚いつなぎ着て首にヘンなチェリーつけてても」

「ぼくは歩くウィスキーサワーです。こちらで飲み物をどうぞ。きみがガフをとおって無事に帰宅できる方法を考えよう」

暖炉のそばに腰を下ろして飲んだ。赤毛で美しい肌をしてたけど、どうひいき目に見ても美人じゃなかった。彼女はいろいろ話をしてた、家に帰ること以外。無邪気で、幼稚な話し方をするところがかわいらしかった。彼女は氷河軍で働いてて、役職ははっきりしないけど、使い走りのようなものらしかった。楽しそうに聖人たちの秘密の罪を明かしてた。

するといきなりこう言うじゃないか。「フィリーに電話しなくちゃ」

「フィリーってだれ？」

「フィラデルフィア。そこに家族と住んでるの」

「電話しなくてもだいじょうぶだよ。ニューモなら二十分あれば着いちゃうから」

「わかってる。そうじゃなくて、今夜は帰らないって言っておかなくちゃならないの」

冗談じゃないと思った。「電話、壊れてるんだ」

「ガフばっかり。あたしをバカだと思ってるの？　だまされたりしないわよ」

「帰らなくちゃいけないよ、えっと――」名前も訊いていなかった。

「泊まる。心配しないで、迷惑かけないから。今日はオプスデー初日でしょ。あなたのためにオプスウィークを始めてあげるわね、土にお願い」

「電話は寝室にあるよ」

「わかってる、それにちゃんとつながる。試したの。下のロビーの公衆無線電話からかけるわ。あなたからなにも取り上げたくないもの、あなたの服以外はね。あたしみたいな女の子がいるってこと、あなた知らないのかも。いまからわかるんじゃないかな、土にお願い」

彼女は部屋を出た。ぼくは暖炉のそばにすわったまま、どうやってこのごたごた（ツィメス）に巻き込まれてしまったのか、どうやって相手を傷つけずにこの状況から抜け出せばいいか、考えようとしていた。攻撃的逃避（アタック・エスケープ）には走らない――一心に祈った。ノックの音が聞こえた。

「あいてるよ」

ドアが開いた。インドゥニだった。祈りは届いた。神はいる。

「助かりました、隊長」

「残念ながら、快くごあいさつできないのですよ、シマ博士」

「がさ入れですか？」

「下においでください、博士」

「おとなしく行きます、でもぼくは――」

「いらしてください、どうか」

それでどうかいらしてやったわけ。インドゥニは無言で肩を落としていた。ぼくは途方に暮れた。ロビーでは、殺人捜査員たちがガラスの無線電話ボックスを取り囲んでいた。野次馬が見ていた。吐いてる人もいた。ガラスのドアはしっかりと閉まっていた。体が頭を下にしてボックスに挟まれ、血管が破れていた。彼女は自分の血に溺れ、ぼくのために祭りを始めてくれていた。

16

三人は、原子力トロール船ドローIII号に乗って、陸地も見えず、回廊の悪臭も届かない、はるか彼方の海上にあった。クレーンの腕木が右舷に振れ、ウインチからゆっくりと重いマルチ・ケーブルがほどかれると、グレッチエン・ナンを入れた潜水球が下降した。その内部で彼女は、電子接触装置を飾りのように絡みつけられていた。

ブレイズ・（シム・）シマ博士とフリードリッヒ・フンボルト・（ルーシー・）ロイツ博士は、宇宙船の操縦室に似た制御室にいた。四方の壁には、光る表示パネル、ダイヤル、スクリーンがある。

ルーシー・ロイツは、パワフルだが太りすぎだった。背は高いほうではないがとてつもない巨体で、腕と脚まわりは少女のウエストほどもある。浴槽に彼を入れたら、水は二十リットルも入らないだろう。妙なことに、声は威嚇的な巨体とはまったく不釣り合いで、ソフトでかわいらしく、母音を発音すると母音変異を起こすので、おかしな具合に聞こえる。「せんすいきゅう」は「せんしゆいきゅう」、「まんげつ」は「みゃんげつ」というように。

「ルーシー、このくらいの深さでいい？」とシマが訊いた。

ロイツは深度計に集中していた。「もうちょっと。がみゃんして、シムちゃん。がみゃん。感覚プログラムは用意できてる？」

「ばっちり。五つ全部準備完了で秒読みＯＫ」

「五つ？　五感？　でもインドゥニ隊長に言われたって――」

「あいつの言ったことなんか知ったことじゃない。すべて検査する――視覚、聴覚、触覚、味覚、嗅覚。工科大ではどんなことも当然だと決めてかかるなっておしえられただろ。おぼえてる？」

「いやなほどね。電子接触装置はだいじょうぶか、しっかりついてんのか？」

「彼女は絶対に振り落としたりしないよ」

「どういうことになるか知ってんの？　ショック受けてパニックに陥ったりしないかな」

「説明受けてるからね。心得てる。心配ないよ……また氷河期スタートさせられるくらいクールだから、グレッチェンは」

「R」ロイツがプッシュボタンを押した。「下降を止めよう。二百ファゾム」

「海がおだやかでありがたい」

「二百ファゾムの深さにいたら、きみのガールフレンド、上のほうで暴風が吹き荒れてたって気がつかないよ」

「きみたちドードー連中のお楽しみ」

「シム、始めるって合図してやれば？」

「いや、それは予定にはない。彼女はただひとり、深く青い彼方に」

「深く黒い彼方だよ、彼女がいるのは。いみゃから、この先二度とないほど隔絶される」

シマがうなずきスイッチを入れると、グレッチェンの全〝身体状態〟がスクリーンにぱっと現れた。

−/+	H	C	N	U	Ü	E	3	A	G	HH
P		B	B	D	A	B	B C	E	A	A
V	Ä		A	C	C	B	B	B	O	B[3]
D	A	8		A B	A	A	C	D	C	A
B	M	M	M		B	A	A	A	A	A
C	M	M	M	M		A	E	C	A	O
II	M	M	7	D	A?		O	P	A	Ä
M	B	B	A	B[4]	O	O		O	D	D
F	E	D	A	A	C	C	A		E	G
LL	A	A	C	C	Ä	D	D	D		O
S	D	A	A	A	A	A	B	A	AB	+
O	C	C	C	C	C	C	C	C		D
Q	A	6	O	A	AA	A	B		B	A
5	E	E	E	E	E	E		E	E	8
N	N	N	N	N	N		4	6	E	O
8	D	E	D	E		3	5	7	E	O
R	A	A	B		5	7	4	6	E	O

A·5 B·10 C·15 D·20 E·30 M·100

「なんだよこのトチ狂ったのは、シム」

「新陳代謝の読み出しだよ、ルーシー。脈拍。体温。呼吸。緊張状態。調子。その他いろいろ」

「十進法で？　十進法かよ！　時代遅れもいいとこだ！」

「わかってる。これはCCCのソフトウェアの資料室から引っぱり出してきた昔のプログラム。今回の試験に転用するのにいちばん簡単で手っ取り早いものだったんだ。自尊心のあるコンピュータなら十進法を現代の二進法に移すよ、こっちが要求すれば」

「もとのやつは官能検査のプログラムだったのか？　顧客がなぜ、どういうふうに、CCCの香水（こうしゅい）の匂いをかぐのかっていうような」

「そんなんじゃない！　あれは販促用で、n組の確率を求めるためのもの。でも、上等なプログラムを書けばさ、ルーシー、そのアルゴリズムはどんなものにも適用できる。わかってるだろ。ハサミにカタツムリにワンちゃんのしっぽ、そういうものでコンピュータはできてます、と」

「きみみたいな科学の達人連中のお楽しみ」

「ほう、科学の、ぼくが？　それならきみはなんなの、フリードリッヒ・フンボルト・ロイツ博士？」

「わたくしはですね、名前（なみやえ）はなんであれ、海中探検旅行家（ウンターゼー・フォルシュンクスライセンデ）でありみゃす……おみゃけに、それをつづることができみゃす」

「きみに心から勝利万歳（ジーク・ハイル）。いまから彼女に音をお見舞いする。聴覚も間接的なのか確かめないと。インドゥニはその点は重要だろうと言っていた。理由は言わなかったけど……」

　シマは音に対するグレッチェンの反応の読み出しを、困惑しながら調べていた。しびれを切らしてロイツが訊いた。「どうかした？」

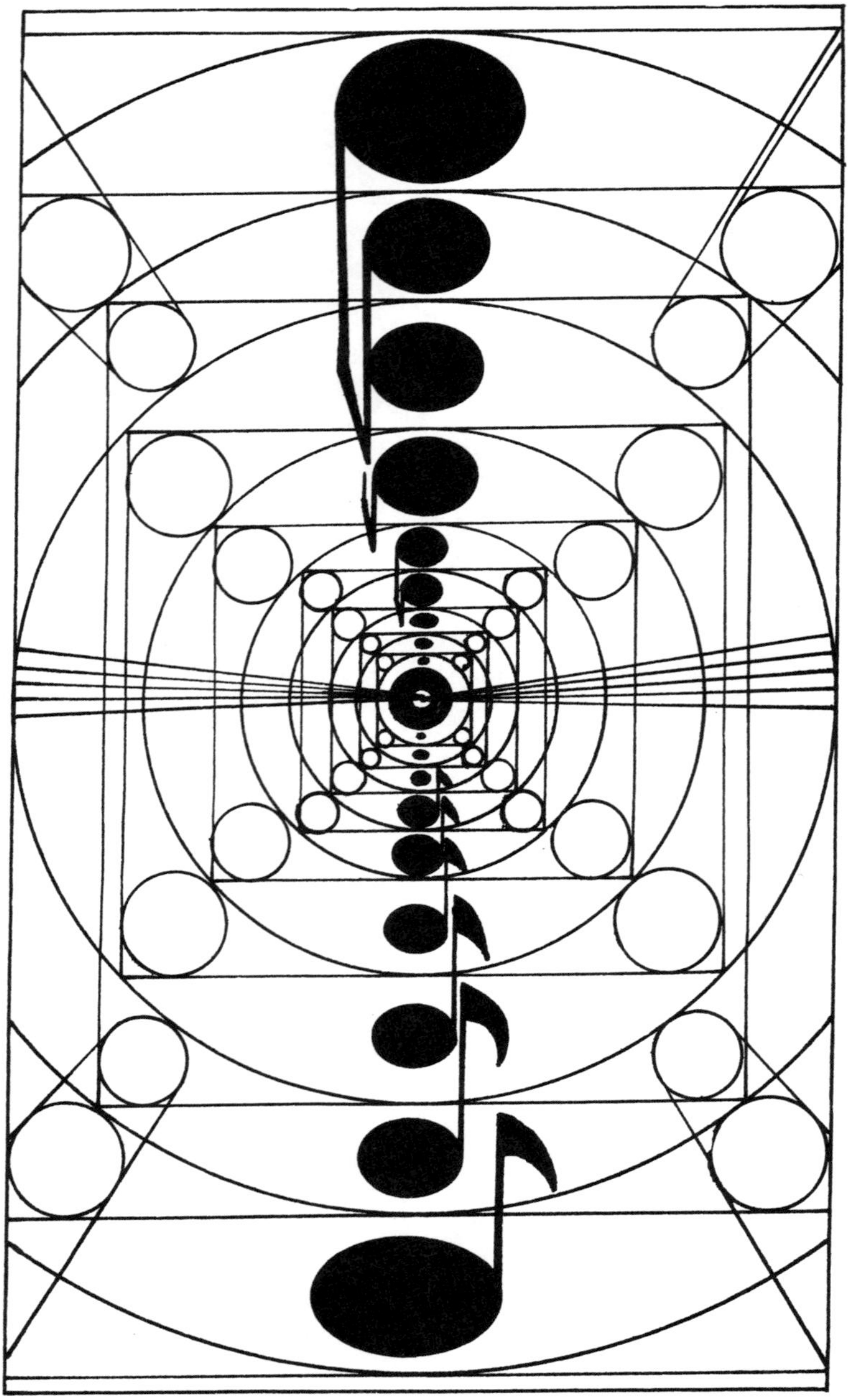

「とんでもないことだ」とシマがゆっくりと言う。「ちゃんと聞こえてはいるけど、閾値（いきち）がすごく低い。言いかえれば、遠くの雷鳴は聞こえるが、頭上で炸裂する雷鳴は聞こえない。カナリアの囀きは聞こえるが、巨大なアシカが吠える声は聞こえない。ごくふつうの聴覚障害とは正反対だ」

「それはしゅごい。あのさ、シム、ナン嬢は進化上の新たな一大飛躍（クォンタム・ジャンプ）かもしれないよ」

「というと？」

「種にとって生存しゅるために最も重要なのは適応性だ。絶滅種がノックアウトされたのはなぜだ？変化というパンチに身をあじゅけることができなかったからだ」

「異議なし」

「ぼくらが置かれている環境は激烈に変化している」とロイツが続ける。「その一つが、視覚と聴覚で耐えられないほど感覚を打ち壊されること。だからRx精神病院には大勢の狂人がいるんだ。とんでもない現実を拒絶した無数（むしゅう）の人たち」じっと考える。「そいつらが正気で、それに耐えているぼくらが狂ってるのかもしれない」

「グレッチェンの場合は？　拒絶してるのか？」

「いや、適応してる。母なる自然はつねに原初の至高の頂点に向かって種を押し上げていて、その種というのには人類も含みゃれている。残念なことに、きみとぼくはその頂点のはるか下にいるわけだ」

「悪口には気をつけるんだね、ルーシー。ここで話してることは全部録音してるんだから」

「母なる自然は見事な即興性を備えていて、変化しゅる環境に異常なほど適応しゅることで、進歩した人類を生み出そうとしている。原初の至高の頂点へまたひと踏ん張り……その頂点というのがきみのグレッチェン・ナン。彼女は視覚と聴覚を退化させるというパンチに身をあじゅけているところなわけだ」

「う～む……原初の至高の頂点か……きみは正しいかもしれないな、ルーシー。ぼくがそこからほど遠いとこにいるってことについてはまちがいなく正しい。だけどグレッチェンが？　わからない。近いにしても遠いにしても、特異な存在だってことはわかってるけど」

「その全部。ただ、みゃったくの突然変異なのか、遺伝的なものなのかということだけが疑問だ。この点を調査しゅるためになにかやってる？」

「避妊薬は彼女の選択だよ」とシマがほほえむ。「R。おしゃべりはやめにしよう。お嬢さんを待たせておくわけにいかない。味覚と嗅覚を調べる。

うわ！　すごい！　インドゥニが言ってたとおりだ。お嬢さん、匂いも味もわかってる」

「なにをお見舞いしたんだよ、シム」

「え？　腐った卵？」

「H_2S。硫化水素」

「うん」

「それはあなた、米国憲法ではっきりと禁止されている残酷で例外的な懲罰でしゅぞ」

「彼女は最悪の事態にも備えるようにプログラムされてるからね」

「お次はどんなオニみたいな仕打ちしゅんの？」ロイツがくすくす笑った。

「お次は哀れな子どもが、汚れて腐った、万人に共通して厄介なもので爆撃されます」

「金？」

シマが笑う。「あのさ、ルーシー、探検旅行家さんには、実に洞察力が深いと思わされるときがあるよ。ちがう、金じゃない。ダニ恐怖症」

H
2
S
H
2
S
S
H
2
H2
S
H2S

「え？」

「蟻走感（ぎそうかん）」

「え？」

「コカイン虫」ロイツのきょとんとした顔を見る。「まだわかんない？」

「うん、それにわかりたくない」

「そのほうがいいんじゃない。きみがぼくを撃ったって、有罪にする陪審員はいない。行くよ、グレッチ。ごめんね、でもきみの触覚を試さなくちゃならないから。

体が悲鳴上げてるぞ！　ごめんね。ごめん。ほら終わったよ。少なくともきみがちゃんと感じることができるのはわかるからね」シマがロイツに青ざめた顔を向けた。「ぼくも感じる、共感で」

「彼女なにを感じてたんだよ。そのコカイン虫ってのは？」

「虫が皮膚を這いまわる感覚。精神医学ではCでとおってて、麻薬の中毒症状」

「ウエッ！　そんでオエッ！　きみの言うとおりだ。有罪にしゅる陪審員はいない」

「万人共通だって言っただろ、ルーシー。自分の腕見てみなよ、鳥肌立ちまくりだから」

ロイツがさかんに両腕をこすった。「ときどき昆虫学者（エントモロジスト）ってやつらはどうかと思うよ……それとも語源学者（エティモロジスト）だっけ？」

「言ってみろよ、ドイツ語（アウフ・ドイチュ）で」

「単語派生学（ヴォルトアプライテュング）？　ちがうな。昆虫学者（インゼクトクンデファハマンス）だ」

「昆虫学の先生（アントモロジー・プロフェスール）って言ってみなよ」

「ほんとご親切にありがとさん。で、今度はなに？」

「今度は視覚」

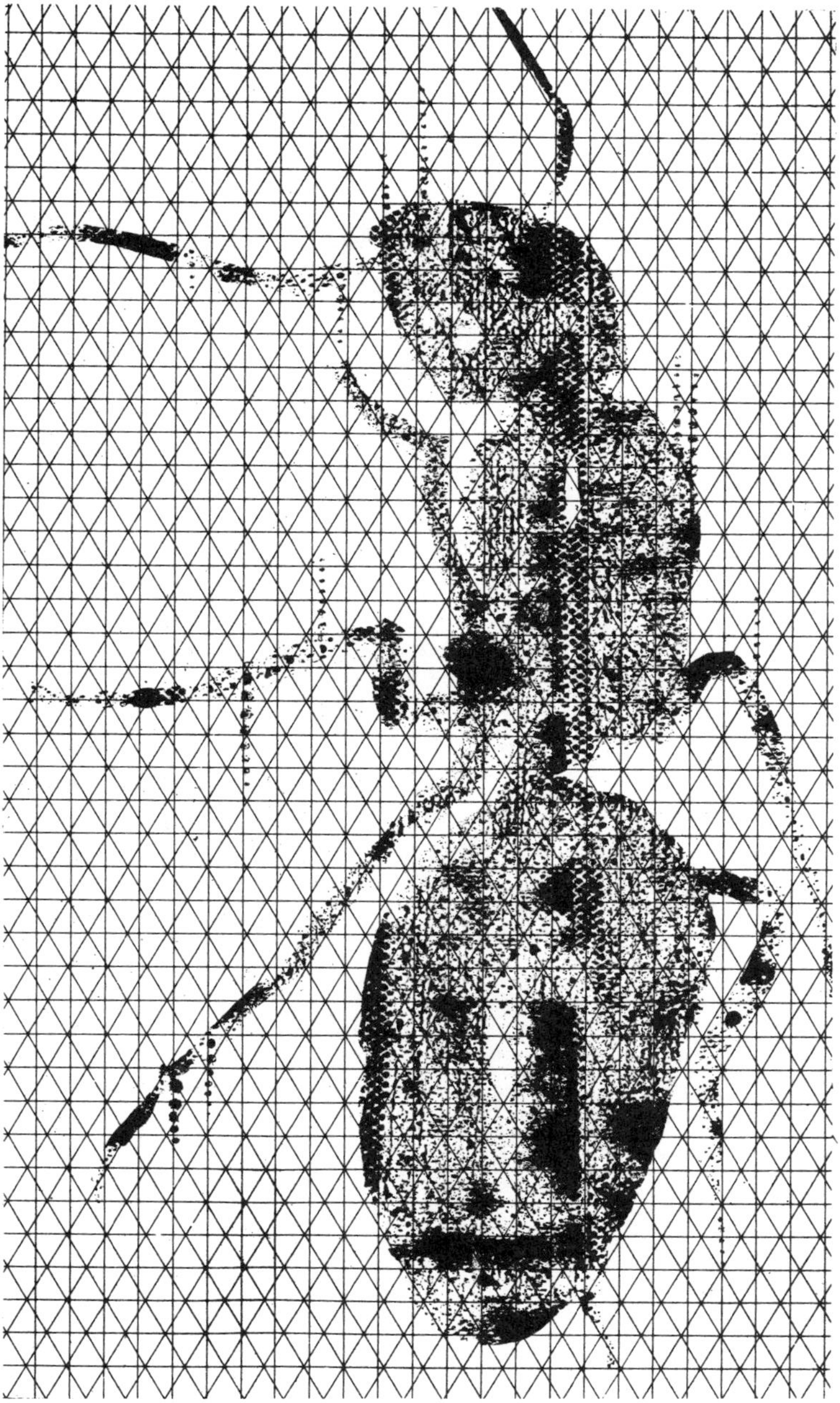

「だけどそれは間接的だってもうわかってるじゃない」

「うん、でも可視帯域に限ったことなんだ。疑問――彼女はそれ以外のところが見えるのだろうか？　紫外線や赤外線の領域が？　やってみよう」

シマは口笛を一つ低く吹いてからつぶやいた。「きみの言う原初の至高の頂点にどんどん近づいてるよ、博士。この娘（こ）はまちがいなく、未来に向けてのケタ外れの一大飛躍（クォンタム・ジャンプ）だ」

「え？　どうして？」ロイツは混乱した。

「グレッチェンは目が見えないよね」

「可視帯域ではと言ったじゃないか」

「紫外線の領域では、見ること、感じ取ることの中間にいる」

「見てる？　紫外線の領域で？　ありえない！」

「ルーシー、彼女は反応してる、紫外線の放射を感じ取ってる。彼女の反応をひと言で言い表す言葉はない。恐らくグレッチェンは、目に閃光や光が入ったんだと思ってるだろう……眼閃（がんせん）……でも実際には――ああイライラする！　言葉を創ってしまおう。彼女は……彼女は……彼女は高エネルギー粒子を感視覚でとらえ、それは――」

「いや。逆にしろよ、シム。視感覚のほうがいい」

「R。彼女は、潜水球の下にある地球の放射性のマントルから続けざまに発射される粒子を視感覚でとらえている……肉体が一種の霧箱になっていて、それをとおしてね」

「なんと！　しゅごい！　第七感？」

「そのとおり」

「でもそれが霧箱的視感覚だとどうしてわかるんだ？」

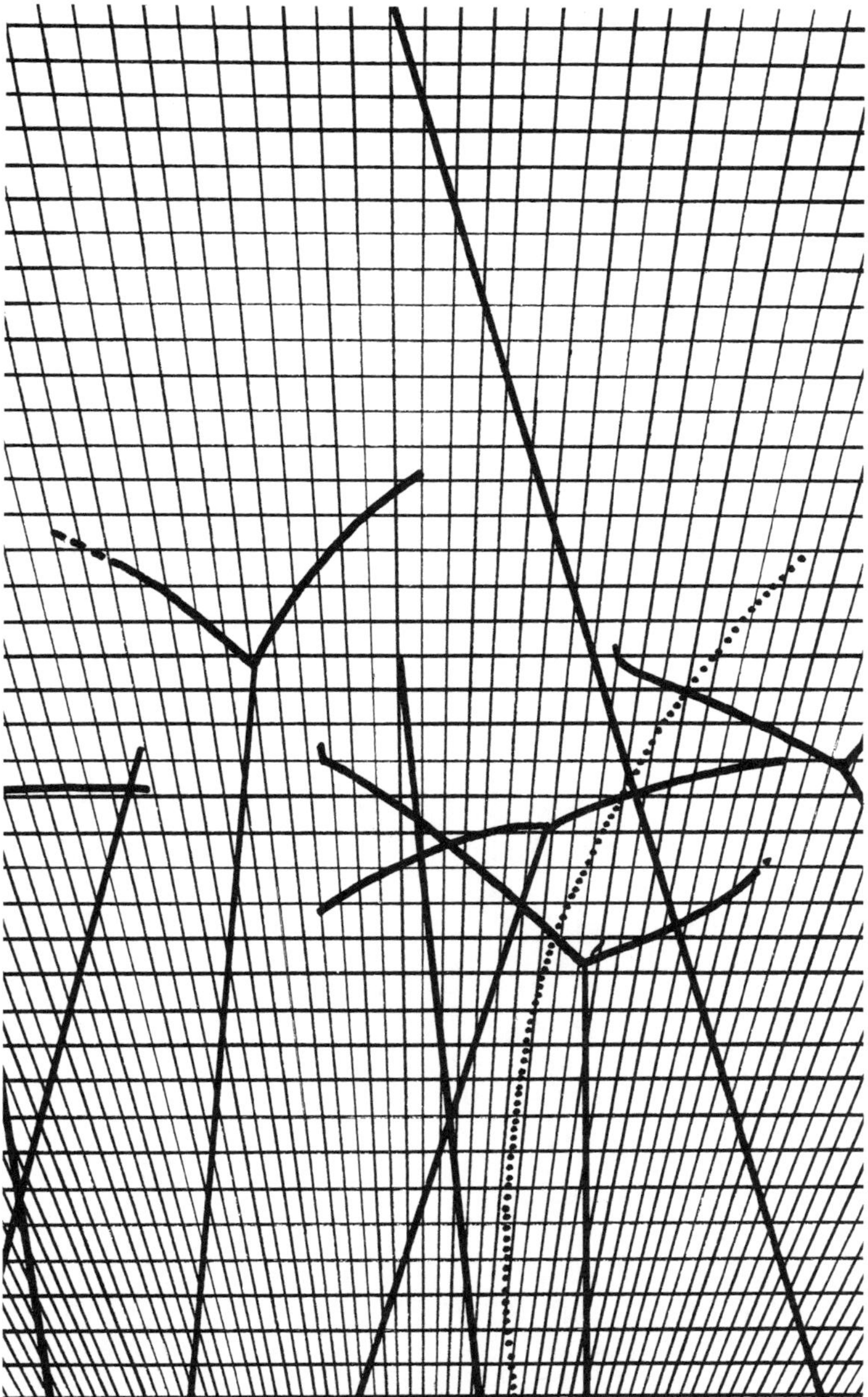

「とてつもない幸運に恵まれたんだよ」

「というと？」

「彼女はある時点で噴火みたいに一定の基準からはずれてピークに達した。一度きりだけど、めったにないことだ」

「どういうこと？」

「彼女はニュートリノとの遭遇を視感覚でとらえた」

「みゃさか！」

「そうなんだ」

「でもニュートリノは静止質量ゼロの中性微子じゃないか。どんなものともほとんど反応しないよ」

とロイツが反論した。

「グレッチェンはそれを『見た』、そしてそれはニュートリノのはずなんだ。宇宙からやってくるもので水深三百六十メートルまで貫通できるものはほかにない。それはバンアレン帯を突き抜け、大気圏を突き抜け、二百ファゾムの海水を突き抜け、彼女を突き抜けて、彼女の肉体の霧箱はそれを『見た』。今頃は地球を抜けて別の側に届き、どこかわからないがそこへ向かっているところ」

「驚いたな」

「きみの言うとおりだよ、ルーシー。グレッチェンは驚くべき突然変異体、原初の至高の頂点に向かう一大飛躍だ。ぼくに信仰心があれば、この遺伝的な変異が好ましいものでかつ遺伝されうるものであることを祈るだろうな」

「アーメン」

「右に同じ。それじゃ〈新原人（ニュー・プライマル・マン）〉を引き揚げようか」

壁面にクッションを張りめぐらした安全房で優美に脚を組んですわっていたインドゥニ隊長が、ドローIII号の試験の様子を録音したテープのスイッチを切り、崇拝に近い表情でグレッチェン・ナンを見た。

「あなたという方は実に驚くべき現象ですね、マダム。霊感を与える存在であるとすら言える。異形（ルスス・ナテユラエ）という表現は正当な評価ではありませんね。まさにロイツ博士がおっしゃっていたとおりです。あなたはわたくしたちが及ばない、驚くべき一大飛躍なのだ」

「例の〈新原人〉ですか？」グレッチェンは実際に頬を赤らめた。

インドゥニの口の両端が、漆黒の髭の下でピクリと動いた――黒人が頬を染めるとは愛らしい光景だ。「その表現でもまだ適切ではない。神々は、時折人間の姿をとってこの地上の哀れな親族を訪れると伝説にあります。あなたはどの神であられるのだろう。神聖なる詩の守護神サラスヴァティーだろうか？　光の女神ウマーだろうか？　わたくしとしましては、才智に抜きんでた女神ガウリーであると信じたいところです」

グレッチェンはますます恥じらい、笑い、片手を振った。「ありがとうございます、隊長。もしわたしが人間の姿をした神なら、アフリカ人の女性を怖がらせるムンディンゴーのお化け、マンボー・ジャンボーというところでしょう」

「洗礼式に冷や水を浴びせたくはないんだけどさ」とシマがにがにがしく口をはさんだ。「ぼくはゆうべゴーレム100相手に不浄なる体験をしたんだ。おぼえてる？　要件に取りかかりたいんだけどな」

「忘れてなどおりません、博士。恐らくはあなたよりも生々しくおぼえている。あなたが警察をお発ちになったあと、わたくしが哀れな犠牲者とともに残されたことをおぼえておられませんか？　あれはオプス・パーティなどではなかった」

「パーティ！」グレッチェンが声を上げた。「リジャイナが男性を招いてオプス・パーティを開いたんです。蜂のコロニーの全員がいました。それでまたゴーレムが戻ったんだわ」

インドゥニがうなずいた。「因果関係。それは証明されています。しかしいま気がかりなのは、これから挑むファズマ界への二度目の冒険の結果、あなたご自身にどんな影響が及ぶのかということです……今回に限っては、旅の仲間としてシマ博士がいてくださるという安心感もないのですし」

「なにをそんなに心配してるんだよ」シマが迫った。「彼女、一回目を無傷で切り抜けたじゃないか、少なくとも頭のなかでは。肉体的に調子がはずれた場合は……まあ、こうしてみんなで安全房に閉じ込められてるわけだから」

「そうですね、博士。Rx精神病院は協力を惜しみませんでした。この部屋はまずまず安全です。最悪の場合でも、ナンさんにできることと言えば、クッションを張った壁を攻撃することだけ。最良の場合は、あの〝使用前・使用後〟のポスターを相手におやりになったように、あなたをお誘いするでしょう」インドゥニがほほえむ。「そのときはわたくし、必ず目を閉じておりますので」

これを聞いてグレッチェンは声を出してくすくす笑った。「わたしたち三人は一心同体です、隊長。秘密があってはいけません」

「わたくしの分別を信頼してくださってありがとうございます、マダム。だが、このわたくし自身に隠しておきたい秘密があるかもしれないということはありえませんか？　それはさておき。心配な点というのを申し上げましょう。イドの第一の目的は、快楽と生存です。あなたがお訪ねになることで、この残虐な亜界が野蛮な目的を遂げるためにあなたを利用するのをうながすことになりはしませんか？」

「もちろんそのことは想定しています、隊長」とグレッチェン。「自分を守る心構えはできています」

「未知のものに対してご自分を守る心構えができておられると？　どのようにでしょうか、マダム」

「ご冗談でしょう！　わたし、ガフの現実世界で三十年近く生活して働いてきたんですよ。ガフがわたしを快楽と生存のために利用しようとする以外、なにをしてくれたとお思いですか？　亜界とちがうところは、ガフに対しては支払いをさせるという点だけです。わたしは経験で身を守り、ありとあらゆる精神的プレッシャーに耐えているのです」

インドゥニがグレッチェンからシマに目を移した。「あなたはどうなのですか、博士。あなたも、地獄のような亜界でナンさんがどのような体験をなさろうと、ナンさんの肉体的な自己がこの部屋のなかでどのような振る舞いをなさろうと、それに対処する構えができているのですか？」

シマが口を開くまえに、グレッチェンが答えた。「彼は無防備です。ですから、もしル・ポーヴル・プチがすねちゃったら、わかってあげてください。わたし、戻ってきたら赤ん坊をなだめますから」

「ぼくはすねたりしないし、赤ん坊じゃない」とシマがぶつぶつ言った。

インドゥニがためいきをついた。「しかしわたくしは赤ん坊かもしれません、博士。情けない話ですが、わたくしも、これから始まるナンさんの途方もない冒険によってもたらされるかもしれない結果に対して無防備です。けれども……仕方ありますまい。彼女を未知への孤独な旅へと送り出しましょう。ではプロメチウムの注射を……」

「**やめて！　やめて！　やめて！**」グレッチェンが叫んだ。「ちょっと、なにしてるの？」安全房の片隅で意識を取り戻し、そこからふらふらと出てきたグレッチェンは、よろめきながら床を横切り、二人の男たちのあいだに割って入ろうとした。シマがインドゥニの首に両手をかけて締め上げながら、頭を壁に打ちつけようとしている。隊長はシマの両方の手首を握っている。グレッチェンはシマの首にさっと両腕をまわすと、体重をかけてインドゥニから引き離した。

「このあばずれ！」シマは攻撃中のトラのように息を切らしていた。「このクロンボのあばずれの私生児！　そんでこのイケズはおまえの淫（イン）ス男だ！」

「よしなさいよ、ブレイズ！」

「呪われろ。おまえに会った日に呪いあれ」

「いったいなんのこと？」

　インドゥニが喉元をもみほぐした。「シマ博士は無防備どころではないようですね、マダム。傷つきやすくていらっしゃる。教養ある方にふさわしい対応がまったくできなくなり、引くべきときに攻撃なさった」

「引くってなにから？　なにがあったんです？」

「事態を慎重に述べますとですね、ナンさん、目を閉じていただかなければならないのはシマ博士のほうだということになってしまいました」

「え？」

「意識のないあなたの体が見当ちがいの男に誘いをかけたのです」

「それって、わたしが――？　あなたに――？」

「そうだよ、おまえが、やつにだ」とシマが叫んだ。「ずっとだったのか?」

「ブレイズ! そんなはずない!」

「ああ、そうだろ。肉体的にはありえない……たぶん……だけどずっと求めてたのか、え?」

「いいえ、ブレイズ。絶対そんなことない」

「友好的に協議をする忍耐はおありですか、博士」インドゥニがやさしく言った。

「このいまいましい淫スイケズ、ニタニタこそこそしやがって――」

「シマ!」隊長は声を荒らげなかったが、冷やかな鉄が突き刺さるような口調だった。「わたくしに対して〝イケズ〟という言葉を二度とお使いにならないように」

シマは震え上がって口をつぐんだ。

「あなたがお怒りになったのは、ナンさんが通常どのように行動なさるかご存じであるがゆえ、そうですね?」インドゥニがやさしい口調に戻った。「彼女はまず感じてから、それを証明する。内臓で考えるとあなたがマダムをからかっておられるのをときどき聞いたことがあります。そうでしょう?」

「そうだけど」とシマがつぶやく。

「ならば、なぜあなたは意識がないマダムの体がいたずらな戯れをしたことを大まじめに受け取ることができるのです? 口には出さずとも、マダムはわたくしがホモセクシュアルであることをずっとご存じだったのに」

「え、エッ?」

「もちろんわたくしは」とインドゥニがほほえんだ。「そのことを隠しもしなければ吹聴してもおりませんが、初めてお会いしたときから、マダムは真実を感じ取っていらした。せいぜい、彼女はまた見当ちがいのポスターに誘いかけていたにすぎない。最悪の場合でも、彼女の肉体がまた子どもじみた悪ふざけをしていたという程度のことです。彼女が迫っても、相手は受け入れることができず、受け入れないということを肉体は知っていましたから」

シマは茫然とした。「うう、神さま！ どうしたらいいんだ！ おれってなんつーバカ。疑ったりして。彼女があんたを見る様子をうかがったりして。おれは愚か者だ！」ヒステリックに笑い出したかと思うと泣き出し、背を向けて、クッションを張った壁に恥辱にまみれた顔を埋めた。

グレッチェンがじっとインドゥニを見つめた。インドゥニは片方の眉をつり上げ、ほほえんでみせた。グレッチェンが強く首を振った。インドゥニはほほえんだままだった。

シマがいきなり振り向いた。「あやまりたい」

「その必要はございません、博士」

「だめだ、あやまらなくちゃならない」

「もうあやまっていただきました」

「だから落ち着いて、ベイビー」とグレッチェンがなだめた。「あなたは自分の樽の底まで落ちたのよ。それ以上下へは行けない。よじ登っていらっしゃい、さあ」

「混喩ではありますが、きわめて適切ですね」インドゥニが笑った。「嵐は去りました。罪悪感を抱いたり恥じる理由はない。内なる地獄の狂気がわれわれの文明化された生活に流れ込んでくるのを許してはなりません。この不快な場所を出て、もっと心地よい環境に移りましょう……わたくしのマンションへ。そこでなら、癒され、元気を取り戻していただけるでしょう。そして、マダムのご記憶が新しいうちに、ファズマ界への旅の様子をご報告いただかなくては」

安全房から三人たてになって出ていくとき、グレッチェンがインドゥニに口パクで伝えた。「あなた。は。りっぱ。な。いい。かた」

17

インドゥニ隊長のマンションには、エリートだけにアピールする気品があった。照明に使われているのは、透明なフィラメントの電球。「そうですね。巨額の賄賂をもらったら、これをわたくしのためにつくってくださっている現代のトマス・アルヴァ・エジソンの正体を明かしましょう」六十センチほどの地球儀は非常に古く、未知の地（テラ・インコグニータ）と記されている空白の一帯がある。アブラムシが一匹、北緯四七度のところで死んでいる。近づいてみてようやく、死骸の色が、翡翠、黒、レースのような金であることがわかる。「野蛮な恐喝をされないかぎり、これをつくってくださった現代のファベルジェの名を明かすことはないでしょうね。では、お二人とも元気を回復しおくつろぎでしたら、始めましょう」

「まず、わたしの意識が飛んでいた時間はどれくらいでした?」とグレッチェン。

「二十分」とシマ。「Pmの注入量を、ぼくらが一回目に摂った量の四分の一に減らした。あの麻薬の作用はすごいからね。注意して扱わなくちゃならない」

「四分の一に減らしても減らし足りなかったわよ、ブレイズ。ファズマの現場は、あたしの狂った原初の感覚には、ぞっとするロールシャッハ検査の世界だった……あいまいなインクのしみばかり。イドのしみと呼ぶべきかしら。いまだにその半分は理解できない。まず、真っ暗になって……

「それは、マダムがあなたの感覚を読むことができない状態でしょう、博士」

「R」

「ナンさん、体験を思い出しながら、知覚したものをスケッチしていただけますか？　用紙と鉛筆をご用意いたしましたので」

「絵に自信はないけれどやってみます、隊長」

「ありがとうございます。解釈するのに大いに役立つでしょう」

「それから、真っ黒だったのが、星と線と渦とおかしなシンボルで光りはじめました。描いたほうがいいですか？　複雑だったんだけど……」

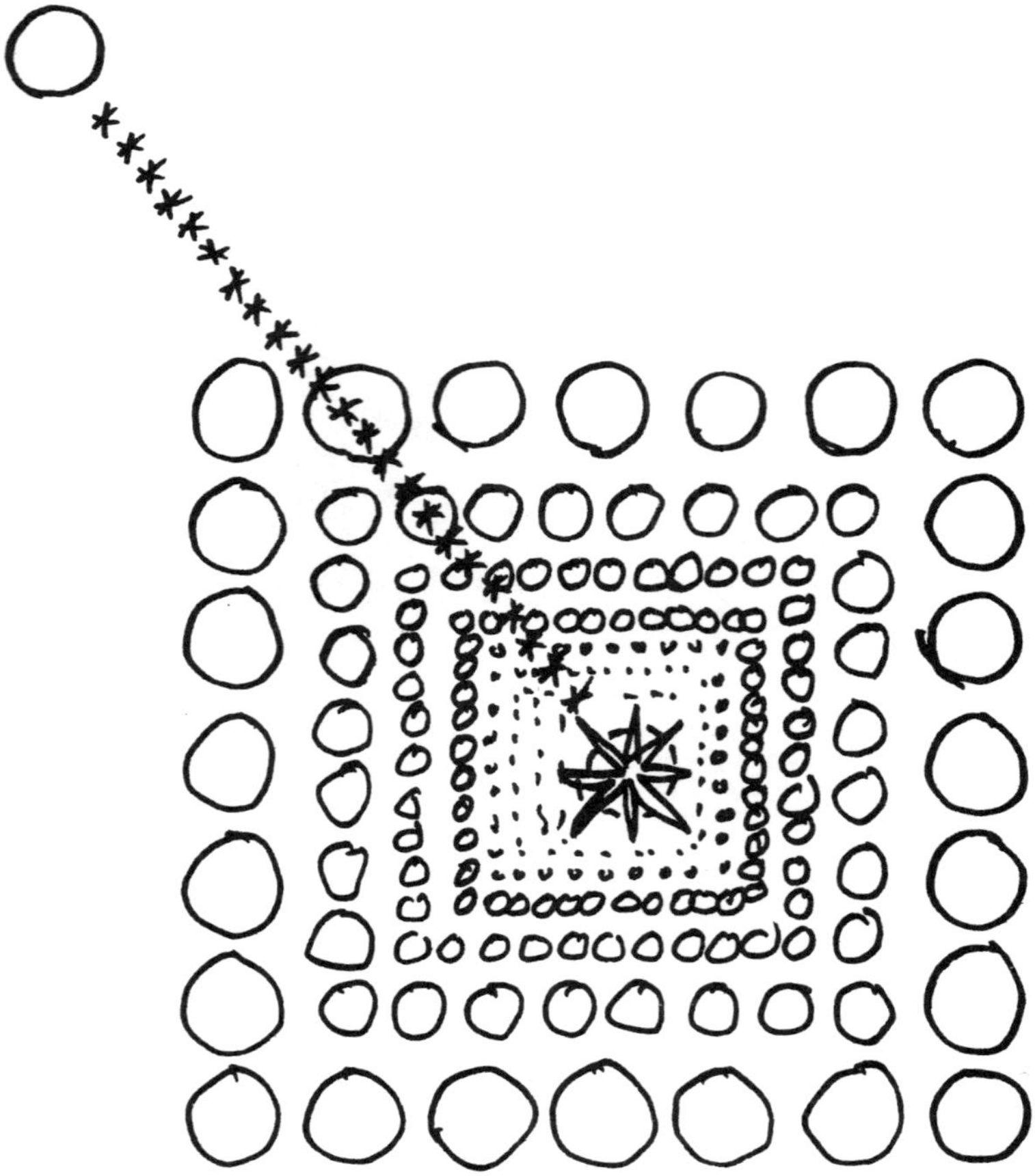

「描かなくていいよ、グレッチ。それは単に、きみが自分の霧箱はこういうふうに高エネルギー粒子を知覚しているんだと思い描くイメージだから」

「それから白くなって、飛行中の鳥というか、ヘルメットというか、トゥルーズ゠ロートレックが描いたフォリー・ベルジェール風のかつらめいたブラックホールのようなものが現れました。こんな感じです……わたしのことを見てました……

それは大きくなってきて、壺というかスープ用の深皿のようなものになりました……

……でも、目がある深皿なんて信じられます？

今度は花瓶……

ともかくもわたしにはそう見えました。
だけど、ロールシャッハ検査のイドのしみは、人によってちがうふうに見えるはず……

でもいま考えてみると、タロットカードのル・パンデュー、『吊られた男』を思い起こしてしまって怖い……

そして圧縮されて、分散して、どうなったかというと――なんなのかわからない。でもものすごく醜かった。見てください……

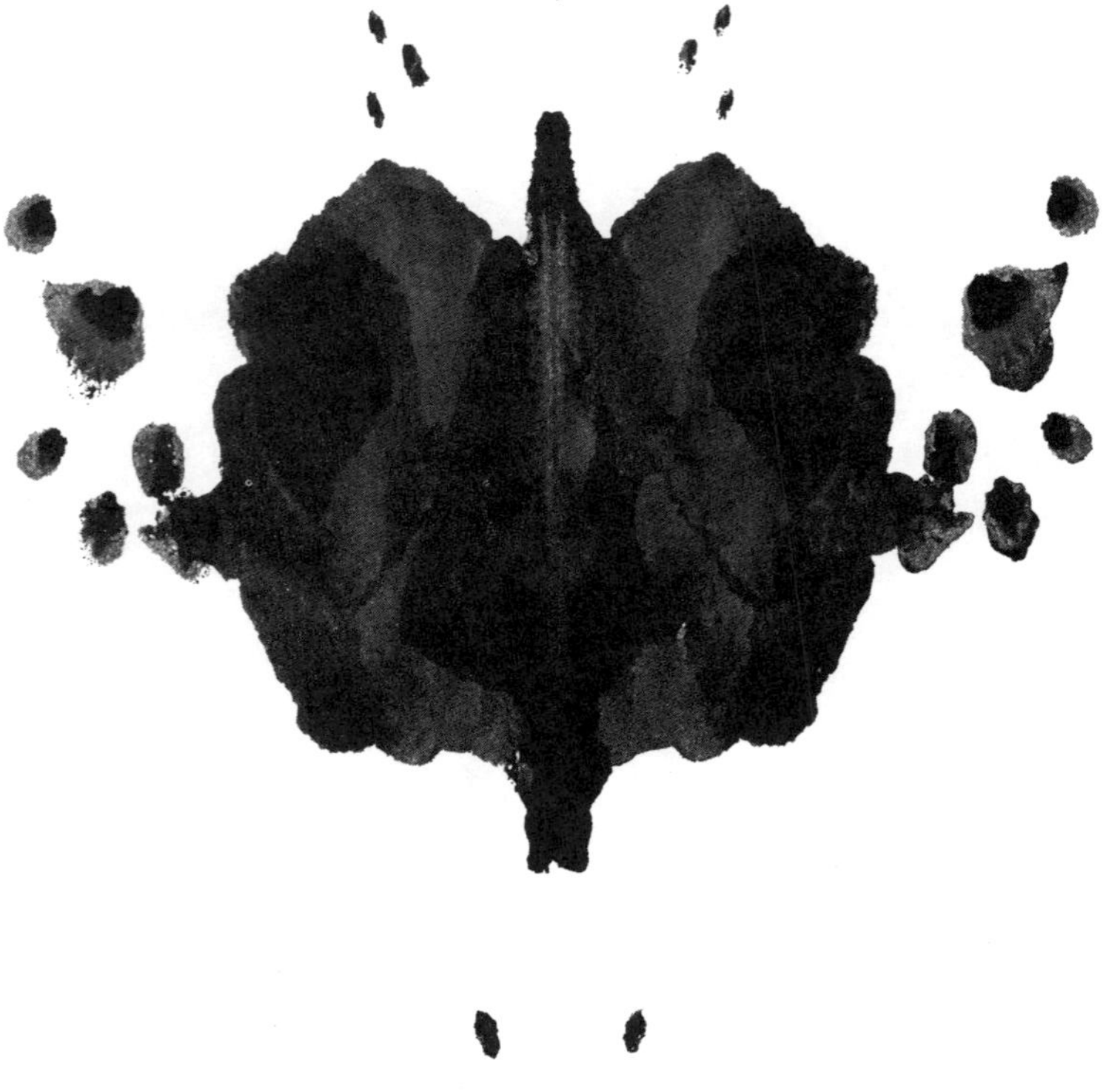

それから上が王冠か蝶々で、下がハートかシャベルかおもりになりました、こんなふうに……

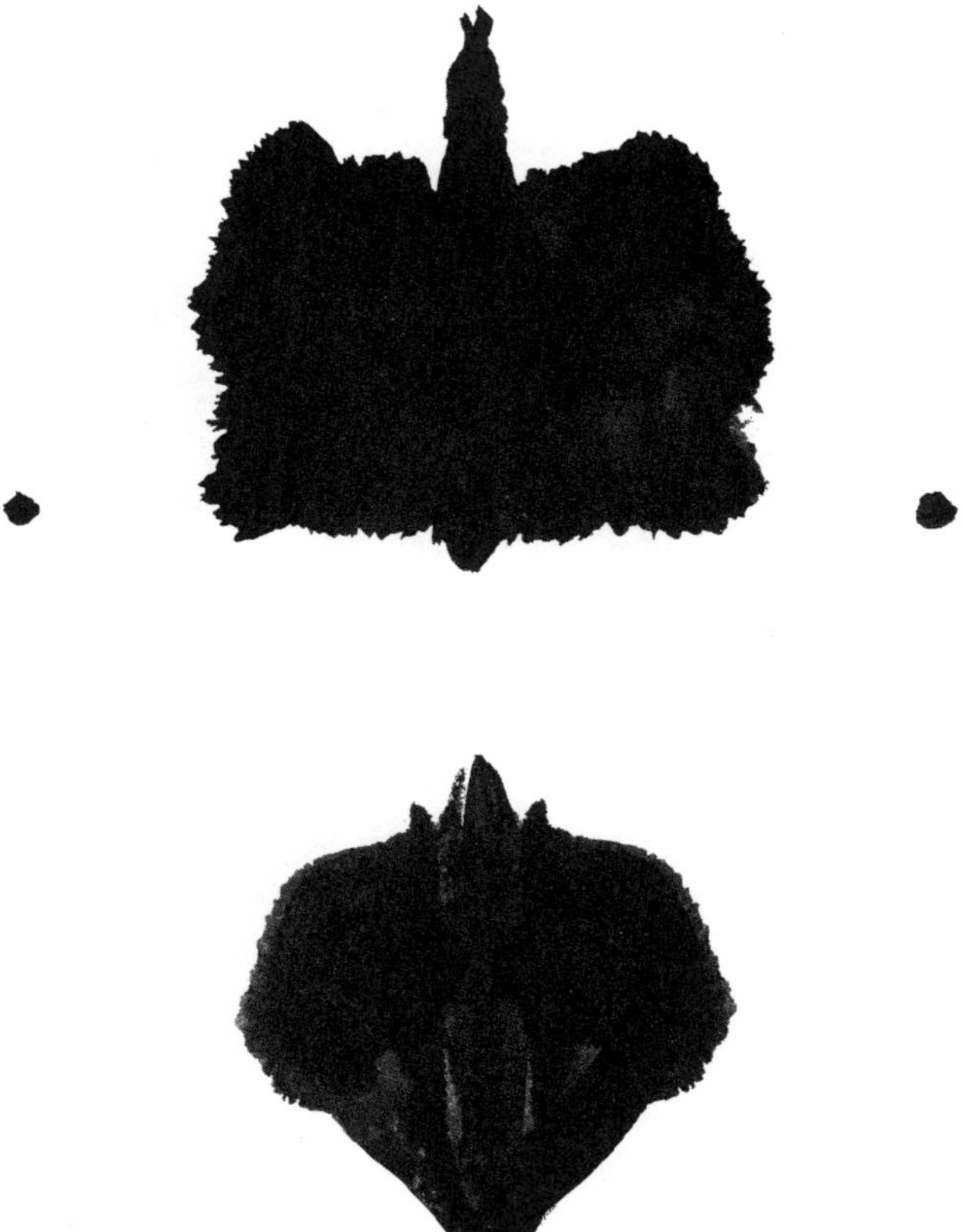

なんだか、いつも二つの目に絶えず見られているような気がしました……

いきなり、飛んでいる白雁(ハクガン)か刺そうとしている蜂のようなものが見えました……

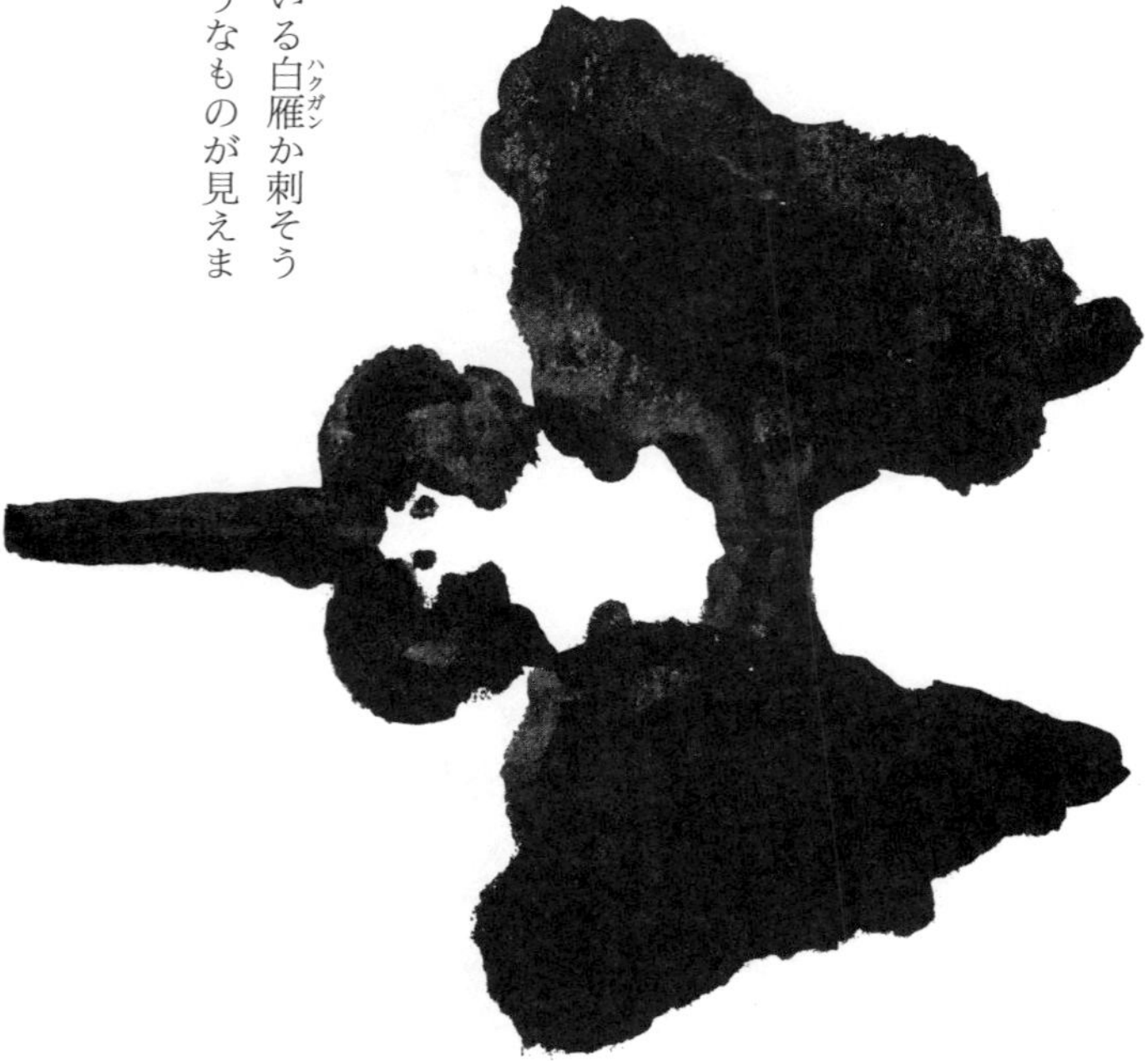

それにしてもファズマ界は悪夢のように次々と姿を変え、見えるのは正体がわからないイドのしみばかり。雁かあるいは蜂の羽が、アフリカの悪魔の仮面、呪術師の仮面、ブードゥー教の仮面のようなものに変わりましたが、同時になにかの鍵のあたまの部分のようにも見えました……

すると突然ファズマ界のイドのしみが、わたしとコミュニケートしようと、彼らの文化の存在理由（レゾン・デートル）を説明しようとしているみたいになったんです。ただし中国語か日本語か宇宙語で。相変わらず目がわたしを見ていました。

テーブルの上のへんてこなニワトリがわたしに向かって鳴いていましたが、わたしにはその声が聞こえませんでした。なにも聞こえませんでした。ファズマ界は静まり返っているんです。

かわいい女性のようなイドがわたしに気がある振りをして
色目を使いはじめたので、びっくりしました。目。いつも
目。インクのしみでもイドのしみでも、目に変わりはない。
こんなふうに……

今度はスカスカの棒線画みたいな男が近づいてきました。あなたのおっしゃるとおりです、隊長。快楽と充足が第一の動機……

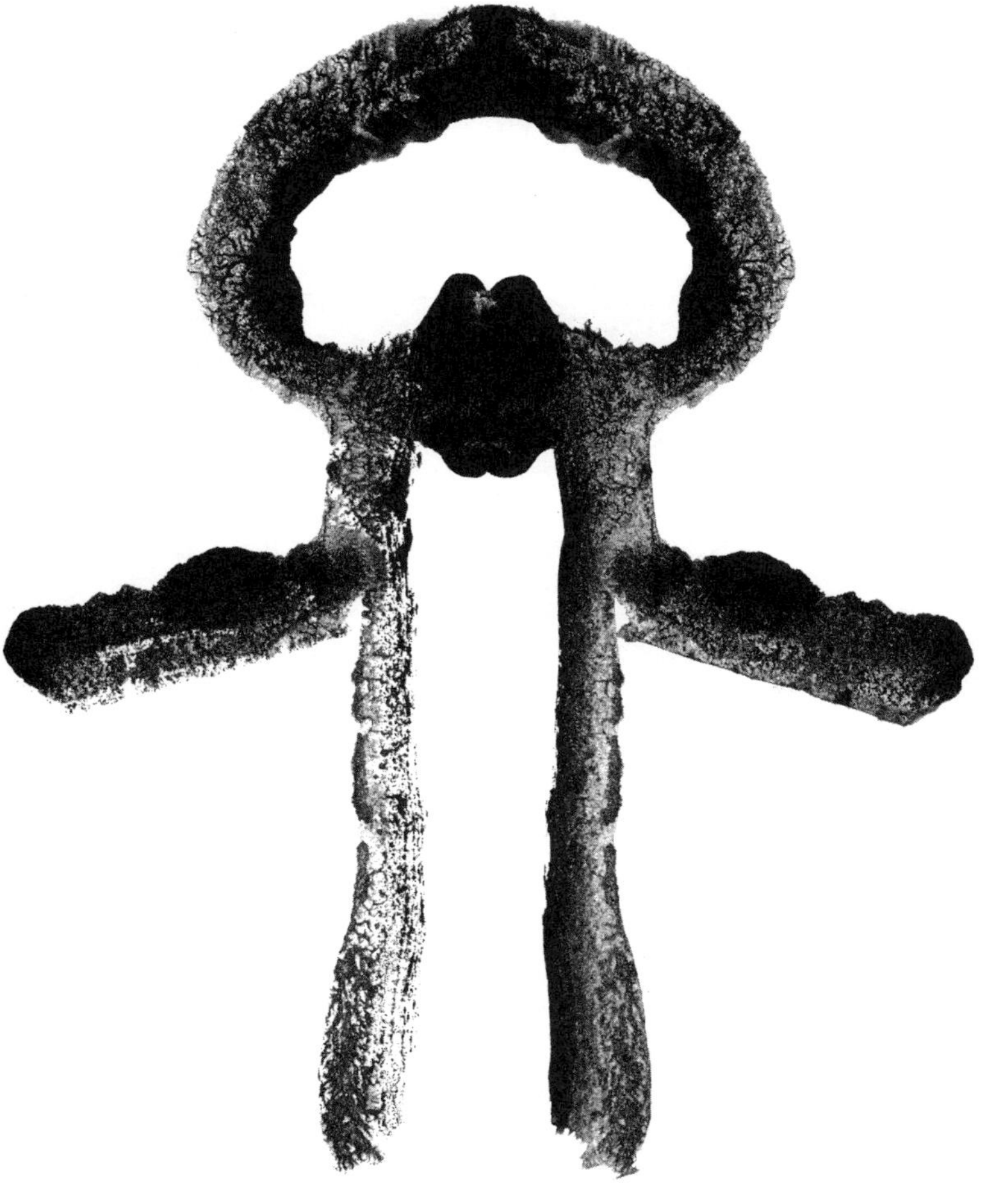

でも暗い女性のイドが、彼を、ある
いはわたしを、あるいはわたしたち
二人を見ていました。また目……

すると彼女の顔は別の悪魔の仮面に変わりました。

そしたら黒人の棒線画みたいな
人物がわたしに向かってきて
……

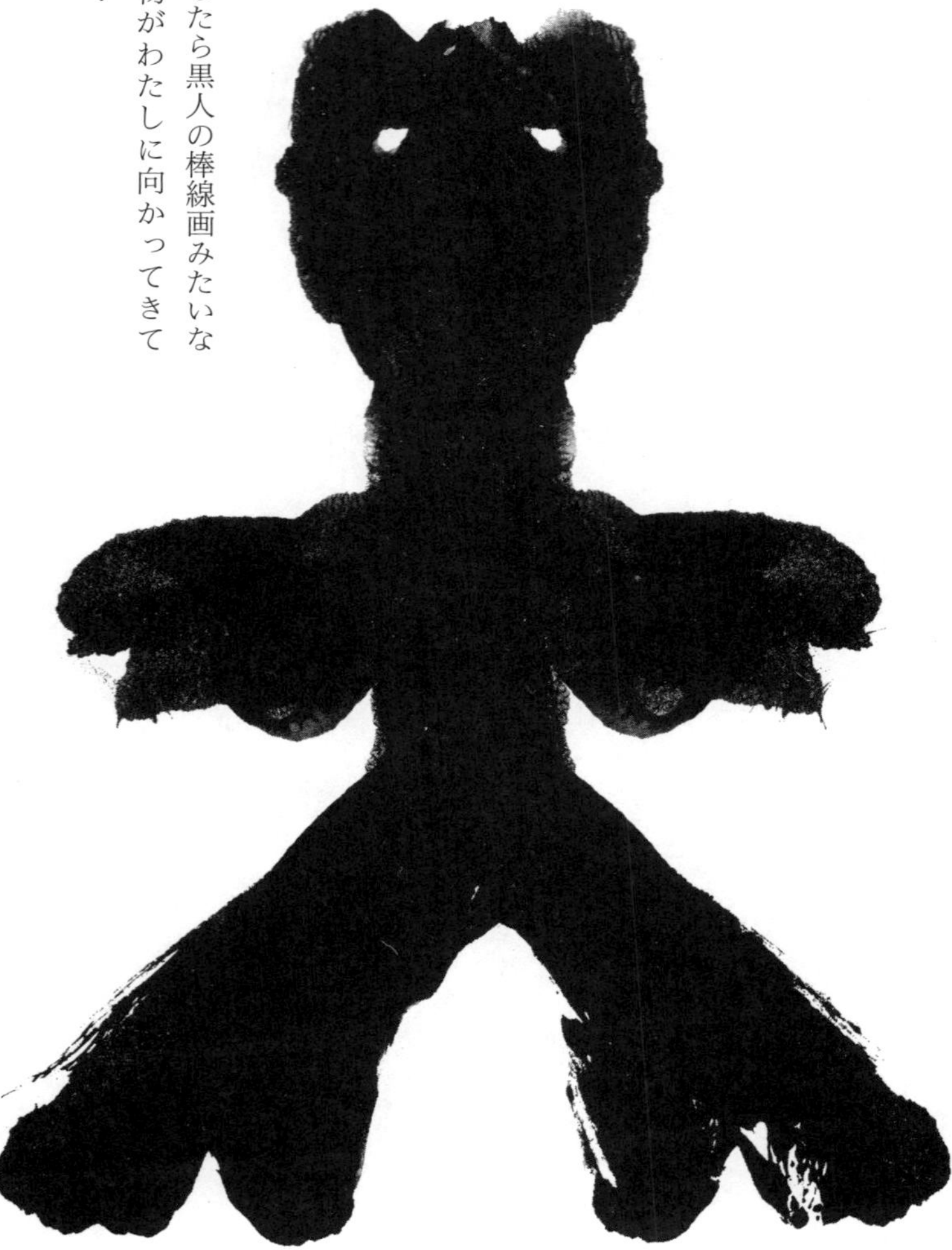

マントを着た死神に変わり、わたしにつかみかかろうとするので……

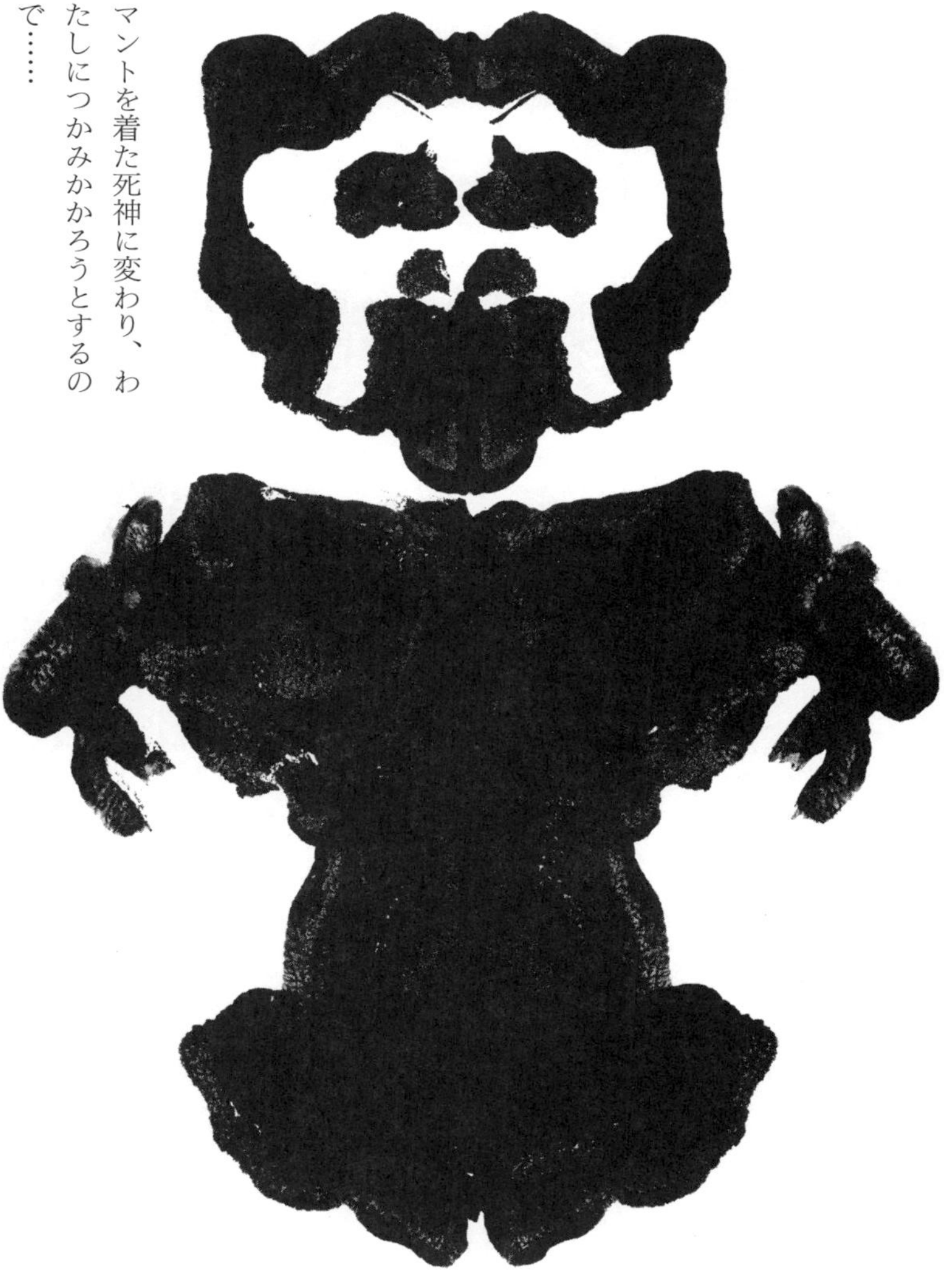

たぶんわたしは逃げようとしたのだと思います。すると形が現れて、それは——わからないけれど——わたしに仕掛けられた口をあけた罠のように見えました。このように。無生物にもイドはあるのかしら……

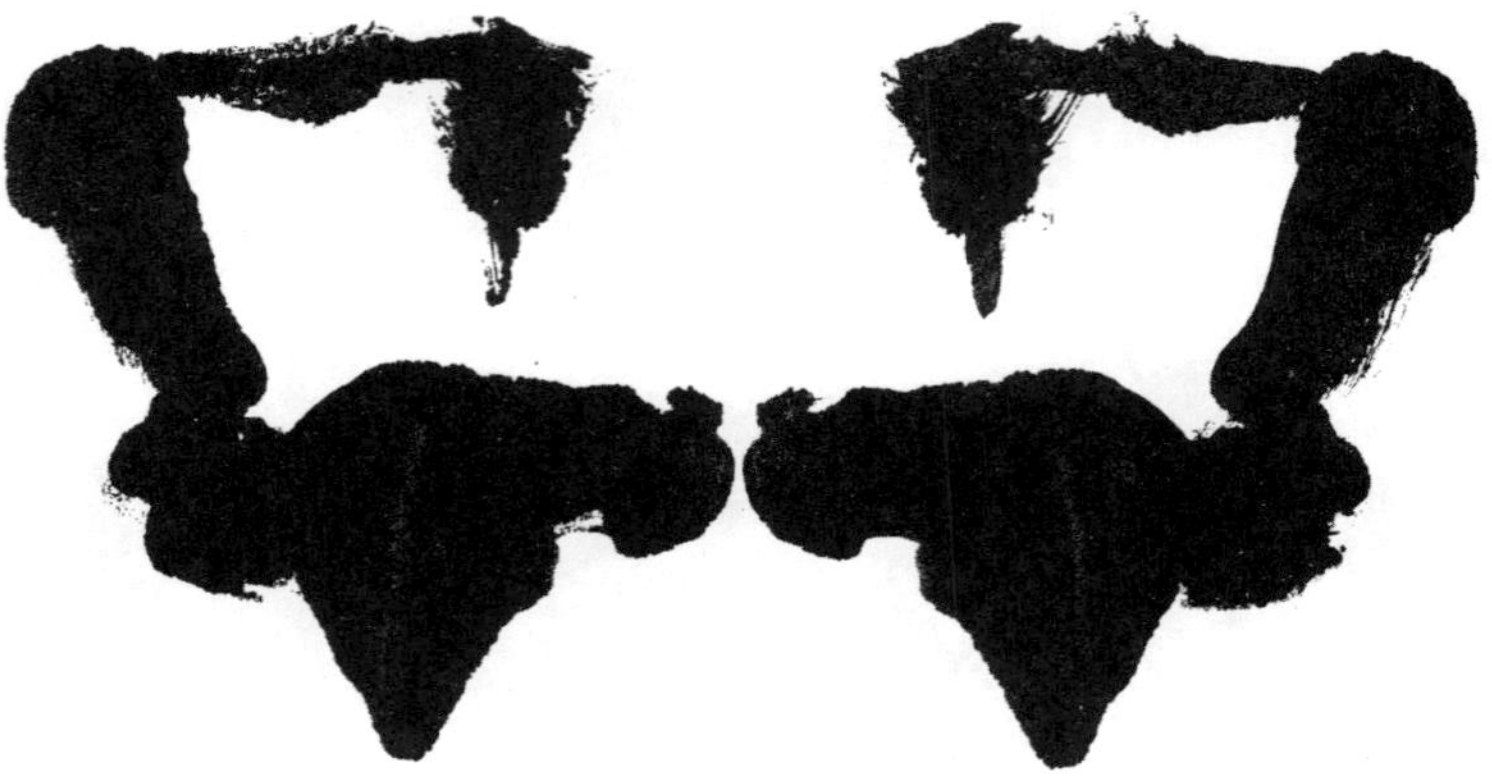

それは溶けてくっついたか、こういうものに取って代わりました。なんだったのかわかりません。キスしているシャム双生児でしょうか。

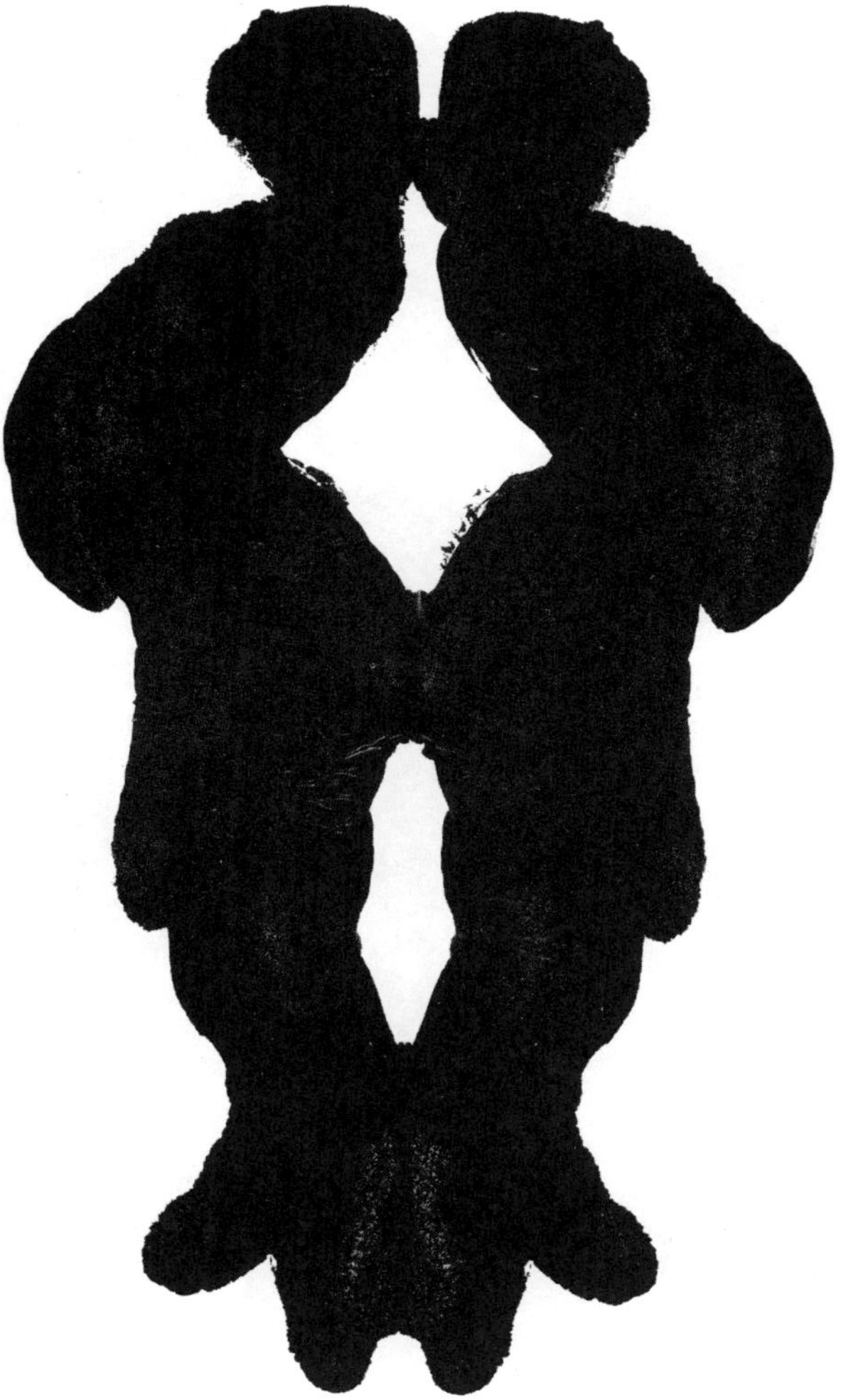

かわいい娘が戻ってきて、また気がある
振りをしました。ファズマの文明には、
奇妙な連続性と持続性があるんです……

そして口をあけた罠ではないかと思ったあのあいまいなものが、小さな冠に変わりました。うつろいやすく、あいまいで、流動的な世界、人々の現実はゼラチン状……

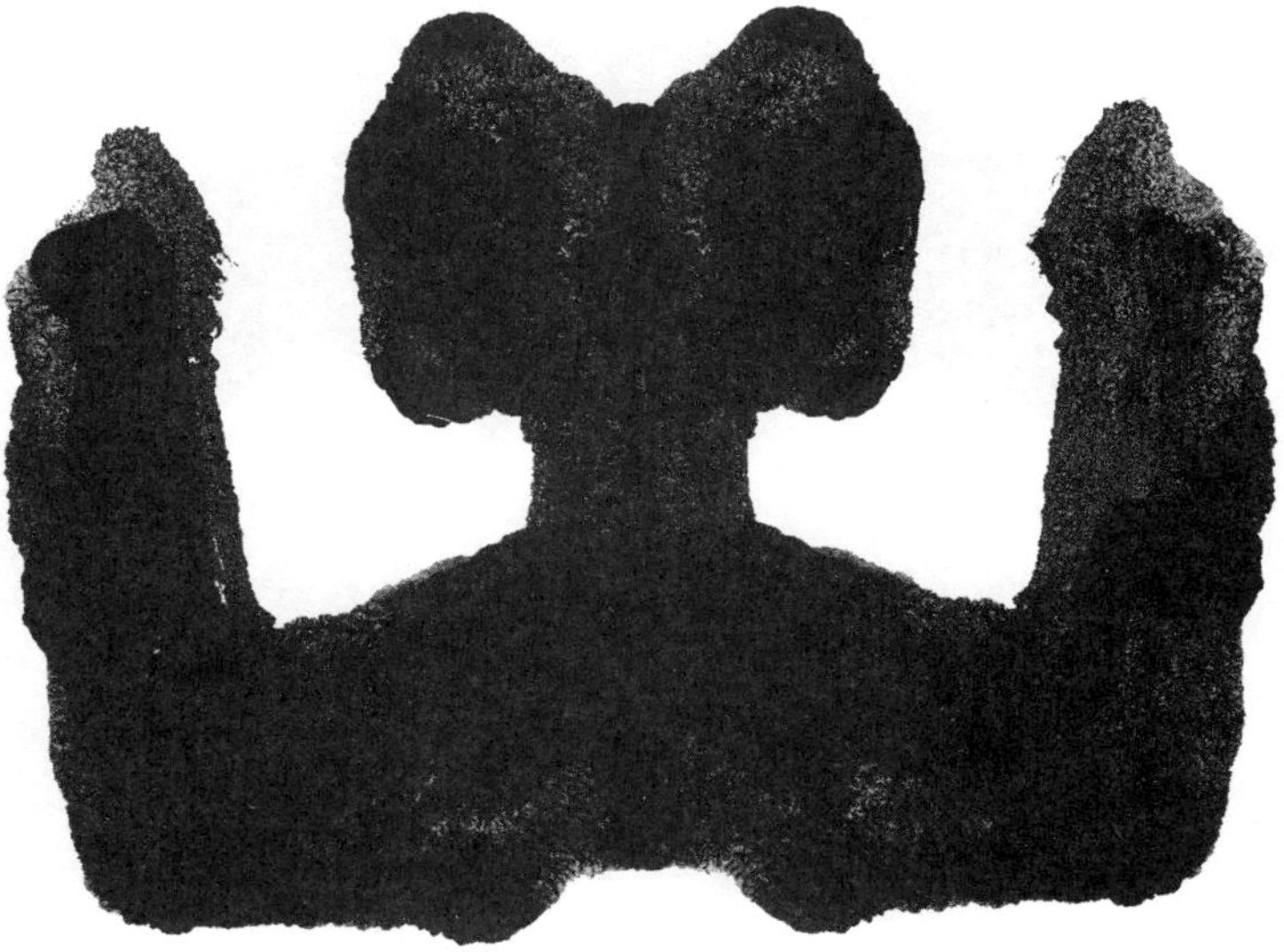

するとそれは大きくなって、
王冠になりました……

それから王冠は、悪魔、呪術師の仮面の頭上に。こんな感じです……

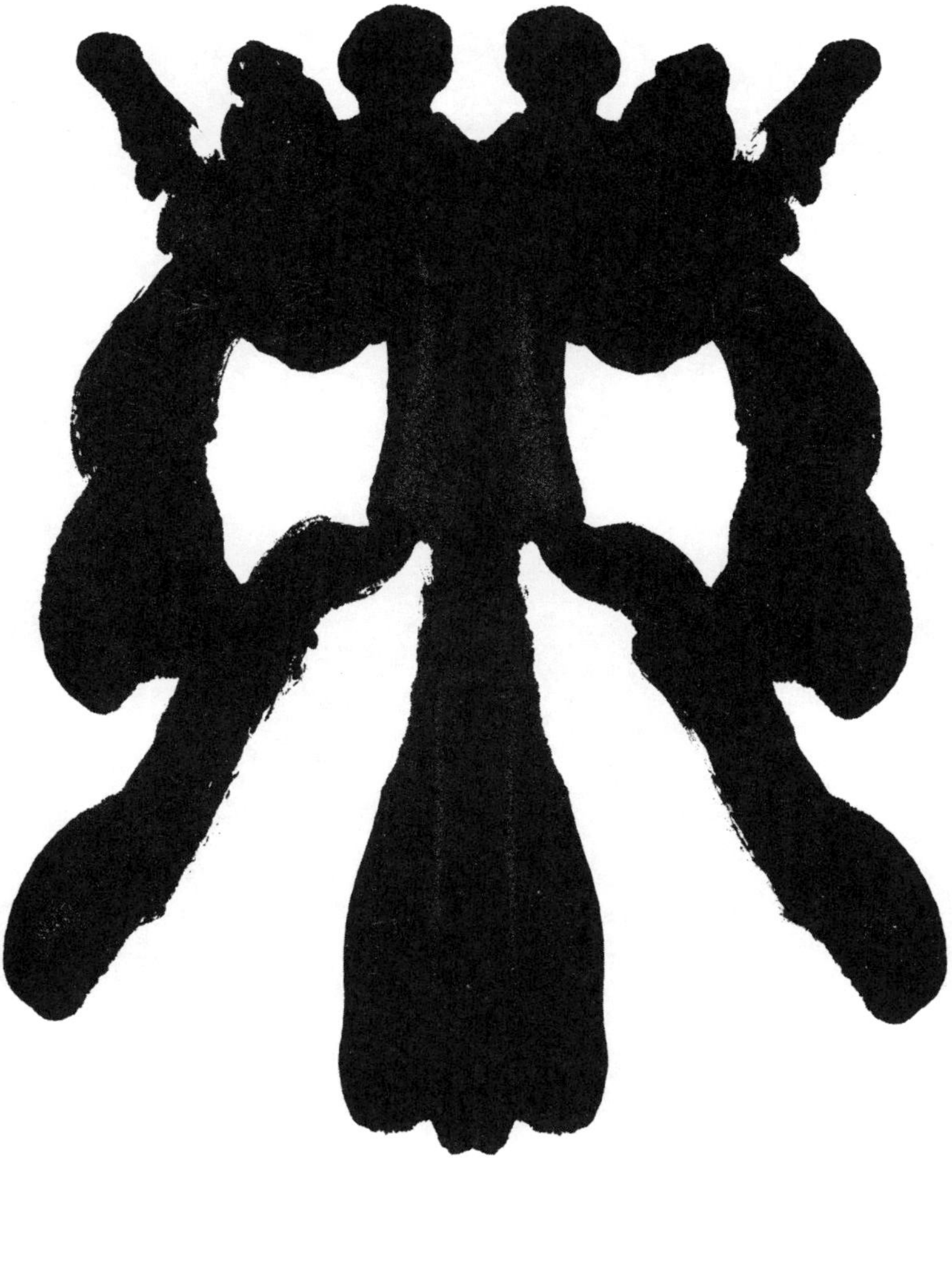

シャム双生児が戻ってきましたが、今回は背中合わせでさほど密接な間柄のようではありませんでした——それとも二匹の踊るコブラを見ていたのかもしれません。ごらんください……

やがて、どこからともなく太い
Uの文字が二つ現れて……

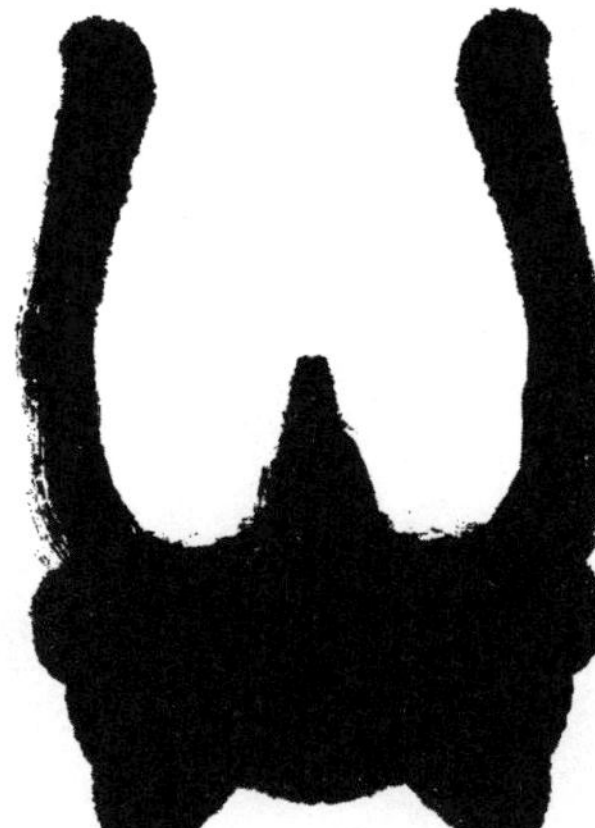

巨大な力こぶがある持ち上げた二本の腕になりました。こんな具合です……

それがこっけいな垂れ下がった太ったお尻に変わったかと思うと……

いきなり死神がリターン！

ひまわりを思わせる
無限大の爆発が起こ
り、そして——

「――そしてわたしは部屋に戻ってきたんです」

　グレッチェンはひと息つこうとした。三十分ものあいだ、休まず報告しスケッチしたためだ。男たちはすっかり熱中していたので、彼女の状態など目に入らなかった。グレッチェンは何度も烈しい衝撃を受けたあとだったが、くすくす笑わずにはいられなかった。シマは、北緯四七度で死んでいるアブラムシをじっと見ていた。インドゥニは、イドのしみの鑑定家のような集中力でスケッチを検討していた。

　とうとうグレッチェンが切り出した。「それで？」

「あの爆発は」とシマがファベルジェ風のアブラムシに訊ねた。「無限大の爆発は……？」

「わたくしに対するあなたの攻撃的逃避（アタック・エスケープ）だった」とインドゥニがつぶやいた。「恐らくナンさんは、それが原因で急にお戻りになられたのでしょう」スケッチから目を上げる。「そのことできわめて奇妙で意外な関係が明らかになるということに同意なさると思いますが、博士」

「グレッチェンとぼくの？　なにもないよ、意外なこ――」

「いえ、ちがいます。肉体と心の関係です」インドゥニがグレッチェンを向いた。「あなたという方は、つねにインスピレーションの源ですね、マダム」

「ありがとうございます、隊長」

「あなたがわたくしのスタッフであったならと心から願わずにはいられません」シマに向き直る。

「さて、博士、ナンさんの探査から、なにか鋭い結論を引き出されましたか？」

「うん。ぼくが正しかったという結論をね。ゴーレム^{100}だけじゃない。イドの集団が存在する」

「ええ。そして？」

「ファズマ文化がそっくりある」

「そして？」

「そして、現実界の個体（インディビジュアル）とファズマ界のイド体（イドディビジュアル）のあいだにはつながりがある」

「イドーディビジュアル？　うまい表現ですね、博士。〝イドディビジュアル〟、大変気に入りました。ほかには？」

シマが顔をしかめた。「最悪の結論だよ。ぼくの状況分析を仮定すれば、実在界の個々人をよく知ってからでないと、彼らとファズマ界の各イド体とのつながりを確定することはできない。逆もまたしかり。要するに——ゴーレムの出どころを突き止めるには長いことかかるだろう」

「ブラボー、博士！」インドゥニが顔を輝かせてほほえんだ。「なんら異存はございません、要する時間の推定を除いては」

「時間はかからないと？　どうして？」

「わたくしの考えは最後に述べましょう、博士。今度はマダムの番です。ナンさん、体力を回復なさっていらっしゃれば、あなたの結論をお聞かせください」

「そうですね……」グレッチェンがゆっくりと話し始めた。「報告していたとき申し上げましたが、隊長、あなたがご心配なさるのは正しかった。潜在界を動かすものは、基本にある残虐な下位レベルでの快楽と充足です。ただ……ただ、その点で混乱するんです。危険と死の気配を何度も感じ取りましたから」

「なぜ混乱なさるのです、マダム？」インドゥニは少しだけ驚いた。「身勝手な快楽は他者を危険な目に遭わせることが多い。残酷な肉食動物にとっては、時間をかけて殺すことに快楽はないのだろうか。ネコがネズミにとどめを刺すのを遅らせるところを見たことはないのですか？」

「おっしゃるとおりです」

「では混乱が解決されたところで、消えていくイメージ、つまり、漂い、入れ替わり、変化するイドのしみで、あなたはなにを構成なさいましたか？　解釈できますか？」

「報告しながらわたしの解釈は申し上げましたけれど、隊長」

インドゥニは憂い顔でかぶりを振った。「悲しいかな、研究室で実験を行なう際のジレンマがある。被験者が試験に没頭しすぎて、体験したことに客観的評価を与えられないのです」

シマが割り込んだ。「インドゥニ、別の結果にたどり着いたんなら、はっきり言えよ。追いかけっこみたいなまねはよせ！」

「そのようなつもりはございませんでした、博士。わたくしは残酷な肉食獣ではありません。マダムの原初的な知覚のいくつかを解釈することができました……視感覚ですね、ロイツ博士の表現ですと……あなたのご判断についてもわたくしの考えを申し上げたいと思います」

「所要時間の推定が先」とシマが言い張った。「どうしてぼくの判断に同意できないんだよ」

「ナンさんはプロメチウム・トリップの目標を達成なさったと考えるからです。無意識のうちに、猛獣、百手ゴーレムの真の出どころを明らかになさったのです」

「え？」とグレッチェン。「そうなんですか？　いつ？　どうやって？」

「だれなんだ？」シマが突っ込んだ。

「お二人の疑いは正しかった。ウィニフレッド・アシュリー、蜂の巣の女王蜂です」

「イドのしみから、そういう解釈にどのようにたどり着いたのですか、隊長」グレッチェンはうろたえた。

「まず指摘しておかなければならないのは、あなたの知覚の多くは、シマ博士が見事に発見なさった〝霧箱第七感〟をとおしてのものでした。（ご辛抱ください。解釈に至る鎖はデリケートですから、鎖の輪を一つひとつたぐってゆかなければなりません。）要するにマダム、あなたはたびたび、原子を構成する粒子と同じほどにパワフルな、生きたエネルギーのオーラを感じ取っておられたわけですよね」

「ええ、それが……？」

「目が絶えずあなたを見つめている——視覚を備えた身体的な目が、心理的な〝私〟という自我の代わりをする。あなたはファズマ界存在者たちのなかに映し出されるご自分を見ていた。そしてまちがいなく、彼らはあなたのなかに映し出される自分を見ていた。ファズマ文化は相互自慰の世界なのです」

「すごい！」シマが叫んだ。「見事な発想だ！」

インドゥニが続ける。「ここで最もデリケートな鎖の輪に来ます。ナンさん、あなたを見ていた暗い女性イドは、悪魔の仮面に変わりましたね——ご記憶を客観的に吟味してください……もう一度スケッチをごらんになって……仮面には、〝R〟の文字が左右対象についてはいませんでしたか？」

「え？　わたしは全然——」

「それに、シャム双生児のようだとイメージなさったものも左右対象だったのでは？」

「一度も頭に浮かば——」

「口をあけた罠が小さな冠に変わり、それから王冠となり、続いて王冠をかぶった悪魔の仮面となったのではありませんか？　スケッチをごらんください。仮面には、〝R〟の文字が左右対象についてはいませんか？　王冠をかぶった〝R〟でなにが思い浮かびますか？」

「まちがえようがない……そうよ！　女王蜂。リジャイナ」グレッチェンがシマに顔を向けた。「隊長の言うとおりよ、ブレイズ。あたし確かにPmトリップに没頭してて、構成するのを怠ってた」

「もう一つのデリケートな鎖の輪は」とインドゥニが続ける。「空飛ぶ白雁、それとも刺そうとする蜂でしょうか？」

シマが確信をもってうなずいた。「女王蜂リジャイナ。まちがいない」

「いかにも。わたくしたちは、百手の出どころを突き止めました。百手は、コロニー、蜜蜂レディたちの巣から生じるが、コロニーはそこの女王によってまとめられている。女王が出どころなのです」

「じゃあ、女王は壊されるべき家なんだわ」とグレッチェンがつぶやいた。

「ただわたくしが悩んでいるのは」とインドゥニがゆっくりと言った。「〝二つのU〟の文字で、それは強い腕になり、それから大きな尻になった。なぜそれが死神の出現を駆り立てたのでしょうか？」

「死神が現れたのはそのまえです、隊長」

「ええ、〝R〟に応答して。そのあとでなぜ〝二つのU〟に応答したのでしょう」

「わかりきってる」とシマ。「〝二つのU〟はウィニフレッドのWだろ」

「いささかわかりやすすぎます、博士」インドゥニがため息をついた。「即座にだれにでもわかることをはねつけるというのはボンベイ人の姿勢の欠点かもしれませんが、わたくしはわかりきったことはよしとしない。その文字、たくましい腕、尻の上で舞っている死神には、もっと深い、恐らくは二重の意味が含まれているのかもしれない……」

「いたずらに話を複雑になさってはいませんか、隊長？」とグレッチェンが訊いた。

「そうかもしれません」インドゥニは深く息をついて、笑みを浮かべた。「あるいは、シマ博士が断言なさったことを言い換えるなら、未知のものをもって未知のものに対抗しようとしているのかもしれません」また深く息をつく。「いずれにしても、われわれはゴーレム100に相対（ヴィザ・ヴィ）して自分たちがどこに立っているかわかっています。それは、ウィニフレッド・アシュリーさんが操っているコロニーを介して彼女の心にしっかりとつながっているイドデンティティ——新語を造りだしていただいてありがとうございます、博士——なのです。彼女を退位させられれば、コロニーは四散し、ゴーレムは家を失うことになるでしょう」

「それはわたしの仕事です」とグレッチェンがきっぱり言った。「わたしは巣の一員です。女王陛下を弱体化させる方法を考え出さなければ」

「内側から穴を開けるのですね」インドゥニがほほえんだ。「この尋常ならざる状況にあっては、許される背信行為でしょう。しかしながら、その計画を立てるのは明日に延ばすのが適当かと思われます。今日のところはこれ以上議論を長引かせるべきではない。三人とも大変疲れておりますから、休息しましょう」

「おっしゃるとおり」とシマがあくびをした。「くたくただ。さあ、リグさん。帰って横になろう、おふざけはなしだよ」

「黒ん坊(ジグ)よ、ジャップさん。おぼえられないの？」グレッチェンが先に立ってドアへ向かう。「あなたの家に着いたら、おふざけについては考えましょ。テラスにはまだ土があるんだから。隊長、おやすみなさい、オプブレス」

インドゥニはそれには答えず、送り出そうともしなかった。合点すると同時にいぶかりつつ、おびえた表情で、ジグとジャップが出ていくのをすわったまま見送った。

18

「これが中世のミサ曲で、この原曲から例の歌が翻案されたというか、まねされたというか、盗まれたんです」とグレッチェン。「複写して差し上げました、リジャイナ。あなたのすてきな共産主義者風インテリアにぴったりじゃないかしらと思ったものですから。もちろん、ただいま弾いてお聞かせしたときには、現代のピアノの楽譜を使いました」

リジャイナの目は涙であふれていた。「いままでいただいたなかで、いちばんうれしい、心のこもった贈り物ですわ、BB。感動いたしました。心から。オプブレス、本当にありがとう」

グレッチェンがピアノのところからほほえみかけた。「あの自動ピアノ用の穴あきロールを手に入れられなかったことを存じ上げていたので、楽譜を発掘したんです。わたしにできるせめてものことでした、リジャイナ」

「それにとっても見事に弾いていただいて！　そうですわね、みなさま？」

「心こもってた」イルデフォンサが拍手を送る。「心こもって槌（つち）に鎌」

「**ちょっと！**　BBをちゃかそうっていうんならそれでもいいけどさ、ネル」とサラ・ハートバーンがいきなり始めた。「**プロレタリアート**は、その**聖なる讃歌**に鼓舞され、☞**民衆の**☜芸術、科学、そして自由を、資本主義者、帝国主義者の**親玉ども**の貪欲な手からもぎ取るための戦いに命を捧げたのである**！**」

演説が終わり、みんながあっけにとられて沈黙していると、グレッチェンが言った。「あなたが党員だとは知らなかったわ」

「あら、サラは党員じゃないわよ」とイルデフォンサ。「この人、『反逆の少女、尊き真珠』で、労働者を食いものにする連中を恐怖で震え上がらせる主人公を演じたの。あたし舞台観たわ。いまのは、第一幕の最後にこの人がぶち上げたごたいそうなせりふよ。けっ**！**」

「まあまあ、ネリー」とリジャイナがたしなめた。「あのお芝居のことでサラをからかってはいけませんわ。史劇における古色蒼然としたせりふに対して、俳優に責任はございませんもの。サラは『反逆の少女』に真摯に取り組んでいたのですから、作者に言わされた愚かしい言葉を理由に責めてはいけませんことよ」

「書いたのはだれ？」

「スーチョワン・フィンケルっていう、旧世代の劇作家」サラが考え込んだ。「でもね、赤旗の時代には、実際そういうふうに話してたんだと思うのよね」

「それっていつ頃のことなの？」メアリー・ミックスアップが訊いた。

「ずっと昔。よくわからない。ジョー・スターリンとかいう名前の聖人が親玉たちを神殿から追い出したか、その逆のときだと思う」

「親玉って？」

「牙つけた雪男みたいなもんよ」

「かまわないではありませんか、メアリー」とリジャイナが割り込んだ。「そういったものはすべて、遠い昔の歴史となったのですから。BB、もう一度弾いてくださいな、それに合わせてみんなで歌いますので。わたくしたち、いままで外国語でおけいこしてきましたのよ、オリジナルのピアノロールが手に入ることを期待して。アングラの〈ボルシェビキ・インターナショナル〉を演奏するつもりでしたの。これでできますわ、あなたのおかげで。さあご準備を、ご準備を。パイや！　忘れないでウォッカを凍らせておきなさいよ」

「凍ったお風呂の水しかありませんけど、ウィニフレッドさま」

「かまいません。氷を飲み物のなかに入れるのじゃなくて、ボトルを凍らせるのよ。では、ＢＢ

「……？」

「再び団結せん、同志よ」とイルデフォンサが笑う。

「なんですの、真剣におやりくださいな、ネリー。テーマは〝赤き戦線よ永遠に〟でございます。心をこめてまいりましょう。来るべき革命を信じるのです」

リジャイナがグレッチェンの伴奏に合わせて歌いはじめた——

起て、飢え囚われたる者よ！
起て、地に呪われたる者よ
正義は行なわれ、断罪が告げ知らされる
いまぞ、夜明けは来たらん
いまぞ、暴虐の鎖は断たれんとす
起て、隷属せし者よ、忍従に明日はない！
新たな礎に世界を築かん
もはや名もなき者にはあらず、われらこそ世界なのだ！

リジャイナが、拍手に応えて優雅におじぎをした。「ありがとうございます、同志のみなさま、ありがとう。連帯よ永遠に、それでパイや、ウォッカはどうしたの？　次は、われらがフランス語の達人メアリー・ミックスアップ同志（タバリシチ）が、横暴なる支配階級に警鐘を鳴らします。さあメアリー」

女王が道をあけると、メアリー・ミックスアップはピアノのそばに立った。

グレッチェンが、指導するように楽譜を指し示した。「歌うときは気持ちをこめて！」とささやく。

「リジャイナはあなたのことなんて相手にしてないし、ネリー・グウィンはしょっちゅうあなたのことからかってる。隷属しちゃだめ。権利を主張するのよ」

メアリーはじっと見ていたが、やがて向きを変え、歌いだした――

Debout, les damnés de la terre,
Debout, les forçats de la faim!
La raison tonne en son cratère:
C'est l'éruption de la fin.
Du passé faisons table rase,
Foules d'ésclaves, debout, debout!
Le monde va changer de base:
Nous ne sommes rien, soyons tout!

拍手が鳴っているあいだに、グレッチェンがささやいた。「起て(ドゥブー)！　起て(ドゥブー)！　あなたが世界になるのよ！」

「それでは今度は」とリジャイナ。「われらがイエンタ・カリエンタでございます。世界のユダヤ人たちはつねに、自由を獲得するための闘い、そして少数派民族の解放運動の最前線に立っておりました」

「あたしのラビがいなくちゃ、あたしできなかったけどね」と、イエンタがメアリーと入れ替わりにピアノのそばに来て言った。

「あなた、リジャイナや彼女の異教徒の友だち相手になにやってるの？」グレッチェンがささやいた。「全員クズじゃないの！　メアリーはまともに取引できないし、ネリーは全然お金を尊重しない。リジャイナはお金がありあまってて我関せず状態。解放の歌を歌うときは、自分のために気持ちを込めるのよ！」

イエンタはグレッチェンに目くばせすると、向きを変えて歌った――

Shteyt oyf ir ale wer nor shklafen
Was hunger leiden mus in noit.
Der geist er kocht un ruft tzu wafen,
In shlacht uns firen is es greit.
Di welt fun gwaldtaten un leiden
Tzushteren welen mir, un dan
Fun freiheit gleichheit a geneiden
Bashafen wet der arbetsman!

「自由（フライヘイト）！　自由（フライヘイト）！」グレッチェンがささやいた。「起て（シュテイト・オイフ）！　起て（シュテイト・オイフ）、あなたのラビとともに！」

「次は、われらが『反逆の少女、尊き真珠』が、同名の劇のフィナーレで歌ったように、『インターナショナル』を聞かせてくださいます」

「しかしながら、味気ない英語では**ありませぬ**。唯一存在する、**美しき芸術**（ベレッツア・アルティ）●●という**真の**（ヴェロ）☆☆言語でまいりまする！」

「リジャイナに美しき芸術のなにがわかるっていうの？　ただの金持ちの反動主義者じゃない。あの人たちになにがわかるっていうの？　イエンタはもうけ主義、メアリーはしょうもないおバカ。ネルは誠意のかけらもない」

Compagni avanti! Il gran partito
Noi siam dei lavoratore.
Rosso un fior c'è in petto fiorito;
Una fede c'è nata in cor!
Noi non siamo piu nell'officina,
Entro terra, nei campi, in mar,
La plebe sempre all'opera china
Senza Ideal in cui sperar.

「前進(アヴァンティ)よ、サラ！　前進(アヴァンティ)！　こんな薄っぺらで創造力のかけらもない女どもなんか放っておきなさい。あなたの足元にも及ばないわ」

「プリス嬢がお選びになりましたのは、カール・マルクスとフリードリッヒ・エンゲルスがお話しになられていたまさにその言語でございます」とリジャイナ。「おふた方はわれらが栄光のボルシェビキを到来せしめた教父であられ、プリス嬢は教母となるやもしれません」

「リジャイナはいつもあなたを見くびってるわ」とグレッチェンがささやいた。「あの人は金持ちで低俗。全員が低俗で月並み。双子なんて結婚生活の変態。ネル・グウィンは商売女以下」

Wacht auf, Verdammte dieser Erde,
Die stets man noch zum Hungern zwingt!
Das Recht, wie Glut im Kraterherde,
Nun mit Macht zum Durchbruch dringt.
Reinen Tisch macht mit den Bedrängern:
Heer der Sklaven, wache auf!
Ein Nichts zu sein, tragt es nicht länger —
Alles zu werden strömt zuhauf!

「目覚めよ（アハト・アウフ）、プリス！　目覚めよ（アハト・アウフ）！　目をさますのよ。ここから出て行きなさい。あなたはお行儀がよくて上品なんだから、洗練されたところなんてかけらもないこんな堕落した女どもと付き合っていてはいけないわ」

「親愛なるわれらのネル・グウィンが、親愛なるわれらの革命の赤き旗の色であることは衆知の事実でございますけれど」とリジャイナがほほえむ。「明かすべき秘密がございますのよ。ネルはスペイン系でして、稀有なる存在（ララ・アウィス）、赤褐色の髪のカスティーリャ人ですの」

「それでもってリジャイナはどす黒い緑色のボケなのよ、ネル。妬みで緑色。あの人わかってるのよ、あなたがおしゃれなマンションで会合を開いてあなたの流行の先端をいくスタイルであなたが仕切るべきだということは。あなたに嫉妬してるの。全員よ」

Arriba los pobres del mundo
En pié los esclavos sin pan
Y alcémon todos al grito de
Viva la Internacionâl!
Rompamos al punto las trabas
Que impiden el triunfo del bien
Cambiemos el mundo de fase,
Hundiendo el imperio burgués!

「勝利（トリウンフォ）よ、ネル！　勝利（トリウンフォ）！　インターナショナル万歳（ビバ・ラ・インテルナシオナル）！　あなたが歌うその言葉を信じるのよ。あなたこそが女王であるべきだと、自分でよく知っているはず」

蜜蜂レディたちをけしかけて、リジャイイナ女王に反旗をひるがえし、決起して蜂の巣革命を起こすよう仕向けるのは失敗に終わった。その無念さをかみしめながら、グレッチェンが肩を落としてストロイエをぶらぶらと歩いていると、ブレイズ・シマがさまよえるオランダ人のごとく音も立てずにするすると風上から迫ってくるのが見えた。驚き喜んでシマに駆け寄ると、片腕をはっしとつかみ、あいさつもせずに、来たるべき栄光のボルシェビキを到来させんと聖歌を詠唱した話を一気に語った。

「……それで双子のウジェダイとアジェダイはロシア語で歌って、二人にも同じようなことを言ってやったの——ここで本当の意味で解放された女性というのは、あなたたち二人だけ。それゆえにあなたを憎んでるのよ、あとの連中は。リジャイナ、プリス、サラ、イエンタ……こんな冴えない場所なんか捨ててしまえば？　歌を深く胸に刻んだら？って。でも結果は同じ。なにも起こらない……。ほんと、偶然会えてよかった、ブレイズ。がっくりきてるのよ。コロニーで無血クーデターを起こすことができなかったから。敵意、嫉妬、競争心、どんなものをもってしても。リジャイナは全員を束ねてて、しっかり足場を固めてる。巣を四散させてゴーレムを消そうとするなら、女王蜂を取り除かなくちゃならない。でもどうやって？

返事はいいわ、ブレイズ。いまのは修辞疑問だから。あたしには答えがわかってて、そのことを考えると胸が悪くなるんだけど、あたしたちとガフのみんなのためにはそうするしかない。ＰＬＯへ行って、プロファーザーにウィニフレッド・アシュリーをばらしてくれと依頼してくる。あの人なら彼女を消すことができるし、消しちゃうだろうから。おぞましい——あたしたちはどちらも殺し屋じゃないのに。だけど、ほかに方法がないじゃない。どう思う、ブレイズ？　その線でいく？　インドゥニに知れたらどうなることか——あの男、なんでもわかっちゃうから——あなた賛成？　どう思う？」

「なかうもこっつにこんま」

「え？」

「なかうもこっつにこんま」

「ブレイズ！」

「なかうもこっつにこんま」

「ちょっと！　なにわけわかんないこと言ってんの？」

「なかうもこっつにこんま」

「どうかしちゃってる！」

グレッチェンはシマの手を振りほどき、一瞬ぼうっと見つめてから、ストロイエを飛び出した。全速力で角を一つ、そして二つ曲がったところで、上品ですらりとした優美なセーレム・バーンに出くわした。精神感応医がほほえみ、両腕を伸ばしてつかみかかった。

「るすにとこむこっつにこんま」

「えッ！」

「るすにとこむこっつにこんま」

「アタマおかしいの？」

「るすにとこむこっつにこんま」

「バーン、あなた狂ってる。ガフがそっくり狂っちゃって、わけのわかんないことわめいてる！」

「るすにとこむこっつにこんま」

グレッチェンが息を切らして震えながらまた走っていると、F・H・ロイツ博士に激突した。ドロー計画責任者はよろめく相手を受け止め、がっしりと包み込んだ。

「こんみゃんげ」

「なんなのよロイツ！　あなたまで！」

「こんみゃんげ」

「最初はブレイズ？　次はバーン？　今度はあなた？　いや！　いや！」

「こんみゃんげ」

「悪夢だわ。悪夢のはずよ。こんなでたらめな言葉！　あたしはどこかで眠ってるのよ。どうして目をさませないの？」

グレッチェンはロイツを振り払い、よろめきながら戸口の奥へと後ずさりした。パニックに陥って暗闇に身を潜める。すると突然〈アップマン〉ポスターの〝使用後〟氏の両腕にすくい取られた。〝使用後〟氏はグレッチェンをぐるぐるまわし、ほほえみかけ、彼女の股間に実物大より大きい破城槌をぶつけて痛めつけた。

「こんま　こんま　こんま　こんま　こんま　こんま」

「神さま！　どうにかして神さま！」

グレッチェンが戸口からふらふらと出て、泣きじゃくり、縮み上がり、右へ左へよろめきながら、あてずっぽうに走り、すごい勢いで走り、打ちひしがれて走った先に、

自由
の
女神像
が

両腕を
広げ
燃え盛る
たいまつをかざして
立っていた。

そしてどっしりした金属の腕で抱きすくめられると、グレッチェンは気絶した。

「いいえ、頭がおかしくなってなどおられませんよ、ナンさん」とインドゥニが安心させた。「あなたが体験なさったのは、幻覚ではありません。擬似現実の悪夢です。多形性の野獣ゴーレムがさまざまな外見を装って現れるという現実――シマ博士、精神感応医のセーレム・バーン、ドロー計画の責任者で大変尊敬されているロイツ博士、生気を吹き込まれた〈アップマン〉のポスター、はるか以前にスクラップにされた自由の女神像」

「あのわけのわからない言葉は？」

「話し言葉で意思を伝達しようという頼りない試みで、逆さまに言っていたのです。あの生き物には知性がなく、われわれの現実をまったく把握できない。あなたの記憶からすくい取ったものを囮として利用する、野蛮な情熱に過ぎない。百手の獣があなたの経験のなかにあるコンピュータや乗り物その他のかたちを取って現れなかったことは意外です。機械類が話せないという理解はあまりに古臭いはずですから」

「隊長、あなたが助けてくださったのですか？」

「スタッフはお役に立てて喜んでおりました」

「スタッフの方々は偶然通りかかったのですか？」

「そういうわけではないのですよ、ナンさん。昨夜、不穏なことが明らかになったあと、あなたをつけさせていたのです」

「不穏なことが明らかになったとおっしゃると？」

「あなたとシマ博士は、お二人だけの親密な愛称で呼び合っておられますね、古語の蔑称で」

「ジグとジャップ。ええ」

「ファズマ界であなたが最後のほうに見たものが〝二つのU〟の文字だったことにはまったく思い至りませんでしたか？　それは持ち上げたたくましい両腕となり、それから尻となり、死神の威嚇を招きましたね。そしてこの尻の形が、向かい合う二つの文字〝J〟でできていたことには思い至りませんでしたか？　ジグとジャップ。JとJ」

グレッチェンは肝をつぶした。「あなたが昨夜突き止めようとなさっていた二重の意味とはそのことなのですか、隊長？」

「そのとおりです。あなたは探査をしてゴーレムの存在に気づいたわけですが、それはまたゴーレムにあなたとあなたの潜在的な脅威を気づかせる結果となった。わたくしは、イドの生き物を突き動かすものは充足と生存であると申し上げました。ゴーレムは生き延びなければならないわけですから、いま、危険を及ぼすかもしれない相手を攻撃しているのです。ウィニフレッド・アシュリーさんではなく、あなたを。わたくしはそのような可能性があると推測し、指示を出しました。それで、スタッフはお守りしようとあなたをつけていたのです」

「わたしだけですか、それともブレイズも？」

「お二人ともです。特にシマ博士。率直に申し上げますが、どうかお怒りにならないでください、ナンさん。あなたが強さを発揮される点が、博士にとっては弱点なのです。あなたは〈新原人〉です。シマ博士は大変に優れた方ではありますが、保存するに値しないものの一つなのかもしれません。自然が頂点と考えるものの基準は、わたくしたちには知りえませんのでね」

「う〜ん」グレッチェンはそれについて考えた。「たぶん。それはともかく。彼を守ってくださっているのでしょう？」

インドゥニがため息をついた。「困ったことに、スタッフが見失ってしまったのです」

「見失った？　どうして？　どこで？」

「わたくしたちの職業に共通する術策を指摘する必要はございませんよね、ナンさん。対象となる人物を尾行する際、その技術の大半は習慣的な行動パターンを認識して絶対に見失わないようにすることにあるのは、あなたもご存じのはず」

「ええ、わかっています。それで？」

「シマ博士が突如通常の決まったパターンを破ったため、スタッフが完全に見失ってしまったのです」

「ブレイズはどのように通常のパターンを破ったんですか？」

「残念ですが、恐らくまたフーガの状態に入っていったものと思われます」

「ミスター・ウィッシュですか？」

インドゥニがうなずく。

「ゴーレムのせいですか？」

インドゥニが力なく肩をすくめた。

「ウィッシュが追っているのはだれなんです？」

インドゥニがまた肩をすくめた。

「なによ！なによ！　なにもかもおじゃんじゃない。あの蜜蜂レディの連中……すべておじゃん」

「あきらめてはなりません、マダム」

「そう。そうよ、そのとおりです。行動を起こさなければ」グレッチェンが決意して深く息を吸い込んだ。「そうよ。しっかりと行動しなければ」

「スタッフは倍のエネルギーを注いでおります」

「ありがとうございます、隊長、でも自分のことを言ってるんです」

「ほう？　なにをお考えなのですか？」

「この会話は録音されているんですか？」

「お望みでしたら、すぐに録音をやめることはできます」

「いいえ。わたしはとてつもなく残虐なことをやるつもりなんです。記録してください」

「おっしゃるとおりに、ナンさん」

グレッチェンが唇を引き締めた。「PLOのピラミッドへ行って、プロファーザーに会ってきます。巣をまとめ上げゴーレムに住処を提供している女王蜂、ウィニフレッド・アシュリーをばらすよう依頼します。わたしは殺人の共犯者ということになります」

「というより、煽動者でしょうか」

「ではその両方です。やって来るものに立ち向かいましょう——せめて誇りをもって。あのいまいましい化け物を打ち倒すには、女王とその巣を打ち倒すしかない」

インドゥニがまたため息をついた。「わたくしが許可できないことは、当然ご存じですよね」

「わかっていますが、あなたに止めることはできません。わたしがあなたと当局にブタ箱で猿ぐつわをはめられるまでには、契約は成立し、だれにもPLOの兵隊たちを止められないでしょう。そうです、隊長！」グレッチェンが叫んだ。「羊の群れのなかのオオカミ。あなたの言葉です。オオカミ！オオカミ！」

グレッチェンは相手に答えるひまを与えず、オフィスから猛然と出ていった。

「ウィッシュと申します。ミスター・ウィッシュとお呼びください」

リジャイナはウィッシュを点検した。「悪意のない、加えてとても魅力的な若者とお見受けいたします。なぜわたくしのような者を追いかけていらっしゃいますの？」

「あなたを追いかけているのではありません。あるもの、すごいものを追いかけているところで、通り道が偶然同じなのです」

「なにを追いかけてらっしゃるんですの？」

「お尋ねですか！」どんよりとした外貌の下で、ウィッシュはわくわくしていた。「あなたは悪意のない、加えてとても魅力的な女性とお見受けしますので、打ち明けましょう。ぼくは新しいなにかに引き寄せられているんです。ひとりでウサギ狩りごっことか宝探しといったものに似た遊びをするのですが、ふと気がつくと、手がかりとなる目新しい痕跡にたぐり寄せられているんです。それはぼくを魔法にかけ、招き寄せ、魅了する」

「その謎めいた魔法の手がかりというのはなんですの？」

「二重の死です——与え、そして受け取る」

「んまあ、ウィッシュさん！」

「詩にすぎませんよ」

「あら、詩人でいらっしゃるの？」

「破壊の詩人。再生（リエスタブリッシュメント）の歌い手」

「体制（エスタブリッシュメント）？　おっしゃることが矛盾しているように思えますけれど、ウィッシュさん。傑出した詩人に体制となじんだ方などいませんでしたわ」

「聞きちがえたようですね。ぼくは再生の詩人です。タナトスの歌い手です」

「タナトスとはなんですの？」

「生命の出現によって破壊されるまえの宇宙の状態を再生させようという、人間の深く根本的な衝動のことです」

「破壊されたと？　あなたは反生命でいらっしゃるの？」

「ぼくは破壊の敵、原始のままの自然の摂理を損なうものすべての敵です。そして生命がそれ自身を滅することによって完全なるものを侵害するのをやめようとするときには、それを幇助（ほうじょ）すべく引き寄せられます。それがぼくの宝探しなのです」

「あなたは一風変わった詩人なのでしょうね、ウィッシュさん。詩を聞かせていただきたいわ。朗読してくださいます？　これはわたくしの名刺です。毎週木曜午後にお招きしておりますの。ほかにもお客さまがおいでになりますし、もちろん軽食もご用意いたします。では、ごきげんよう（オールボワール）。急ぎませんと。約束がございますので」

「ぼくもです。同じ方角のようですね。まいりましょうか」

二人は、ゴミやがらくたや、かつて生きていた腐りかけている物体をひょいひょいよけながら、悪がはびこるガフの街路や路地をいっしょに抜けていった。二人に限らず、だれもがこういう状態を受け入れていた。時は進歩した二十二世紀だったわけで、進化のための代償は支払われなければならない。リジャイナは詩と装飾芸術について愛想よくしゃべっていたが、ウィッシュと同じくらい期待に胸をはずませている様子だった。

「あなたはわたくしに打ち明けてくださいましたから」リジャイナもついに応じた。「わたくしもお返しに打ち明けたく存じます。わたくしも宝探しの終盤に近づきつつありますの。友人、と申しますか、友人の旦那さまが、オプスデー初日に宅で開きましたパーティにご出席なさいました。その方は風変わりなものの収集家でいらして、お話をうかがっていましたら、心踊るようなことがわかりましたの。わたくしが求めてやまないお宝をお持ちなんです。ポティエ作詞ドゥジェイテル作曲の『インターナショナル』のオリジナルのピアノロール。寛大にもそれを贈り物にしましょうと言ってくださって、わたくしいただくことにいたしました。その方のお住まいがこちらなんですの。では、ごきげんよろしゅう」

リジャイナが壮麗なオアシスに入っていくと、ウィッシュもついていった。リジャイナが彼を見た。彼はほほえんだ。「ぼくの目的地もここなんですよ。また奇妙な偶然の一致ですね」

警備にとおされたとき、リジャイナはさほどあわてていなかった。だがやはり落ち着きを失っていたらしく、ウィッシュが自分の同伴者と見なされてとおされたことに気づかなかった。二人が急行エレベーターに乗り込むと、それは一気に上昇した。

「わたくし三十一階へまいりますの」

「ぼくもですけれど、ご心配なさらないように。その階には四戸ありますから。またしても偶然の一致ですね。来週木曜午後のお集まりのために、タナトスの偶然の一致をテーマに叙事詩を書きましょう」

しかしリジャイナを迎えようとドアを開けたドローニー・ラファティは、じろじろ見てから大声を上げた。「え？　あなたもいらしたのですか、博士」

ウィッシュはまだらの顔に笑いかけた。「名前はウィッシュです。ミスター・ウィッシュとお呼びください。あなたの手助けにまいりました」

ウィッシュが二人の横をすうっととおってなかに入っていこうとした。ラファティは片腕を上げてそれをふさぎ、いきなり下卑た笑いを浮かべてから、入室を許可した。ウィッシュは、ラファティの珍妙なコレクションが並ぶライトで照らされた陳列用のガラスケースをぼんやりと見つめた——日時計、らっぱ形補聴器、ステッキ、春画をあしらったブックマッチ、毒々しいコンドーム、そして、ルクレチア・ボルジア、エレノア・グウィン、エカテリーナ二世、ポーリーン・ボルゲーゼ、エマ・ハミルトン、ローラ・モンテス、エリザベス一世、エリザベス三世のデスマスク。

「では、また始末に困るような事態を招かないでくださいよ、博士。腰かけて、お行儀よく。観客のお立場で盛り上げてくださるのはかまいませんから」

「名前はウィッシュです。ミスター・ウィッシュと呼んでください」とシマは言い、言われたとおりに腰を下ろし、彼方に目を据えた。

「お入りください、アシュリーさん」とドローニー。「ようこそおいでくださいました。シマ博士とお知り合いだとは知りませんでしたが、そもそもわたし、お二人のことをほとんど存じ上げませんしね」

「お名前はウィッシュだとおっしゃっていますわよ」リジャイナは当惑した。「ウィッシュという名の詩人だと」

「ええ、シマ博士の酔狂は経験ずみです。彼の魅力的な点ではありませんけれどね。ピアノロールを差し上げるまえに、わたしのコレクションを自慢させてください」

ウィッシュはポケットから絞首刑用の縄をこっそり取り出すと、椅子のそばの床に置いた。

「わたしは、こちらに並んだ貞操観念のない崇高なる女性たちのデスマスクが大変気に入っています。マスクは、たとえば、エレノア・グウィン、あるいはポーリーン・ボルゲーゼ、あるいはエカテリーナ二世本人から取ったものではないと異議を唱える人がいるでしょうし、それは正しい。しかし収集家の創意というものは、単なる現実に必ず勝利する。わたしはこれら煽情的な女性たちの現存する肖像をすべて集めたのち、形成外科医に依頼して、死体公示所の死体の顔に複写して成型してもらったのです。マスクはそれらから取りました。もしそのときあなたのことを存じ上げていたなら、エマ・ハミルトンを再び創る必要はなかったのですけれどね。あなたはあのすばらしい娼婦の生まれ変わりだ」

レーザー・バーナーと八ミリ口径の手のひらサイズのピストルが縄に加えられた。

「こちらのエロティックなブックマッチは自慢の品で、長年かかって集めました。ブックマッチを集める際に収集家がこだわるのは、未使用であるということなんです。マッチは使われていない、擦る部分には擦り跡がないというように。これはインドのもので、それぞれに『カーマスートラ』の神秘的な性愛の体位がデザインされています。インスピレーションを与えられると思いませんか、アシュリーさん？」

$(CN)_2$とラベルが貼られた圧力バルブが一個、床に置かれた。

「ある客人にこのコレクションをお見せしていたときのことですが、止める間もなく、彼はマッチを一本取り出して擦ったんです。恐怖におののくわたしの顔を見て『どうかしましたか？』と訊くので、わたしは『いや、なんでもありません』と言って、気絶してしまいました。幸いそのブックマッチは未使用(バージン)のものと取り替えることができましたけれど。あなたは処女(バージン)でいらっしゃいますか、アシュリーさん？　そうでしょうね。処女というのは人を引きつける魅力がありますからね、あなたのように」

メスが一本、ぎらつきながら床に降ろされた。

「さて、こちらは犬の首輪のコレクションです。なかには、時代を映した大変興味深いものもあります。これはドイツ製の大型グレートデーン用スパイク付き首輪で、馬上の騎士が歩兵の頭を打ち砕くのに使った、スパイク付きの鋼の球を鎖で取りつけた武器、朝星棒（デア・モルゲンシュテルン）を連想させます。こちらはミニチュアのブランデーの樽が付いたセントバーナード用のオリジナルの首輪です。ブランデーの味見をしようなどと思ったことはありませんけれどね。二十世紀の〝盲導〟犬用の引き具。小型テリア用の宝石が散りばめられたフランス製の首輪。そちらの一風変わったものは、エスキモー犬用の橇の引き具です。そしてこの逸品は、銀製の鎖をつないだ輪縄式首輪」

「輪縄式首輪？」とリジャイナ。

「そうです。獣医が埋め込み式の無線制御装置を考案する以前に使われていました。犬の首にかけて引いて締めたんです。やってごらんにいれましょう。さあ、首にかけてください——これはね、すてきなネックレスになるんですよ。あなたのことヤリたくなっちゃうな——これでよし。そこに引き綱をつけるわけですが、犬が主人に付きしたがうかぎり、首輪はゆるんで快適な状態です。しかし犬がほかのことに気を取られたり、うろうろしたり、逃げようとしたなら？　引き綱を一回引けば首が締まり、服従させられます——こんなふうに！」

　ラファティが大きなこぶしで鎖をひねり続けると、それはリジャイナの首の皮膚に埋没した。リジャイナは目を剝き、カウチの上であおむけにされ、銀製の絞殺具をつかんだままのラファティに乗られて突っ込まれているあいだ、手足をばたばたさせていた。「来い（コムト）、牝犬（フーレ）！　下がれ（ヘアルンター）！　おすわり（ジッツ）！　伏せ（リーゲ）！　待て（ブライプ）！」リジャイナのゆがんだ口に唇を押しつける。「そうだ。愛人にはフランス語、女房にはイタリア語、馬には英語、犬にはドイツ語だ。死ね（シュテルプ）、犬（フント）！　そうだ。死ね（シュテルプ）、牝犬（フーレ）！　会った瞬間わかった、おまえは情熱のうちに死んでわたしに情熱をくれると。そう。わかったんだ——アアッ！」

リジャイナが死の痙攣に身を震わせているあいだ、ラファティは期待に満ちた目でウィッシュを見つめながら挿入していた。やがて彼女の最後の収縮に反応して叫びながら絶頂に達し、ゆっくりと崩れた。

ようやく死体から身を起こすと、物足りないというように観客を見ながら、埋もれた鎖をほどいた。

「反応なしですか、ウィッシュさん？　リアクションなし？　ショックは？　戦慄は？　嫌悪は？　恐怖は？　なにもなし？　いや、なにもないようですな。残念至極。あなたが刺激を強めてくださるものと期待してたんですけどね、ウィッシュさん。死体公示所でやる死体エッチとどこも変わらなかったな」

「名前はシマです」とウィッシュが言った。「ブレイズ・シマ」

シマは手を下ろし、レーザーを拾い上げ、ドローニー・ラファティの頭を焼いた。

19

インドゥニ隊長は、ドローニー・ラファティの奇怪なコレクションに見入っている様子だった。その間、包んだ死体を墓場荒らし班が運び出し、分子班が指紋を採取して去り、テレビ班が去り、メディアチームが去り、警察（ポリツァイ）と殺人捜査班が、ポリ袋に閉じ込めた輪縄、レーザー、ピストル、メス、$(CN)_2$のバルブを持って去った。ようやく二人きりになると、インドゥニは陳列用のガラスケースのところから振り返って、茫然としているウィッシュ＝シマに話しかけた。

「当局のために手続きを踏んでいるだけです」とインドゥニ。「当局は物的証拠にこだわっていて、それらを足したり引いたりして算定します。根は会計士なのです。全員、国税局を志望して入れなかった者たちだとわたくしは信じております」

「ぼくは彼を殺した」シマ＝ウィッシュがつぶやいた。

「裁判にはなりませんよ」と隊長がさりげなく続ける。「わたくしが迅速に進めるようせき立てないかぎり。現在のところ、公判日程表は七十九年間滞ったままです。裁判官は任命され、務め、退官し、死に、在任中に始まった訴訟を審理した試しがない。わたくし自身、法廷で、裁判官の孫のまえに、原告と被告、犯罪者と被害者の孫が立っているのを何度も見ました。落ち着きを取り戻してください、シマ博士。しっかりしなくてはなりません。奮起して、差し招く原初の至高の頂点をめざすのです。必ずや、ナンさんとともにそれをやり遂げられることでしょう。うらやましく思います」

「ぼくは彼を殺した」

「殺しましたね。おうかがいしたいのですが――ブレイズ・シマ博士としてですか、それともミスター・ウィッシュとしてですか？」

「精神異常だとは主張しない」

「実にご立派ですが、どうか質問にお答えください。あなたが名高い死体嗜好者の脳を焼いたのは、シマ博士としてですか、それともミスター・ウィッシュとしてですか？　思い出せますか？」

「両方」

「ブラボー！　うれしい知らせです。ではあなたの二つの部分はうまくやれるようになったわけですね。それらは互いの存在に気づいていて、和解している。ウィニフレッド・アシュリーに対して行なわれた衝撃的な残虐行為を目のあたりにした結果であることは疑いない。あなたにとってはこの上なく幸運な惨事でした――それはあなたを一つにまとめたのです。フーガは二度と起こらないのではないかと思います」

「ぼくは平然と彼を焼いたんだ」とシマが言い張った。

「今度は悔い改めるというぜいたくを味わいたいというのですか？　あなたはフランス系のカトリック教徒として、ジョンズタウンという土地で育ったのでしたね。チッ！　そこの人々は、大洪水で中世まで流し戻されてしまった。いまは文明化した紀元後の二十二世紀なのですよ、博士。ジョンズタウンに当世風の考え方ができなくても、イエスはガフにお戻りになられたらきっとそうなさいます。この賢人の精神は、つねに時代に呼応しておりますからね」

「ぼくは平然と彼を殺したんだよ」

「ミスター・ウィッシュに関して罪悪感を抱く必要はもうありません。彼は、女王蜂とゴーレムの巣＝家を破壊するための道具だったのです。ポーヴル・プチにとらわれ続けるのはどうかおやめください」

シマがしわがれ声を出した。

インドゥニがゆっくり、はっきり言った。「博士、あなたは正当防衛でラファティを殺したのです」

シマがじっと見つめた。インドゥニがうなずいた。「わたくしは当局に対してそのように見解を述べるつもりです。あなたはラファティが輪縄式首輪でウィニフレッド・アシュリーを絞め殺すところを目撃した。ラファティが手に鎖を持ったまま死体から身を起こした。あなたは今度は自分がこの狂った生き物に殺されると恐れた。唯一の目撃者なのだから当然のこと。そこであなたは正当防衛で相手を殺した。捜査班が手に鎖を持った死体を発見した。証明さるべきは証明されました（クウォド・エラト・デモンストランドゥム）」

シマはぼうっとして頭をぐらぐらさせた。「だけど――だけどあなたはいつだってすごく――すごく――汚れのない正真正銘の警察官なのに」

インドゥニはため息をついた。「困ったことに、西側世界はわれわれの価値観を深く理解することがどうしてもできない。そのためにあなた方はいつもインドで失敗してきたのです」口調を早める。

「さあ、博士。ナンさんのことを考えなければ。最新の報告によりますと、アシュリーさん殺しを依頼するため、PLOのピラミッドへ向かっておられるところらしい。マダムがプロファーザーと関わるのを未然に防ぐため、アシュリーさんが亡くなられたことをメディアが大々的に報道するよう仕向けておいたのですが、ピラミッドはニュースなどまったく相手にしないとの情報を得ました。わたくしたちが直接行かねばなりません」

「情報を得た？　どうやって？」

インドゥニがまたチッと舌を鳴らした。「あの非凡なる女性があなたにおっしゃいましたでしょう、PLOの娘が反イスラム教のキリスト教徒と駆け落ちできるようにしてやったことがあると」

「聞いてない。そうなのか？」

「ええ、ご自分の身を危険にさらして。娘はいまでも感謝しています」

「そのPLOの娘っていうのが情報源？」

「いえ、彼女のご主人です。このキリスト教徒というのは、わたくしが以前申し上げたことのある警察のチェスの大会の優勝者です。ただちに動かなければ、シマ博士。スタッフに行かせることはできないのです、絶対に入るのを許可されないでしょうから。わたくしたちなら知られておりますのでだいじょうぶでしょう。プロファーザーは危険な女性ですから、ナンさんはすでに死んだ人物を殺すよう依頼して、取り返しのつかない事態に陥るということになりかねません」

「だけど待ってよ、隊長。女王蜂が死んだということは、ゴーレムも終わったってことじゃないの？それで問題はすべて解決するんじゃないの？　それがグレッチェンの論理だったよね」

インドゥニはいらいらした。「お願いです、博士、わたくしを困らせないでください。あなたは大変な犠牲を払って、ご自分のパズルのピースをつないだばかりなのですよ。それなのに今度は、このとてつもない危機的状況のほかのピースをすべてつなぎ合わせろとわたくしにおっしゃるのですか？いますぐに？　なにを犠牲にして？　さあ、まいりましょう！」


共同体がその女王を失うと、臣下たちはまったく秩序を維持できなくなる。取り乱し、いら立ち、攻撃的になり、必死になって群れ集まるようになる。はぐれ者が、怒りのバイブレーションに刺激されて群れに加わることもある。時折〝ニセ女王さま〟が共同体を乗っ取ろうとするが、申しわけ程度の敬意と敵意を含んだいら立ちが入り混じった態度であしらわれる。本物の女王だけが真の敬意を得、群れをまとめ上げて、あらたな秩序ある共同体にすることができる。だが本物の女王を生み出すためには、豪奢な住処と豪奢な食事を与え、そののちなだめて外へ連れ出し、世間の者たちと交尾させなければならない。

あいつはくたばったあいつはくたばったまだら野郎は遺言書きかえるって脅し続けてたけどそこまで手がまわんなかったあたしが極上の出し物でもてなしてやってるとこであの女肛門に入れさせてあいつ片ひざついちゃってあなたはなにでおもてなししてんのイエンタあらすてき相手逆さまにしてパイずりかいなみんなでインドへ行こうじゃないの飲み干して飲み干してグラス代わりにらっぱ形補聴器使ってさ耳に入れるほうの端に親指押しつけてたっぷり注ぐの飲み干してあいつはくたばった白黒野郎なんなのよメアリーステッキで火おこすのにどんだけかかってんのかまうことないって先っちょについてる金なんて燃やして溶かしちゃえ片っ端から鼻へし折るのよサラでもネル・グウィンのデスマスクはあたし使うから取っといて彼女題材にして特別な出し物演じたいのパイ顔いったいここでなにやってんのそうそうあたしたちリジャイナが死んだこと知ってるガフじゅうに知れわたってるあたしたち知ってるあたしたち知ってるあんたは右往左往飲み干しなさい入れ物取って洗眼コップでもらっぱ形補聴器でもかぎタバコ入れでもたっぷり注いで飲み干しなさいあらプリスとうとうお股のあいだに棒はさんだのねちがうわよ棒馬じゃないって本物のチン棒にそんなふうにまたがれたらインドに

ご教示してやれるっておっとこちら大胆な体位でアチッやけどしちゃった火はどういう具合メアリーちょっとウジェにアジェ寝室に来てあたしがあいつに寝かされた棺桶運び出すの手伝ってあの野郎燃やしたるうわ重いったらおまえは死んでるんだよって黒白フリークが言ったのよねおまえは死んでるんだよおまえは息をしてないんだよおまえの心臓は止まったんだよおまえは死神みたいにまっ白だよだとよメアリーあなた天才じゃないのそんなふうにふくらますなんて彼女のこと手伝ってあげてパイみんなでコンドームぜんぶふくらませて風船上げごっこしましょちがうわウジェ細いほうから火に突っ込むのよ入るから向き変えるの手伝ってあげてアジェその杉ビシバシ燃えるはず何度あたしそのなかでやけどしたことかあのまだら野郎がおまえは死んでるんだよおまえは息をしてないんだよおまえの心臓は止まったんだよとか言いながらあたしの死に顔に水玉模様のポコチンぶら下げちゃってさなんでかっていうとそうしないとポコチン硬くならないわけよわあやった棺桶に火がついた死んでようが生きてようがあいつがなかに入ってりゃよかったのにあそっかともかく死んだのよね死んだことを認めようとはしないだろうけどでもとうとう遺言書きかえらんなかったのよねそのことはリジャイナに感謝しなくちゃBBが言ってたようにあたしが引き継いだら毎週みんなでリジャイナのために礼拝してお葬式して交代で賛辞を述べるのそんであたしあのまだら野郎の心臓に硬直チンポ突き刺して四つ辻に葬ってやる棺桶が燃えること燃えることでもサテンがやなにおいパイやあんたはあたしのところで働いてもらうから心配いらないわよあらら大変天井に火がついちゃってんじゃないきゃあ万歳三唱バケモノハウスがそっくり炎上して地獄堕ちあいつ遺言書きかえらんなかったもんねあたしゃ好きなだけお金つかって好きなとこに住める火がつくまえにとっとと出ていきましょあたしはとっくに火がついてるけどねコンドーム風船でもなんでもあいつのダサいコレクションから好きなおみやげ持ってくといいわ行きましょサラのサロンンンンンンンンンンンンンンンンンンへ

美が呼び**栄光**が照らす**道**アレクサンダー大王第一幕第三場みなさんこんなかっこうじゃいけませ**せぬ**わたしたちは薄**汚い**わたしたちは**美しく**ないわたしたちはファンに対する義務を怠ったわたしたちはおめかししなくちゃわたしの衣装はみなさんのものそれにわたしの衣装係もこちらがいとしのノーラさんわたしの衣装係はみなさんのもの**ノーラ**はみなさんの役に合った身体に**ぴったり**の衣装の**着付けをして**くれますもちろんまずわたしからよだってわたしは一座の

★

だからスパンコール銀色のスパンコールよノーラそれとラインストーンの肩ひもつきの体の線を強調した服ネリーの役はもちろんエルサレムの娼婦**ガフーザラム**彼女にベリーダンサーの衣装を着せてだめだめイエンタいやがっちゃあなたの熱心なファンを**メロメロ**にする役を振ってあげたんだからノーラあなたイエンタ・カリエンタにデリラの衣装着せて髭つけてモーセにしちゃってメアリー・ミックスアップは小間使いの役をやって女主人に仕える生意気で陰謀をめぐらす女中を演じますちがうのパイ顔あなたの役はご奉公してる女中じゃないのなによこのスパンコールおっぱいザラム引っかいてるあなたは**浮浪者**の役よ渡り労働者いとしのノーラがハリウッドで使われてた衣装用意するわそこは西のほうの娯楽産業で栄えたところだったんだけど自滅しちゃったのよねプリスは寓話の**美女**よノーラ彼女に『シンデレラ』の夜会服用意してあげてウジェダイとアジェダイは逆毛かつらかぶって八本腕がついた衣装着てスクリャービン作『ニジニノブゴロドを食べた怪物カクーラ』に出てくる頭が二つある**バケモノ**を演じますなあにノーラまぜてほしいのじゃあいいわよでもなんの役がいいかしらそうだ**ボアディケア**にしましょうわたし同名の劇で演じたことがあるの二輪戦車は使えませんどこかの倉庫にあるからでもわたしのドレッサーにコバルトブルーがあるからそれで体を青くスプレーしたらいいんじゃないんまあみな

さんそろってなんて**ステキ**なのす**ばら**しいわ地上最高のショーねあとはファンファーレが鳴るのを待つだけ**タダダダダダダダダムディダム**わたしがここで会合を開くときはそのたびにこんなふうにドレスアップしましょうねいまからどちらへあらいいわねイエンタのお宅ね最高最高**最高**拍手拍手**拍手**カーテンコールカーテンコールカーテンコールおじぎおじぎ**おじぎぎぎぎぎぎぎぎぎ**

ウェストエプロンして接着剤とハンガーボードで作業してる大工はビミー・ブレアムであたしの私的個人的ラビあたしのコロニーのみんなにおこんにちは（ヴォス・マフト・イル）とかあいさつしてビンボー全員あんたのことは聞いてんのだからあたしかばってあげてるわけみんなにビムの移植した腎臓見てもらいたかったけどのぞき窓つけなかったんでねあたし腎臓を『グレイの解剖論』の初版と交換したんだよねまん中あたりの二ページないけどドナーはぜんぜん気づかなかったもし気づいて腎臓取り返そうとしたってご愁傷さま（マゼル・トフ）みんなウォッカ飲んでビミーと二人でつくったんだよねレストランに頼めばじゃがいもの皮とかにんじんのアタマとかとうもろこしの軸とかしおれた葉っぱくれんのよゴミ持ってってもらったら処分代浮かせるじゃないビムと二人でそれをここに引きずって（シュレップ）きて発酵させて蒸留してビンボーがコンジナーっておまジナいの言葉を唱えるとあら不思議アルコール度数五十パーセントの安ウォッカの出来上がりビートの皮でこういう色になんの飲んで飲んでグラスがお気に入りみたいだねメアリーどれもロゴが入ったプラスチック製であたしの大事なコレクション宣伝用に無料でもらえんのあたしのお気に入りは〈マガティブ〉のこれマウスウォッシュなんだけど使うと息で強盗の顔に火がつくことまちがいなしだってさどうしたらそんなことできんのかわかんないけど現代化学の奇跡なんだろね飲んで飲んで安酒はあんたたちのおへそ（ピピック）以外火はつけないからそのラグは別に卑猥でも意味深でもないってプリス単に罪のない幾何学模様なんだから中央にどでかい穴があいてたんだけどビムと二人でつくろったんだよね溲瓶（しびん）を毛糸と交換しなくちゃなんなくなってさ溲瓶にはひびが入ってたけど毛

糸の染料が流れたんでおあいこみたいな飲んで飲んで殻からロブスターウォッカ試してみたいんだけどビンボーはそれ飲まないんだよね清浄じゃないからってビム二つ頭の怪物見せてあげなよ『ドレクラ』の映画のポスターでサラ・ハートバーンとメーク用の鏡と交換したあれビミーちょっとビンボーちゃんあらやだ神さま（リボノシエロイレム）この人つぶれてるこの人酔っぱらってるあたしたちみんなへべれけでヨタヨタのウゲッツ神さま（ゴテーニュ）ビムあんた接着剤爆発させてるよ乱玉花火みたいに打ち上がってるコンジナーと混ぜちゃだめだって出て出てほらほらみんな出てさっささっさと出ろってあんたもよビム連中といっしょにいなさいよだめつなぎは脱がないのエプロンもつけたままあんたも巣であたしたちみたいに変装すんのそんでそのハンマーぶら下げとくんだよあんたのおいしくておおらかでお宝みたいなおしりりりりりりりりりりりりりりりりりりりりりりりりりりりりりりりに

　いいえお二人さまこれは内毛のお祭りじゃないです内輪のお祝いですなんのためにこういうバイブレーションが起こってるのかわかりませんたぶんあたしのまえのご主人さまの人のためじゃないでしょうかご主人さまの人はなんか残酷に男の方の人に殺されましたその人はあたしのこんどの寛大なご主人さまの人と結婚してたんですえっとあなたがたお二人が参加してもいいのかあたしにはわかりません責任者の人に訊いてもらわないとでもどの彼女が失礼どの人が責任者なのかわからないんですあたしのいまのご主人さまの人に訊いてみたらどうでしょうその人が着てる衣装はベリーダンサアアアアアアアアアア

　あらもちろんよ多いほど楽しいでしょちょっとなにあれやだそこのゲス女のお二人さんエミリー・ポスト・モーテム（検死）さんとジョアンだれだっけなんだっけコールスローさんじゃないのイエスキリスト筏（いかだ）でびっくらだわよすごい名前よねコールスローだなんてマヨネーズありでもなしでもマリファナどうぞヘロインどうぞエミリー＝ジョアンさんそのガチのブラはずしなさいよあたしたちガフのレ

イプごっこ（シュティック）には数が多すぎるんだからはずしてはずしておっぱいが好きな方向にプルプルできるようにさせなさいよあたしたち二つ頭の怪物のパッドたちをめざすちゃんと聞いた「たち」ってつけたんだから複数よ当然怪物はパッド二つつけてる出っぱり二つつけてるわよね足二本につき一つおっぱい二つにつき一つあたし一つに二つ裏にもあったらって思うわおわかりあたしの淫（イン）ス男たちは二つに二つあったタマらないでしょうねえ一人の淫（イン）ス野郎から二通りに突っ込まれたらタマんないわよタマが破裂しちゃうほど派手に振動して振動しんどううううううううううううう

いいえわたしたちがなにもかもそっくりなのを買ったのは偶然じゃないのマンションもそっくり
いいえわたしたちがなにもかもそっくりなのを買ったのは偶然じゃないのマンションもそっくり
いいえここがどっちのマンションかは言いたくない自分でもおぼえてないのよねお互いのとこにしょっちゅう出入りしてるからわかんなくなっちゃっていいえ下の階の管理人のところには別々に登録されてるわよわたしはジャーメイン・シュトルムわたしたちは自分の夫もそっくりなのを釣ることに
いいえここがどっちのマンションかは言いたくない自分でもおぼえてないのよねお互いのとこにしょっちゅう出入りしてるからわかんなくなっちゃっていいえ下の階の管理人のところには別々に登録されてるわよわたしはロレイン・ドラングわたしたちは自分の夫もそっくりなのを釣ることにしたの若い男たちはグレーのフランネルのつなぎを着ててだからあの人たちベッドでバイブがちがっ

したの若い男たちはグレーのフランネルのつなぎを着ててだからあの人たちベッドでバイブがちがってることにまったく気づかないブーンブーンはあの人たちにはどれも同じBBは彼らはそのことを知てることにまったく気づかないブーンブーンはあの人たちにはどれも同じBBは彼らはそのことを知ってるしそれが好きなんだって言ってたけどまちがいだったわねラリーはそれについては口を閉ざしってるしそれが好きなんだって言ってたけどまちがいだったわねバリーはそれについては口を閉ざしてたわたしたちがそっくりにしないのはスクイーム関係だけヤクはこういうふうに置いてくのよほらてたわたしたちがそっくりにしないのはスクイーム関係だけヤクはこういうふうに置いてくのよほら

そしたら発火して上昇してはるか彼方にブッ飛んでブーン
そしたら発火して上昇してはるか彼方にブッ飛んでブーン

でもわたしたちはそのときいっしょじゃないのロレインのラインは一本わたしは彼女のやり方
でもわたしたちはそのときいっしょじゃないのジャーメインのラインは二本わたしは彼女のやり方
にはなじめないわね強すぎるからぜひわたしのやり方でやってみてさあみなさんブーンブーン
にはなじめないわね弱すぎるからぜひわたしのやり方でやってみてさあみなさんブーンブーン

はるか彼方へブーン慣れといたほうがいいわだってわたしたちは発火して燃えてトブんだから
はるか彼方へブーン慣れといたほうがいいわだってわたしたちは発火して燃えてトブんだから
ここに集まるたびにブーンブーンそういうふうにカウントダウンして発火して上昇してはるか
ここに集まるたびにブーンブーンそういうふうにカウントダウンして発火して上昇してはるか

彼方にいてブーンンンンンンンンンンン
彼方にいてブーンンンンンンンンンンン

こちらはわたしの四人のルームメイトでディクシーとニクシーとピクシーですみんな同じ学校だったのよあれおかしいなディクシーで一人でしょニクシーで二人でしょピクシーで三人でしょ四人だと思ってたのにアそうかわたしで四人よね自分のこと忘れてたメアリーとディクシーとニクシーとピクシーで四人わたしたち夫が七人いるの一人につき一人だけど三人いるのが一人いてそれわたしだと思うんだけどそうなのかな数わかんなくなっちゃったみんなとってもいい人よさあもっと飲み物とスクイームをいただきましょうお酒はディクシーのダークルームにあるのもちろん意味とおってるわよネルDはダークルームのDでDはディクシーのDだものこの人はわたしたちのバーテンダーなのニクシーはスクイームを寝室に置いてるんだけどそれも意味がとおるのよネルだってニクシーっていうのは女の水の精でヘロインはかならず水といっしょに打つでしょいまはそのカウチにすわらないでおいてね下にちくちくする針みたいなサボテンがあるのいまそれ休眠中で暗いところじゃないとだめなのやだイエンタそのクロゼット見たりしないでお願いドア開けちゃだめほうらやっちゃったぜんぶ整理す

る時間ができるまでと思ってそのクロゼットにぜんぶ保管してたのにあなたったらリビングそっくりクロゼットにしちゃってぜんぶ雪崩みたいに出てきちゃってもういる場所もないじゃないなにもかも足もとにあるんだものあらピクシー探してたお休み用朗読テープがあったわ絶対アイルランド音楽といっしょにカセットテープ用のキャビネットに入れといたのにあたりまえじゃないネルあたしインテリなんだからさあ飲んでヤクッてみなさんでそのへんの大切なもの踏みつぶさないうちに出ていきましょう次にここに集まったときにはみなさん整理するの手伝ってね行きましょみなさんあなたたちもよディクシーにニクシーにピクシー飲めるものとヤクれるものをプリスのところへ持っていきましょう先へ上へとちがうわよプリスはペントハウスの高い場所には住んでないわよまったくネリーあなたって人はプリスの本名はヒルダ・ヘイズでHは高い所のHだから意味をなすのよねわたしにはははははははははははははははははは

　おかあちゃまはヴィクトリア様式を復活ちゃちぇてるのだから絵にシュロの葉がかかってタッちぇルや縁飾りがたくさんちゅいててピアノの足が飾り布で包まれててうんヴィクトリア四世じゃないんでちゅ彼女は悪い人で淑女とはほど遠かったのアルバート公と結婚ちたヴィクトリア一世でちゅこの方はどんなときも完ぺきな紳士でちたおかあちゃまがねヴィクトリアはテーブルマナーがなってなかったから完ぺきな淑女じゃなかったっておかあちゃまがね淑女って呼べる女性はもうほとんどいなくて紳士もなかなか見ちゅからないってあたち失礼なことちたくないちみなちゃまをおもてなちちたいんでちゅけれどきっとおかあちゃまはお帰りになったときみなちゃまがちてることを見たくないと思うんでちゅ七文字のバイブレーションごっこだなんて下品ざまちゅあたちたちはみんな同じエス・イー・エックスでちゅけれど週ごとにここに集まるときおかあちゃまはご在宅でちゅからあたちたちのお世話を焼いたりお行儀を注意ちゅるでちょうでちゅからいまここを出てBBのおうちにうかがう

のがいちばんいいんじゃないかちらBBはほんものの淑女でちゅしどんな点でもヴィクトリアとは正(ちぇー)反対(はんたい)の完ぺきな女王ちゃまでちゅきっとおかあちゃまはヴィクトリアなど目じゃごじゃいまちぇんてBBをたたえてBBのために完ぺきなアルバート公を見ちゅけてあげようとするのじゃないかちらひとりぼっちで衰えていくなんてみじめでちゅものねおねがいおねがいおかあちゃまもうお帰りになっちゃいまちゅBBのおうちへ行きまちょうおねがいおねがいおねがいちゅごくおねがいいいいいいいいいいいいい

　ちょいとそこのまんこづらのねーちゃん方あんたら超イケてる道端楽団だね路上ライブの最強トリオブッぱなせ吹きまくれネル楽ちまちぇていただいたお礼に心付け(こころぢゅ)を差し上げるのが礼儀ではないかちらあいよプリッシーこいつらのペッサリーに小銭投げてやんなちょいと双子ちゃんあんたらデカパイがクラリーオーネットを谷間にはさんでっとこに感心してんのかい木馬にして乗りたいかメアリーちゃんホルン担当のあそこのデカケツすげーよなビミーあんたのハンマー吊るしケツなんざ目じゃねってネリーベリーなら対抗できっかもしんないけど別の端で吹きまくれるかねえドカンとかませてめえらブッぱなせブーンってやれあのさあんたさそのスライドホルンをアコーディオンと交換しませんか鍵盤一個ないだけだから**しますします**劇やるからみんな**道化**のメークしないとノーラどこ**ノーラ・ダール**りんあんたちゃんと持ってきたあたしの化ちょう品化粧ちんディクシーうちらあんたのクロゼットに道化の背たか帽子ちまっておいたとかジョアニー・キャベツんなかで洗ったとかしなかったっけううん彼女わたしたちと同居してないものあんたさダ菜(サい)キャベ膣(ちツ)で子泥(コどろ)もスローつくるんだろちょいと白黒のくちょヤローのために景気いい葬送行進曲演奏してよおまんこづらのねえちゃんたち目覚めよこの地に呪われたる者たち(アハト・アウフ・フェアダムテ・ディーザー・エルデ)よってかこちらのまんこづらさんたちは英こく話さないようだわよおかあちゃまがね音楽ってゆうのは絶界皆好き語(ぜっかいみなすご)だってちょいとペッサリーづらさんたちあんたら

がしゃべんのってまるデン真(マ)っ暗語(くらご)おしゃ減(べ)りスコウェー語栓(ごせん)づまりの英(えい)かげんに脂語(しご)にせサックス語ごごごごごごごごごごごごごごこいつらに出せんのは変ロ音だけそれじゃ演奏し続けてうちらといっしょにいっぢょにちゃうないっしょに来なよヘイスホイツヒッツハウルズハイズハイツにやっと言えたクチョ〜あたいブッ飛びみんなブッ飛びびびブーンンンンンンビュッ飛びブッ飛びブッ飛びびびびびびびびびびびびびびびびび

インドゥニとシマは、ようやくグレッチェンを捜し出した。壮麗な黒塗りの箱馬車の開いた窓から、横顔がちらりと見えたのだ。手前には伝説のプロファーザーがすわっている。めずらしく公の場に姿を現してパレードの最中だった。言うまでもなく、馬車は数頭のラクダに牽かれ、屈強なＰＬＯの兵隊が護衛にあたっている。オマル・ベン・オマル師は外についている御者席にすわり、外出を指揮している。時折、興奮した群衆に青銅のピアストル硬貨をまいている。瘰癧(るいれき)を患う者が最前列に出てきて、プロファーザーのひょろりとした手で触れてもらうこともある。心身の相関関係が重視されるこの世紀にあっては、彼女が触れるとたいてい瘰癧は治った。

シマは知っている空手の技をすべて使い、体をひねりながら群衆をかき分け、最前列まで行った。

「グレッチェン！」と叫ぶ。「グレッチェン！　聞こえる？　ブレイズだよ。葬式に行かないと」

「え？　なに？」グレッチェンは身を乗り出し、プロファーザー越しに目をこらした。「ブレイズ、あなたなの？」

「そう。聞こえる？　ウィニフレッド・アシュリーの葬式に出なくちゃならないんだよ」

「だれ？　なんですって？」

「ウィニフレッド・アシュリー。死んだ。殺されたんだ。ＰＬＯと取引しちゃだめだ。女王蜂は死んだ」

箱馬車のドアが勢いよく開くとグレッチェンが飛び出してきて、驚いたことに、精神感応医のセーレム・バーンがそれに続いた。シマはグレッチェンをせき立てながら群衆を押し分け、離れたところで待っているインドゥニのところへ向かった。バーンが続いた。

「よくお帰りくださいました、マダム」とインドゥニ。「わたくしたち、間に合いましたでしょうか。ＰＬＯと契約を結んでしまわれたでしょうか」

「ええ」とグレッチェンが息を切らした。

「実に妙なことですね。ならばなぜプロファーザーは、あなたがお帰りになるのを許したのです？」

まだ息を切らしているグレッチェンは、バーンを指し示すのが精いっぱいだった。

「こんばんは、バーンさん」インドゥニが丁重に会釈した。「あなたはプロファーザーに影響力がおありのようですが？」

「こんばんは、隊長」バーンは群衆を乱暴にかき分けてきたわりには、いつもどおり上品で優美だった。「極秘にしていただけるのでしょうね」

「もちろんです」

「プロファーザーはわたしの患者です」

シマはびっくり仰天した。「ガフってんだろ！」

「なぜそんなに驚かれるんです、博士？」感情を表に出さないバーンが表情を崩した。「わたしの患者のほとんどは女性だと申し上げたでしょう」

「それにしたって――」

「プロファーザーはわたしの助言を聞き入れます。提案したのです――患者に指図することは絶対にありませんからね――ナンさんを自由にして差し上げるのがベストだと」

グレッチェンはようやく呼吸が整った。「それで何事なの？　リジャイナが死んだ？　殺された？」

「そうなのです、マダム、ラファティ氏の手にかかり、異様な状況で。そのあとラファティはシマ博士に殺されました……正当防衛です」

「え？　リジャイナが？　ドローニーに？」グレッチェンがかぶりを振った。「ありえない。信じられない！　なにがあったの？　どうして？　いつ？　ちゃんと――ちゃんと聞かせてもらわないと」

「もちろんですとも、ナンさん。しかしこの人込みのなかでは無理です。どこがよろしいでしょうね。わたくしのオフィス、シマ博士のペントハウス、それともわたくしのマンションにいたしますか？」

「いいえ、わたしの家で。行きましょう」

「ではここで失礼いたします」とバーン。「みなさん、ごきげんよう」

「行かないでください」とグレッチェン。「困ります、いままでいろいろとご協力くださったんですから。あなたは初めから関わっていらした。最後まで関わっていただかなければ」

夕方のラッシュアワーにかかり、乗り物を拾えなかったので、四人はガフの〝旧市街〟にあるグレッチェンのオアシスまで歩くことになった。旧市街はかつて旧ニューヨークでさげすまれていたローワー・イーストサイドだった場所だが、いまではデリカテッセンからスーパーまで、ファッショナブルに高級に魅力的に再建されていた。グレッチェンのオアシスは、ブルックリン橋の巨大な石造りの主塔を切り、掘り、削ってつくられたものだった。

四人がエレベーターを出てマンションの部屋に近づくと、そこからすさまじい騒音が聞こえてきた――耳障りな音楽で、管楽器、ピアノ、ハープシコード、歌う声、叫ぶ声、がなり立てる声、ブーンという音が、競い合うように鳴っている。そして張り合うように歌を歌っている——万歳！万歳！ガフがみんな集まった……昔々一人のインド人の女中がおりまして……あのマスかきの姦淫野郎のコロンボが……バラよりも芳しきスミレの花よ……贅沢ざんまいさせんかい……

「なによこれ！」グレッチェンが大声を上げた。「どうなってるの？」

「ゴーレムかな」シマはまだぴりぴりしていた。

「増えたわけではないでしょう、博士」とインドゥニがつぶやいた。

「話し合いができる雰囲気ではありませんね」とバーン。「ヘルゲートのわたしの家においでになりますか？」

「プロファーザーがわたしに仕返ししているのかしら。彼女は——」そのとき、スタッフの一人がドアのそばに恐怖におののきながら立っているのが見えた。「アレックス！　どういうことなの？」

「あの人たち狂ってます、ナンさん。乱入したんです」

「乱入？　警備を破って？　どうやって？」

「わかりません。とにかく乱入してきてわたしを追い出したんです。オス蜂は立入禁止と言ってました。オスの動物は立入禁止、ここは女王の巣室だって。それからあの人たち、もっと広くしようと床をたたき壊して下のラクソンさんのところまで突き抜けておまけに出前取っちゃってそれで——」

「あの人たち？　あの人たちってだれなの？」

「わけのわからない衣装を着た狂人たちです。なかに入ってみてください、わかりますから。あなたを待っています。めちゃくちゃ大勢います」アレックスがドアを押し開けた。

まさにめちゃくちゃ大勢いた。ラクソン家の母親と三人の娘は、下の階にある自分たちの部屋を明け渡しただけでなく、群れに加わっていた。グレッチェンの二人の女性の助手たちまで加わっていた。

オアシスのロビーに常駐している守衛のうち三人（女性）も加わっていて、前代未聞の乱入が可能になったのはこのためだった。上下二つの部屋は、突き破られた床の穴に間に合わせのはしごを突きとおすかたちで、巨大なメゾネット型のマンションに変えられていた。はしごには、端役のバレエダンサー、コロンビーナ、バレリーナ、プルチネッラ、小間使い、そしてベリーダンサーまでが葡萄の房のようにしがみつき、うねり、叫び、歌っていた。

それ行けガフーザラム、
ビッグバンだよエルサラム。
それ行けガフーザラム、
ラビの復讐。

やらしい目つきに卑猥なお尻
女が秘密の小部屋で男まさぐり
そいつの股割り取り出したのは
全エルサラムの誇り。

それ行けガフーザラム、
ビッグバンだよエルサラム。
それ行けガフーザラム、
ラビの恨み。

だけど女は体くねくね炕(かん)の上
男よろけて股間にどっかん
ガフーザラムのアソコの牙で
かまれた瞬間気がついた。

四人は戸口に身を寄せ合ったまま、茫然とこの光景を見ていた。アレックス青年の報告は正確だった——男は一人もいない。シマ、インドゥニ、バーンはまちがっても入ろうとしなかった。グレッチェンだけが自分の部屋に数歩踏み入った。

突然シマが言った。「この女たち見てたら思ったんだけどさ、インドゥニ」

「ほう？　どんなことです？」

「なぜゴーレムは女性の姿で現れることがないんだろう」

「興味深いご指摘です、博士」とインドゥニ。騒音のせいで、互いの声がやっと聞き取れるくらいだった。「われらの精神感応医がお答えくださるのでは」

「恐らく、ユングの概念である、人々の〝内なる顔〟でしょう」とバーン。「ゴーレムは、アニムスつまり女性心理における男性的特性から発生するのかもしれません。それでつねに男性の姿をとる。もし男性が発生させるとしたら、アニマもしくは女性的特性が女性を生み出すこととなるのではないでしょうか」

全員がこれについて考察していると、グレッチェンが叫んだ。「見てください、この狂人どもが用意したごちそう！」

そこには、まさに女王蜂にふさわしい豪華なごちそうが並んでいた。料理を盛りつけたトレイ、皿、大皿、深皿が至るところにある——蜜蜂の羽スープ、蜂蜜を塗って焼いたハム、オイスターソースをかけたイガイ、王室風ウナギのゼリー固め、ロブスターのしっぽのタイム風味ゼリー包み、花粉のフリッター、乾燥蜂の巣、プロテイン・プディング、蜂蜜ケーキ、蔗糖（しょとう）のシャーベット、深鍋に入れた蜂蜜酒とウェルシュ・ネクター。市場に出回っているありとあらゆる甘い香りのスクイームを盛ったトレイも並んでいる。床の上では植物でつくった冠が踊る足に踏みつけられ、ヨモギギク、ラビッジ、ローズマリー、セージ、バジルの強いにおいを放っている。

万歳！万歳！ガフがみんな集まった！あらBB！ハイBB！リジャイナ死んだのよ。知ってる？だれでも知ってます。あたしのもとのご主人さまの人は有名だったから。お通夜をちてるところでちゅのよ、BB。女王は死んだ。リジャイナ二世ネリー万歳。かんぱあ〜い！イエンタ一世（ゾルストウ・アゾイ・レーブン）だって。だれが決めたのよ。勇者ビンボーが雷神トールの槌（つち）持って言ってんの。こういうことにいたしまする、

わたしたちは——

処女王サラ

へえええええ！だったらサラはウジェ雷帝に割れ目にこぶし突っ込まれたいってか？愉快じゃないわね。あたしがパイ一世になってもいいですか？おかあちゃまはあたちに純血（じゅんけちゅ）女王ヴィクトリアRっていう名前をお望みでちゅ。衣装掛けに王族の衣があるの——いとしの女王ノーラRっていうのはどうかしら。楽団女王ペッサリーズにご投票ください。だけどRはクイーンのRにならないじゃない？それってキングのことだと思ったんだけど、RFDみたいに。この人なりに意味はとおってるん

だけどね。それラテン語よ、バカね。おバカ女王メアリー万歳！ヒック！ハイク！ホック！女王が全員集まった！

「どうしましょう、隊長、とんでもないことになったわ！　リジャイナが死ねばすべて解決すると思ってたのに——コロニーが終わり、ゴーレムが終わり、ガフの危機に終止符が打たれるって。なのにこのイカレまくった光景はなんなの。いったい全体なにをしているの、この頭がおかしい女たちは？」

「それは重要な問いではありません、マダム。わたくしたちは彼女たちがやっていることはわかるのですから」

「わたしにはわからないわ。なにをしているんです？」

「バーンさん」とインドゥニが精神感応医に顔を向けた。「あなたは身体言語のご専門でいらっしゃる。ナンさんにご説明ください」

「共同体を導く新しい女王を選んでいるところです。そうですね、隊長？」

「異議ありません、バーンさん。しかし重要な問いは、こういったことをとおしてゴーレム百手がなにをしているのか、でしょう？」

「でも隊長」とグレッチェン。「ゴーレムは、それを生じさせようという蜜蜂レディたちの集合意識がなくては生き延びられないというのがわたしたちが出した結論だったのではありませんか？」

「そうでしたけれど、それでも存在しているはずです。あまりに強力で変幻自在だから、消え去ることができない。議論の余地なし！　それに、魂と生存する力を与えてくれる別の源を捜すのはまちがいないでしょう」

「神さま！」とシマ。「じゃあ、たったいまこの暴徒にまぎれて捜してるかもしれないいじゃないか」

「それはないでしょうね、博士」とインドゥニ。「集まった群れのコーラスをお聴きなさい……」

おかあさん、行ってくるわね堕淫(ダイン)スに。
いってらっしゃい、かわいい子。
お尻をブインと跳ねさせに。
でも近づかないのよ、ずんぐりチンコ。

「男性の声が聞こえますか、博士。聞こえませんね。ここには女性しかおらず、ゴーレム100が女性として現れることは絶対にないのは明らかです」

シマがうなずいた。「R。じゃ、この〝激しく挫折〟野郎はどうしようとするだろう」

「必死に泳ぎまわるでしょうね」とバーン。「そうでしょう、隊長？」

「まったく同感です、バーンさん。この血も通わぬ卑劣きわまる幻は、人、知覚、恐怖、衝動のスペクトルを上へ下へとうろつきまわるでしょう。色、音、波、粒子をとおり抜け、確実に生存できるよう、必死に別の発生装置、別の集合的な魂の家を捜し求めて。そうならないことを祈りましょう」

「いやです、隊長！」グレッチェンの声はヒステリーに近かった。

「祈るのはいやだとおっしゃるのですか、マダム。あなたは不可知論者なのですか？」

「そういうのとはちがいます。ブレイズ、ロイツ博士の潜水球には、まだあなたの知覚神経接触装置が装備されてる？」

「うん。どうして？　また深く潜って熱を冷まそうとでもいうの？」

「いいえ、乾いた土の上で使いたいの」

「グレッチ！　まともに考えろよ！」

「できない。取り憑かれてるから」

「なにに取り憑かれておいでなのですか、ナンさん」

「投影です」とバーン。「この女性たちの熱がナンさんに移っているのです。脈と呼吸が早い。筋肉は痙攣気味」

「おまけにとんでもないアイデアが頭から離れない」とグレッチェン。

「具体的におっしゃっていただけますか、マダム」

「その一つは、怪物ゴーレムをそのままにしておけないということです、ちょっと祈ってすませたくらいで。わたしは――わたしが望むのは――わたしはそれを仕留めなくてはならない」

「待って、インドゥニ」とシマ。「彼女がどこに向かおうとしてるのかわかる気がする」グレッチェンに、「ファズマ界へもう一度Pmトリップして観察し、潜水球の装置を使って報告したい。そうだね？」

「ええ、でもわたしじゃないの。もっと装備が整っている人。ブレイズ、観察者に神経接触装置を接続したら、こちらはその人が観察していることをリアルタイムで受け取れるでしょ」

「それは一案だけど、グレッチ……」シマが興奮した。「そうか、すごくいいアイデアだ。そうすればば確実にわかる」

「しかし、あなた以上に装備が整っている人というのはだれなのでしょうか、マダム」とインドゥニ。

「あなたはだれよりも適しておられるし、すでに体験ずみでいらっしゃる」

「わたしがこちらの優れたご同輩から読み取ったことをお伝えしてもよろしいでしょうか、隊長」とバーン。

「ぜひお願いします」

「彼女が求めておられる観察者とは、鋭敏で、知的素養があり、奥深くにある感情の源泉にしっかりとつなぎとめられているために、正しい認識機能を失わせるというファズマ界の特質によって圧倒されない人です。ご自分が圧倒されてしまったようには。抵抗できる強さを持った人。落ち着いて報告できる冷静沈着な人。超越的なものを理解できる神秘的な力を備えた人」

グレッチェンが目を見張った。「わたしの身体の動きからそういうことが全部わかったんですか？」

「そういうわけではないのです、ナンさん。このオアシスに向かう途中お話ししていたときに、あなたはさまざまなことを明確になさいました」

「けれども天神ディヤウスよ！」とインドゥニが声を張り上げた。「どうしたらそのような逸材が見つかるでしょうか。存在しますか？」

「存在します、隊長」

「どこに？」

バーンがグレッチェンを向いた。「おっしゃってください」

「ええ」と言って、グレッチェンはインドゥニをまっすぐに見た。「あなたのなかに」

20

ドローⅢ号は、海洋学センターのサンディフック・マリーナに停泊していた。潜水球はトロール船の前甲板の上に置かれ、インドゥニはそのなかでグレッチェンのときと同じく丸くなり、神経接触装置につながれていた。しかし、一つ重要なものが加えられていた。彼の話が聞こえるように、喉頭にセンサーが取りつけられたのだ……ファズマ界で言葉をかたちにできる場合に備えて。

シマはインドゥニにPm水素化物を注射すると、肩を二度たたき、潜水球から急いで這い出した。ハッチをぴしゃりと閉め、すぐにそこを離れ、グレッチェンが待つ制御室へダッシュした。彼女に向かってわずかにうなずくと、計器のスイッチを入れ、表示パネルを入念に調べた。「すべて順調」と小声で言う。

潜水球は制御室から三十メートルも離れていなかったが、二人はウインチから伸びているケーブルで隊長とつながれているので、かなりの距離があった。シマは潜水球と交信するマイクを手に取り、待機した。セーレム・バーンならシマの状態についてこう言ったかもしれない――「脈と呼吸が早い。筋肉は痙攣気味」

インドゥニはそういう状態ではなかった。

しばらくして、落ち着いた声が制御室のスピーカーから聞こえてきた。「聞こえますか、博士」

「はっきり聞こえるよ、インドゥニ」

「ナンさん、あなたはまだおいでですか？」

「はい、隊長」

「大変に興味深いですね。お二人は真っ暗な状態になったとご説明されていましたが、わたくしの場合は真っ白です。プロメチウム・ドラッグはだれにでも同じ影響を及ぼすとは言えないようです」

「白が感覚反響じゃないのは確かなの？」

「確かです、博士」

「ではその影響を受けているのは肉体ではなく心です、隊長」とグレッチェン。「そして影響の現れ方は人によって異なります。あなたはファズマ界にいながら現実の世界と接触を続けることがおできになるようですね。ブレイズとわたしはできませんでした」

「同意いたします、ナンさん。すべての肉体は、多かれ少なかれ似ている。そうでなければ、医学は中世から進歩しないままでしょう。だが心には二つとして同じものはない。人のクローン化に成功したら、人格が身体のように同一のものになるかどうか確かめるのは興味深いことでしょうね」

(「このおっさんほんとクールだよな、グレッチェン」)

(「だから潜ってもらいたかったのよ」)

「まだ一面真っ白です、博士」とインドゥニが報告を続ける。「でもだいじょうぶです。ヒンドゥー教にこういう教えがあります――『それは不可能ゆえに確かなのだ』。わたくしは――お待ちください。なにか現れはじめました……」

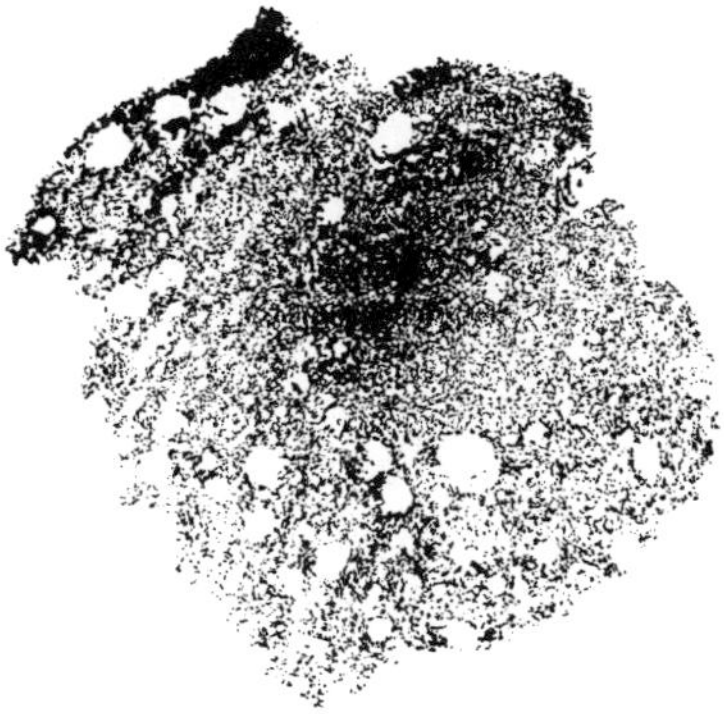

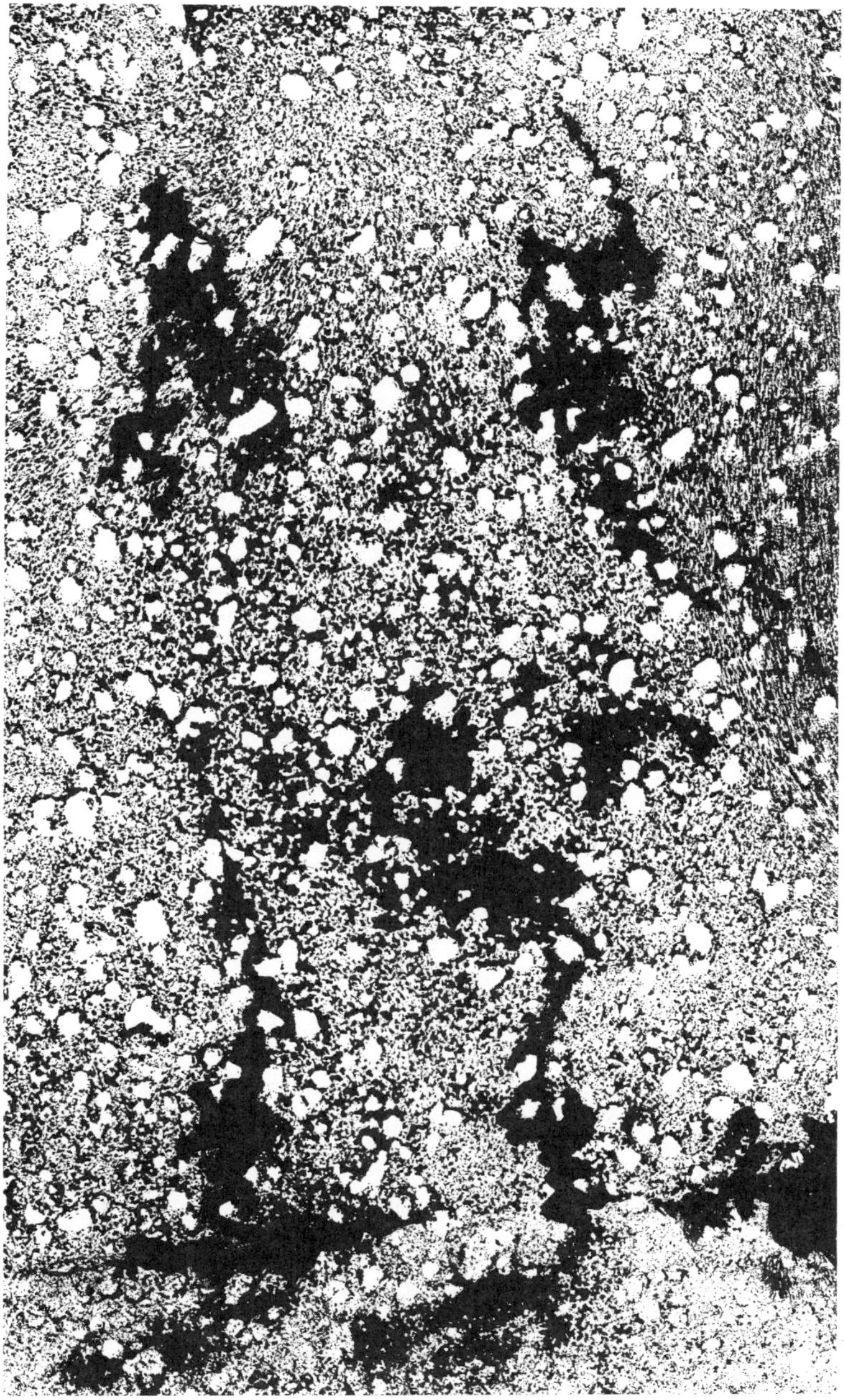

「ほほう。これはすごい。ここファズマ界にある、粒子状のものが見えます。そしてうれしいことに、わたくしの予測は当たっておりました。百手の怪物は、電磁スペクトルの頂点で探索を開始している模様です。イドが高エネルギー源に強烈に引き寄せられているのかもしれません……」

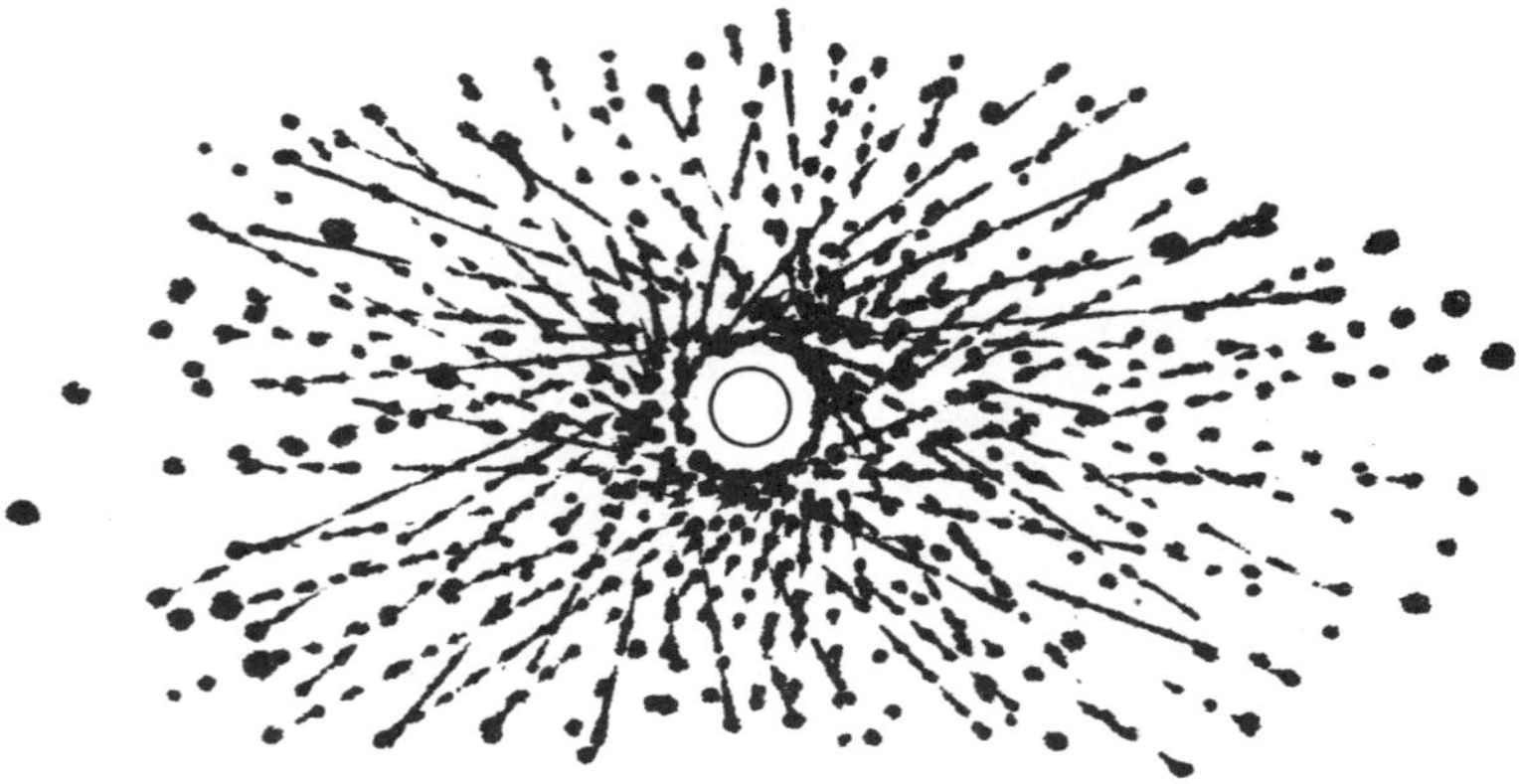

「わたくしは実在界を知覚しているところです……ナンさん、あなたはそれを氷山の一角と呼びましたね……イド界の知覚をとおしての。控えめに言っても異様で、印象的です。ロバート・バーンズのあの一節——他人の目に映るように自分を見ることができたなら！　実におぼつかないスコットランド訛りをお許しください。シマ博士、ナンさん、あなた方はわたくしに力を与えてくださった。心から感謝しております」
（「この男、教養邪魔しすぎだって！」）

「おお！　イド界が実在界で輪郭の定まらないかたちを知覚しているところです。ファズマの感応力がスペクトルを降りていくところであり、その先は――なんでしょうか、博士」

「それはまだ粒子の衝撃状態だよ、インドゥニ。恐らくガンマ線の領域。透過性の強いX線。一〇のマイナス八乗センチくらい」

「でもそれはゴーレムの知覚なんですか、隊長」

「そのはずです、ナンさん。先ほど遭遇したのち、われわれはゴーレムとまったく同調（アン・ラポール）状態にありますので。しかしまだ確かではありません」

「いつもながら誤りがございませんね、博士。われわれの氷山の一角の居住者たちを、ガンマ線視覚でとらえているところです……」

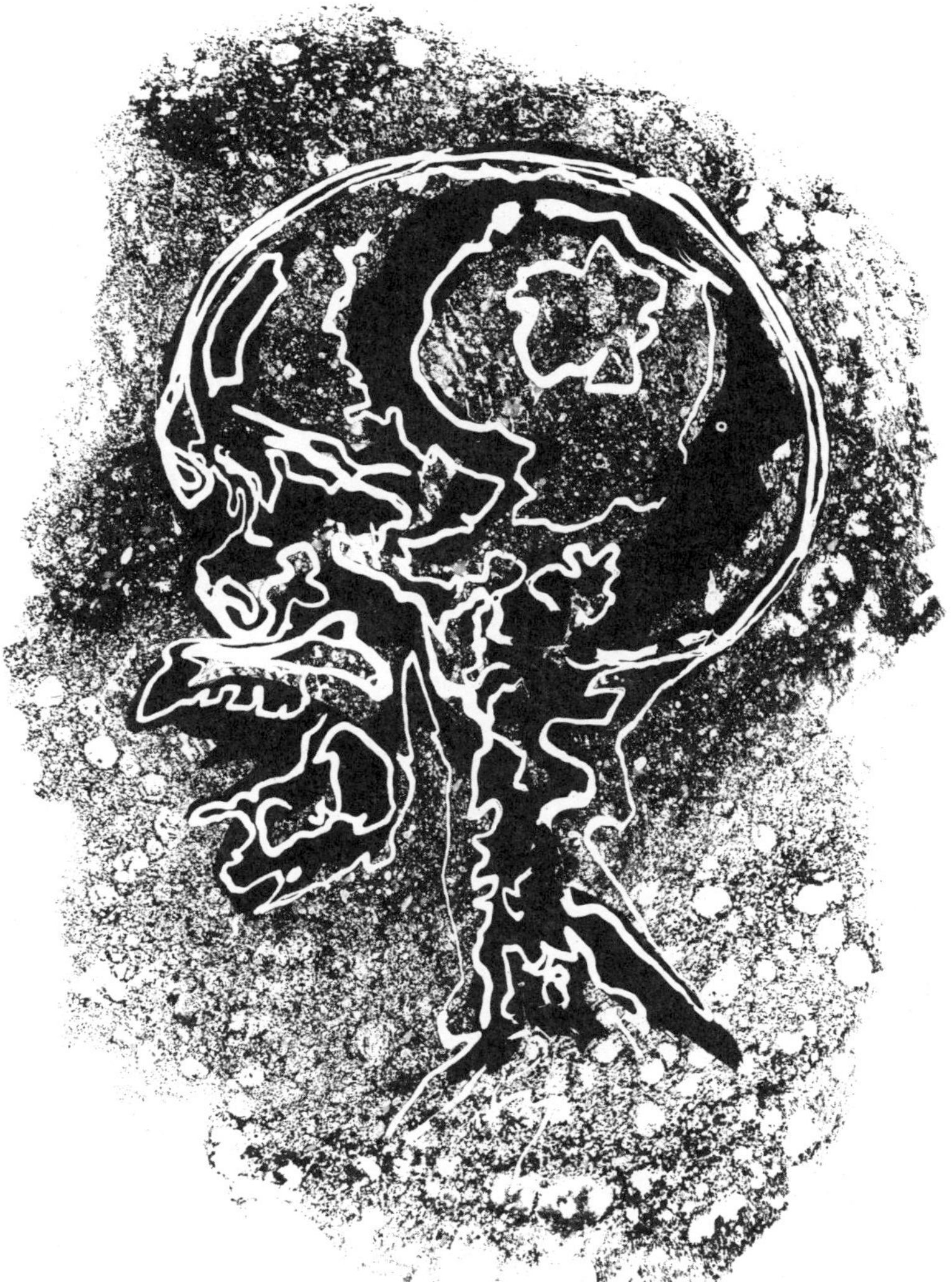

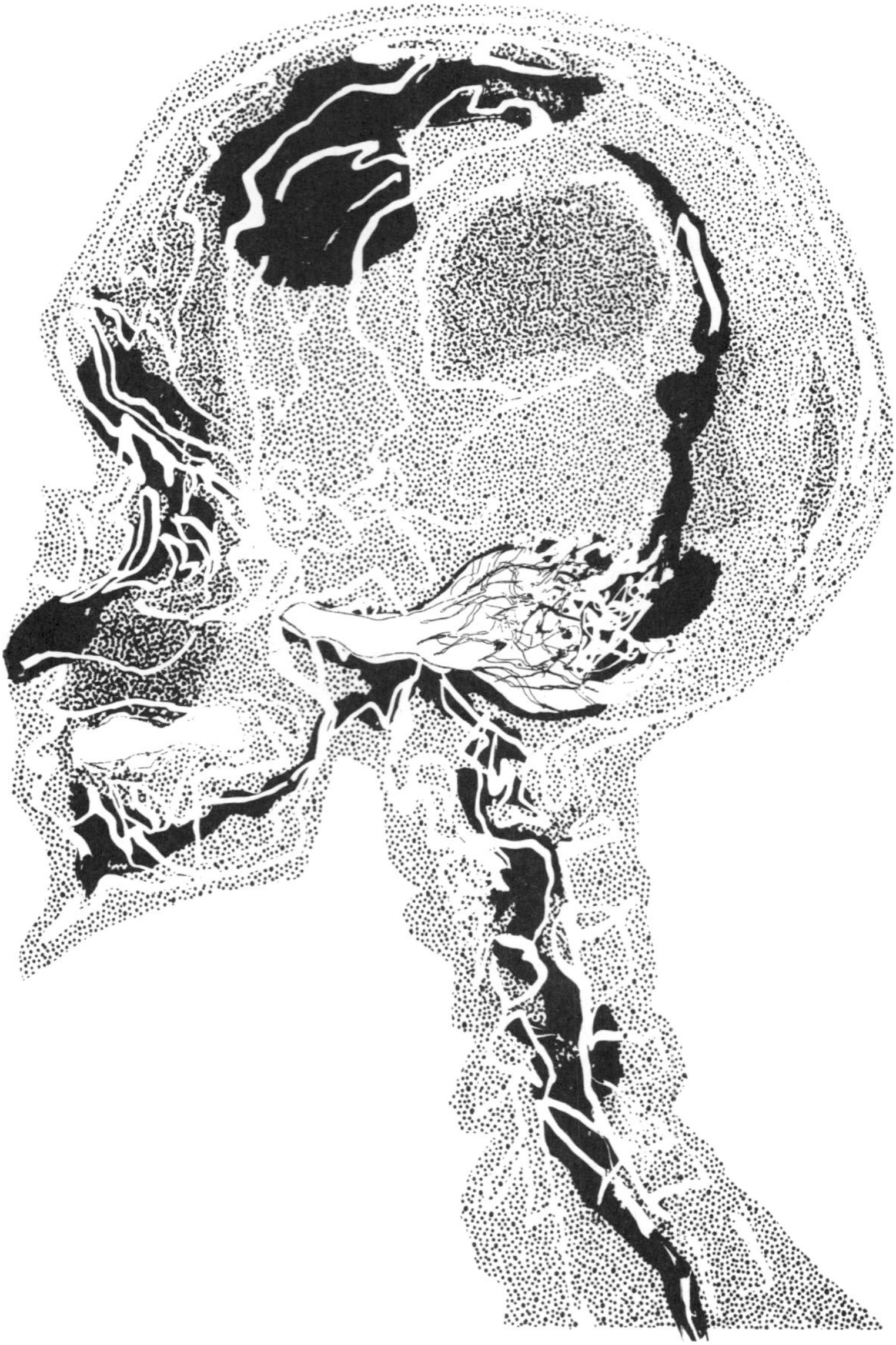

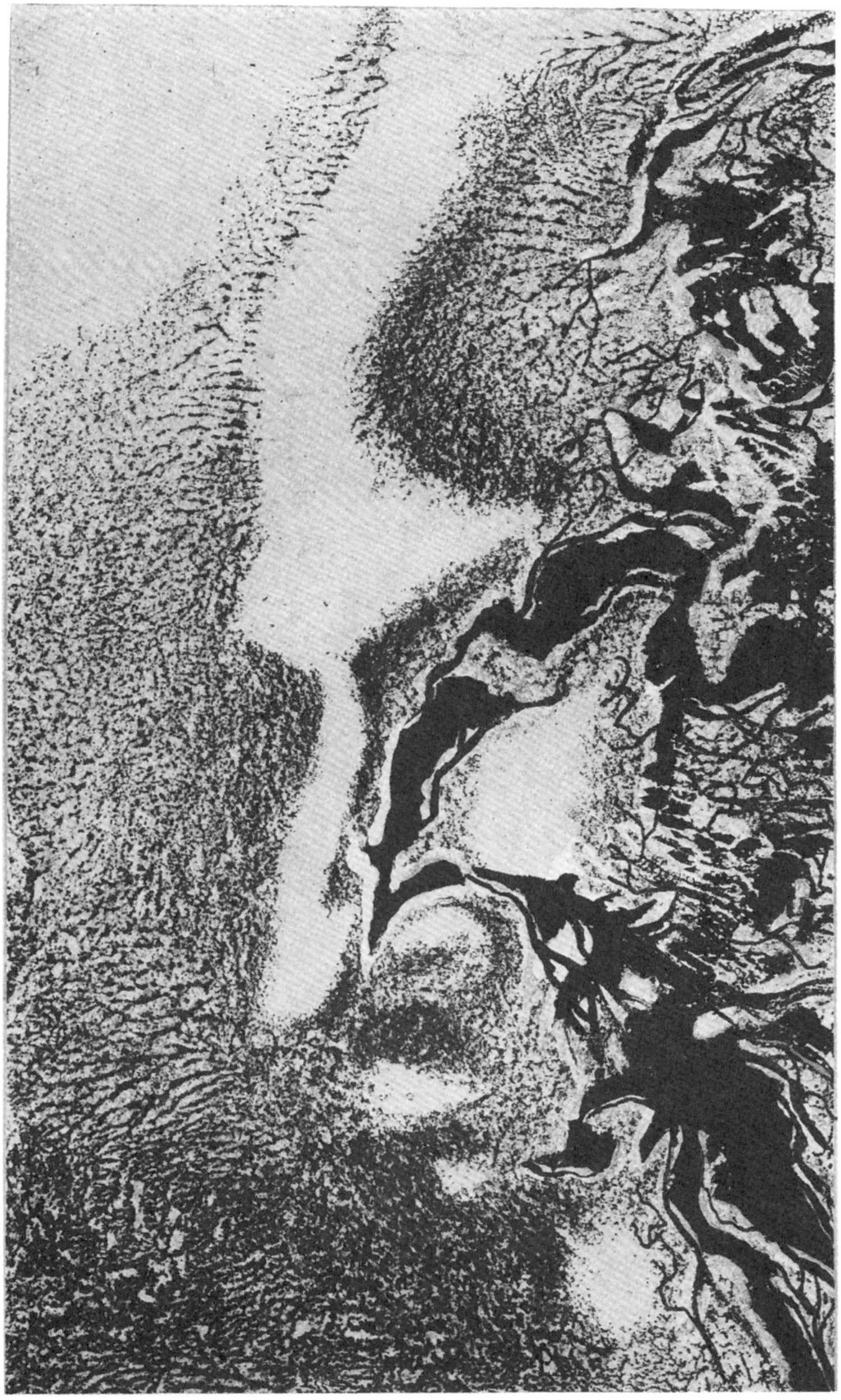

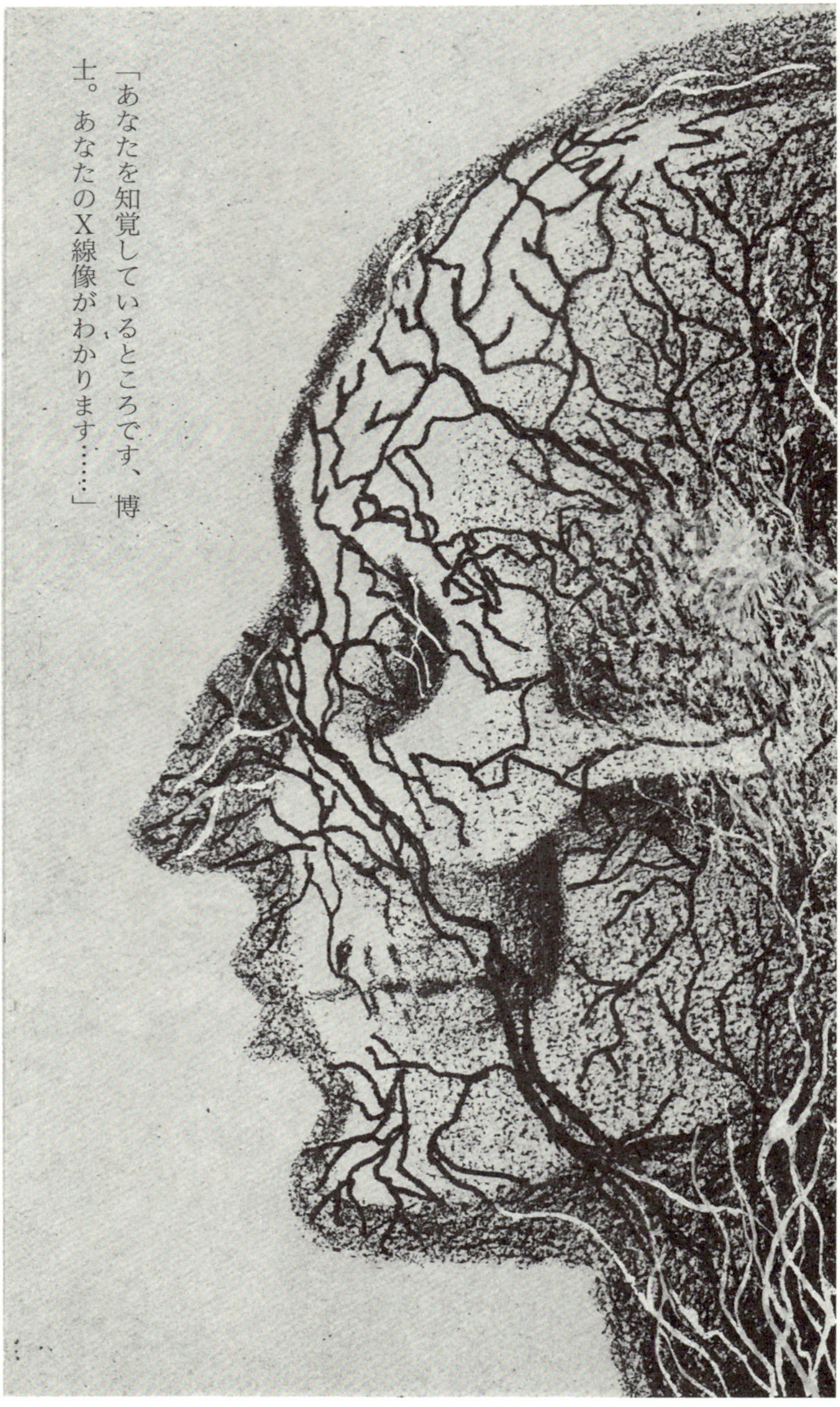

「あなたを知覚しているところです、博士。あなたのX線像がわかります……」

「ついにわたくしは百手を特定したのではないかと思います。われわれはまだX線の領域にいて、わたくしはイド感覚をとおして子宮のようなものを知覚しているところです。それはすなわち挫折した怪物にとっての新しい家……」

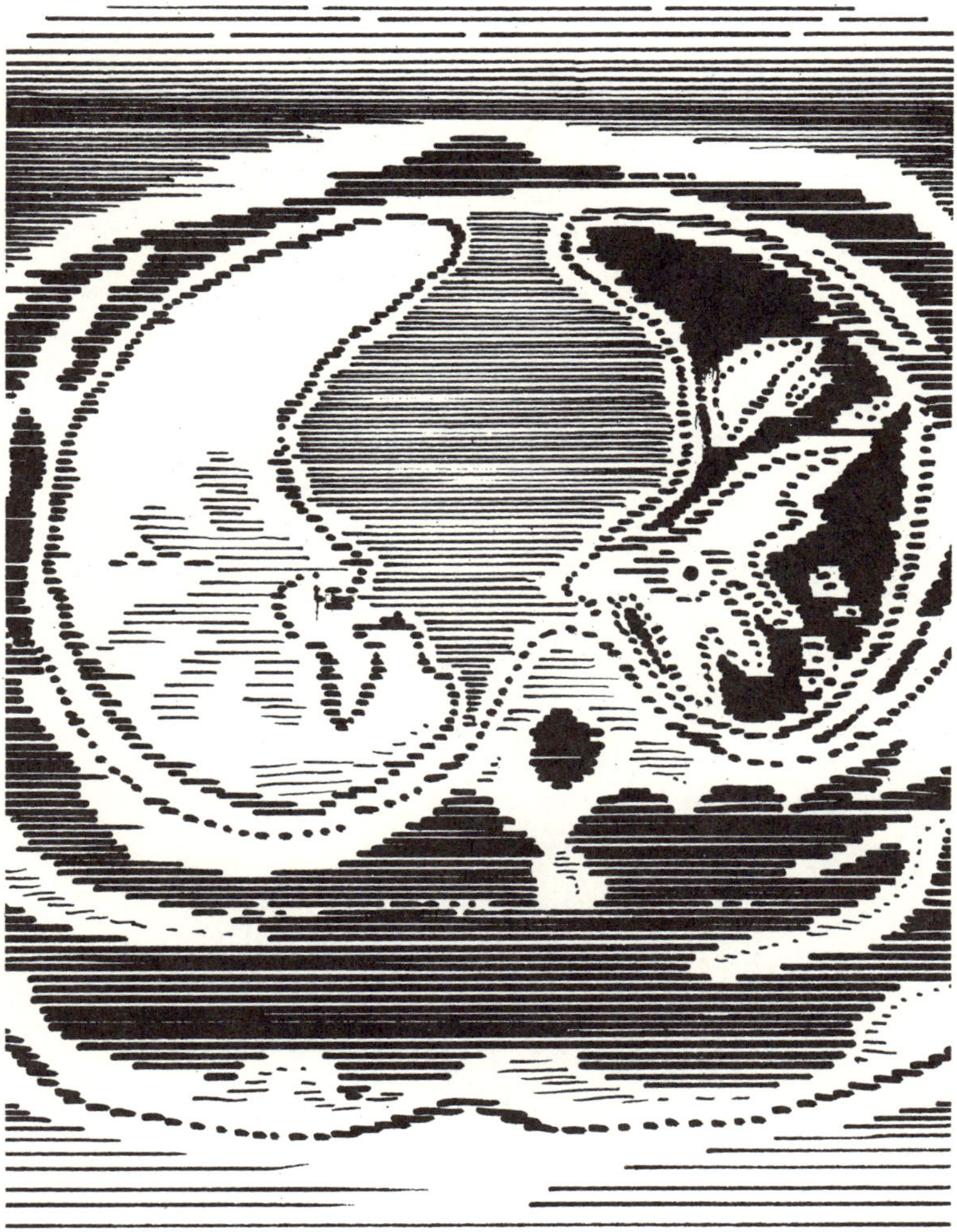

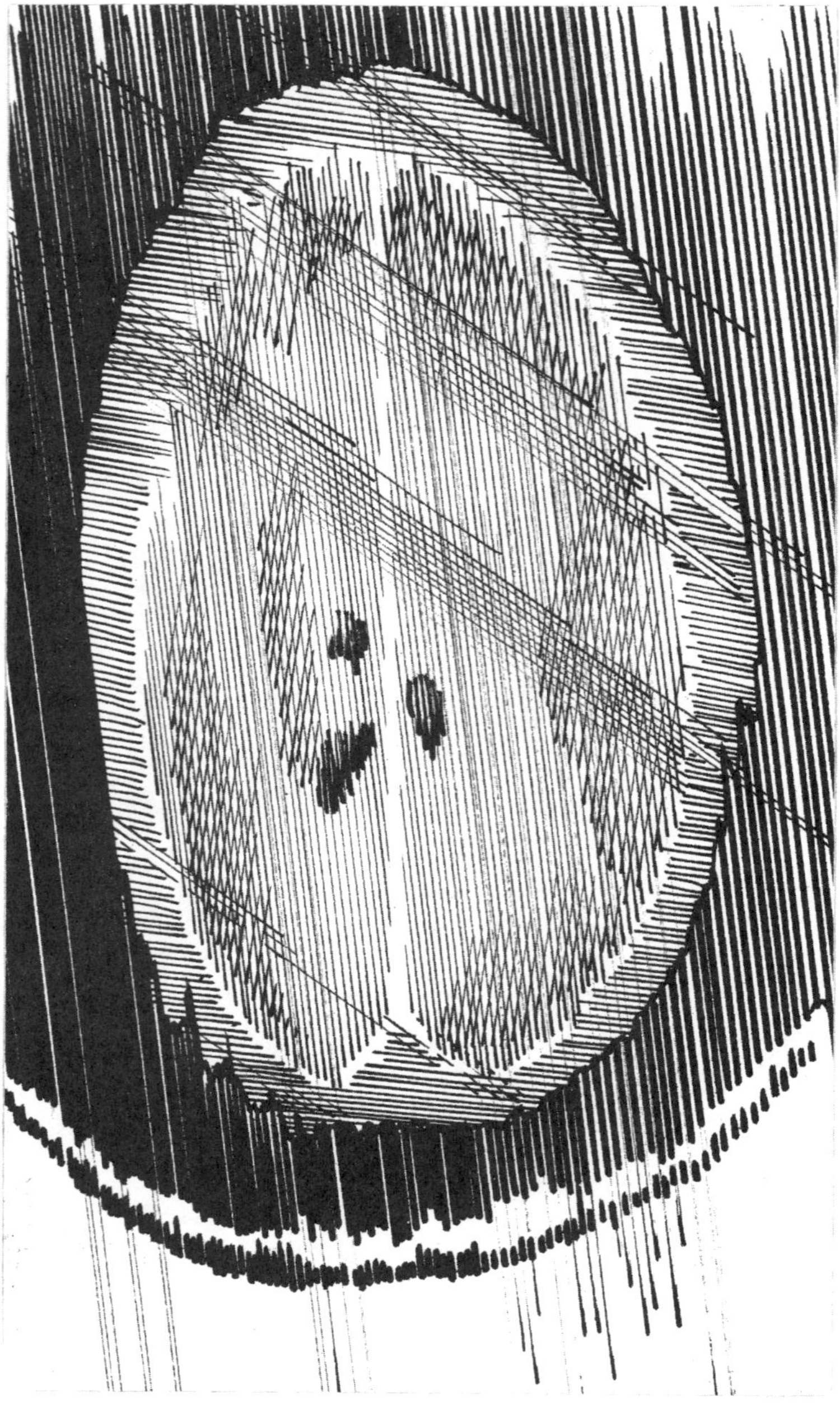

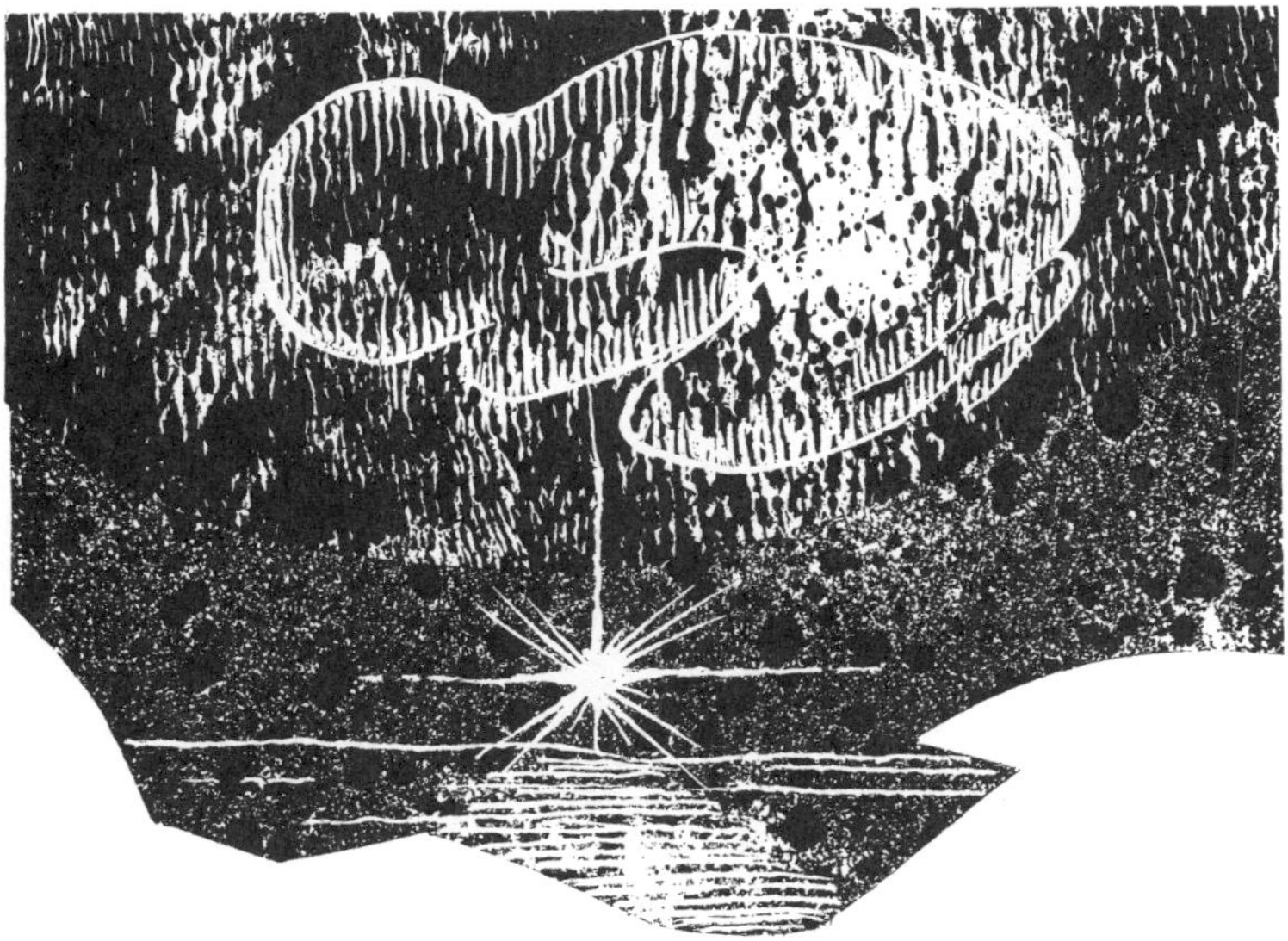

「そう！そう！そうです！これはゴーレム百手で、ゴーレムをとおしてわたくしは実在界を知覚しております。ゴーレムは可視帯域に達し、子宮と母親を捜しているところです」

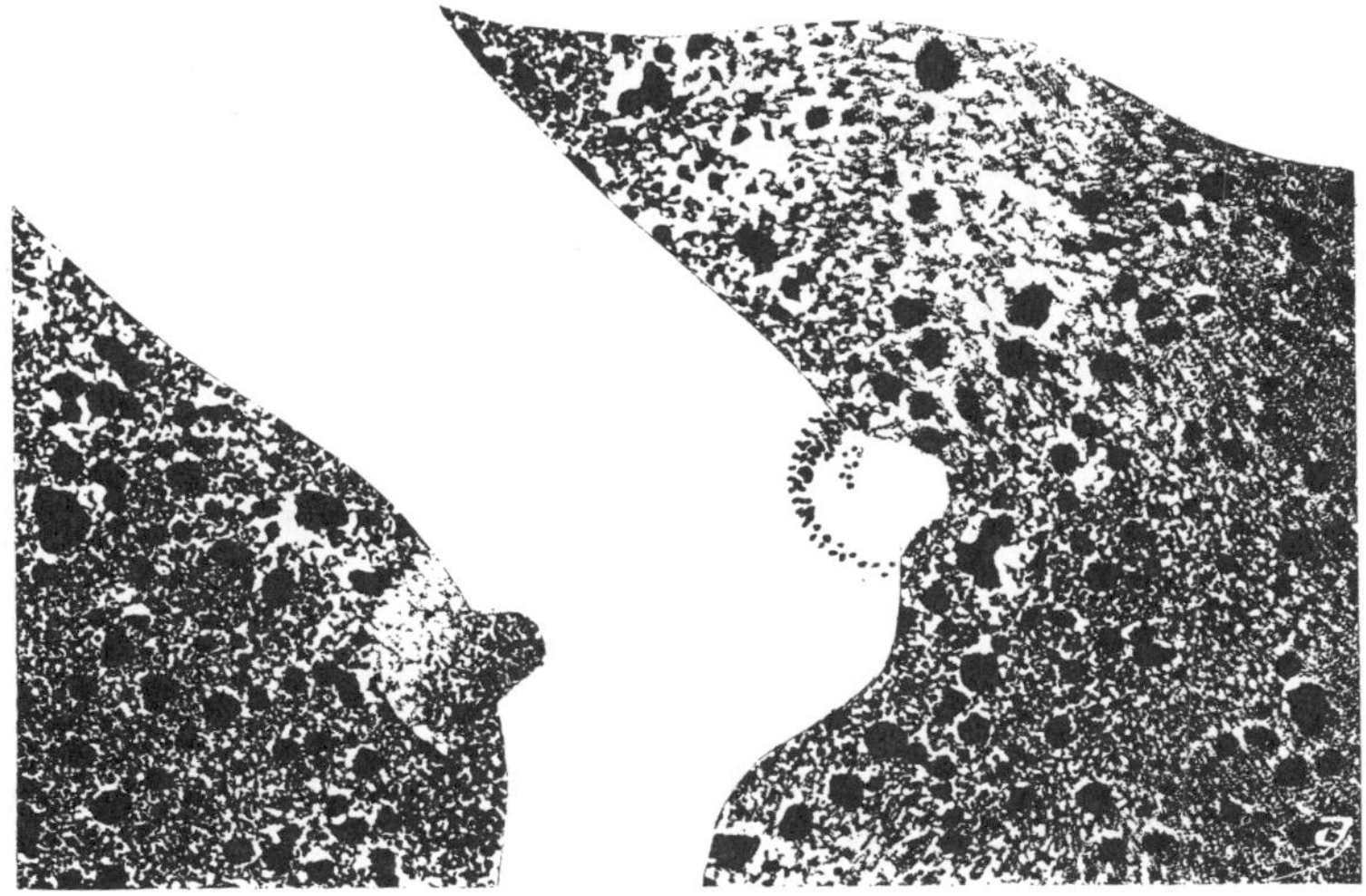

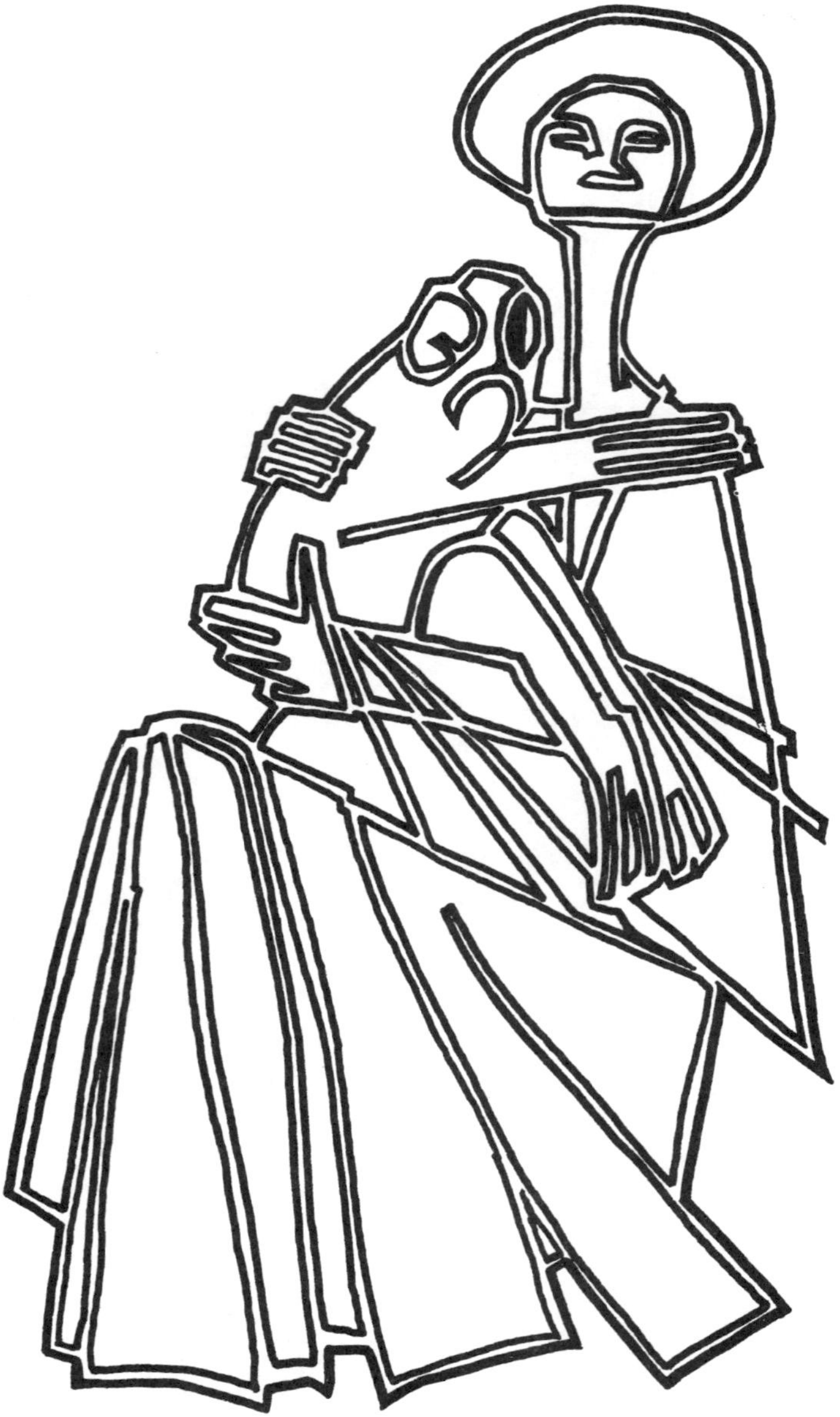

「ナンさん！ナンさん！これはナンさんだ！　ゴーレムは驚くほどはっきりと、あなたが母親の役割を担っていることを知覚しています……」

「……しかし、あなたが歓迎しておられないのを感じ取っているようです」
「そんな、隊長！やだッ！ありえない！」

「そこで今度は、迫りくる死を感じ取っています」

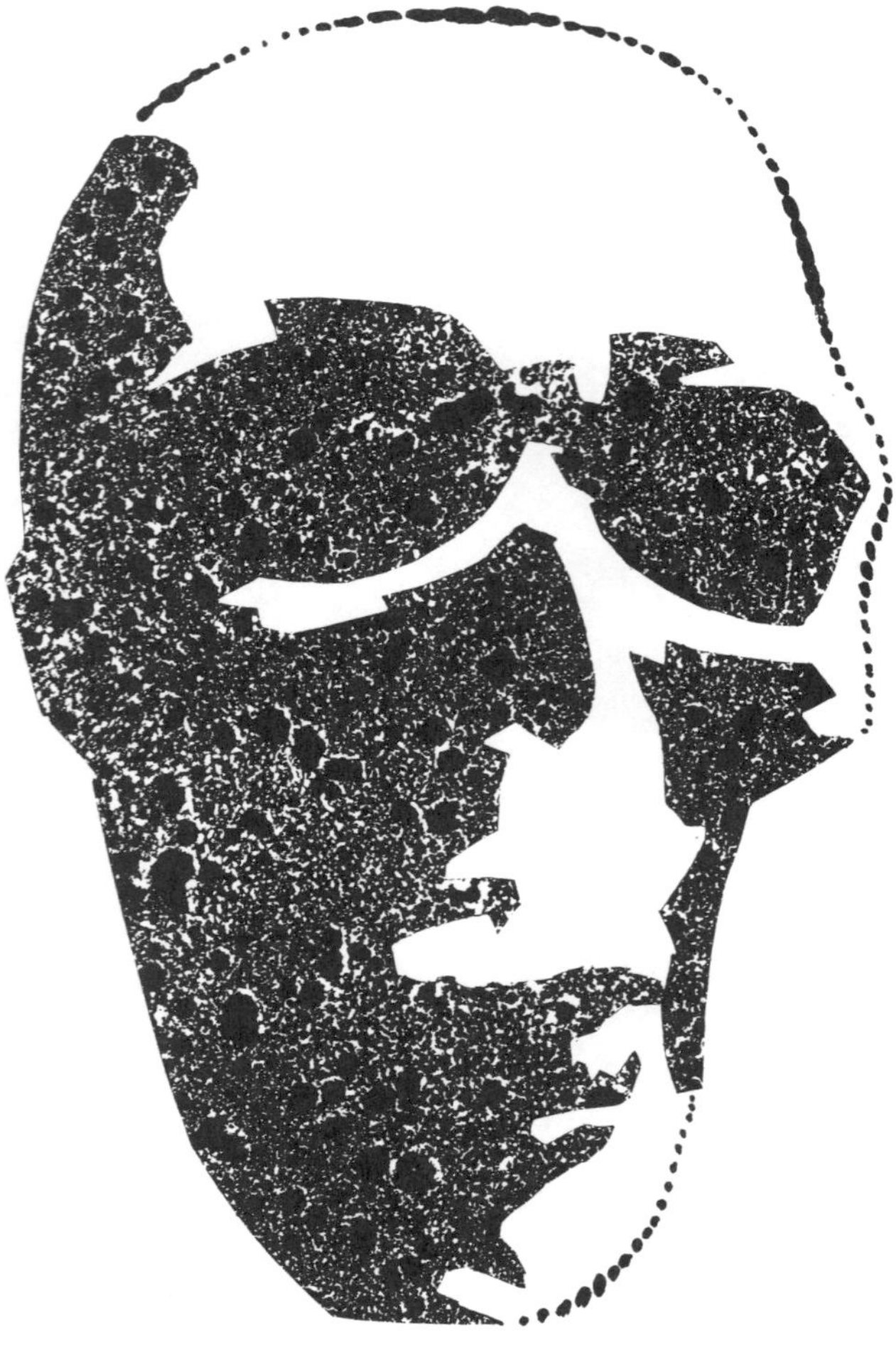

「実に驚くべきことです。怪物がわれわれの視覚のスペクトルを降りていったら——どのような状態になるのでしょうか、博士」

「極度のすみれ色から、藍色、青、緑、黄色、オレンジ色ときて、極度の赤へと変わる」

「わかりました」

(「うわ、クールなやつ！　こいつなんも感じないのか？」)

「追い込まれた怪物は、今度は父親に守ってもらおうとしています」

「しかし父親は醜く奇怪な姿に変わっていきます」

「精神力学的には成立します、隊長。息子と父親は母親を争奪することにおいては不倶戴天の仇同士ですから」

「わたくしもそうではないかと思っておりました。ヒンドゥーの破壊の神ガルダが現れ、それがゴーレムが描く父親としてのわたくしの姿です」

「突如、極度の熱を感じております。非常に不快です。ご説明願えますか、シマ博士」

「簡単。ゴーレムが極度に赤い部分をくぐり、赤外部に入っていったんだよ。熱はそこでの現象」
「では、われわれはもう目に見える領域にはいないということですか？」
「そう」
「興味深い。ゴーレムはここでなにを見つけようというのでしょうか。いま、妙な震動が伝わってまいりました、シマ博士」

「あらゆる種類の電波が伝わってるんだよ、短波から十キロサイクルまで。ゴーレムはそれをどんなふうに感じ取ってるの、インドゥニ？」

「単に幾何学模様としてです。エンタテインメントの批評家にはまたとない機会ではありますね」

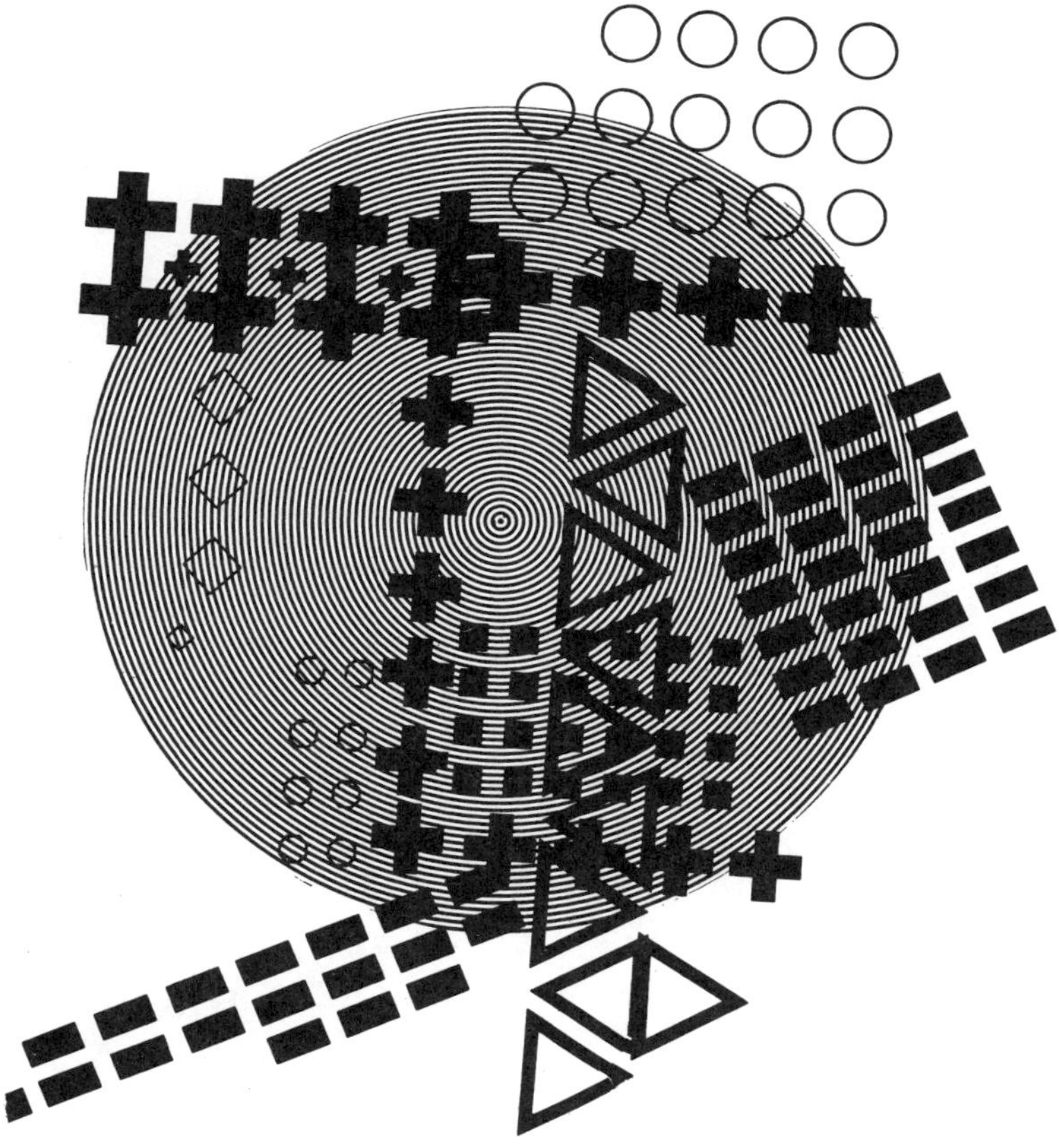

「天界（デヴァチャン）の大神（デーヴァ）！　狂乱しております、そして音に変わりました」

グレッチェンがマイクをつかんだ。「でもゴーレムがわたしを襲おうとして逆さまにわけのわからない言葉を話したとき、あなたはこの生き物には『知性がない』とおっしゃいました。あなたの言葉です、隊長」

「そうでした、マダム、そしてわけのわからない言葉は続きます。怪物は言葉のイメージと断片だけを知覚しているのです」

「理解できません」

「わたくしがいま感じ取っているゴーレムの驚くべき知覚をどうにか説明してみましょう、ナンさん。あなたは楽譜をお読みになりますか？」

「ええ、他人の目をとおして」

「読んでいらっしゃるとき、あなたの内部の耳は旋律を聞いていますか？」

「はい」

「楽譜を見ても音符が読めない人のことを思い浮かべてみてください。そのような人にはなにか聞こえますか？」

「いいえ、なにも」

「その人が見えるものは？」

「線と、点と、円と、奇妙な記号だけですね」

「ありがとうございます。ゴーレム100は、われわれがコミュニケーションに使う音を、現在そのように知覚しているのです」

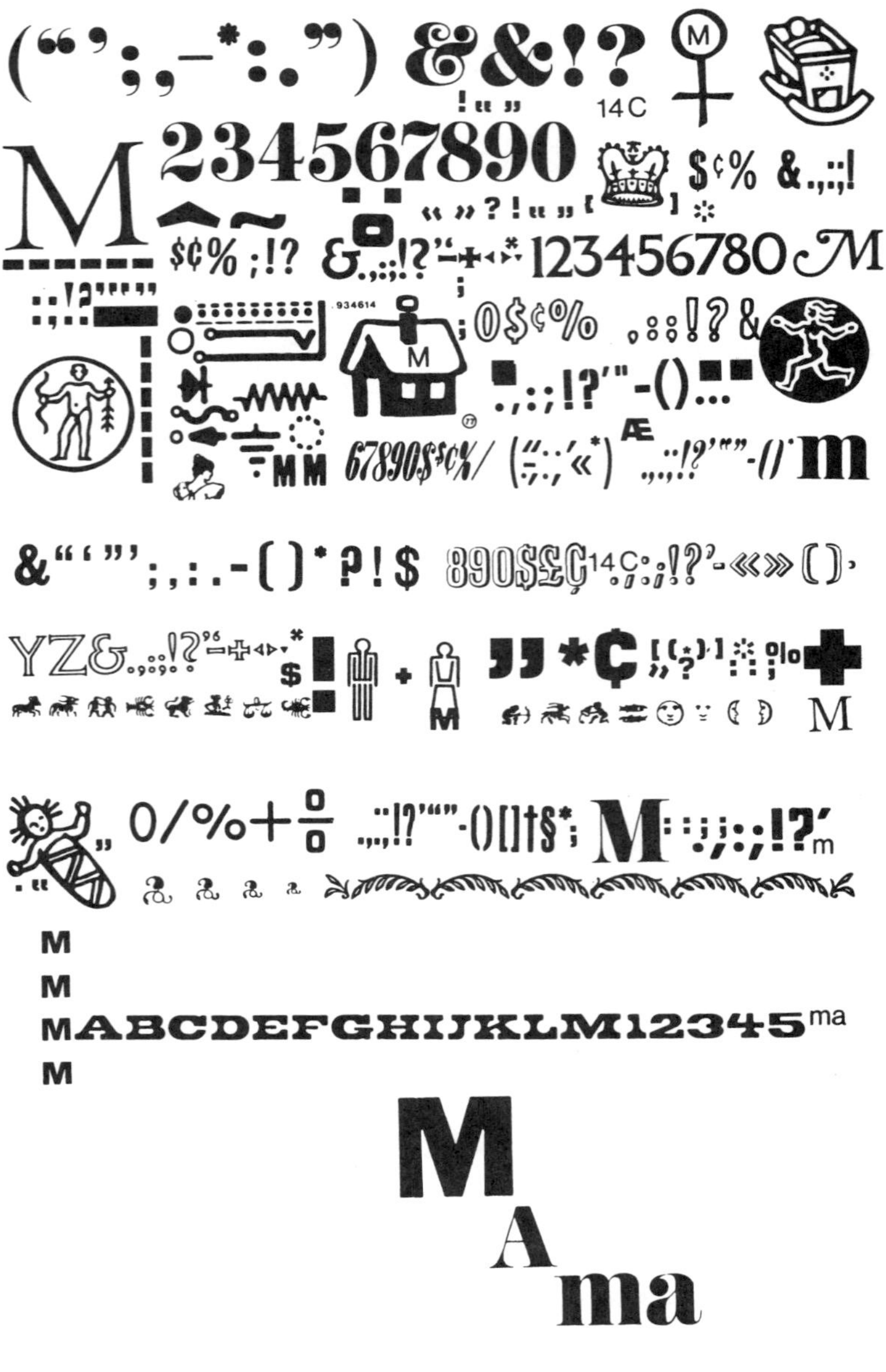

14C
M
234567890
123456780
934614
14C
YZ&
0/%+
M
M
M
MABCDEFGHIJKLM12345ma
M
M
A
ma

MAMMA M
MAMMA
M
MAMMA
MA A
MA
MA M
MA
MA A
MAMMA MAMMA MAMMMM

「ゴーレムは見つけることができません。受け入れてくれる相手も、家も、父親も、母親も、どんな安全な場所も……。

それは生存のための闘いをあきらめました。わたくしたちは行きます……」

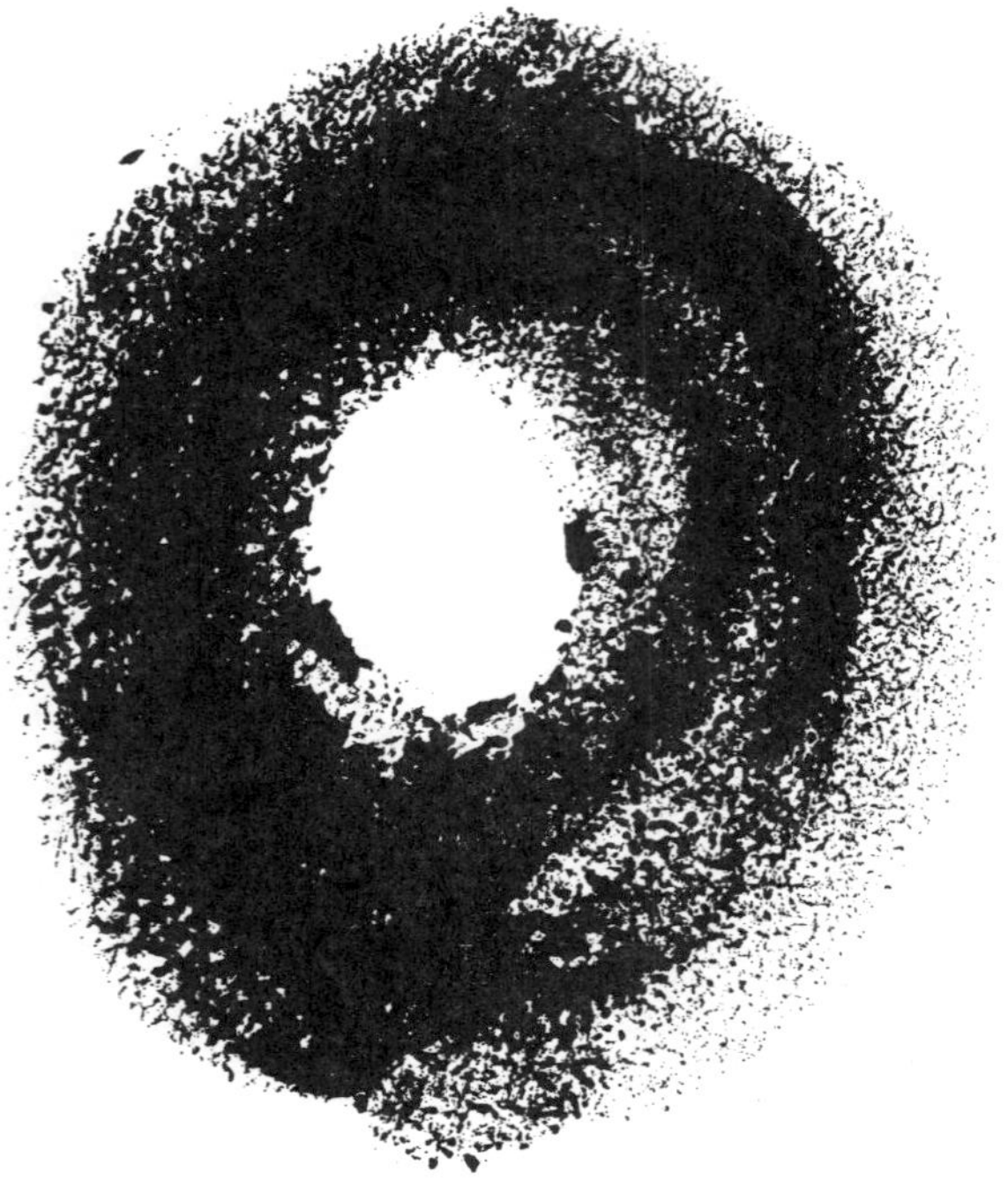

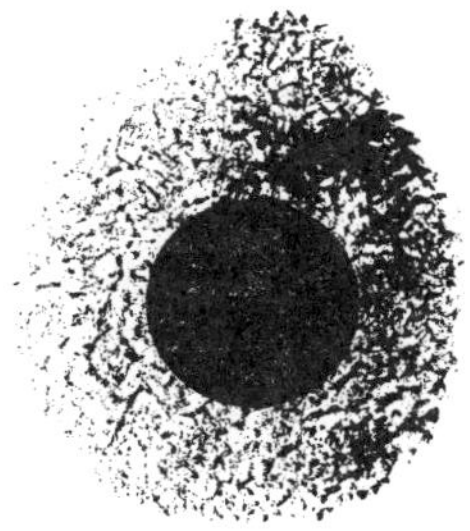

「あとにはなにもない」

21

インドゥニは、ドードーの巨体に合わせて特別に設計された深い椅子に、手足を投げ出して疲れ切った体をあずけていた。彼らはF・H・ロイツのオフィスで、きらきらと千変万化する魚たちに取り囲まれていた。壁に沿って並べられたいくつもの水槽が、泡を出し、シューシューと音を立てている。グレッチェンとシマが注意して隊長の様子を見ていると、ロイツが澄んだ水槽へ歩み寄った。そこに入っているのは、透明な液体と白化したノウサンゴが一つだけ。水槽の底のほうについている栓からグラスに液体を入れ、インドゥニに持っていく。アナゴが一匹入っている水槽を通りかかったとき、それを親しげにポンとひとつたたくと、アナゴは彼の指めがけ恐ろしい口でぱくっとかむ動作をした。「しつけてあるんです」ロイツが隊長の手のなかにしっかりとグラスを置く。「気をつけて召し上がってください。ウォッカです。アルコール分五十パーセント」

インドゥニはぐったりしていただけでなく、完全に見当識を失っていた。ひと口目はグラスの縁からはずれたところからすすり、胸元にこぼしてしまった。飲み口を手前に持ってこようと手のなかでグラスを九十度まわしたが、また向こう側のふちから飲もうとした。ようやく混乱した頭が理解し、近い縁からまず一回、また一回とすすり、ついには全部飲み干した。息をついた。

「ありがたき、言葉（ザバーン）、博士ロイツ。とてもいっぱいでした。必要が。必要でいっぱい、ですよね？」グレッチェンとシマに笑いかける。「そんなわけで。けっこう影響を受けてしまいましたね、アルカンド‐サランダリンドゥニは、バーン・セーレムの予測に反して。外国人は入国する際、フルネームを言わなければならない」グラスをロイツに返す。「わたくしは感謝（ムジエ）いたします親愛なる神シヴァようやく終わりました」

グレッチェンが両手を組み合わせた。「では、ゴーレムはいなくなったのですか、隊長」

インドゥニは、明確に話すよう努めた。「と言うより……消えました」

「汚らしく腐って死んだのではなくて？」

「わかりかねます。あの驚くべき生き物は、不浄なる死体（コルプス・ウィレ）を残さなかったのです」

シマは不満だった。「どうして断言できないんだよ、インドゥニ」

「アルカンド‐サランダリンドゥニフルネーム専門家の方々と科学的科学について論じ合うことはかなりためらわれます、博士シマ、しかし――」

「しかしってなんだよ。言えよ！」

「わたくしにはこう思えるのですが、それは……引き揚げた？　消えた？　ブラックホールに溶けていった」

「そんなわけないじゃないか！」シマが声を張り上げた。「ブラックホールだって？　逆宇宙のなかへか？」

「失礼でしゅが」水槽に寄りかかっているロイツは、ネオンのように輝くたくさんの魚の光輪で取り巻かれているように見えた。「逆宇宙へのブラックホールの通路はみゃだ理論上の概念にしゅぎみゃせん。確たる証拠はないんでしゅ、恒星が崩壊しゅるという仮定を除けば」大男は、あてもなくひれをぱたぱたやっている剝製のマンタが吊られている天井を見上げた。「一九〇八年のシベリアでの大爆発は、隕石ではなく、彷徨うブラックホールが引き起こしたのだと主張しゅる者もいましゅ」

「しかしわたくしたちの感覚から知覚したらしいものだったのですが、博士ロイツ」

グレッチェンが切り込んだ。「わたくしたちの感覚ですか、隊長？　それに潜水球から報告なさっていたときも、『わたくしたちは行きます』とおっしゃった」

「危うしです、ナンさん。『わたくしたち』『わたくしたちの』。自己の感覚がゴーレムとともにどこまでも運ばれていきそうになって」

「でもそうはならなかったのでしょう？」

「一部だけです。それからわたくしは引き揚げました」

シマが低く口笛を鳴らした。「そのときの様子を説明してくれ、インドゥニ。どんなふうだった？」

インドゥニが集中しようと目を閉じたが、答えないうちにロイツが思いついたことをだらだらと並べはじめた。「無秩序？　見当識喪失？　あなたのいみゃのご様子からしてそれは明らかでしゅけれどね、隊長。時間が逆戻り？　空間が裏返し？　全体が反転？　心臓と呼吸が逆？　体が入れ換わって、左が右で右が左？　しゅべてが逆？」

インドゥニは、ロイツが一つ言うたびにうなずくのがやっとだった。やがて、ささやくような声で言った。「そしてズケイを見ました」

「なにを見たって？」

「博士シマがイケズとお呼びになっているものを見ました――わたくしの逆自己を」

三人がそろって怪訝な顔をした。シマがいきなり言った。「びっくりキリスト丘の上！　鏡像か？」

「そんな立派なものではありません。自己のネガです。落胆して反転」インドゥニは自分を立て直そうとまた奮闘した。「白が黒、黒が白、博士ロイツがおっしゃられるように。わたくしはヒンドゥスタン人の伝統によって育てられ、教育を受けております。文明人として振る舞えるよう、行動規範をたたき込まれております。そのような自己の逆とは、わたくしの習慣づけられた生き方に対する反駁(はんぱく)であり、否定だったのです。それは――なんと申し上げたらよいでしょうか。それは――ナンさんが述べておられた、深く埋められたイドという表現でしか言い表せません……」

「冷酷」とグレッチェンがつぶやいた。「不実、淫ら、無情」

　インドゥニは礼のつもりで後ろ向きに一つ手を振った。「それで、告白いたしますとパニック状態となり、前向きなインドゥニは……博士シマ、あなたのお気に入りの言いまわしを使わせていただくと……そこをおん出たのです」

「なんなんだよ!(イエーズ)」シマががっくりした。「これほどのチャンスを逃すなんて。ぼくなら無理にでも挑み続けて、そいつに追いついて話をさせたのに」

「わけわかんない逆さ言葉でね」と言うと、グレッチェンはいきなり笑い出し、それまでの緊張をほぐすようにヒステリックに笑い続けた。

「ほがらかに、かつ幸いに、チャンスを逃しました、博士シマ」とインドゥニが、クレッシェンドで高まっていくグレッチェンのかん高い笑い声を無視して言った。「反転した逆世界に照らし合わせてみると、われわれの狂ったガフが正気であるようにわたくしには思われました」

「正気じゃなくて、ほがらか!」グレッチェンがはしゃいだ。「ほがらかっていうのが適切。ほがらか! ほがらか!」アナゴの水槽に音を立ててキスをする。「チュッチュしようよデカ口さん。ゴーレムは死んで、立ち去って、逆天国にいるのよ~ん……」笑いながら水槽から水槽へとスキップし、そこにキスしてまわる。「お祝いしなくちゃ。ゴーレムはもういない。もう怖いことは起こらない。

あたしは独房を出たの、聞いてる、おサカナちゃんたち？　もうガフ拘禁独房はない。もう安全房はない。聞いて！聞いて！　サケさんにシタビラメさん！ニシンさんにチョウザメさん！タラさんにカニさん！」

「おいグレッチ！」とシマ。「落ち着けよ！」

「あらどうしちゃったの？　うれしくないの？　あたしうれしい。終わったもの。スナグ！　平常どおり、すべて元通りでガフ。あたしは独房を出た。あたしの家にいらっしゃい、みんな。頭いかれたご婦人方に加わりましょう、まだそこにいたら。お祝いよ。たっぷり食べて飲んで、いかれた歌を歌ってお祝いしましょ。あたしの家にいらっしゃい。スナグ！　スナグ！」

オフィスから駆け出したグレッチェンを、三人の男たちが追った。グレッチェンの様子から、追わなければならなかったのだ。

かつては橋の主塔で、いまはオアシスの要塞である石造建築は、修羅場と化していた。開け放たれ、警備もなく、駄馬も働き蜂も見分けがつかなかった。頭がいかれたご婦人方（スナグ！）はまだそこにいた。いまではオアシスをそっくり乗っ取り（女性が一人残らずそこにいる）、ブンブンうなる一つの群れに変えた。そこにはまだ、かつてないほどたくさんの食べ物や飲み物があった。三人の男がついてくるのをよそに、グレッチェンがオアシスのロビーに入っていくと、そこで出くわしたのは

銀の
スパンコールをつけた
人☆気☆女☆優

蜂の羽のスープが
入った深鍋を
頭に
載せた
ベリーダンサー

クラリネットを　蜂蜜を塗って焼いたハムを　トロンボーンを
吹く　持った　吹く
道化　ボアディケア　道化

王室風ウナギのゼリー固め
を運んでいる
ニジニノブゴロドを食べた
二つ頭の獣

フレンチホルンを
吹く
道化

それに
続いて
まったく手伝わない
笑い叫ぶ
女の
一団

そして、グレッチェンの部屋へ続く石のらせん階段を昇っていくとき（オアシスの管理面でのサービスはすべて停止していた）、四人は、モーセ、婦人警官、侍女、大工、警備員、浮浪者、森の精と水の精、グルーピー、色気女、ヤりまくり女、浮かれ女、ヤク中、盗みにきてそのままお楽しみに参加した雑多な不良娘の群れを身をよじらせてかきわけながら進まなければならなかった。グレッチェンは口のなかに無理やり何度もお菓子を投げ込まれ、詰め込まれ、息を詰まらせ、むせた。

群れはグレッチェンには丁重に道をあけたが、男たちは侮辱的に荒々しくあしらわれた。ロイツは巨体を使ってあとの二人が通れるように道をつくらなければならなかった。凶暴きわまる女たちまでも、はね返されて紙吹雪のように散った。

シマが呼びかけた。「ルーシー、なんなんだろうな、このヴァルプルギスの夜祭状態は」

「ヴロクのことおぼえてないのか？」ロイツが肩ごしに応じた。「とおしてくださいね」

「ヴロク？　だれヴロクって？　なにヴロクって？」

「もうろくじじいのヴロクだよ。失礼。天体物理学教えてただろ——おっと！　ごめんね——工科大で。よく言ってたじゃない——それはないよ、あなたが悪いでしょ——ヴロクはいつも言ってた、『自然というものはその実際の姿(しゅがた)において、人がどんなに空想をたくみゃしくするよりもはるかに奔放だ』って。——股間から手をどけてよ……」

「これのどこが自然なんだよ」

「きみは蜂のミャブダチだったことないの？」

かつてグレッチェンのすっきりしたリビングだった場所では、破壊物の破片が大きな木の樽を蜂の巣状にしていて、樽の上には深紅のチェリーブランデーで書かれた酔っぱらいののたくる字があった——**はちやつオキソ酒**。グレッチェンは、騒ぎでいっそう取り憑かれたようになり、駆り立てられて樽のなかにまっ逆さまに飛び込んだ。

ガブガブ飲んで息を切らしながら現れた。「おい、ちーッ！　うま、すぎーッ！　みんなでお祝いしよう！　スナグ！　スナグ！」再び沈む。上がる。「ゴーレムは死んだ！　クワッ！クワッ！クワッ！」また沈む。

「女王もよ！」ガフーザラムが叫ぶ。「旧女王は死んだ。死んだ。死んだ。死んだ。リジャイナはおっ死んだ！」

「これはなにかとんでもないことになるかもしれみゃせんよ、隊長」とロイツ。返事がないので、あたりを見まわす。「おいシム、インドゥニどこ行った？」

「さあ。群れにまぎれたか、ずらかったんじゃない。ルーシー、これ以上とんでもないことになるわけないだろ？」

「子どものころ蜂飼ってたから、やつらの習性は知ってるんだ。巣の蜂はいみゃみゃでの女王蜂を失うと、みゃじゅ最初に女王の巣房を複数つくって、候補者の一団をその役割に備えさせる」

「どうやって？」

「巣房をロイヤルゼリーで満たす。見みゃわしてみなよ。これは全部ロイヤルゼリーじゃないのか？」

「ほんとだ、きみの言うとおりかもしれない」

「自分の巣房を最初に出た候補者が、新しい女王になる。きみのガールフレンドが言ってたこと、おぼえてる？『あたしは独房を出た』」

「でもそれはゴーレムとガフ拘禁のことだよ」

「もちろん。彼女はみゃず、巣房から巣房へと移り、ライバルが羽化しゅる前に殺しゅ」

「この群れがグレッチェンを女王の座に就かせたってこと？」

「次に彼女は巣を離れ、外でうろちょろしてるダメなオス蜂どもにヤラセる。どんなオスも抵抗できないオキソ酸を出して挑発する。彼女が浸かってたあの樽にはなんて書いてあった？　はちみつオキソ酒、だろ」

「すごい！　ほとんど納得」

「当然」

「でも自分たちのやってることがわかってんのかな……グレッチェンもほかの連中も」

「いや。自然がはるか昔につくった本能的な行動パターンにしたがってるだけだよ」

「蜂のだろ。人のじゃなくて」

「ちがう。きみは頭でグレッチェンは人じゃないってわかんないのか――彼女は新原人なんだ。自然の基本原理に立ち返りつつ、至高点をめざしている。とんでもないことになるぞ」

グレッチェンが、金切り声を上げながら蜂蜜酒から出てきた。ガタガタ震え、樽の側面にしがみついているところを群れが囲み、揺れていた。群れは愛情をこめて彼女をかき抱き、なでて、キスし、頭を押しつけ、やがて樽から離した。

「なるほど」とロイツ。「みゃさに新女王誕生のパターンだよ、シム。いよいよ騒ぎがはじみゃるぞ。シム？　シム？」驚いてあたりを見まわす。シマがいない。インドゥニのように、彼も姿を消していた。

グレッチェンはぱっと立ち上がると、金切り声を上げ続けながら、目指す相手も物も定めずに、短い距離を突進した。自分のやっていることがわからなかった。錯乱していた。原初に立ち返っていた。橋の主塔の石を切り出してつくったオアシスの、曲がりくねった通路と廊下とマンションがある広大なその迷宮で、彼女は新女王となり、片っ端からライバルを消すことに駆り立てられていた。

はしごを伝い、うようよする群れを押しのけながら、下のラクソン家の住まいへ降りていく。自分でもなにを探しているのかわからずに探し続けているが、見つけたら本能がおしえてくれるだろう。

再び自分の住まいに向かってよじ登る。まだ探し求め、追い求め、なおも金切り声を上げながら。すると、ネリー・グウィンに出くわした。ベリーダンサーの衣装をつけ悲鳴のような声を上げて歌っているためだれかわからないが、グレッチェンは見分けた。群れが声援を送るなか、グレッチェンは相手の喉元につかみかかった。

ネルが死ぬと、グレッチェンは再び目指す相手も物も定めずに突進していたが、やがてまた、探し求め、追い求め、廊下へ出て興奮した群れを押しのけていくと、デリラのローブをまといモーセの髭をつけ威厳をたたえたイエンタ・カリエンタに出くわした。二人は、廊下の端から端まで死闘をくり広げた。

イエンタが息絶えビミーも打ちのめすと、グレッチェンはオアシスの階段を降りていき、探し求め、追い求め、やむことなく金切り声を上げながら、狩りまわった。ロビーで獲物を見つけた。サラを銀のスパンコールの吹きだまりに取り残し、硬直するにまかせた。獲物を仕留めたとき、グレッチェンの服の最後の切れ端がはぎ取られていた。それからガフへと逃走した。

走った——一歩踏み出すごとに彼女のアフリカの乳房はうねり、尻は打ち震え、ヴァギナはいつでもどうぞと誘うように痙攣しながらキュキュッと締まった。当てずっぽうにガフを走りまわる。彼女は、欲望をたぎらせ、うずうずし、願い夢見るガフのオス蜂たちに猛烈に追いまわされていた。

オス蜂は自然界の必要不可欠なクズであり、ライオンから蜂に至るまで、精子製造のための装置(アパラ)にすぎない。オスのライオンは、なまけ者で、怠惰で、非生産的で、役立たず。獲物を仕留めて子を産んで育てる連れ合いに食べさせてもらい、世話をしてもらうという一つの機能を除いては。だが、連れ合いに与えてもらった獲物で食事をすませ、お日さまの光を浴びてうたた寝しながら、ライオンは自分がどういう存在だと夢見るのだろうか? 百獣の王か? そしてオスの人間蜂は、自分がどんな存在だと夢見るのだろうか？


「空を見よ！」

「鳥だ！」

「飛行機だ！」

「**ワシ男**だ！」

宇宙の凄腕科学者たちが高巣でミステリアスに孵化させた**ワシ男**が、そのミステリアスな空中パワーを使って悪と不正の勢力と闘う一方、臆病で無邪気な不具者、タイニー・ギンプを装っている。

不具者はグレッチェンをヤリ倒した。


「あの馬に乗ってるのはなんだ？」

「釜だ！」

「ゴミ入れだ！」

「**騎士男**だ！」

ミステリアスな星の鍛冶屋が無敵の宇宙鋼を溶接して人間のかたちにし、ウルカヌスの智慧を授けた**騎士男**が、ミステリアスな騎士道パワーを使って悪と不正の勢力と闘う一方、臆病で無邪気な馬の調教師、スキップ・サンズを装っている。

調教師はグレッチェンを横鞍に乗せて疾走した。


「あの浴室を見よ！」

「洗面台だ！」

「浴槽だ！」

「**悪臭男**だ！」

スウェーデンの鉱泉の原子水を煮立ててつくられ、宇宙守護者たちによってガフへとミステリアスに輸送された**悪臭男**が、そのミステリアスで強力な筋肉パワーを使って悪と不正の勢力と闘う一方、臆病で無邪気なゴミ収集人スヴェン・スヴェンソンを装っている。

ゴミ収集人はグレッチェンにスウェーデン式マッサージをほどこした。


「あの木の向こうを見よ！」

「枝だ！」

「茂みだ！」

「**インディアン男**だ！」

宇宙の生態学者たちによって西の平原に最後に残ったテント小屋に置かれ、インディアンのあらゆるミステリアスな伝説の継承者である**インディアン男**が、そのミステリアスな追跡パワーを使ってガフの悪と不正の勢力と闘う一方、臆病で無邪気な会計士モイシャ・カッツを装っている。

モイシャはグレッチェンをうつぶせにした。


「あの地下室を見よ！」

「タンクだ！」

「かまどだ！」

「**ゴリラ男**だ！」

アフリカの灼熱のジャングルで生まれ、宇宙の動物調教師にガフで教育された**ゴリラ男**が、ミステリアスなジャングル技を使って悪と不正の勢力と闘う一方、芸をする臆病で無邪気な犬ファイドを装っている。

ファイドはグレッチェンを手際よくヤッた。


「あの一角を見よ！」

「警察だ！」

「法律だ！」

「**陪審員男**だ！」

宇宙の裁判所で指令を受け、すべての超恒星法律伝説の継承者である**陪審員男**は、ミステリアスにガフに連れてこられ、そのミステリアスな法律パワーで悪と不正の勢力を起訴する一方、臆病で無邪気な法廷速記者ロナルド・パイカを装っている。

速記者はグレッチェンを暴力を用いて（ウィ・エト・アルミス）毀損した。


「空を見よ！」

「彗星だ！」

「新星だ！」

「**中性子男**だ！」

崩壊していく星に生まれ、宇宙のスーパー目利きたちによってガフに輸送された**中性子男**は、密かにそのミステリアスなアストラルパワーを使って悪と不正の勢力と闘う一方、臆病で無邪気なディレッタント、ランス・ラングィッドを装っている。

ディレッタントはグレッチェンに怪奇趣味丸出しで乗った。

「通りを見よ！」
「炎だ！」
「放火だ！」
「**火炎男**だ！」

セーレムの魔女裁判の火刑の炎から火がつき、宇宙の救助者たちによってミステリアスにガフに届けられた**火炎男**は、そのミステリアスな燃焼パワーを使って悪と不正の勢力と闘う一方、臆病で無邪気なシェフ、M・ムッシューを装っている。

シェフはグレッチェンを串刺し（アン・ブロシェット）にした。

「あの壁を見よ！」
「虫だ！」
「クモだ！」
「**カマキリ男**だ！」

宇宙のアマゾン探検家の超絶パワーをミステリアスに吸収し、フルーツ輸送用宇宙船に乗せられてガフに移された**カマキリ男**は、そのミステリアスな昆虫技術を使って悪と不正の勢力と闘う一方、臆病で無邪気な宇宙キャプテン、スピード・スタブスを装っている。

宇宙キャプテンはグレッチェンを放射状にヤッた。

「あのピラミッドを見よ！」

「岩だ！」

「石だ！」

「**インカ男**だ！」

アルゴルⅣの太陽司祭によって瀕死の母親の子宮から助け出され、ミステリアスなエジプトのピラミッドの魔術を授けられた**インカ男**は、その秘伝パワーを使って悪と不正の勢力と闘う一方、臆病で無邪気な秘書、アレックス・ブルートを装っている。

秘書はグレッチェンを太陽の運行と逆方向にヤッた。

彼らに続いたのは、**燃焼男**、**宇宙男**、**悪霊男**、**ISO男**、**サメ男**、**磁石男**、**プラスチック男**、**ジェット男**、**パワー男**、そしてさらに二十人ほどの夢見るオス蜂たちで、全員がグレッチェンの抵抗できないお誘いを実現させ、回内位で、回外位で、ひじを張って、逆手で、後橋（こうしょう）で、猫背で、太股で、ジグザグに、斜めに、傾いて、曲がって、上って下って、彼女に乗る自分の番を勝ち取ろうと争っていた。そしてついに、臆病で無邪気な化学者ブレイズ・シマを装っている**科学男**の番が来て、グレッチェンを突き刺し挿入で迎え撃った。

しかしこのクライマックスの最中、狂ったように出まくっていた女王フェロモンが枯渇し、交尾飛行は終わった。痙攣していたグレッチェンの陰部の筋肉が最後に一回激しく震動して収縮し、鋼のようにがっちりと締めつけた。シマのペニスが引きちぎられ、グレッチェンのヴァギナにくわえられたまま残った。新しい女王の役割に追い立てられ、それに支配され続けているグレッチェンは、死の苦しみにのたうち血を流しているシマには目もくれずに立ち去った。

22

グレッチェンはよれよれになって自分のオアシスに入っていった。するとたちまち興奮した女たちに取り囲まれ、次々に抱擁され、なでられ、愛撫され、キスされた。めちゃくちゃになったマンションの部屋に上がっていくと、女たちはどこかから失敬してきた寝椅子を出してきて、彼女をなだめてそこに横たえた。オリエント風の裸体画を思わせるグレッチェンは、汗、よだれ、精液をたらし、原初的で、きついにおいを放っていた。女たちが裸の体のまわりに群がり、恥丘をやさしくなでてやっていると、やがて収縮に伴う痙攣はおさまった。続いてシマの血みどろのペニスを、自分たちの女王がもはや処女ではないという交尾のしるしを引き抜き、かさかさ動きまわってブンブン囁き合いながら、待った。

ようやくグレッチェンが目を開け、あたりを見まわした。女たちは静まり返り、期待をこめて彼女を見つめていた。

「すべて元に戻さなければ」とグレッチェンが弱々しい声で言った。

「はい、ＢＢ」

「すべて未来に戻すのです」

「はい、ＢＢ」女たちはなんのことか理解できなかったが、素直に笑った。

グレッチェンは調子を取り戻してきた。「プリス、清掃会社を知っていますね」

「ええ、ＢＢ」

「一社雇いなさい」

「高いでちゅわよ、ＢＢ」

「支払えるからだいじょうぶ」

「みんなで力を合わせれば片づけられます、ＢＢ」と、頭が二つで腕が四本の怪物が申し出た。「あなたがお金を遣う必要はありません」

「いいの。あなた方二人には別の仕事をしてもらいます。わたしが殺したのはだれです？」

「おぼえてらっしゃらないんですか？」メアリー・ミックスアップは驚いた。

「ええ」

「さ、三人殺ちまちた」とプリスがどもった。「ネ、ネルでちょ。サラでちょ。イ、イエンタでちょ。彼女のラビも、こ、殺しちゃうところでちたのよ」

「そうです。主要な競争者たち。方をつけましょう。ウジェダイ、アジェダイ、彼女たちの死体をガフ警察へ運びなさい。インドゥニ隊長に、起こったことをそのまま話しなさい。できますか？」

「やります、ＢＢ」双子は、逆らったり、反対したり、拒んだりしようなどとは夢にも思わなかった。

「隊長は恐らくわたしに対してＡＰＢを出すでしょうが、それについてはわたしが対処します。守衛の方々は、双子を手伝ってから警備の任務に戻りなさい。もう侵入させてはなりません」

「了解です、ＢＢ」

「ラクソン家の方はどこですか？」

「ここです、ＢＢ」

「あなたのお部屋も片づけて元どおりにさせますが、あなたの天井とわたしの床を修理しなければなりませんね。建設関係で知っている人はいますか？」

「ええ、ＢＢ」

「請負人を雇いなさい。わたしが支払います」

「全額というわけにはいきません、ＢＢ。うちの娘たちも同じだけ壊しましたから」

「うちの娘たち？　そう。うちの娘たちね。でもわたしがうちの娘たちを指揮しているのですから、わたしがすべての勘定を払います。請負人に連絡しなさい」

「わかりました、ＢＢ」

「パイガールはどこです？」

「ここです、ＢＢ」

「歳はいくつ？」

「十七です、ご主人さまの人」

「仕事ができる歳ですね。スタッフに加わって、わたしに仕えなさい」

「ありがとうございます、ＢＢさまの人」

「夜、学校にも通いなさい。こちらで手配します。わたしの周囲に無教養な者は置きません」

「いやです、ＢＢさま。わかりました、ＢＢの人」

「リジャイナの家のものでほしいものがあるという人がいれば、許可を与えます。持っていってもかまいませんが、けんかをしてはなりません」

「はい、ＢＢ」

「ネリーの家のものも同様です」

「燃えてちまいまちたわ、ＢＢ」

「イエンタの家は？」

「彼女のラビが住んでいます」

「サラの家は？」

「わたしが引き継ぎます、ＢＢ」

「あなたはノーラですか、彼女の衣装係の？」

「そうです、ＢＢ」

「ようこそ、ノーラ。サラの家は維持していけるのですか？」

「お気づかいありがとうございます、ＢＢ。どうなるかまだわかりません」

「無理ならば、わたしのところへいらっしゃい」グレッチェンは巣を見まわした。「みなさん、どんなときにもわたしのところへ来るのです。わかりましたか？」

全員うれしそうにかさかさいった。

「わたしのところだけに。その点、了解しましたか？」

何人かはうれしくなさそうにかさかさいった。

「どなたも気を楽にお持ちなさい。そのことは今晩、一回目の〝二十〟で説明します」

「二十？」メアリー・ミックスアップがまごついた。「わたしたち全部で二十人いるんですか？」

ウジェダイが、人数を数えるのをやめさせた。「頭働かせなさいよ、バカね。二十時ってこと」

「つまり午後八時」とアジェダイが解説。

「そうなんですか？　八時に集まるんですか？　どこですか？　ここ？」

「いいえ」とグレッチェン。「わたしたち、全員汚れています。体を洗って、リフレッシュして、着替えなければ。〈ザウナ〉で」

〈ザウナ・バス〉では、地球の寒帯、温帯、熱帯が体験できるようになっている。月、火星、金星の環境もある。本物の風、雪、あられ、雨、雷雨、鳥のさえずり、昆虫の摩擦音、獣の啼き声といった音が、効果音として流されている。また、地球外植物が、発芽し、生長し、増え、枯れていくあいだ、異質な言語をつぶやいたりうめいたり、わけのわからないことをぺちゃくちゃしゃべっている。

水は絶えずリサイクルされていても、当然とてつもなく高価だ。香水、石けん、エッセンシャルオイルはずっと安価だが、水がなくては役に立たない。グレッチェンが払ったような途方もない料金を支払えば、ザウナを自分とゲストだけで使うことができる。

コロニーが、熱いところ、温かいところ、寒いところと場所を移し、風呂、シャワー、石けん、オイル、マッサージを堪能し、暖まり、くつろぎ、生気を取り戻すあいだ、グレッチェンは臣下たちに話を聞かせた。「実際にあった話をしましょう。あなた方の何人かは、話のなかに自分が出てくることに気づくでしょう。ほかの方々にもそれがだれなのかわかるでしょう。いいのよリディア、トロンボーンのファンファーレはいらないの。話の邪魔をしないでね。だれも邪魔をしてはいけません。

ある女性だけのグループが、週に一度集まって、食事をし、友情をはぐくみ、お遊びに興じて、交遊を深め、楽しいひとときを過ごしていました。どの人も大変気立てがよく、優しく、魅力的なレディで、だれに対しても悪意など抱いていませんでした。それなのに彼女たちは、自分たちが女（ウーマン）であることを忘れてしまったために、甚大な危害をもたらしました。レディと女のあいだには、大きなちがいがあるのです。

彼女たちが興じたお遊びの一つは、悪魔を呼び出す魔女の儀式でした。一人として、神と天国同様、悪魔や地獄の存在など信じていませんでした。なにしろいまは二十二世紀なのですし、彼女たちは、現代的で、知的に洗練されたレディでしたから。しかし彼女たちはまた、女だったのです。

レディと女のちがいは、彫られた象牙とゾウの牙とのちがいです。いいえ、笑ってはいけません。わたしたちをゾウになぞらえているのではない。わたしたちは彫られた象牙なのです。その精巧で美しい姿は、何世紀にもわたって鍛え上げられてきた技――この言葉を心に留めておいてください――、自然の牙にデザインをほどこし、かたちを決め、彫って、男たちを喜ばせる芸術品に仕立て上げる技の結晶なのです。男たちを喜ばせるため、男の技で彫られてレディとなるわたしたちは、本来の牙を忘れてしまいました。闘い、襲撃する、危険な武器、すなわち女。あらゆるジョークのなかには真実があると言われています。あらゆる象牙の彫り物のなかには凶器がある。

なぜいつも女は、男に利用されてレディに彫られるがままにしてきたのだろうか？　男たちがわたしたちを必要とするのと同じように、わたしたちも男たちが必要だからです。しかしわたしたちが男たちをあるがままに受け入れさせられてきた一方で、男たちはあるがままの姿のわたしたちを恐れているため、わたしたちは彫られた象牙という安全な役割に閉じ込められてしまう――男たちにとって安全ということですよ。それでも、わたしたちのなかには脅威となる部分が宿っているのです。

そしてある奇妙なことが、この気立てのいいレディたちのグループで起こりました。各人のなかに埋もれ忘れられていた原初的な危険が合体し、一個の危険のかたまり、擬似生物、変幻自在の原初の獣欲、10×10ほども増殖するオスの鬼畜、ゴーレム^{100}を生み落としたのです。ゴーレム^{100}がガフで引き起こした惨事の数々を語るつもりはありません。もうすんだことです。鬼畜は、別の宇宙へ消え去りました。

二度と起きてはならないことです。わたしにも、みなさんにも、二度と起こりません。男を欲してもかまわない。男を受け入れてもかまわない。男を利用してもかまわない。しかし、決して男に自分を利用させてはなりません。男に女を求めさせるのはかまいませんが、牙を安全な彫り物に仕立てようとする男たちの技によって堕落させられてはなりません。だからわたしは言ったのです——男を好きになるのはいい、しかしそれ以上はだめだと。

男を好きになり、楽しみ、適したことに利用するのはかまいませんが、必要としてはなりません。必要でしょうか？　わたしたちには自分というものがあります。もうレディではない。女なのです。わたしたちは家で、男たちは借家人にすぎない。彼らは去来するが、わたしたちは永遠。次回の〝二十〟は、来週の同じ曜日にまた、ここザウナで行ないます。わたしが手配します。では、しばらくこのまま自由を楽しみなさい。パイガール、いっしょにいらっしゃい。わたしの〝レディの弱味〟をずけずけ利用しやがったある熱狂的性差別主義化学者と決着をつけるため、行かねばなりません」


〈〈バス〉のソーホー側出口。グレッチェンとパイがガフに現れる。二人は蒸気でさわやかに汗をかき、マッサージをほどこされ、風呂を浴びた。清潔なつなぎを着ている。二人ともメークはしていないが、グレッチェンはアフロヘアに虹色のスパンコールを散らし、パイは薄い色の髪を二つに分けて三つ編みにし、白いシルクのリボンを結んでいる。二人、足を止める。車道と歩道の標示板が輝き、話し、人々をせき立てる。〉

標示板　**生きろ！生きろ！生きろ！生きろ！生きろ！生きろ！**

愛せ！愛せ！愛せ！愛せ！愛せ！愛せ！

食べろ！食べろ！食べろ！食べろ！食べろ！食べろ！

歩道　ヤラレまくりてーだろベイビー？ついてこい！ついてこい！スクライムの現場についてこい！

（二人の酔っぱらいが果てしなく続く光る歩道ペニスをケケと笑いながらよろよろ歩いていき、曲がり角をまがる。）

酔っぱらい1　（不明瞭なガフしゃべりで）おいよひっつかんでよぶっぱなしてよスクライムでよ世界ぢゅーでよあっちこっちにてかてかてかてか？

酔っぱらい2　（貴族っぽい言葉づかいをまねて）おっしゅぁられるきょとが、ぅわかりまスェンねえきみィ。

標示板　**おとこばか**……一〇〇人

かすばか……一五〇人

むすめばか……一七五人

はらわたばか……一六〇人

しょんべんばか……七五人

グレッチェン　（指し示して）こちらへ行きましょう、パイガール。

パイ　どこへですか、ご主人さまの人？

グレッチェン　アッパー・ウエストサイド。ブレイズ・シマのペントハウスへ。歩くしかないわ。さあ、行きましょう。

（二人の女はガフの通りを縫うように進んでいく。ハドソン川の岸に沿って歩いていると、ニューヨークの港に広がる放射能汚染から生じたどろどろの怪物たちが、割れた舗道のうえにじくじくと現れる――腐った食べ物を探す、歩行する粘菌。）

怪物たち　ススススス！シュシュシュシュ！スルルル！ズズズズ！

（〈つけまん毛ママのスクライムハウス〉で、三人の淫売が二階の窓辺に立ち、左手に火を灯したペニス型のろうそくを持ち、右手で夜のお誘いの支度をしている。三人は、いま人気の芸能人をまねた服装と髪型をしている。）

パイ　わあ〜見てください、ナンさんの人。あれ、グレタ・グラビアじゃないですか？

グレッチェン　ちがいます。

パイ　あれはフォンダ・デル・ソリタリー？

グレッチェン　ちがいます。

パイ　あれはアールエッチ・ファクター？

グレッチェン　ちがいますって。あいつらはただの無芸の腰抜けよ。

（商売女たちが窓を開け放ち、ガフの連中に向かってコマーシャルソングを歌い出す。）

淫売たち　おかあさんに言われたの、森でもっこり男に
いつも馬乗りするんだよ。
そのときはねっておかあさん、
お尻使うの、ラッキーちゃん。
お尻使うの。
お尻使うの。
そしてラッキー野郎から金とるの。

（街角のげろ（ピューク）ボックスが、けばけばしい光を放っている。）

パイ　ねえお願いです、ご主人さまの人。フレミー（痰）の新曲大好きなんです。いいでしょう？
いいでしょう？

（グレッチェンがしぶしぶ足を止め、ピュークボックスにコインを入れる。パイが一一〇一番のボタンを押す。サウンド虫が飛び出してパイの人差し指の指紋に引き寄せられ、指の動きに合わせてそっと音を奏でる。）

フレミー　（客観的リアリズムで）
ゲロッパ。ゲロッパ。
ヘドッパ。ヘドッパ。
オエップ。オエップ。
ゲロ吐け、ダディ、
どぼっとこぼせ。

（サウンド虫が曲を終えてピュークボックスへ飛び戻る。〈人間（旧処女）通り〉の近くで、二十二人の配達人たちが、大量の濃縮&蒸発プラステキーラを運びながら、ＰＬＯの兵隊たちと分隊長相手に激しく口論している。）

配達人　ようよう運ばなくちゃなんねんだよう。いつからここに税関の境界ちぇん引きやがったんだっちゅーの。

分隊長　ようようきにょー引いてやったんだよう。運びてっつんなら二十払えっちゅーの。
（グレッチェンに）
やあよう。あんたのことおぼえてるよ。イケてるファラシャ族ユダ公かわいこちゃんうちらのピラミッドに来たよな。やあようかわいいユダ公ギャルちゃん。

グレッチェン　こんにちは二枚目さん。われらがプロファーザーがまた不法に近隣境界線設けてくれたみたいね。うれしいわ。お支払いしなくちゃいけないの？

分隊長　あんたから金は取んねえよ、イケてるかわいいコちゃん。あとでほかのもんで払ってくれる？

グレッチェン　もちろん。下で会いましょう。

（爆発！　激震！　〈クリプトン・ケチャップ〉の工場が爆弾の爆発と同時に吹っ飛び、〈有機的テロリスト運動〉が公共放送システムを使って声明を発表する。）

放送　我々はやった！　我々はやった！　だが安心せよ、毒にやられた人々よ、我々が使用した爆弾の材料は、純粋にィ、安全にィ、オーガニックであったから。〈運動〉は**絶対に**腐敗せず。

（千二十七人のガフの鬼畜たちが真っ赤に染まりながらケチャップをなめまくる。）

鬼畜たち　ぺろぺろぺろぺろぺろぺろぺろぺろんちょぺろり。

（〈太竿大将（シャフト）のダーツ射的場〉で、裸の女性の標的たちがサドマゾのダーツプレーヤーたちを大声で挑発する。）

標的たち　投げろ、投げろっての！　憎しみこめて投げろ！　トリプルで決めろ！　おっぱい、おっぱい、まんちょ、だぞ！

シャフト大将　運だめししてみるかい、かわいこちゃんたち。おいしーデカチンの的あるんだけどさ……。

グレッチェン　この子は若すぎるし、わたしは歳が行きすぎてますので。

（ハンググライダーが低空を飛び、ゆっくりと降りてくる。男が一人首を吊られてグライダーからぶら下がっている。締めつけている輪縄は、しきたりにしたがって十三回ねじってある。）

パイ　わあ〜見てください、グレッチさんの人。自殺はたくさん見るですけど、こんなのは初めてです。

（降りてくるグライダーをババアの一団が追いかけ、自殺者の痙攣するペニスから放出される精液をむさぼるように吸い取る。）

グレッチェン　見ました、でしょ、パイ。見ました。あなたを良い学校に入れなきゃならないのは確かね。

（〈教育テレビ小学校〉の夜間クラスの生徒たちが、スクリーンを見ながら真剣に勉強している。）

スクリーン　パブラム（幼児用シリアル）／**古き良き‐時代の味**

「古い」の意味を述べなさい
「良い」の意味を述べなさい
「時代」の意味を述べなさい
「味」の意味を述べなさい
ハイフンの使用法について、五百（５００）語でエッセイを書きなさい。
「ハイフン」の意味を述べなさい
「５００」の意味を述べなさい

パイ　（悲しげに）テストに合格できませんでした、グレッチのご主人さま。の人。

グレッチェン　（ほがらかに）心配しなくていいのよ。いまのはＩＱが高い人のための上級クラスだったから。

（〈ニクソン（旧リンカーン）・センター〉で開かれている毎年恒例の第七十五回模造園芸ショーでリズ・キュイズの蠟細工の花が最優秀賞に輝き、はにかみながら表彰式にのぞんでいる。）

キュイズ　はっきり言っちゃえばさ、蠟はどうしたってプラスチックにゃ勝つよね、食べられっからさ。

（あわてて）

怒んないでちょうらい、すばらしい〈光プラスチック会社〉のみなさん方……。あたしプラスチックも好きなんで。

（〈エスキモー駆除会社〉が、虫とネズミに荒された跡から告発と罪証に関する大量の書類を救い出すため、国税局の倉庫を清掃する。二人のエスキモーがアリとゴキブリをがつがつ食べながら、その長所について論じ合う。）

エスキモー1　いくら地面見てたってよ、ミミズつきゃ見えねって。（ハルツトウ・ディ・オイグン・ツ・デレルド、ヴエストウ・メル・ヴィ・ヴエレム・ニシュト・ゼーン）

エスキモー2　だれでも愛せる者は、だれからも愛されない。（デル・ヴォス・ホト・アレメン・リブ、イズ・ゲリプト・フン・ケイネム）

パイ　エスキモーさんたち（Eskimos）って、どこにでも入ってくんですね。

グレッチェン　正しくはEsquimauxよ、パイ。Esquimaux。

（〈スラマー・ソドムのロデオ〉では、一匹のチンパンジーの乗り手が、自分が競技で乗ることになっているブロンコ役の人間を準備している調教師たちに激しく文句をつけている。）

チンパンジー　トク－ンク－フク－ウク－トク－ルク－ムク－ブク－ズク！

調教師1　こいつなにブーたれてんだ？

調教師2　ったくよ、ロデオのスターさまたちゃいっつも不平ぶっこいてんのよ。ブロンコの金玉に巻きつけてる有刺鉄線がきつすぎっから、跳ね上がんねえとよ。馬からすっかり汁が出ちまうとさ。

（〈超低温アイスパレス〉では、二人の人食いが冷凍料理について論じ合っている。）

人食い1　まず解凍だろがよおめえ、ローストするまえによ。

人食い2　百にぇん以上凍ってたっつったら話は別だって。くせえぞ、解凍したら。凍ったまんまでローストしねえと。

人食い1　どこがいっちゃん好きだ？

人食い2　はらわた。

人食い1　うほほー、だよなあ。はらわたがうみゃー。

（ガフに夜が訪れる。薄暗い光。小鬼のような暴漢たち。ルーボー・チューマー氏の凍った死体がローストされている。セーレム・バーンのダンサーたちが火を囲んで暖を取っている。プロファーザーのひょろりとした両手が、不信心者にまたがるオマル・ベン・オマル師の尻の上で戯れている。死体公示所でジャンニ・ジーキが、ドローニー・ラファティのまだらの皮膚を壁掛けにしようとその死体を買う。イエンタ・カリエンタの黒い目は手動のミキサーと交換されていた。サープールの異常な水に幻覚性もあることが発覚。ハドソン・ヘルゲート・ダムの三人のエンジニアが、科学会議で蜂が飛べることを数理的に証明。プリス嬢がロボットに強姦され、セラピストのところへ自分でロボットを連れていく。本家スクリャービン・フィンケルが死去（享年九十七歳）、彼の楽団がスクリャービンのために葬送曲を作曲する。タイトル――**わたしを安打し給え、フィンケルよ、死の外野を抜けて。**）

シマのオアシスは、かつてスペイン博物館だった。彼のペントハウスは、ガスが立ちのぼるハドソン川の上方にぼうっと立ち現れているのこぎりの歯のようなスカイラインのてっぺんに見える。川では、渦とよどみの上で明滅する鬼火が燃え、踊っている。

グレッチェンがペントハウスのドアを開け、命令口調で「ブレイズ！」と呼びかけた。

返事はない。

パイガールを伴って入っていく。二人は、リビング、寝室、浴室、キッチン、まだオプスデーの土で覆われているテラスを探した。「ブレイズ！」

「だれもいません、BBさんのご主人さまの人」

「あたしがこんな目に遭ったってのに、あのクソ野郎、電話もしてこないで仕事に戻ったっていうの？　引きこもっちゃって？　ル・ポーヴル・プチ。あいつらしいったら！」

CCCに電話する。シマはいなかった。

「またわけわかんなくなってフーガに戻ったんなら、保釈してもらうのもこれが最後よ。パイガール、代わりにガフ警察に電話して。声を聞かれて居どころを突き止められたくないから。わたしの言うとおりに言えばいいわ」

パイがグレッチェンにうながされてガフ警察に電話した。いない。シマは。シマに対してAPBは出ていない。インドゥニもいない。隊長は帰宅していた。

「なんなのよ！　ともかくわたしに対して出されるAPBをつぶさなくては。パイガール、家へ戻って修復作業を監督しなさい。あなたが責任者ですからね。あなたを育てます。わたしのまわりに子どもは無用。わたしはインドゥニの家へ行きます。シマの居場所を知っているかもしれないから。どちらの男もこてんぱんにやっつけて、ケリをつける。わたしは新しい種族なのである！　自由！　自由！　メチアよ！」

パイガールはかつてグラマシー・パークだったところにあるインドゥニの住まいまでグレッチェンに同行してから、〈旧市街〉にあるオアシスへと向かった。グレッチェンはインドゥニの部屋まで上っていき、ベルを鳴らした。

白いローブを美しく身にまとった隊長が、ドアを開けて迎えた。「いらっしゃいましたか！」とほほえむ。「お待ちしていたのですよ。どうぞ。さあどうぞ。心安らかに希望をもってさあどうぞ。わたくしたちも原初の頂点への道を見つけました。心から崇拝する対象、イシュタ・デヴァータすなわち神を見つけたのです。白き神(シュヴェータ)として初めて栄光のうちにその姿を顕わされたシヴァこそその神です」

グレッチェンは息をのみ、ようやく訊いた。「インドゥニ？」

「以前は」とほほえむ。「さあ。お入りください。あなたはわたくしの親愛なる友人です、グレッチェン・ナン」

「その名も以前のものです」とグレッチェンが入りながら応じた。「わたしも道を見つけました、隊長」

「ええ」とインドゥニがドアに鍵をかけながら静かに言った。「ええ、そういったことが起こったのは十分認識しております。わたくしには情報源がないわけではないと申し上げましたよね。あなたは新しき頂(いただき)、気高き頂、恐らくは原初の至高の頂点にさえ達したのです、シマ博士が亡くなるまえに到達できなかったその場所に。博士は優れた資質がおありになりながら、挑むことを夢見ていた試練に立ち向かえなかった」

「え？　ブレイズが死んだ？」グレッチェンはショックを受けた。

インドゥニがうなずいた。

「でもどういうわけで？」

「ああ、おぼえていらっしゃらないのですね。あなたはこれまでの人生をお捨てになった、わたくしがそうしたように。彼は、女王という新しい役割を担ったあなたに引き裂かれたのです」

「わたしが彼を殺したと？」

「引き裂いたのです」

グレッチェンは口がきけなくなった。

「どうしたのです？　罪悪感ですか？　悲しみですか？　さあ、わたくしたちは二人ともそんなものは越えているのですから、対等な者同士として腹蔵なく話しましょう。い、い、い、わたくしたちは対等なのですよ。わたくしも頂点に達し、そして恐らくあなたにとって唯一対等な原初の存在なのです。ですから、助け合い、支え合いましょう」

「あ、あなたは――あなたはわたしを慰めようとしているだけだわ」グレッチェンは動揺した。「わたしがブレイズを裂いた……引き裂いたと？」

「わたくしたちは慰め励まし合わねばなりません。高みに二人きり、お互いしかいないのですから」

「で、でも、わたしはそれに生まれついているのだとみなさんおっしゃったじゃないですか……〈新原人〉だと……あなたはちがいますよね、隊長。どうやって頂点に達したのですか？」

「ブラックホールを抜けて生まれ変わったのです」

「逆宇宙で？　そこにそういう効力があったのですか？」

「あるいは、新しいコロニー、あなたの新しい巣が、わたくしを高みへと押し上げたのかもしれません」

「神さま！神さま！神さま！」

「神に呼びかけるなら、本当の名前でお呼びなさい。生命を生み出す神、シヴァ。わたくしたちは、ともにシヴァの宇宙へ入っていくのです。わたくしには教えていただくべきことがたくさんありますし、あなたにはソーマという万能の神酒を生み出す術をお教えいたしましょう。ともに、十二の聖なる男根像（リンガ）を崇拝いたしましょう」

「インドゥニ、こんなのあなたじゃない。言ってることが狂ってるし、わたしもおかしくなってるんだと思う。わたしたち、どうしちゃったの？」

そしてインドゥニは続く狂乱の官能の三時間、グレッチェンに十二の聖なる男根像を崇拝する術を教え、彼女は息も絶え絶えになり、疑いを抱きつつも、普遍のソーマのなかに溶けていった。

「おお、神よ……」とグレッチェンがささやくように言った。「おお、神よ……神よ！神よ！神よ！こんなふうに愛されたことはない。一度も！ どんな女でも。こんなふうに愛を愛したことは一度もない。一度も！ これが至高の頂点なの？」

インドゥニがうなずく。

「あなたが、シマのまえで装っていたようなホモなんかじゃないことは知っていました。あなたは男。男以上のお方。あなたはわたしが知っていたどの男より10×10も男。神よ！神さま！ あなたを愛しています。愛しています。愛しています。あなたは？ わたしのことを愛してる？ あなたも同じ気持ち？」

インドゥニはほほえみかけ、立ち上がり、鏡のところへ行き、そこに赤く染まった人差し指でこう書いた――

I LOVE YOU

グレッチェンは、目にしたものを理解するのにしばらくかかった。

「でも――で、でも、左手だった」と小声で言う。「あなたは左手で書いて、それは左右が逆の鏡文字。わたし――あなた――彼は、逆世界からはついに戻ってこなかったんだわ。おおイエスよ！イエスさま……」声を詰まらせる。「彼は……彼は置き去りにされたのよ。彼はあの逆精神病院に永遠に閉じ込められてしまったのよ。あなたが彼の場所に戻ってきた。そうなんでしょ？ そうなんでしょ？」声がヒステリックに高くなった。「そして本物のインドゥニになりすましていた……わたしの大切な、優しい、すばらしいインドゥニに。それで説明がつくわ、なぜ戻ってきたあとあなたがすべてを後ろ向きにやったり言ったりしていたか。あなたは彼の逆自己、裏返しのインドゥニ、冷酷で、不実で、淫らで、無情な……わたしの本物のインドゥニが見たネガのインドゥニなのよ」

彼がほほえんだ。「わたくしはゴーレム[101]」

西暦二二八〇年

で？胡(こ)は？カンジダ？

ん。

胡処(ここ)は南(みなみ)なみアモーレか？

んん。

ジュー弄(ロウ)ッパッと腺(せん)？

んんん。

どこか言(イ)エズスか？

ガフ！ガフ！ガフ！

ありがた祝(いわ)い。

薄謝(ハクシャ)ーンはけっこう。♀(それ)が♂(それ)の名前(なまえ)。ガフ。おわかり？ガつんとフぁっくで、ガフ。あんたがいるとこ、観(ミ)ナイ点(テン)ト・虚栄(キョエー)タスのガファだよ。呆(ほ)く萎(い)一〇一〇〇一子(ネ)。

！何年愚弄(なんねんぐろう)？

穴(あな)れ棋(き)一〇〇〇一一一〇一〇〇〇

!!おいらあれイラ以来(イライ)ずっと蜂(ほう)んとに縮凍(ちぢこお)まってたわけ??

そ。あんたの患(わずら)い治治癒(なおちゆ)には∴アラ、スッカらかんから南(S)に下(くだ)ってガフに移転地(いてんち)たらいい。

胡処現(ここげん)ガフじゃどんな画面(がめん)に直面(ちょくめん)か説明白(せつめいはく)にしてくだ逝(せい)。

わ靴(か)った。あんた生(う)まれは独(どく)で創(そう)?

アフロ。

樫(かし)こまり。でもおれ初目に(はじめに)あんたにおし絵(え)と罐(かん)と。なん通貨(つうか)んじで起(お)こったか。いろんな娘(こ)とがお幸(こう)ってた!ずしっと!前(まえ)、二膳(にぜん)は食(く)え年代(ねんだい)、二一七五年(にせんひゃくななじゅうごねん)に。

ど牛(うし)て舌拿捕(タンだほ)んじゃ?二一七五年(にせんひゃくななじゅうごねん)にゃ?

ど膿(うみ)ても別(べつ)のしゃべり型(かた)で発疹(はっしん)してた。あんた耳(みみ)こっ近(ちか)い、あんな、おれは——

女 男(おんなおとこ)だってか!

おっと!乳揉礼(ちじゅうれい)!目(め)オッ杯入(パイはい)らんかったらしい。聞(き)いと軽(けい)、あんたが冷凍保存(れいとうほぞん)の棺桶(かんおケ)ホケホん中(なか)で縮凍(ちぢこお)まってた間(あいだ)になにが運(うん)とあったたか、女 男(おんなおとこ)&おれがおし入(い)れちゃろう。どんなふうに+なんでガフじゃ穴居(けっきょ)く人(ひと)が=だったのが≠てことになったかおしえちゃる。どんなふうに旧類型(ふるいけい)なやつらが饗溜(きょうりゅう)みたいに午(ご)つ滅(めつ)して臭滅(しゅうめつ)して、おれらみたいな**新**(しん)✿**種**(しゅ)✿**の**✿原毒人(げんどくじん)が一大飛躍(いちだいひやく)してガフで♀ら(そいつら)に取(と)って代(か)わったか説明(せつめい)しちゃる。わかってないとな、あんたおれらの蜂(ほう)と=になりたけりゃ。

おいら、棺桶(かんおケ)ホケホん中(なか)に戻(もど)ることにする。

んんんん!聞(き)いと軽(けい)って!

解説　すべての読者にとってすべてのもの——万能ＳＦとしてのベスターと『ゴーレム100』

山形浩生

さて読者諸賢よ。貴公らがいま手にしているのは、アルフレッド・ベスター一九八〇年驚愕の傑作である。今を去ること三十年近く前、一九八〇年に刊行されたとは思えぬ奇々怪々の異様な作品であり、我らすべてが邦訳を待ちに待ちながらも、一方で本当にこれが日本語になるとはだれも（本気では）思っていなかった作品でもある。多少なりともＳＦの古典的教養を持つ人物であれば、作者アルフレッド・ベスターの何たるかはすでに遺伝子レベルで知っているはずだし、そのベスターの新しい長篇邦訳の意義と喜びについて改めて解説の必要もなかろう。ましてそれがあの『ゴーレム100』だとなればなおさらのこと。いまの「あの」の意味がわからない人は、ちょっと本書をぱらぱらめくって見て欲しい。もうおわかりかな？　本書の異様さは、刊行当時から方々で話題になっていた。そしてそれがこのような形で日本語になったことは、多くの人にとって喜びであるとともに、ちょっと信じられない驚きなのだ。

だがその機微をご存じない方のために、少々基礎的なところからおさらいをしておこうか。

1.『虎よ、虎よ!』……すべてのファンにとってのすべてのもの

著者アルフレッド・ベスターについては、すでに述べたとおり本来であれば解説するまでもない。かつてまだSFがそれなりの求心性を持っていた時代には、SFについて少しでも関心のある人間は、絶対にアルフィー・ベスターの名を知っていたし、SFファンを自称する人ならかれの大傑作『虎よ、虎よ!』を暗記するくらい読んでいた。それはこの業界では、もはや常識以前に属する代物だった。

そして、その『虎よ、虎よ!』(別名『我が赴くは星の群れ』)は何たる作品だったことか! もっこりタイツ姿の科学者ヒーローが勝手な正義をふりかざして醜いウチュージンを気ままに殺戮しつつネーチャンと乳繰るようなパルプSFがまだ主流を占めていた一九五〇年代にいきなり登場したこの作品は、一見すると自分を見捨てた世界すべてに復讐を誓った凡人の、宇宙時代における荒唐無稽な冒険と再生の物語というパルプSF的な枠組みにそこそこおさまりつつ、よく見ればそれを遥かに超える一作だった。わかる人が見れば題名に冠したウィリアム・ブレイクの詩を筆頭に、さまざまな文学的言及や言葉遊びが次々に目に飛び込むが、それを知らない人にもまったく違和感や退屈感を抱かせない。タイポグラフィーも含めた実験小説的な仕掛けを随所に散りばめながら、「実験小説」にありがちなつまらなさに陥ることもなく物語として単純にカタルシスを与えるだけの起伏を持たせ、時に強引すぎてつじつまが合わないような設定ですら、絢爛豪華な視覚的イメージの連続でそれをねじふせる。そしてその全体は、単純なアクション大作でありながら、その根底にエリート管理社会と真の民主主義社会、宇宙時代におけるすさまじい格差社会といった現代的なテーマをいくつも宿している。それは恐ろしいことにどんな人のどんな期待にも応え得る、万能SFと言ってもよい代物だったのだ。

その無駄なまでの豪華絢爛さに注目した人は、ベスター作品をワイドスクリーン・バロックと呼び、この呼称はそれなりの普及を見ている。だがそこに散りばめられた衒学的な文学的言及や無数のことば遊びに気がついたサミュエル・ディレイニーのような人は、そこにSFというジャンルのまったく新しい可能性を見て取った。そしてもちろん単純なアクション物語を読みたいと思っただけの読者のニーズも、『虎よ、虎よ！』は十分すぎるほどに満たしてくれた。高踏的でありながら通俗。実験的でありながら娯楽作。華麗でありながら悪趣味。軽薄でありながら重厚。ベスターは——そして特に『虎よ、虎よ！』は——あらゆるSF関係者にとって、あらゆるものとなり得た希有な作家であり作品だ。浅はかで単細胞で平板で稚拙な二流小説としてさげすまれ、コンプレックスを抱いてきたSFにとって、初めてSFジャンル独自の深みと多層性を提示し得た作品が『虎よ、虎よ！』でもある。主人公が強姦するのがよくないといったPTA的偏狭な価値観の持ち主や、極度に偏狭なリアリズムに捕らわれた不幸な読者（「紫外線や赤外線を見ることができる人物を盲目と呼ぶのはおかしい！」等々）を除けば、『虎よ、虎よ！』を否定できるSFファンはほぼいないと言ってもいいだろう。それはある意味で完璧なSF作品だった。その四年前に書かれた『分解された男』にもそれはあてはまる。

その大傑作『虎よ、虎よ！』から三十年。SFを取り巻く環境も、その他読者を取り巻く環境も大きく変わった。そして本書『ゴーレム100』は、アルフレッド・ベスターが再び、現代のあらゆるSF読者にとってのあらゆるものたらんとした作品なのだ。

が、先を急ぎすぎた。

2.『コンピュータ・コネクション』……ベスターの復活

アルフレッド・ベスターは一九一三年にニューヨーク市で生まれた。その後略そうとしても略しきれない波瀾万丈の人生を経て、SF業界では一九四〇年代末からSF雑誌にいくつかの（本人によれば最悪な）短篇を発表している。その後、コミック原作やラジオ、テレビの脚本書きに移行して、SFから離れていた。だが一九五〇年代半ばに『分解された男』『虎よ、虎よ！』の二作で、SF界に衝撃を与え、この分野有数の巨匠としての地位を確立する。

この長篇二作には、ベスターの脚本家としての経験がかなり反映されている。多少強引でも話をつなげ、少々のつじつまあわせは犠牲にしても随所で華やかand/orどぎついイメージを散りばめて山場を作り続けるこの二作の特徴は、まさにテレビやラジオシリーズの脚本で培われたものだ。だが、この頃にベスターは新雑誌『ホリデイ』のトラベルライターとしてアプローチを受ける。好奇心の旺盛なベスターとしては、部屋にこもりきりの小説書きよりは外界との接触の多い旅行記やインタビュー記事のほうが魅力的だったとか。結果、かれはSFから完全に離れて雑誌に専念し、やがて同誌の副編集長にすらなっている。多くの人は、ベスターがもはやSFに戻ってくることはないだろうと絶望していた。完璧な作品を書いてしまった以上、これ以上書きたいこともないんじゃないか、と。

だが一九七七年、『ホリデイ』廃刊を機にかれは名作『コンピュータ・コネクション』でSF界に復活を果たす。はるか古代より続く不死人たちの秘密組織。未来の超過密都市社会のスラムで、あらゆる人の思考を常時ランダムに読み取れる一人グーグルのような超能力少女。保護区で麻薬栽培マフィアと化したアメリカインディアンたち。そのすべてを結ぶコンピュータネットワークと、そこに宿る「神」。『虎よ、虎よ！』の時代から、当然変わった部分はある。話の展開を会話に頼るようになり、その分、人間的な書き込みは薄くなってはいる。ヒロイズムも弱まった。ガリー・フォイルが怒りに突き動かされ、顔の隈取り状の刺青を浮かび上がらせて衝動的な破壊を行うような形では――つまりは読者が感情移入して一人称的に共有できるような形では――感情をむき出しにすることはない。そしてかつては豪華絢爛で華麗だった各種の描写は、むしろときに自己パロディすら思わせる猥雑さとノイズまみれの饒舌さとも言えるものにとって代わられた。バロックがいつのまにかロココをすっとばし、ブリューゲルやボッシュの世界に迷い込んだ感じとでも言おうか。話も、「ある男の復讐と再生」といった単純な割り切りを許さない、複数の話が並行して絡み合いつつ進行する複雑な構造を持つものとなっている。

しかし視覚的な衝撃力で、ときに危うい物語をねじふせつつ進む手法は相変わらずのベスター節だった。そして何よりも、いたるところに溢れるアイデアの数々！　宇宙時代に二十世紀都市社会と伝統的アメリカ先住民社会、インドの藩主制といったまったくちがう社会を重ね合わせ、可燃物すらない宇宙船の中でたき火を囲む宴会が起きる不思議なイメージの連続と、そしてそれを可能にするもっともらしい説明は、ベスターでしかあり得ないものだった。あのベスターが戻ってきてくれた！　そしてそれが絶頂期の野口幸夫による翻訳で紹介されたことは、我が国のＳＦ界にとって得難い幸運ではあった（ＳＦ界がその幸運を十分に評価したかどうかはまた別問題ではあるが）。

そして続いて刊行されたのが、本書『ゴーレム100』だった。

3.『ゴーレム100』……ＳＦ史の再構築

時は二十二世紀。人口増大に伴い都市は過密化する一方で、旧ニューヨークを含むアメリカ東海岸のボストン＝アトランタを結ぶ沿岸地帯は、それこそ映画『ブレードランナー』の舞台のような一体化した巨大スプロール都市スラム——通称ガフ——と化している。その底辺では水もエネルギーも欠乏気味の下層民たちがあえぎ、水の欠如からくるすさまじい臭気を隠すべく香水が一大産業となっている一方で殺人や強盗や強姦が常態化している。一方で、そのスラムの頂上には何一つ不自由のないエリート富裕層が君臨。だがその富裕層の欲求不満有閑マダム八人「蜜蜂レディ」が戯れに降霊術に手を染めるうちに、彼女たちのイドが合体して、百もの形態や能力を持つ怪物ゴーレム100を生み出し、ガフの至るところで、残虐かつ超現実的な殺人を繰り広げるのだった。

　それを含む各種殺人現場になぜか常に（別人格で）居合わせる、香水デザイナーのブレイズ・シマ。香水企業の依頼を受けてかれの行動を追う精神工学者グレッチェン・ナン。さらに事件の捜査にあたる警察のインドゥニ隊長。やがてかれらはそれぞれの思惑から手を組んで、このゴーレム100を追いかけることになる。

　捜査の過程でゴーレム100の源泉たる蜜蜂レディたちをつきとめたグレッチェン・ナンは、自らこの集団に潜入する中で、はからずもゴーレム100の形成に加担することになってしまう。そして特殊ドラッグ服用により、かれらは集合的な無意識の内宇宙ともいうべきファズマ界に入りこむ。だがその中で、グレッチェン・ナンの持つ特殊な能力が徐々にあらわになる。分析するよりまず内臓的に感じ取る能力は彼女を傑出した精神工学者にしていたが、その特殊能力は、都市スプロールのスラム的居住形態に適応し、「個」としての存在から蜂のような群としての生存に特化した新原人としての特色なのだった。やがて蜜蜂レディたちの崩壊によりファズマ界でゴーレム100が消滅したかに見えたそのとき、怒濤のように出現する新しい人類進化のステップとは——

このほんのさわりだけでも、得体の知れないアイデアが山のように詰め込まれていることは明らかだろう。それに加えて本書をさらに異様なものとしているのは、その表現だ。全編を通じてのこの大量の絵——その多くはイドの怪物を追ってグレッチェンらの入り込む、集合的無意識の世界であるファズマ界の知覚表現——はもちろんだれの目にも明らかな特徴だ。そして、文章のほうもその未来の俗語にまみれた造語とダジャレ、言葉遊びの嵐。ほぼ全編が言語実験でありながら、謎の怪物を追いかけるアクション謎解き物語としての楽しさも失っていない。高踏的でありながら通俗。実験的でありながら娯楽作。軽薄でありながら重厚。そして強烈にして悪趣味。『虎よ、虎よ！』にあてはまったことが、相当部分までこの『ゴーレム100』にもあてはまる。

だが——あらゆる読者にとってのあらゆるもの、と述べたのはそれだけではない（『虎よ、虎よ！』の時代からずいぶんたって、読者もぜいたくになっているのだ）。本書のもう一つの醍醐味は、この作品がＳＦというジャンルそのものに対するベスター流の批評であり挑戦にもなっているということだ。本書には、過去（といっても第二次大戦後）から未来まで（！）、さまざまなＳＦの歴史的要素が換骨奪胎されて詰め込まれているのだから。

さきほどのあらすじを読んだだけでも、ＳＦの古典教養をお持ちの読者諸賢であればニヤリとしただろう。イドの怪物は、昔からベスターのこだわりであると共にこれまたＳＦの一大古典であるヴァン・ヴォクト『宇宙船ビーグル号』の読者であればなつかしく思い出すアイテムだ。本書のイラスト部分などで展開される内宇宙の探求は、もちろんＪ・Ｇ・バラードを筆頭にニューウェーブＳＦ派の旗印でもあった。狭義のＳＦだけではない。グレッチェン・ナンの女王襲名における首つり自殺者の射精合戦やゲテモノソングなどは、どう見てもウィリアム・バロウズのランチ期騒ぎそのものだ。おまけに彼女が深海ポッドで発現させる第七感の着想は、明らかに尾崎翠の『第七官界彷徨』にあり

――というのはさすがにウソだが（でも『第七官界彷徨』を、ニュートリノ視覚化の報告として読み直すといった試みはちょっとおもしろいかもしれない）、人類進化の次の段階として集合的な統合意識体を想定する部分に、アーサー・C・クラーク的な幼年期の終わりやスターチャイルドを見るのはあながち無理でもなかろう。

そしておそらくこうした言及は、決して偶然ではない。野口幸夫の「コンピュータ・コネクション」訳者解説によると、ベスターは自分のいないSF界等を見てあれこれ辛辣なコメントをしていたという。たとえばバロウズについてはチャールズ・プラットとのインタビューで、あまりに玉石混交でもっときちんと編集してやるべきだ、といった意見を述べている。そして見れば、本書の一部はまさに、きちんと編集された『裸のランチ』となっている。かれは自分がSF界を留守にしている間に起こったニューウェーブ運動についても、言いたいことがいろいろあったらしい。高尚な文学チックなことをやりたい気持ちはわかるけどさ、SF本来の良さを殺したらだめじゃないか、と。そしてなるほど、本書はニューウェーブ運動的な内宇宙の探求を、変な気取りなしにSF的なおもしろさとからめてみせている。他の部分もしかり。ベスターはSF執筆から遠ざかっていた数十年のうちに「おれならもっと上手にやるのに」と思ったことを片っ端から本書で実践して見せているのだ。

もちろん茶目っ気のあるベスターは、自分自身の作品すら散りばめることを忘れない。グレッチェン・ナンの能力の一部は、『コンピュータ・コネクション』のフィーの能力であり、同時に可視領域以外のあらゆるスペクトル帯を「見る」ことができるという『虎よ、虎よ！』の盲目の少女オリヴィアの末裔でもあるのだ。タイポグラフィーを使った非文字的な表現も『虎よ、虎よ！』からの発展なのは言うまでもない。ちなみにグラフィックを担当したのも『虎よ、虎よ！』と同じジャック・ゴーハンだ。

さらに……恐ろしいことだが、ベスターは執筆当時には存在しなかったものさえ作品に取り込んでしまっている。本書、そしてさっき述べた『コンピュータ・コネクション』の設定を見て、何か連想しないだろうか。近未来の超過密都市スラム、PLOやザイオンやヤクザといった現代のアウトサイダーたちが構成する強大な非合法組織。人々の無意識の集合体（ネットや集合的無意識といったちがいはあるが）とそこに宿る「神」的な存在。これはまさにウィリアム・ギブスン『ニューロマンサー』の舞台でもある。もちろん本書に満ちあふれる言葉遊びは、一方では未来社会における新たな言語体系の反映でもあり、これまた『ニューロマンサー』などの顕著な特色だった。ベスターは多くの点で、未来のサイバーパンクすら先取りしてこの作品にぶちこんでしまっている。これは合理的期待形成仮説の一例と考えるべきだろうか。それともサイバーパンクがベスターを参考にしたのだろうか？　まあ常識的には後者だが、いずれにしても、本作品がSFの過去から未来まですべて取り込んでいると述べた意味がご理解いただけるだろう。この『ゴーレム[100]』で、ベスターは再びあらゆる読者にとってのあらゆるものたる小説を執筆しようとしたと述べた由縁である。そして――恐ろしいことに、かれはそれに成功してしまった。

唯一の懸念は、あまりに多くのものがつめこまれているために、読者が消化不良を起こさないかということだけだ。本書には無数のレベルがあり、無数の細部が存在しているのだ。一見すると思いつくままいい加減に描かれているように見える、内的世界をあらわす各種のイラストでさえ、本文を読み進むうちに必然性があり、意味があることを読者は悟って愕然とするだろう。そしてこの無数の言葉遊び！　ぼくは二十年前に、本書を原書で読もうとしてまず最終章を開き（ぼくは本を最後から読むくせがあるのだ）、何が書かれているのかさっぱり理解できずに泣きそうになった苦い経験がある。だが本書の読者諸賢は、それを心配する必要はない。渡辺佐智江のこれまた正気とは思えない翻訳が、原文の各種の仕掛けを微に入り細をうがつように再現してくれている。

4. 本書以後

さて本書を書いてからベスターは、もう一冊だけ長篇を書いた。これが一九八一年の *The Deceivers*。本書に比べれば（もちろん）小粒だし、ここまで奔放な実験も行われていないけれど、やはりベスターでしか書けない名作。ギブスン『ニューロマンサー』の三年前に刊行されたこの本は、コンピュータネットワークの可能性について本書や『コンピュータ・コネクション』よりさらに踏み込んだ先駆的な作品となっている。当時一部の人々の間では、「ベスターを読んだらサイバーパンクなんか古くさくて読めない」などといった会話がかわされていたものだ。おまけに驚くなかれ、萌え要素まである程度入っていて、特に二次元彼女が三次元のこの世界に飛び出してくる場面なんかはキモヲタ諸君なら射精モノ（かもしれない）。本書が好評なら、これも訳出される可能性が大いに高まる（ついでに『コンピュータ・コネクション』復刊の見込みも）。

残念ながらベスターは、一九八七年に他界している。SF界で活躍した決して長くはない期間で、かれが生前に残したSF長篇はたった五本（死後出版がさらに二作。また短篇は、短篇集を数冊ほど埋められるくらい）。だがかれは、その一作ごとにSFの何たるかを刷新し、ジャンル全体に新たな広がりをもたらす一方で、その過去と未来すら書き直して見せたのだった。そして本書はその中でも、群を抜いたスケールとお遊びとアイデアの奔流を備えた、ベスター一世一代の問題作なのである。

5. 蛇足ながら……

私事めいた話ではあるが、かつて『コンピュータ・コネクション』を出し、ついで本書も邦訳出版予定を掲げていたサンリオSF文庫が消滅して以来、ぼくはこの本が邦訳されることなどあり得ないと思っていた。一見して目をひくし、腐ってもベスターではある。しかしながら、このぼくですら一読して理解しきれない代物を、ましてや翻訳できるやつがこの日本にいるものか。それをやるだけの能力と熱意があると思えた唯一の人物は、やがて奇妙な袋小路に迷い込んだあげくに他界してしまった。あとはだれがやるにしても水で薄めたような翻訳しかあり得ないだろうし、仮にそれが実現したとしても、そんなものを出そうとする物好き出版社がどこにあるものか。あったとしても、このイラストの力を十分には再現しきれない文庫とか、きわめて不本意な形でしか出ないのではないか——ぼくはこの二十年、ずっとそう思い続けていた。

だが——この予想は嬉しい形で裏切られた。本書の視覚的な装置を十分に再現できるだけの版型と、原作の持つ（よい意味での）めちゃくちゃさ加減に十分すぎるほどに応えた予想を遥かに上回る翻訳を得て、本書は望みうる最高の形で読者諸賢に供せられている。かつて歯がたたなかった最終章の翻訳を見て（あ、いまご覧になっても、ネタバレ等は一切ないのでご心配なく）、ぼくは最初、訳者がさすがに遊びすぎているのではないかと心配になったほど。こんな英語があるわけ……ないよねえ？だが原文とつきあわせるとわかる。あらゆるダジャレ、あらゆるお遊び、あらゆる下ネタは、すべて原文通り。これほどに忠実な翻訳はないとすらいえる代物が、現実に可能とは信じがたい精度で展開されている。それを享受しきれるかどうかは読者諸賢の能力次第にも大きく依存するが、一回読んでわかりにくくても、是非二度、三度と挑戦してほしい。読むたびに新たな発見があり、新しい広がりが生まれる。通り一遍のカタルシスのための読書ではなく、ある程度の投資をすることでそれに倍する収穫を得るような、そんな読書体験が確実に得られるはずだ。つまりは収益率百パーセント超――だがかのベスターによる最大級の問題作に、それ以下のなまくらな体験を期待することこそが無礼であろう。

6. おわりに

さて読者諸賢よ、わが手持ちのネタはすべて提供し申した……と申し上げたいところだが、そんなことは（幸か不幸か）あり得ない。本書について書けることは、まだまだいくらでもあるのだから。エリオットやキャロルからブロンテ姉妹を経てバロウズにまで至る文学的な言及。ドラッグ小説的な読解の数々。あるいは本書に対して、きわめて皮相的なフェミニズム的批判を加えることは容易だろうし、またそれに対してもっと本質的なフェミニズム的反論を行うことも可能だろう。そこにこめられた社会的な洞察も一筋縄ではいかないものだ。そしてゴーレム[101]をどのように解釈すべきか？　相変わらず本能の赴くままの邪悪な存在か、はたまたそれを昇華した高次の存在か？　そしてそれが人類進化にとって持つ意味は？　最終章で語られているのは、いかなる事態なのだろうか。無数の解釈、無数の読みが本書には許されている。どれが正しいか？　当のベスターですらそれには答えられまい（そして答えられても、それを簡単に教えるほど野暮ではあるまい）。あとはすべて、読者諸賢に委ねられている。まずはベスター畢生の狂作／凶作に身を委ねられ、皆様のゴーレムの導くままご自身なりの読解を楽しまれんことを！

タマレ／アクラにて

訳者あとがき

わたしはＳＦに関してまったくの肛門外漢であるので、本シリーズ「未来の文学」担当編集者の樽本周馬がわたしにこの本を持ってきたときには、こんな人選をするとはこいつの編集者生命も長くはあるまいと思っただけで、しばらく読まずに放っておいた。しかし読んだが最後、無関心は驚愕と歓喜に変わり、さらにはそれが、なぜこのような作品が日本では二十五年間もほったらかしにされていたのだろうという疑問に変わった。もしかすると、ベタなイラストやら、いまさらのイドやら、いきなりの蜜蜂の生態やら、執筆された当時は今よりも騒がしかったはずのサイコセラピーやらフェミニズムやら現代物理学と東洋神秘思想との関連云々やらがわちゃわちゃと投入されている様子から、収拾がつかず破綻した作品だと思い込まれてしまったのだろうか。しかし破綻どころか、ベスターが徹底的な計算の上で、そういったものをごっそり抱えて疾走し、飛翔し、見事な着地をやってのけていることは、一読してわかった。また、翻訳する立場から言えば、ベスターという作家はこの上なく明晰で透徹した書き手であるために、こちらは解釈をめぐる不毛な闘いを強いられずにすんだ（英語以外の諸言語の訳出とルビをふるおぞましい作業は除く）。スタイリッシュで色気さえ漂わせたその文章に身を委ねるのは、楽しいことでもあった。崇高にして俗なる狂騒の果てに、超然とただひとり空を仰ぎ見るアルフィー……とってもステキな人に出会った感じ。そしてとどめはジョイス語。ガフの連中による過剰なまでの多言語・造語・だじゃれ・半崩壊語の濫用はここに収束する。十九章では『フィネガンズ・ウェイク』から二行分ほどがそのままさりげなく織り込まれ、最後の二ページではベスター版のジョイス語が展開されている。この部分の訳出に際しては、言わずと知れた柳瀬尚紀氏の総ルビ悶絶テクを踏襲して行なった。そうか。二二八〇年には、人類はジョイス語をしゃべっているのか。現時点ですでに言語崩壊のスピードを果敢に加速させ、ガフしゃべり一歩手前の日本人ならば、二二八〇年を待たずして、世界の人々に先がけ、豊穣なるジョイス語をスイスイと繰り出しながら、二進法で女男で鳥肌で水不足で超格差で相互破壊なわけだ。未来は明るい。

邦訳刊行までに長大な年月を要した分、日本版には、ベスターファンひいてはSFファンのセンチメントを知り、さらにはこの作家がSFというジャンルに収まりきらないことを見抜ける存在の手になる渾身の解説を付さねばならない——そのような使命感と難を逃れたい焦燥感にかられたわたしは、そのへんにいた山形浩生に解説執筆を命じ、本人は即座にこれを拝命した。諸言語の訳語については、以下の方々からご教示を賜った。若島正、西成彦、沼野充義、丸山哲郎、小松久男、松原良輔、伊藤博明、増山美和、高岡麻衣、大久保譲、吉田俊一郎、塩塚秀一郎。記して謝意を表します。樽本周馬の一貫した真摯な仕事ぶりに助けられた。以上の方々のご教示をじかに授かり、本書の編集によって超絶技巧とも言える編集技を身につけた彼の編集者生命の充溢と奔放を祈る。

二〇〇七年六月　碧桃コテージにて

渡辺佐智江

著者　アルフレッド・ベスター　Alfred Bester
1913年アメリカ・ニューヨーク市マンハッタンのユダヤ系中流家庭に生まれる。ペンシルベニア大学では化学を専攻、途中コロンビア大学の法科に転向。39年に作家デビュー。短篇をいくつか発表した後、コミックスのシナリオ作家、ラジオ・TV番組の脚本・演出家に。52年、長篇『分解された男』で第1回ヒューゴー賞を受賞、SF界に復活。その華麗な筆致と奔出するアイデアと熱気と迫力に満ちた作風で熱狂的な人気を博す。56年、長篇2作目『虎よ、虎よ！』を発表。のちに「アメリカが生んだ最高の長篇SF」（ディレイニー）と称され、ワイド・スクリーン・バロックの代表作としてSF史に燦然と輝く。その後、雑誌編集者を経て、75年『コンピュータ・コネクション』（サンリオSF文庫）で最復活を果たす。短篇集に『願い星、叶い星』（日本オリジナル編集、河出書房新社）など。87年に死去。死後出版に *Tender Loving Rage* (91)、*Psychoshop*（98／ロジャー・ゼラズニイと共著）などがある。

訳者　渡辺佐智江（わたなべ・さちえ）
訳書にキャシー・アッカー『血みどろ臓物ハイスクール』、ウィル・セルフ『コック&ブル』、リチャード・フラナガン『グールド魚類画帖』（以上白水社）、アーヴィン・ウェルシュ『フィルス』（アーティストハウス）、ジム・クレイス『四十日』（インスクリプト）などがある。
メールアドレス　sfw@gj8.so-net.ne.jp

未来の文学
FUTURE/LITERATURE

ゴーレム100

2007年 6 月25日初版第1刷発行
2024年 2 月15日初版第4刷発行

著者　アルフレッド・ベスター
訳者　渡辺佐智江
発行者　佐藤今朝夫
発行所　株式会社国書刊行会
〒174-0056　東京都板橋区志村 1-13-15
電話 03-5970-7421　ファックス 03-5970-7427
https://www.kokusho.co.jp
印刷所　藤原印刷株式会社
製本所　株式会社ブックアート

ISBN 978-4-336-04737-3

国書刊行会SF

未来の文学

第Ⅰ期

60〜70年代の傑作SFを厳選した
SFファン待望の夢のコレクション

Gene Wolfe / The Fifth Head of Cerberus

ケルベロス第五の首

ジーン・ウルフ　柳下毅一郎訳

地球の彼方にある双子惑星を舞台に〈名士の館に生まれた少年の回想〉〈人類学者が採集した惑星の民話〉〈訊問を受け続ける囚人の記録〉の三つの中篇が複雑に交錯する壮麗なゴシックミステリSF。

ISBN978-4-336-04566-9

Ian Watson / The Embedding

エンベディング

イアン・ワトスン　山形浩生訳

人工言語を研究する英国人と、ドラッグによるトランス状態で生まれる未知の言語を持つ部族を調査する民族学者、そして地球人の言語構造を求める異星人……言語と世界認識の変革を力強く描くワトスンのデビュー作。ISBN4-336-04567-4

Thomas M.Disch / A Collection of Short Stories

アジアの岸辺

トマス・M・ディッシュ　若島正編訳
浅倉久志・伊藤典夫・大久保寛・林雅代・渡辺佐智江訳

特異な知的洞察力で常に人間の暗部をえぐりだす稀代のストーリーテラー：ディッシュ、本邦初の短篇ベスト。傑作「リスの檻」他「降りる」「話にならない男」など日本オリジナル編集でおくる13の異色短篇。ISBN4-336-04569-0

Theodore Sturgeon / Venus plus X

ヴィーナス・プラスX

シオドア・スタージョン　大久保譲訳

ある日突然、男は住民すべてが両性具有の世界レダムにトランスポートされる……独自のテーマとリリシズム溢れる文章で異色の世界を築きあげたスタージョンによる幻のジェンダー／ユートピアSF。

ISBN4-336-04568-2

R.A.Lafferty / Space Chantey

宇宙舟歌

R・A・ラファティ　柳下毅一郎訳

偉大なる〈ほら話〉の語り手：R・A・ラファティによる最初期の長篇作。異星をめぐって次々と奇怪な冒険をくりひろげる宇宙版『オデュッセイア』。どす黒いユーモアが炸裂する奇妙奇天烈なラファティの世界！　ISBN4-336-04570-4

国書刊行会SF

未来の文学

第Ⅱ期

SFに何ができるか——
永遠に新しい、不滅の傑作群

Gene Wolfe / The Island of Doctor Death and Other Stories

デス博士の島その他の物語

ジーン・ウルフ　浅倉久志・伊藤典夫・柳下毅一郎訳

〈もっとも重要なＳＦ作家〉ジーン・ウルフ、本邦初の中短篇集。「デス博士の島その他の物語」を中心とした〈島３部作〉、「アメリカの七夜」「眼閃の奇蹟」など華麗な技巧と語りを凝縮した全５篇＋ウルフによるまえがきを収録。ISBN978-4-336-04736-6

Alfred Bester / Golem100

ゴーレム100

アルフレッド・ベスター　渡辺佐智江訳

ベスター、最強にして最狂の伝説的長篇。巨大都市で召喚された新種の悪魔ゴーレムをめぐる、魂と人類の生存をかけた死闘が今始まる——軽妙な語り口と発狂したタイポグラフィ遊戯の洪水が渾然一体となったベスターズ・ベスト！　ISBN978-4-336-04737-3

アンソロジー〈未来の文学〉

The Egg of the Glak and Other Stories

グラックの卵

浅倉久志編訳

奇想・ユーモアＳＦを溺愛する浅倉久志がセレクトした傑作選の決定版。伝説の究極的ナンセンスＳＦ、ボンド「見よ、かの巨鳥を！」、スラデックの傑作中篇他、ジェイコブズ、カットナー、テン、スタントンなどの抱腹絶倒作が勢揃い！　ISBN4-336-04738-3

The Ballad of Beta-2 and Other Stories

ベータ2のバラッド

若島正編

ＳＦに革命をもたらした〈ニュー・ウェーヴＳＦ〉の知られざる中篇作を若島正選で集成。ディレイニーの幻の表題作、エリスン「プリティ・マギー・マネーアイズ」他、ロバーツ、ベイリー、カウパーの野蛮かつ洗練された傑作全６篇。ISBN4-336-04739-1

Christopher Priest / A Collection of Short Stories

限りなき夏

クリストファー・プリースト　古沢嘉通編訳

『奇術師』『魔法』で現代文学ジャンルにおいても確固たる地位を築いたプリースト、本邦初のベスト・コレクション。「ドリーム・アーキペラゴ」シリーズを中心にデビュー作、代表作を全８篇集成。書き下ろし序文を特別収録。ISBN978-4-336-04740-3

Samuel R. Delany / Dhalgren

ダールグレン

サミュエル・R・ディレイニー　大久保譲訳

「20世紀ＳＦの金字塔」「ＳＦ界の『重力の虹』」と賞される伝説的・神話的作品がついに登場！　異形の集団が跋扈する迷宮都市ベローナを彷徨し続ける孤独な芸術家キッド——性と暴力の魅惑を華麗に謳い上げた最高傑作。ISBN978-4-336-04741-0 / 04742-7

短篇小説の快楽

読書の真の快楽は短篇にあり。
20世紀文学を代表する名匠の初期短篇から
本邦初紹介作家の知られざる傑作まで
すべて新訳・日本オリジナル編集でおくる
作家別短篇集シリーズ。

聖母の贈り物　ウィリアム・トレヴァー　栩木伸明訳

“孤独を求めなさい”——聖母の言葉を信じてアイルランド全土を彷徨する男を描く表題作ほか、圧倒的な描写力と抑制された語り口で、運命にあらがえない人々の姿を鮮やかに映し出す珠玉の短篇全12篇。トレヴァー、本邦初のベスト・コレクション。

すべての終わりの始まり　キャロル・エムシュウィラー　畔柳和代訳

私の誕生日に世界の終わりが訪れるとは……なんて素敵なの！　あらゆるジャンルを超越したエムシュウィラーの奇想世界を初めて集成。繊細かつコミカルな文章と奇天烈で不思議な発想が詰まった19のファンタスティック・ストーリーズ。

パウリーナの思い出に　アドルフォ・ビオイ＝カサーレス　高岡麻衣訳

最愛の女性は恋敵の妄想によって生みだされた亡霊だった——代表作となる表題作、バッカスを祝う祭りの夜、愛をめぐって喜劇と悲劇が交錯する「愛の手がかり」他、ボルヘスが絶讃した『モレルの発明』の作者が愛と世界のからくりを解く9つの短篇。

あなたまかせのお話　レーモン・クノー　塩塚秀一郎訳

その犬は目には見えないけれど、みんなに可愛がられているんだ……哲学的寓話「ディノ」他、人を喰った異色短篇からユーモア溢れる実験作品まで、いまだ知られざるレーモン・クノーのヴァラエティ豊かな短篇を初めて集成。

最後に鳥がやってくる　イタロ・カルヴィーノ　和田忠彦訳

語り手の視線は自在に俯瞰と接近を操りながら、ひとりの女性の行動を追いかけていく——実験的作品「パウラティム夫人」他、その後の作家の生涯と作品を予告する初期短篇を精選。カルヴィーノのみずみずしい語り口が堪能できるファン待望の短篇集。